Zum Buch:

Lass dir ein Rückgrat wachsen, ermahnte sie sich selbst. Tori konnte sie nicht einfach wegschicken. Nicht, solange ihr die Hälfte des Cafés gehörte. Sie ging zur Eingangstür und blieb unter dem Vordach stehen, um den Regenschirm zuzuklappen. Dann zog sie mit klopfendem Herzen die Tür auf. Es war, als verstummte mit dem Läuten der Glöckchen über der Eingangstür schlagartig das leise Murmeln der Gespräche und das Klingen der Gläser. Die Gäste wandten sich um oder schauten auf, um zu sehen, wer gekommen war. Das Letzte, was sie wollte, war eine Konfrontation mit Tori direkt nach ihrer Ankunft in der Stadt, aber sie wusste, dass es sich nicht vermeiden ließ. Alles, was sie noch hatte, waren ein Schrottauto und dreihundert Dollar in einer Louis-Vuitton-Tasche, die etwa sechsmal so viel wert war.

Zur Autorin:

RaeAnne Thayne hat als Redakteurin bei einer Tageszeitung gearbeitet, bevor sie anfing, sich ganz dem Schreiben ihrer berührenden Geschichten zu widmen. Inspiration findet sie in der Schönheit der Berge im Norden Utahs, wo sie mit ihrem Ehemann und ihren drei Kindern lebt.

RAEANNE THAYNE

Das Café am California Beach

ROMAN

Aus dem amerikanischen Englisch
von Martina Takacs

HarperCollins

Die Originalausgabe erschien 2023 unter dem Titel
The Café at Beach End bei Canary Street Press, Toronto.

1. Auflage 2024

Deutsche Erstausgabe

Umschlaggestaltung von Übernahme Originalcover von Büro Süd
Credit: Cover Image: Allan Davey / Art Direction: Alexandra Niit
Umschlagabbildung von Keith / Adobe Stock, Kevin Gilgan / Stocksy,
Oleg Doroshenko / Dreamstime, Mercedes Rancaño Otero / iStock
Gesetzt aus der Stempel Garamond
von GGP Media GmbH, Pößneck
Druck und Bindung von GGP Media GmbH, Pößneck
Printed in Germany
ISBN 978-3-365-00562-0
harpercollins.de

1. KAPITEL

Meredith

An dem Tag, als Meredith Rowland nach Cape Sanctuary zurückkehrte, weinte der Himmel.

Als die bezaubernde nordkalifornische Stadt in Sicht kam, hatte sie Mühe, überhaupt etwas durch das wilde Peitschen der Scheibenwischer, die erfolglos gegen die Wassermassen ankämpften, zu erkennen.

Natürlich regnete es. Schließlich war sie bereits in den letzten achtzehn Monaten von dieser unheilvollen dunklen Wolke verfolgt worden.

Sie kontrollierte noch einmal die Tankanzeige, während die Reifen das Regenwasser unter ihrem zehn Jahre alten Kleinwagen hochspritzen ließen. Das Auto hatte sie sich von ihren letzten Ersparnissen gekauft, nachdem ihr geliebter Mercedes versteigert worden war.

Der Zeiger stand unter der Leermarke, aber sie hoffte inständig, dass der letzte Tropfen noch bis zum Café reichen würde.

Der Motor stotterte ein wenig. »Ach, komm schon, Posy«, murmelte sie. Den Spitznamen hatte sie ihrem Wagen irgendwo in Nebraska verpasst, aber nicht etwa, weil das Auto irgendetwas mit einem duftenden Blumenstrauß gemeinsam gehabt hätte. Vielmehr ergaben die ersten drei Buchstaben auf dem Kennzeichen POS ein Akronym, das die Qualität des Autos besonders treffend zusammenfasste: *piece of shit*.

Wieder klapperte es, und Meredith hielt kurz den Atem an. »Du hast bis hierher durchgehalten, also komm schon, nur noch ein paar Meilen. Wir sind fast da, Baby. Du schaffst das.«

Sie wusste selbst, dass es irrational und ein bisschen verrückt war, aber es kam ihr trotzdem so vor, als hätte das Auto neue Kräfte mobilisiert, so wie ein altes Pferd, wenn es den vertrauten heimischen Stall riecht. Denn wenig später tuckerte Meredith mit Ach und Krach auf die Main Street.

Wie durch ein Wunder fand sie einen Parkplatz nicht weit von dem historischen Backsteingebäude, in dem sich das Beach End Café befand.

Als sie das Haus mit der Kuppel und den Pflanzenkübeln entdeckte, aus denen rote und violette Blumen quollen, überrollte sie eine Flut von Erinnerungen. In erster Linie waren es schöne, aber einige bewirkten, dass ihre Kehle schmerzte und die Augen brannten.

Früher einmal hatte sie diesen Ort geliebt. In ihrer Kindheit war das Café ihr Wohlfühlort gewesen. Wann immer sie sich einsam, traurig oder ängstlich gefühlt hatte, war sie in Gedanken hierhergekommen.

Hier hatte sie Liebe und Anerkennung gefunden. Ihrer Großmutter war es egal gewesen, ob sie eine Zwei in französischer Literatur hatte oder nicht mehr wusste, wie man »plündern« konjugierte. Frances und Tori hatten sie so geliebt, wie sie war.

Wenn sie die Augen schloss, sah sie sich und ihre Cousine immer noch vor sich, so wie sie damals gewesen waren, die eine blond, die andere dunkel, aber beide mit den gleichen haselnussbraunen Augen, geerbt von Frances über ihre jeweiligen Eltern.

Sie waren sich so nah gewesen wie Schwestern. Eigentlich sogar näher. Zusammen hatten sie gelacht, geträumt und ihre Geheimnisse miteinander geteilt, in jenen heiteren Sommermonaten, die Meredith bei ihrer Großmutter verbracht hatte.

Wie im Zeitraffer konnte sie es vor sich sehen: sie beide als kleine Mädchen, die sich beim Bonbonladen am Ende der Straße die Taschen mit den Süßigkeiten vollstopften, die sie von Merediths Taschengeld gekauft hatten. Dann, ein paar Jahre älter, wie sie mit ihren Fahrrädern durch die Stadt fuhren und kicherten, wenn sie im Skatepark am Driftwood Beach an all den süßen Jungs vorbeikamen. Wie sie als Teenager ums Lagerfeuer saßen und mit denselben süßen Jungs flirteten und lachten, während die Sterne über ihnen funkelten und das Meer sein endloses Lied sang.

War das wirklich sie gewesen? Die Erinnerungen schienen vage und unbestimmt, verschwommen und nicht ganz real, als gehörten sie zu jemand anderem.

Wahrscheinlich weil es wirklich so war. Meredith war heute ein anderer Mensch als das einsame Mädchen von damals, das sich nach Zuneigung gesehnt hatte.

Sie hatte einmal ein Kindermädchen gehabt, das ihr erzählte, die Zellen in ihrem Körper würden sich alle drei Monate erneuern, sodass sie tatsächlich ein neuer Mensch würde, wie eine Schlange, die ihre Haut abstreift.

Als Erwachsene hatte sie dann erfahren, dass das nicht ganz stimmte – dass manche Zellen sich alle paar Tage regenerierten, während andere eine viel längere Lebensspanne hatten, die Jahrzehnte umfassen konnte, und wieder andere nie ersetzt wurden. Trotzdem fühlten sich so viele Momente in ihrem Leben derartig ätherisch und fern an, als hätte jemand anders sie erlebt.

Die letzten achtzehn Monate waren jedenfalls wie ein Albtraum gewesen, aus dem sie nicht so recht erwachen konnte.

Dennoch waren all diese Dinge geschehen. Sie konnte ihre Vergangenheit nicht ungeschehen machen.

Sie parkte ein, stellte den Motor ab und hielt sich krampfhaft am Lenkrad fest.

Ob es ihr nun gefiel oder nicht, ihre Vergangenheit gehörte zu ihr, und ihr blieb nichts anderes übrig, als die alten Scherben aufzusammeln und sich selbst zu etwas Besserem zusammenzusetzen.

Meredith nahm ihren Regenschirm vom Beifahrersitz, kletterte aus dem Auto und spannte ihn auf. Jeder Muskel in ihrem Körper schmerzte von der langen Fahrt auf dem unbequemen Sitz ohne Lendenwirbelstütze.

Sie sehnte sich nach dem Lederluxus ihres Mercedes inklusive Heiz- und Kühlfunktion, aber verdrängte den Gedanken schnell. Das alles war Teil ihres früheren Lebens. Dies hier war ihre Gegenwart.

Unter dem Geprassel des Regens auf dem Nylonstoff des Schirms richtete sie sich auf und atmete ein paarmal tief durch, um Mut zu schöpfen und sich zu beruhigen.

Eine Geruchsmischung aus Meer und Sturm durchströmte sie und erinnerte sie augenblicklich an lange verregnete Nachmittage in Frances' altem Cottage am Starfish Beach, an denen sie Brettspiele gespielt und alte Filme geschaut hatten.

Selbst im Regen wirkte Cape Sanctuary warm und einladend. Blumenkörbe hingen an den Straßenlaternen, und auch in den Fenstern standen sie. Vor dem Café lud eine Bank mit abblätternder roter Farbe Besucher dazu ein, innezuhalten, ihre müden Beine auszuruhen und die Aussicht zu genießen.

Ob man hier auch den müden Geist zum Ausruhen einlud? Ihrer war nämlich im Moment so ziemlich am Tiefpunkt angekommen.

Wahrscheinlich wurden hier aber nur andere Reisende gastfreundlich zum Ausruhen aufgefordert. Sie sicher nicht. Denn ihr war vollkommen klar, dass man sie keineswegs mit der Wärme und Gemütlichkeit begrüßen würde, die das Café im Allgemeinen ausstrahlte.

Die Leute da drinnen würden nicht gerade begeistert sein, sie zu sehen. Zumindest galt das für eine Person, nämlich ihre Cousine und ehemals beste Freundin Tori Ayala. Vermutlich würde sie ihr die Tür vor der Nase zuschlagen oder sie direkt wieder in den Regen hinausschicken.

Lass dir ein Rückgrat wachsen, ermahnte sie sich selbst.

Tori konnte sie nicht einfach wegschicken. Nicht, solange ihr die Hälfte des Cafés gehörte.

Sie ging zur Eingangstür und blieb unter dem Vordach stehen, um den Regenschirm zuzuklappen. Dann zog sie mit klopfendem Herzen die Tür auf.

Es war, als verstummte mit dem Läuten der Glöckchen über der Eingangstür schlagartig das leise Murmeln der Gespräche und das Klingen der Gläser. Die Gäste wandten sich um oder schauten auf, um zu sehen, wer gekommen war.

Es war mitten am Nachmittag, der Hochbetrieb um die Mittagszeit war also bereits vorbei. Trotzdem schien das Café gut besucht zu sein, mehr als Meredith es zu der späten Stunde erwartet hätte.

»Komme gleich«, ertönte eine fröhliche Stimme, die Meredith nur zu gut kannte. Langsam wurde sie nervös.

Dies war die Stimme der Person, die alle Geheimnisse mit ihr geteilt hatte, damals, als sie einander noch alles erzählt hatten.

Das Letzte, was sie wollte, war eine Konfrontation mit Tori direkt nach ihrer Ankunft in der Stadt, aber sie wusste, dass es sich nicht vermeiden ließ.

Sie straffte sich und richtete den Riemen ihrer letzten Designertasche auf der Schulter. Alles, was sie noch hatte, waren ein Schrottauto und dreihundert Dollar in einer Louis-Vuitton-Tasche, die etwa sechsmal so viel wert war.

Meredith spürte die neugierigen Blicke der Gäste auf sich. Sie vergrub die Hände in ihren Jackentaschen und kämpfte gegen den Drang an, ihre Handtasche zu packen, zur Tür zu stürzen und zurück in den Regen zu flüchten.

Aber was dann?

Weglaufen ging nicht, weil sie nirgendwo anders hin konnte.

Im nächsten Moment kam die Person, die anzutreffen sie am meisten fürchtete, aus der Küche. Ihre Cousine Tori hatte eine adrette schwarze Schürze mit der Aufschrift »The Beach End Café« in Weiß auf der Vorderseite umgebunden und trug gekonnt ein Tablett mit mindestens drei oder vier Bestellungen darauf.

Ihr braunes Haar war zu einem unordentlichen Dutt zusammengebunden, und hinter ein Ohr hatte sie einen Bleistift geklemmt.

Sie sah so schön aus wie immer, strahlend und lebendig und so lieb, dass ihr Anblick Gefühle in Meredith weckte, die ihr in der Kehle stecken blieben.

Leider wurde die Empfindung jedoch augenscheinlich nicht erwidert. Wie Meredith schon vorausgeahnt hatte, erstarrte Tori in dem Moment, als sie sie sah. Das Tablett schwankte leicht in ihren Händen, aber sie behielt die Kontrolle mit einer Leichtigkeit, die für jahrelange Übung sprach.

Merediths Magen jedoch bewies weniger Kontrolle und knurrte als Reaktion auf die Geruchsmischung aus brutzelndem Fleisch, Kaffee und Bratkartoffeln – einem Duft, den sie auf ewig mit dem Café verbinden würde.

Plötzlich erinnerte sie sich daran, dass sie seit der eiligen Mahlzeit am Abend zuvor nichts mehr gegessen hatte. Ein billiges Tiefkühlgericht, das sie in dem Laden neben ihrem fragwürdigen Hotel in Sacramento gekauft und in der Mikrowelle ihres Zimmers zubereitet hatte.

Sie verdrängte das Hungergefühl, mit dem sie sich später befassen musste. Das wurde offenbar gerade zum Mantra ihres Lebens.

»Hallo«, murmelte sie dann und wusste nicht recht, was sie sonst noch sagen sollte.

Ihre zaghafte Begrüßung prallte auf eine Wand aus Wut, die so greifbar schien wie die sturmgepeitschten Wellen im Driftwood Park.

»Verschwinde«, knurrte Tori. »Raus mit dir, zum Teufel.«

Meredith spürte, wie sie zusammenschrumpfte. Sie hasste Konfrontationen. Sie brachten sie dazu, dass sie sich am liebsten in Luft auflösen oder ganz klein zusammenrollen wollte, die Hände über dem eingezogenen Kopf. Und bei der Wut in Toris Stimme wuchs der Wunsch in Meredith, zur Tür hinauszuschleichen, wieder ins Auto zu steigen und über die regennassen Straßen davonzufahren.

Aber das konnte sie nicht tun. Sie war bereits zu weit gekommen, wortwörtlich und im übertragenen Sinn, um jetzt noch aufzugeben.

Also atmete sie tief die nach Restaurant duftende Luft ein

und sah ihre Cousine fest an. »Ich soll mein eigenes Café nicht betreten dürfen? Was sollte mich daran hindern?«

»Es ist nicht dein Café«, stieß Tori aus, deren Gesicht jetzt rot anlief.

»Nicht ganz, aber zur Hälfte.«

Tori verzog den Mund und hievte das Tablett höher. »Neunundvierzig Prozent. Ich habe immer noch die Entscheidungsgewalt.«

»Das weiß ich«, sagte Meredith leise.

Sie war glücklich, überhaupt einen Anteil zu besitzen, zumal ihr im Grunde nicht mal eine Schachtel Strohhalme vom Café zugestanden hätte.

Frances hatte in ihrem Testament eindeutig festgelegt, dass Tori immer das letzte Wort haben würde, was das Café anging, zumal sie ihr ganzes Leben hier gearbeitet hatte, während Meredith jedes Jahr nur ein paar Wochen im Sommer bei ihnen gewesen war.

»Ich habe jetzt keine Zeit für so was«, zischte Tori. »Ich habe Kunden. Manche Menschen müssen für ihren Lebensunterhalt arbeiten, anstatt von Geld zu leben, das man leichtgläubigen Senioren gestohlen hat.«

Wie sie es zweifellos beabsichtigt hatte, trafen ihre Worte tiefer als ein Schnitt mit einem Küchenmesser.

Bevor Meredith jedoch etwas erwidern konnte, trug Tori ihr Tablett zu einem Tisch in der Ecke, wo eine Gruppe von Leuten, augenscheinlich Bauarbeiter, das schlechte Wetter wohl für eine Pause nutzte.

Wie alle anderen im Café warfen sie ihr verstohlene Blicke zu. Meredith wollte am liebsten verschwinden. Stattdessen straffte sie sich noch einmal. Das Getuschel und die Blicke sollte sie eigentlich inzwischen gewohnt sein. In Chicago war sie es tatsächlich, aber hier in Cape Sanctuary, Tausende von Meilen vom Tatort entfernt, hatte sie gehofft, etwas Ruhe zu finden.

Krampfhaft hielt sie sich an ihrem feuchten Regenschirm fest und wusste nicht, was sie tun sollte. Sie hatte schon Schlimmeres erlebt, sagte sie sich. Tori konnte sie nicht rausschmeißen, und sie konnte auch nicht die Polizei auf sie hetzen. Sie hatte das gleiche Recht, hier zu sein, wie ihre Cousine.

Als Tori schließlich mit dem Servieren der Mahlzeiten fertig war, kam sie mit dem leeren Tablett zurück, wobei das höfliche Lächeln, das sie für die Kunden aufgesetzt hatte, sich wieder in den starren Blick von zuvor verwandelte.

»Ich dachte, du wolltest gehen«, schnauzte sie. »Reisende soll man nicht aufhalten. Nicht dass du die Tür in den Rücken kriegst. Oder wenn schon, mir egal. Hauptsache, du verziehst dich.«

Meredith seufzte tief und wünschte, inmitten der Feindseligkeit ihrer Cousine eine kleine Spur ihrer einstigen allerbesten Freundin zu finden, auf die sie sich immer hatte verlassen können. Der Freundin, die jedes Mal geweint hatte, wenn sie am Ende des Sommers wieder in ihr richtiges Leben zurückkehren musste.

Doch sie wusste, dass sie das, was sie sich erhoffte, hier nicht finden würde. Sie hatte die Brücken zu dieser Freundschaft schon vor langer Zeit hinter sich abgebrochen.

»Ich fürchte, ich werde nicht weggehen«, sagte sie und kämpfte um Gelassenheit. »Diesmal nicht. Grandma Frances hat mir die Hälfte des Cafés hinterlassen – ja, ich weiß, neunundvierzig Prozent. Und ich werde nur gehen, wenn du mich auszahlst.«

Meredith hatte gehofft, dass sie zumindest höflich miteinander umgehen könnten, aber sie nahm ihrer Cousine die Wut nicht übel. Sie wusste, sie hatte all das und noch mehr verdient.

»Kannst du das?«

Die Gesichtszüge ihrer Cousine verhärteten sich. »Dich auszahlen? Du weißt, dass ich es nicht kann.«

Meredith zuckte mit den Schultern und versuchte sich an einem beschwichtigenden Lächeln. »Dann wirst du mich wohl vorerst nicht los, bis ich weiß, wie es weitergeht.«

»Was meinst du damit?«

Sie zuckte wieder mit den Schultern. »Ich besitze zwar nur die Hälfte vom Café, aber das Spindrift Cottage hat Frances mir komplett hinterlassen. Ich werde dortbleiben, während ich hier von der Pike auf lerne.«

»Von der Pike auf«, echote Tori, als ergäben die Worte keinen Sinn für sie.

»Genau. Ich ziehe heute in das Cottage ein und melde mich morgen zum Dienst.«

Frustriert stieß Tori einen leisen Laut aus, der direkt aus ihrer Kehle zu kommen schien. »Das ist so typisch. Du tauchst aus heiterem Himmel auf und erwartest, dass sich alles um dich dreht.«

»Es tut mir leid, dass du das so siehst«, sagte Meredith mit einer Gelassenheit, die sie gar nicht empfand. »Ich will nur helfen. Seit Frances gestorben ist, habe ich dir die ganze Last der Leitung des Cafés aufgebürdet, was nicht fair war. Jetzt bin ich hier, um meinen Teil beizusteuern. Ich wäre schon früher gekommen, aber ich hatte … na ja, ein paar Dinge zu erledigen.« Meredith merkte, dass ihre Finger zitterten, und hoffte, dass Tori es nicht sehen würde.

»Du bist hier nicht willkommen«, schnappte ihre Cousine zurück.

Der Fluchtimpuls überwältigte sie. Sie könnte immer noch in ihrem Auto leben, der einzigen Unterkunft, die sie sich noch leisten konnte.

Wann war sie eigentlich so ein Feigling geworden?

Leider kannte sie die Antwort auf diese Frage nur zu gut.

Dennoch, sosehr sie Konfrontationen auch hasste, diese hier war unvermeidbar. Tori konnte sie nicht zwingen zu gehen. Trotz allem und obwohl Meredith wusste, wie unverdient es war, hatte Frances sie geliebt. Und ihre Großmutter hatte ihr ein wertvolles Erbe hinterlassen: einen Teil ihres geliebten Cafés und das kleine Cottage mit zwei Schlafzimmern am Strand.

Das Cottage gehörte also ihr. Kein wütender Gläubiger konnte es ihr wegnehmen.

»Hast du den Schlüssel zum Spindrift Cottage, oder ist es dir lieber, wenn ich mich an den Anwalt wende, der Frances' Nachlass verwaltet?«

»Tut mir leid, dir das so unverblümt sagen zu müssen, aber das Spindrift Cottage ist in einem schlimmen Zustand. Es ist kaum bewohnbar. Die Vormieter haben es ziemlich ramponiert hinterlassen, als ihr Mietvertrag letzten Herbst ausgelaufen ist, und im Winter war das Dach undicht. Das habe ich zwar reparieren lassen, was ich dir in Rechnung stellen werde, aber sonst ist nichts gemacht worden.«

Ein mulmiges Gefühl stieg in Meredith auf, und sie schluckte. Vielleicht würde sie am Ende doch auf Posy als Schlafplatz zurückgreifen müssen.

»Vielen Dank jedenfalls dafür.«

»Ich hatte zu viel zu tun, um noch mehr zu machen, auch

wenn ich es gewollt hätte, denn ich musste Frances' Haus ganz allein ausräumen.«

Meredith wusste, dass Tori das Haus ihrer Großmutter, Seafoam Cottage, geerbt hatte. Sie selbst wohnte in einem dritten Haus, dem Sandpiper Cottage, das am selben Strandabschnitt lag. Ihr verstorbener Mann und sie hatten es kurz nach ihrer Heirat von Frances gekauft und umgebaut.

Alle drei Cottages waren als kleine Strandhäuschen zur selben Zeit errichtet worden. Ihre Großmutter hatte sie von ihrem eigenen Vater geerbt, in einem davon gewohnt und die anderen beiden vermietet, bis Tori und Javier das Sandpiper Cottage übernommen hatten.

Meredith kämpfte gegen ihre wachsende Verzweiflung an. Bestimmt versuchte Tori nur, sie abzuschrecken. Wie schlimm mochte es wirklich um das Haus stehen?

»Ich komm schon klar«, sagte sie. »Ich brauche nicht viel.«

Tori schnaubte verächtlich.

»Ist es wenigstens möbliert?«

»Technisch gesehen, ja. Es gibt ein Bett, ein Sofa und einen Küchentisch mit Stuhl. Sicherlich nicht dein üblicher vergoldeter Standard.«

»Ich komm schon klar«, wiederholte sie mit einer Zuversicht, die sie bei Weitem nicht fühlte. Aber selbst wenn es ein Zelt mitten im Sumpf wäre, würde sie Tori gegenüber kein Wort darüber verlieren.

Egal in welchem Zustand das Spindrift Cottage war, wertlos konnte es nicht sein. Schließlich lag es am Strand, und das hier war Kalifornien mit einem der teuersten Immobilienmärkte des Landes.

Es würde funktionieren. Es musste. Sie würde ihr Erbe in

Ordnung bringen, das Cottage verkaufen und sich mit dem Erlös irgendwo weit weg ein neues Leben aufbauen.

Und natürlich hatte sie nicht vor, sich ihren Anteil am Café von Tori auszahlen zu lassen. Es war ein kompletter Bluff gewesen, aber das würde sie ihrer Cousine gegenüber nicht zugeben.

Und sobald sie das Haus verkauft hätte, wollte sie ihren Anteil am Café an Tori übertragen. Das wäre zwar nur eine kleine Entschädigung für all das, was Frances – und damit auch Tori – ihretwegen durchgemacht hatte, aber es war besser als nichts.

Doch bis dahin brauchte Meredith Bargeld, das war die nackte Wahrheit. Sie hatte noch genau dreihundert Dollar, was schon kaum ausreichen würde, um Farbe zu kaufen, wenn sie das Haus ein wenig in Schuss bringen wollte. Und die naheliegendste Geldquelle war die Arbeit im Beach End Café.

»Um wie viel Uhr soll ich morgen hier sein? Ich habe draußen das Schild ›Aushilfe gesucht‹ gesehen und dachte mir, dass ich die Stelle annehmen könnte.«

Tori warf ihr einen ungläubigen Blick zu. »Du willst in der Frühschicht Tische abräumen?«

Tische abräumen. Das schien ihren Fähigkeiten im Gastronomiebereich genau zu entsprechen.

»Klingt perfekt. Und um wie viel Uhr wäre das?«

»Wir öffnen um sechs Uhr dreißig. Die Belegschaft kommt um sechs.«

Sechs Uhr morgens. Meredith erschauerte innerlich.

»Ich werde hier sein. Du kannst das Schild abnehmen.«

Tori warf Meredith einen Blick zu, der ihr eindeutig vermittelte, was sie am liebsten mit dem Schild tun würde. Meredith beschloss, auch das zu ignorieren.

»Wo finde ich denn nun den Schlüssel zum Spindrift Cottage? Hast du ihn, oder muss ich diesen Anwalt aufsuchen?«

Tori starrte sie einen Moment lang wortlos an, dann griff sie in ihre Schürzentasche, zog einen lila Karabiner mit mehreren Schlüsseln daran heraus und machte einen davon ab. Anschließend streckte sie ihn ihr entgegen.

Aus Furcht, Tori könnte es sich anders überlegen und ihn wieder in ihrer Tasche verschwinden lassen, schnappte sich Meredith schnell den Schlüssel und umschloss das kalte Stück Metall mit ihren Fingern.

Wieder knurrte ihr Magen, laut genug, dass Tori es hören musste. Und obwohl Meredith sich am liebsten in eines der so vertrauten Sitzabteile gesetzt und einen der berühmten Beach-End-Burger bestellt hätte – oder zumindest ein Stück Dutch Apple Pie zum Mitnehmen –, wollte sie doch ihr Glück nicht übermäßig herausfordern.

»Danke. Dann sehen wir uns morgen früh. Oder sogar vorher, wir wohnen ja am selben Strand.« Mit diesen Worten lief sie aus dem Café, den Schlüssel wie eine Rettungsleine umklammernd. In ihrer Eile dachte sie jedoch weder an den Regen noch an den Regenschirm, den sie immer noch in der anderen Hand hielt. Und als sie ihn schließlich öffnete, war sie bereits durchnässt.

Sicherlich gab es eine passende Metapher, die das Chaos in ihrem Leben beschreiben konnte, aber sie hatte gerade weder die Energie noch die Kreativität dafür übrig, sie zu benennen.

Sie war hier, in Cape Sanctuary. Sie hatte einen Platz zum Schlafen und einen Job. Es war vielleicht keine ideale Situation, aber sie war verzweifelt genug, dass es ihr egal war.

2. KAPITEL

Tori

Die Tür des Cafés fiel mit dem gewohnten Läuten zu, einem fröhlichen, musikalischen Klang, der so gar nicht zu Toris plötzlich mieser Laune passen wollte.

Meredith. Hier.

Dabei war ihr Tag bisher super gelaufen.

Das Café war gut besucht, seit sie geöffnet hatten, alle Lieferungen waren pünktlich gewesen, und die Köche waren beide relativ gut drauf, was nicht immer der Fall war.

Und sogar das Wetter hatte sie heute beim Aufwachen positiv überrascht, als sie das Prasseln auf dem Cottagedach gehört hatte. Die Gegend brauchte den Regen so dringend. Wie köstlich die feuchte Luft roch, nach Wachstum und Frühling, und alles sah in dem intensiven Licht sauber und neu aus.

Und dann war da noch die Tatsache, dass Tori seit drei oder vier Tagen das seltsame Gefühl nicht loswurde, dass etwas Wunderbares auf sie zukam. Sie hätte nicht sagen können, was es war, aber irgendwie hatte es erwartungsvoll zwischen ihren Schulterblättern gekribbelt.

O Mann, das war das letzte Mal, dass sie ihrer eigenen Intuition vertraut hatte.

Sie hätte wohl kaum weiter danebenliegen können.

Meredith. Hier.

Was wollte sie bloß? Sicher hatte sie nicht erwartet, mit offenen Armen empfangen zu werden. Wenn doch, dann würde sie ihr blaues Wunder erleben. Tori hätte sie am liebsten mit einer Backpfeife, gefolgt von einem Tritt in den Hintern, begrüßt.

In einem Café voller Kunden wäre das sicher spitzenmäßig angekommen, ganz zu schweigen davon, dass man sie wahrscheinlich im Anschluss daran verhaftet hätte. Zum Glück war sie keine gewalttätige Person, aber wenn Meredith am Starfish Beach leben würde, änderte sich das vielleicht noch.

»Wer war denn diese Prinzessin?«, fragte Ty Kemp, einer der beiden Köche. Neugierig verfolgte er durch das Fenster, wie Meredith durch den Regen zu ihrem Auto ging.

Prinzessin. Was für eine treffende Beschreibung. Meredith war das verwöhnte Kind lächerlich reicher Eltern. Selbst so tropfnass, wie sie jetzt war, schritt sie auf eine derart geschmeidige, anmutige Weise dahin, als würde sie einen Stapel Bücher auf dem Kopf balancieren.

»Meine Cousine, niemand von Bedeutung«, antwortete Tori kurz angebunden.

Sie ging zu dem leeren Sitzabteil in der Ecke zurück, das sie als behelfsmäßiges Büro nutzte, wenn sie neben ihren anderen Aufgaben Papierkram zu erledigen hatte.

Aber sosehr sie sich auch bemühte, sie konnte sich nicht konzentrieren. Immer wieder sah sie Meredith vor sich, dünn, fast zerbrechlich, in einer Jacke, die ihr eine Nummer zu groß schien.

Warum nur hatte sie nach Cape Sanctuary zurückkommen müssen?

Nach allem, was in den letzten Jahren – gut, eher den letzten fünfzehn – passiert war, konnte sie doch nicht ernsthaft erwarten, dass Tori sich freuen würde, sie zu sehen.

War sie so eingebildet oder begriffsstutzig zu glauben, dass sie einfach hier hereinspazieren und ihren Willen kundtun konnte und Tori daraufhin nur lächeln und ihr eine Schürze reichen würde?

Ja, wahrscheinlich hatte sie genau das erwartet.

Dank Frances gehörte Meredith die Hälfte des Cafés und eines der Cottages. Ihre Großmutter hatte Meredith bis zum Schluss geliebt, trotz allem.

»Nichts von dem, was passiert ist, ist Meris Schuld, Schatz«, hatte Frances mit ihrer sanften, brüchigen Stimme gesagt, atemlos, nachdem ihr Herz begonnen hatte schwächer zu werden. »Wie könnte ich ihr die Fehler ihres Mannes anlasten?«

»Sie muss davon gewusst haben«, hatte Tori beharrt. »Meredith ist nicht dumm. Als wäre es ihr entgangen, dass Carter seine Kunden bestohlen hat, um seinen eigenen Lebensstil zu finanzieren.«

»Vielleicht, vielleicht auch nicht. Wir wissen nicht, wie es bei den beiden lief. Auf jeden Fall hat sie eine schwere Zeit hinter sich und braucht unser Verständnis.«

»Meines kriegt sie nicht«, hatte Tori geblafft.

»Weißt du, ich möchte ganz bestimmt nicht für alles geradestehen, was dein Großvater angestellt hat, bevor er starb. Wenn ich für seine Sünden mitverantwortlich wäre, würde die halbe Stadt sich weigern, ins Café zu kommen.«

Tori hatte versucht, damit zu argumentieren, dass Meredith an Carter Rowlands Schneeballsystem beteiligt gewesen sein musste. Zumindest hatte es ihr einen verschwenderischen Lebensstil ermöglicht.

Frances jedoch hatte nicht zuhören wollen. Dann war sie zu krank geworden, um noch mehr mit ihr zu streiten.

Möglich, dass Frances bereit gewesen war, nur das Gute zu sehen, aber Tori war anders als ihre Großmutter. Sie konnte Meredith und ihrem diebischen Bastard von Ehemann nicht einfach das Leid vergeben, das sie über das Leben ihrer Familie gebracht hatten.

Sie wünschte ihre Cousine zum Teufel. Sam Ayala, ihr Schwager, arbeitete für die Polizei von Cape Sanctuary. Bestimmt fand er einen Grund, um Meredith auffordern zu können, die Stadt vor Sonnenuntergang zu verlassen, so wie in einem alten Western.

Meredith hier im Beach End Café arbeiten zu lassen, war jedenfalls das Letzte, was Tori wollte.

Nur, wie hätte sie Nein sagen können? Ob es ihr gefiel oder nicht, die Frau hatte jedes Recht, in Cape Sanctuary zu sein, und ebenso hatte sie das Recht, im Café zu arbeiten, wenn sie es wollte.

»Ty sagt, die hübsche Lady mit der schicken Handtasche, die vorhin hier war, ist deine Cousine«, kam es von der immer fröhlichen und etwas molligen Denise Arnold. Während sie gerade ein Sandwich mit Bacon, Salat und Tomate belegte und noch Pommes auf einem Teller verteilte, warf sie ihr einen fragenden Blick zu.

Wenn es nach Tori gegangen wäre, hätte sie gern jede Verbindung zu Meredith abgestritten.

»Ja, ihr Vater und meine Mutter waren Geschwister.«

»Das ist also Meredith. Nach all der Zeit. Ich hatte mich schon gefragt, ob sie wirklich existiert. Frances hat von ihr gesprochen, als wäre sie eine Königin oder so was.«

»Von wegen.« Obwohl … Merediths verstorbener Ehemann galt immerhin als König der Schwindler, dachte Tori bitter bei sich.

Denise wandte den Kopf, um sicherzugehen, dass sich keiner der anderen Mitarbeiter in Hörweite befand. Da inzwischen nicht mehr viel los war, hatte Ty sich nach draußen verzogen, wahrscheinlich um eine E-Zigarette zu dampfen, obwohl er es sich eigentlich gerade abgewöhnte.

»Ich wollte ja nicht lauschen, aber habe ich das richtig mitbekommen, dass ihr die Hälfte vom Beach End gehört?«

Tori konnte es nicht leugnen. Was hätte es auch gebracht? »Leider ja. Du weißt, wie Frances war. Großzügig bis ins Mark, aber nicht mit der besten Menschenkenntnis gesegnet. Sie hat immer nur das Gute in jedem gesehen, den sie liebte.«

Ob verdient oder nicht.

Tori tendierte eher in die andere Richtung. Frances hatte ihr immer gesagt, sie sei viel zu jung für einen derartigen Zynismus. Ob es daran lag, dass ihre Mutter ständig aus ihrem Leben verschwunden und dann wieder aufgetaucht war, wenn es ihr gerade in den Kram passte, oder daran, dass sie ihren Mann auf tragische Weise verloren hatte, als sie erst fünfundzwanzig gewesen war, wusste Tori nicht.

»Na, das kann ja heiter werden«, sagte Denise und schüttelte den Kopf. »Ich hoffe nur, sie will hier nicht gleich alles verändern.«

Tori holte ein großes Paket Servietten unter einem der Tresen hervor und ging damit zur Schwingtür der Küche.

»Pech für sie, wenn sie das vorhat. Das Café ist absolut in Ordnung, so wie es ist, und unsere Kunden mögen es auch so. Bodenständiges, traditionelles Essen, anständige Preise, guter Service. Sie wissen genau, was sie erwartet, wenn sie hierher zum Essen kommen. Wenn Meredith denkt, dass sie hier reinmarschieren und alles ändern kann, gibt es ein böses Erwachen für sie.«

»Erwachen oder nicht, das wird Ärger geben, denk an meine Worte«, warnte Denise.

Leider hatte Tori weder Denise' Worte noch ihren ungewöhnlich düsteren Tonfall nötig, um zur selben Überzeugung zu gelangen. In dem Moment, als Meredith durch die Tür gekommen war, hatte sie eine Welle der Vorahnung mit der Wucht eines Tsunamis überrollt.

Tori konnte Meredith nicht auszahlen. Sie hatte einfach keine liquiden Mittel, und sie konnte nicht riskieren, einen Kredit aufzunehmen, den sie vielleicht nie würde zurückzahlen können.

In den letzten sieben Jahren seit Javiers Tod hatte sie sich als alleinerziehende Mutter gerade so durchgeschlagen, denn das Gehalt, das sie mit der Leitung des Cafés für Frances verdient hatte, war eher gering ausgefallen.

Von Javiers kleiner Lebensversicherung hatte sie ihre Hypothek an Frances abbezahlt, obwohl ihre Großmutter das nicht gewollt hatte.

Frances wiederum hatte mit diesem Geld einen Kredit zurückgezahlt, den sie aufgenommen hatte, als es vor einigen Jahren eng geworden und das Café in die roten Zahlen gerutscht war.

Im Grunde besaß Meredith also neunundvierzig Prozent eines Unternehmens, das kaum Gewinn abwarf. Wenn ihre Cousine glaubte, dass sie hier in Cape Sanctuary ihr Vermögen wieder aufbauen konnte, hatte sie sich gewaltig geirrt.

So gesehen stellte sich eigentlich die Frage, warum Merediths Mutter nicht für sie gebürgt hatte, als Carters Rechtsstreitigkeiten begannen. Die Familie schwamm doch in Geld.

Wobei, eigentlich kannte sie die Antwort. Denn Cilla Collins musste den Skandal um ihren Schwiegersohn zutiefst verabscheut haben, und sicher hatte sie alles darangesetzt, um sich davon zu distanzieren – und damit ebenso von ihrer eigenen Tochter. Cilla war der Inbegriff des Narzissmus.

Sie war nicht mal zu Merediths Schulabschlussfeier gekommen, weil sie sich damals von einem schlimmen Facelifting erholte und nicht wollte, dass jemand die Narben sah.

Das Läuten der Tür lenkte sie von ihren Gedanken ab, und auch von der banalen Arbeit, die für den Betrieb eines Cafés so wichtig war.

Sie schaute auf und war sofort beunruhigt, als sie ihre Tochter Emilia und deren Cousine Cristina lachend den gemeinsam genutzten Regenschirm ausschütteln sah.

Die beiden hübschen braunäugigen Mädchen, die Schwestern hätten sein können, schienen ein wenig Licht in ihren trüben Tag zu bringen, auch wenn Tori misstrauisch blieb.

»Em! Was ist los? Die Schule ist erst in einer Stunde um!«

Ihre Tochter warf ihr einen unschuldigen Blick zu, der Tori nicht eine Sekunde lang täuschte. »In der letzten Stunde gab es eine Motivationsrede für das Baseballteam, das zum Bundesturnier fährt. Coach Jordan meinte, wir müssten nicht bleiben.«

Ungläubig runzelte Tori die Stirn. Hielt Emilia sie wirklich für so leichtgläubig? Anscheinend.

»Taylor und Josh sind im Team. Ihr wolltet nicht bleiben, um eure Freunde anzufeuern?«

Beide Mädchen zuckten mit den Schultern. »Sie wissen, dass wir sie lieben, auch wenn wir nicht zu irgendeinem lahmen Aufmunterungstreffen kommen«, sagte Cristina.

»Wir wollen nur bei uns zu Hause Hausaufgaben machen.

Ob wir vielleicht einen Teller Pommes oder so bekommen können?«, fragte Em. »Wir haben beide heute noch nicht zu Mittag gegessen und sind am Verhungern.«

»Warum?«

»Weil wir Mädchen im Wachstum sind?«

»Ich meine, warum ihr nicht zu Mittag gegessen habt.«

Emilia zuckte wieder mit den Schultern. Ihre Lieblingsgeste. »Mittags hatten wir keinen Hunger. Außerdem gab es in der Cafeteria fast nur Spaghetti, und die sind in der Schule einfach ekelhaft!«

»Wirklich eklig«, bestätigte Cristina, »als würde man tote Würmer essen.«

»Alle hassen die, und deswegen war die Schlange für die alternativen Gerichte endlos, und wir wollten nicht so lange warten.«

Natürlich. Warum sollten sie eklige Spaghetti essen, wenn sie wussten, dass sie nach der Schule – oder offensichtlich auch während – im Café eine anständige Mahlzeit zubereitet bekämen?

»Wir finden bestimmt was für euch. Wollt ihr gegrillten Käse zu den Pommes?«

»Das wäre mega, Tante Tori.« Cristina strahlte sie an.

»Können wir auch ein paar Cola light haben?«

»Sicher. Ich schreibe sie auf deine Liste. Du kannst sie am Samstag abarbeiten, wenn du mir beim Organisieren der Lieferungen hilfst.«

Bei der Erinnerung daran, dass sie am Samstagmorgen arbeiten musste, sah Em nicht gerade begeistert aus, aber Cristina zog sie zu einem Tisch in der Ecke, und schon bald steckten sie die Köpfe zusammen und lachten über irgendetwas.

Wahrscheinlich über Toris wenig überzeugende Bemühungen, Em zum Helfen im Café zu verdonnern, im Austausch gegen Pommes und Cola.

Sie wischte den Gedanken beiseite. Emilia und sie waren immer beste Freundinnen gewesen. Seit Javis Tod – damals war ihre Tochter gerade sechs Jahre alt gewesen – waren sie ein Team. Sie beide gegen den Rest der Welt.

Dann hatten bei Frances die Probleme mit dem Herzen begonnen, und Tori hatte immer mehr Verantwortung für das Café übernommen. In der Folge war Emilia damit aufgewachsen, dass sie entweder am Tisch in der Ecke des Cafés mit Puppen spielte oder ihrer Großmutter in deren Zuhause Gesellschaft leistete, während Frances im Garten arbeitete, Strandgut sammelte oder auf ihrer Veranda mit Blick auf den Ozean strickte.

Zu Beginn des Schuljahres, in dem Em dreizehn wurde, hatte sich dann alles geändert.

Tori war vor der Teenagerzeit gewarnt worden. Manche Kinder würden anfangen, ihre Grenzen auszutesten und zu überschreiten, hatte es geheißen, aber sie war überzeugt gewesen, dass es bei ihr und Emilia anders wäre und nichts ihre enge Bindung beeinträchtigen könnte.

Sie hatte sich jedoch geirrt.

Schon bevor Cristina zusammen mit ihrem Vater Sam, Javiers Bruder, nach Cape Sanctuary zurückgezogen war, hatte Em angefangen, sich zu verändern. Sie war nicht mehr das süße, unkomplizierte Kind, das es allen recht machen wollte. Stattdessen wurde sie trotziger und widerspenstiger, je mehr sie ihre eigene Meinung entwickelte.

Tori hatte das Gefühl, momentan nichts richtig machen zu können. Schmerzlich sehnte sie sich nach den früheren Zeiten zurück, als Em nach der Schule gar nicht schnell genug ins Café hatte kommen können, um ihr alles über ihren Tag zu erzählen. Heute konnte sie froh sein, wenn Em ihr überhaupt noch etwas anvertraute.

Aber jetzt hatte sie keinen Kopf dafür. Auch wenn ihre Tochter für sie immer an erster Stelle stehen würde, musste sie sich heute um dringendere Angelegenheiten kümmern, zum Beispiel, wie sie damit umgehen sollte, dass die verdammte Meredith Rowland wieder über Cape Sanctuary hereingebrochen war wie ein menschlicher Wirbelsturm.

Sie ging in die Küche, um die Bestellung bei Denise aufzugeben.

»Die Mädchen sind früh dran, oder?« Die Köchin schnitt gerade Tomaten und wies kurz mit dem Kopf in Richtung Tür zu Emilia und Cristina. »Sie müssten doch noch Schule haben, es sei denn, meine Enkelkinder haben vergessen, mir von irgendeinem Feiertag zu erzählen.«

»Kein Feiertag, nur eine Versammlung zum Anfeuern, die sie schwänzen. Sie haben Hunger. Kannst du ihnen ein paar Käsesandwiches und Pommes machen?«

»Können sie haben. Aspen ist übrigens gegangen. Sie sagte, sie fühle sich nicht wohl.«

Das bedeutete, dass Tori nun allein im Service arbeiten musste. Wo war Meredith, wenn man sie brauchte? Wenigstens befanden sie sich gerade in der ruhigen Phase zwischen Mittag- und Abendessen.

Als sie aber aus der Küche trat, fand sie eine große Gruppe vor, die an der Tür wartete, um einen Tisch zugewiesen zu bekommen, und ein paar Stammgäste kamen auch dazu.

Sie schob zwei Vierertische zusammen, ließ beide Gruppen Platz nehmen, verteilte die Speisekarten und ging dann zum Tisch von Em und Cristina.

»Wir sind unterbesetzt, Em. Könnt ihr euch die Getränke selbst holen?«

Emilia atmete tief ein und stieß die Luft aus. »Gern«, sagte sie dann in einem Ton, der das genaue Gegenteil des knapp hervorgestoßenen Wortes vermittelte.

Tori runzelte die Stirn, aber sie hatte gerade nicht die Zeit, ihre Tochter wegen ihres Verhaltens zurechtzuweisen.

Und während sie die anderen Gäste bediente, kam Tori nicht wirklich dazu, nach den Mädchen zu sehen, außer als sie ihnen die Sandwiches brachte, sobald sie fertig waren. Dann bekam sie noch einen Anruf eines anderen Vorstandsmitglieds der Handelskammer, bei dem es um die Tagesordnung einer anstehenden Sitzung ging.

Nach dem Telefonat sah sie gerade noch, dass die Mädchen mit dem Essen fertig waren und aus dem Abteil rutschten.

Bevor sie jedoch hinausgehen konnten, holte sie sie ein.

»Wo wollt ihr beide denn jetzt hin?«, fragte sie in einem Tonfall, von dem sie hoffte, dass er höchstens leicht neugierig klang und nicht nach einem Verhör.

»Wir wollen ein bisschen bei uns zu Hause chillen«, sagte Emilia. »Wir, ähm, haben ein paar Hausaufgaben zu machen.«

Wahrscheinlich würden sie eher ein paar Tanzschritte für ihre bevorzugte Social-Media-App üben.

»Ich bin in circa einer Stunde zu Hause«, erklärte Tori. »Sag mir Bescheid, wenn ihr etwas braucht. Ich kann auf dem Heimweg am Laden anhalten.«

»Schon okay.«

Als sie nach draußen gingen, machten sie sich nicht die Mühe, den Regenschirm aufzuspannen, und Tori sah, dass es aufgehört hatte zu regnen. Die Sonne lugte sogar zwischen den Wolken hervor.

Der Mai an der nordkalifornischen Küste konnte wirklich unbeständig sein. Manche Tage fühlten sich wie Sommer an, andere eher wie Januar. Und dann gab es die gar nicht so seltenen Tage, die irgendwie beides hinbekamen.

Aus einem Impuls heraus folgte Tori den Mädchen hinaus in den Nachmittag und stellte sich vor das Café, um den sauberen, frischen Duft von Blumen, Meer und Frühling einzuatmen. Nur einen Moment, sagte sie sich und hob das Gesicht in die Sonne. Nach all dem, was dieser Tag ihr schon beschert hatte, brauchte sie ein wenig Selbstfürsorge.

Mit geschlossenen Augen sonnte sie sich in der Wärme, bis sie hörte, wie ein Auto vorfuhr und auf einem der wenigen Plätze vor dem Café einparkte. Sie öffnete ein Auge und setzte ein Lächeln für die potenzielle Kundschaft auf.

Dann erstarrte sie, als sie sah, wie Sam Ayala aus einem kleinen SUV ausstieg, auf dessen Seite das Logo des Cape Sanctuary Police Department prangte.

Sie öffnete beide Augen und machte sich auf die merkwürdige Spannung gefasst, die sie in Sams Nähe verspürte, seit er und Cristina wieder hier wohnten.

»Du hast die Mädchen knapp verpasst. Sie sind vor etwa zehn Minuten in Richtung Starfish Beach los.«

Er schaute auf seine Uhr. »Das ging aber schnell. Die Schule ist erst seit fünf Minuten aus.«

»Anscheinend gab es in der Mittelstufe eine Motivationsrede, zu der sie nicht gegangen sind.«

Es sah nicht so aus, als würde er der Ausrede mehr Glauben schenken als sie selbst. »Da das Schuljahr nur noch drei Wochen dauert, denken die meisten Schüler, sie wären mit Lernen durch.«

»Ja, leider.«

Er hielt eine große Thermosflasche hoch. »Ich wollte fragen, ob ich bei dir meinen Kaffee auffüllen kann. Ich habe heute eine Doppelschicht und könnte etwas mehr Raketentreibstoff gebrauchen.«

Sie war sehr stolz darauf, dass das Café den besten Kaffee der Stadt servierte und unter den Einheimischen als Geheimtipp galt.

»Klar. Komm rein.«

Sam ging zur Theke und unterhielt sich mit ein paar ortsansässigen Gästen, während Tori den Rest aus der Thermoskanne schüttete, sie ausspülte und mit frischem Kaffee auffüllte.

Sam gehörte schon lange zu ihrem Leben, zumindest peripher, seit sie mit siebzehn mit seinem jüngeren Bruder zusammengekommen war. Dennoch war er immer eine entfernte Größe gewesen, weil er bereits mit Joni verheiratet gewesen war und im Los Angeles County gelebt hatte.

Nach ihrer Heirat mit Javier hatten sie sich gegenseitig während der Familienurlaube besucht. Sie waren immer auf freundlicher und höflicher Basis miteinander umgegangen.

Doch nun fragte sie sich, was seit seiner Scheidung vor drei Jahren anders geworden war, vor allem, seit er und Cristina wieder hierher zurückgekommen waren. In Sams Nähe fühlte sie sich immer … unsicher.

»Was haben die Mädchen denn jetzt vor?«, fragte er, als sie ihm die Flasche zurückgab. »Sie wollten zum Starfish Beach?«

»Das haben sie gesagt. Angeblich, um Hausaufgaben zu machen. Ich fahre aber gleich heim und behalte sie im Auge. Wenn du nicht willst, dass sie allein sind, bis ich da bin, kann ich sie auch zu ihren Großeltern schicken.«

Das Haus von Sams Eltern Pablo und Teresa, die seit Ems Geburt ein fester Bestandteil in ihrem Leben waren, lag nur ein paar Straßen landeinwärts von ihrem Cottage entfernt.

»Die kommen schon klar. Was können sie schon anrichten?«

»Ich glaube nicht, dass wir die Antwort darauf wirklich wissen wollen«, antwortete Tori.

Sams Lächeln machte sie so nervös und unruhig, als hätte sie gerade seine ganze Thermoskanne leer getrunken.

»Danke dafür«, sagte er und legte viel zu viel Geld auf den Tresen.

»Sam, du musst mir doch den Kaffee nicht bezahlen. Das hab ich dir schon zigmal gesagt. Das Mindeste, was ich für die Polizei von Cape Sanctuary tun kann, ist, sie mit Kaffee zu versorgen. Außerdem gehörst du zur Familie. Ich decke dich sehr gern damit ein.«

»Ich weiß das wirklich zu schätzen, aber in der Abteilung, aus der ich hierhergewechselt bin, war Bestechung an der Tagesordnung. Ich versuche, auch den leisesten Anschein von Fehlverhalten zu vermeiden, also werde ich weiterhin für meinen Kaffee bezahlen.«

Sie wollte etwas einwenden, aber seit seiner Rückkehr nach Cape Sanctuary wusste sie, dass Sam genauso stur sein konnte wie sein Bruder.

Also nickte sie nur und beschloss, ihm und Cristina in den nächsten Tagen einen Kuchen vorbeizubringen, als Zeichen ihrer Wertschätzung. Zu Kuchen würde er doch nicht Nein sagen, oder?

»Das hätte ich fast vergessen«, sagte Sam auf dem Weg zur Tür. »Vor etwa einer Stunde habe ich ein fremdes Auto vor dem Spindrift Cottage vorfahren sehen. Hast du es jemandem überlassen?«

An Meredith erinnert zu werden, war mehr als ausreichend, um ihre Stimmung wieder zu trüben. »Nicht aus freien Stücken«, murmelte sie.

»Soll ich dir helfen, einen Hausbesetzer zu vertreiben?«, fragte er nur halb im Scherz.

»Ich wünschte, das ginge, aber leider gehört ihr das Haus. Da kann ich nichts machen. Es handelt sich um meine Cousine Meredith.«

»Diejenige, welche …?«

»Ja, genau die.«

Anders als Sam, der aus einer turbulenten Großfamilie stammte, hatte Tori nur eine Cousine, zumindest soweit sie wusste. Sie hatte keine Ahnung, wer ihr Vater war, und ihre Mutter hatte nur den einen Bruder gehabt, Merediths Vater.

Da ihre Eltern und nun auch Frances nicht mehr lebten, waren Tori und Meredith – und natürlich Emilia – die Einzigen, die von ihrer Linie übrig waren.

Eigentlich hätte sie gern eine große Familie mit vielen Cousins und Cousinen gehabt. Stattdessen musste sie mit dieser einen klarkommen, die sie nicht ausstehen konnte.

»Ich habe keine Ahnung, warum sie wirklich hier in der Stadt ist. Ich vermute, dass sie das Cottage zu Geld machen will.«

»Was hältst du davon?«

»Es gehört ihr. Frances hat es ihr hinterlassen. Sie kann damit machen, was sie will.«

Sie zögerte, entschied sich dann aber, ihm auch den Rest zu erzählen. »Frances hat ihr auch die Hälfte des Cafés vermacht. Also fast die Hälfte. Mir gehören einundfünfzig Prozent, Meredith neunundvierzig.«

Er hob eine Augenbraue. »Will sie denn Partnerin werden?«

Es war irgendwie tröstlich, Sam ins Vertrauen zu ziehen. Jetzt, wo Frances nicht mehr da war, blieben Tori nicht viele Vertraute. Sie hatte ein paar enge Freundschaften und noch weitere Freunde, aber sie war nicht der Typ Mensch, der sich stundenlang über die eigenen Probleme ausließ.

»Wer weiß schon, was Meredith wirklich will? Ich habe keine Ahnung. Ich weiß nur, dass sie morgen anfangen will, hier zu arbeiten. Sie wird die Tische abräumen.«

»Das kann lustig werden.«

»Ja, könnte man so sagen.« Ihr gingen noch etwa ein Dutzend andere Formulierungen durch den Kopf, von denen sie die meisten nicht hätte wiederholen können.

»Ich habe in meinem Leben bisher noch nie jemanden gehasst. Das ist ein seltsames Gefühl«, sagte sie nachdenklich. »Aber nach dem, was sie und ihr Mann getan haben, kann ich eines mit Sicherheit sagen: Wenn Meredith von einer reißenden Strömung erfasst würde, würde ich ihr vom Ufer aus ›Gute Reise‹ zurufen.«

»Wow. Ich hätte nicht gedacht, dass du so rachsüchtig sein kannst.«

Sie seufzte und fühlte sich klein und gehässig. Dabei stimmte es ja gar nicht. Wenn Meredith zu ertrinken drohte, würde sie aller Wahrscheinlichkeit nach ins Wasser springen, um sie zu retten. Sie wäre zwar nicht glücklich darüber, aber sie würde es trotzdem tun, zumindest Frances zuliebe, wenn schon nicht für ihr eigenes Gewissen.

»Wenn schon keine reißende Strömung, dann verdient sie es zumindest, von hundert Quallen gestochen zu werden«, murmelte sie.

Sams Augenwinkel kräuselten sich von seinem Lächeln. Er nahm ihr offensichtlich nicht ab, dass sie es auch so meinte. »Vorsicht, ich bin immer noch Polizist. Du solltest hoffen, dass ihr nichts zustößt, während sie hier in Cape Sanctuary ist, sonst weiß ich genau, wo ich meine Hauptverdächtige finden kann.«

»Nicht, wenn ich es wie einen Unfall aussehen lasse«, sagte sie mit einem finsteren Blick, der ihn nur noch mehr erheiterte.

Das war das Problem mit Sam. Er kannte sie zu gut. Außerdem war er so ehrenhaft. Sie wusste, dass er keinen Moment zögern würde, sie festzunehmen, wenn er sie eines Verbrechens verdächtigte, auch wenn sie seine verwitwete Schwägerin war.

»Ich sollte dir besser sagen, dass nicht nur das Spindrift Cottage bewohnt ist. Ich habe auch Frances' Haus für die nächsten Wochen vermietet. Wenn du dort einen Unbekannten siehst, brauchst du nicht gleich zu befürchten, dass er ein Einbrecher ist.«

»Gut zu wissen. Zieht eine Familie dort ein?«

»Nein, ein Schriftsteller, der ein wenig Einsamkeit sucht. Er hat sofort gebucht, als ich das Haus inseriert habe, und er bleibt den ganzen Juni über.«

»Hat er etwas geschrieben, was ich gelesen habe?«

»Wohl kaum. Er sagt, dass er sein erstes Buch fertigstellen will und dafür Einsamkeit braucht.«

»Dann werden es ja ein paar interessante Wochen an deinem kleinen Strand. Von heute auf morgen hast du ihn nicht mehr für dich allein, sondern musst ihn mit einem zurückgezogenen Schriftsteller und einer Cousine teilen, die du nicht leiden kannst.«

»Jippie«, murmelte Tori, und Sam grinste.

»Ich muss los. Danke noch mal für den Treibstoff. Wirf deine Cousine nicht in irgendwelche reißenden Fluten, okay?«

»Ich kann nichts versprechen«, antwortete sie.

Sams Lächeln begleitete sie noch den ganzen Nachmittag über.

3. KAPITEL

Meredith

Panik stieg in ihr auf, als sie sich im Spindrift Cottage umsah.

Tori hatte ihr zwar erzählt, dass der Vormieter das Haus ramponiert hinterlassen habe, aber das war eine glatte Untertreibung gewesen. Hier herrschte nicht einfach nur Chaos, sondern es war ein kompletter Super-GAU. Die Tapeten blätterten ab, an der Decke waren Wasserschäden sichtbar, und zwei kaputte Fenster mussten ersetzt werden, bevor noch Vögel ins Haus einzogen, um hier ihr Nest zu bauen.

Es roch so muffig, dass sie Schimmelbefall an Stellen befürchtete, wo man es nicht sehen konnte.

Wenigstens hatte Tori mit den Möbeln recht behalten. In dem Zimmer, in dem sie stand, gab es ein durchgesessenes, zerschlissenes Sofa, einen wackeligen Stuhl sowie einen Tisch. In einem der anderen Zimmer befand sich noch eine schmuddelige Matratze, die sie sich gar nicht anzufassen traute.

Hier konnte sie unmöglich leben. In ihrem Auto zu schlafen, wäre wahrscheinlich die bessere Option.

Sie straffte die Schultern, was ihr in letzter Zeit zur Gewohnheit wurde. Doch, konnte sie. In dieses Haus musste sie nur ein bisschen Kraft und etwas Farbe investieren. Sie konnte es schaffen.

Für jemanden, der verzweifelt und obdachlos war, stellte das Spindrift Cottage einen Palast dar. Es hatte vier stabile Außenwände, ein Dach, das repariert worden war und nun den Regen abhalten würde, und das Beste war, dass es ihr Eigentum war. Keiner konnte es ihr wegnehmen.

Was würden nur ihre Freunde dazu sagen, wie tief sie gefallen war? Einen Moment lang wünschte sie sich inständig, mit Isabel Johnson und Diego Muñoz sprechen zu können, ihren Assistenten in der Galerie und gleichzeitig zwei der wenigen Freunde, die zu ihr gehalten hatten.

Wie sehr sie doch beides vermisste, ihre Freunde *und* die Galerie, die sie so leidenschaftlich geliebt hatte.

Alles andere, was nach Carters Verhaftung beschlagnahmt worden war, bedeutete ihr nichts. Das Penthouse mit den glänzenden Möbeln und wertvollen Antiquitäten hatte sich nie wie ein Zuhause angefühlt. Die meiste Zeit ihrer Ehe war sie sich dort eher wie im Gefängnis vorgekommen.

Alle Autos außer ihrem Mercedes-SUV hatten Carter gehört. Er hatte auch den gesamten Schmuck gekauft, der im Bankschließfach gelegen hatte, das meiste davon wahrscheinlich für seine Geliebten.

Ganz anders die Galerie. Ihr Verlust tat ihr immer noch in der Seele weh.

Fünf Jahre lang hatte sie ihr Herzblut in dieses Projekt fließen lassen und damit all ihren Kummer, Schmerz und Verlust verarbeitet. Sie hatte es geliebt, neue Künstlerinnen und Künstler zu fördern, den älteren, etablierten dabei zu helfen, neues Publikum zu finden, und sowohl Laien als auch erfahrene Kunstliebhaber mit Werken in Kontakt zu bringen, die sie ansprachen.

Die Galerie war ihre Zuflucht vor dem dunklen Schlund

gewesen, zu dem ihre Ehe geworden war, und der einzige Ort, an dem sie wirklich sie selbst hatte sein können und nicht nur die Frau von Carter Rowland.

Am Ende war ihr sogar das weggenommen worden. Die Galerie und ihre kleine, aber wachsende persönliche Kunstsammlung waren verkauft worden und das Geld in den mageren Entschädigungsfonds für die Opfer geflossen.

Sie hatte alles verloren.

Das meiste war nur hohles Beiwerk eines Lebens gewesen, das sie sich nie gewünscht hatte. Der Galerie hingegen hatte ihr Herz gehört.

Sie verdrängte den vertrauten Schmerz der Verzweiflung. Wer hatte schon Zeit für so etwas? Sie musste sich jetzt aufs Überleben konzentrieren, darauf, dieses Desaster bewohnbar zu machen.

Es kam ihr immer noch wie ein Wunder vor, dass das Gericht das Haus nicht pfänden konnte, denn es war eine Erbschaft, die sie nach der Scheidung und Carters Tod im Gefängnis erhalten hatte.

Erneut schob sich eine Wolke vor die Sonne und warf neue Schatten in den Raum. Sie betätigte einen der Lichtschalter, und eine kleine Stehlampe leuchtete auf. Mit einem weiteren Schalter neben dem ersten knipste sie eine einzelne Glühbirne ohne Schirm in der Mitte der Wohnzimmerdecke ein.

Wenigstens musste sie nicht in völliger Dunkelheit schlafen, aber es galt, die Stromlieferung so schnell wie möglich auf ihren Namen umstellen zu lassen. Sie wollte Tori nichts schuldig bleiben.

Einen Teil ihres Notgroschens würde sie für Reinigungsmittel, ein paar Lebensmittel und einen Matratzenbezug ausgeben müssen.

Die Aussicht, die Nacht hier zu verbringen, bevor sie sich vergewissern konnte, dass sich nicht irgendwelche Nagetiere oder Spinnen mit ihr den Raum teilten, war alles andere als verlockend.

Sie machte eine schnelle Bestandsaufnahme vom Haus und hielt auf ihrem Handy fest, was sie in den ersten Tagen zum Überleben brauchen würde, bis sie mit der Arbeit im Café ein wenig Geld verdient hätte.

Es wurde eine lange, entmutigende Liste, und ihre Ersparnisse würden dafür draufgehen, aber darüber wollte sie sich jetzt keine Gedanken machen.

Das Wichtigste zuerst. Sie konnte versuchen, etwas gegen den Geruch zu unternehmen.

Also öffnete sie das Fenster, das auf die überdachte Veranda hinausführte. So konnte sie wenigstens frische Luft hereinlassen, ohne dass der Regen, der wieder eingesetzt hatte, alles nass machte.

Draußen ging eine kühle Brise, aber dafür roch es nach Meer und den Kletterblumen, die die Veranda überwucherten.

Noch am Fenster stehend, atmete sie die süße Luft ein, lauschte den Wellen, die über den Sand strichen, und den Regentropfen, die auf die Blätter fielen.

Die Anspannung, die zu einem Teil von ihr geworden war wie eine zweite Haut, löste sich Stück für Stück.

Sie schloss die Augen. Das hier war gar nicht so schlimm. Eher sogar beruhigend. Vielleicht konnte sie nach den stressigen, zermürbenden Monaten endlich nachts wieder schlafen, getröstet vom Wiegenlied des Meeres.

Das Ausmaß der Aufgabe, die vor ihr lag, drohte sie zu überwältigen, aber Meredith schaffte es, ihre Furcht zurückzudrängen. Sie musste nicht alles auf einmal in Angriff nehmen. Sie würde einen Schritt nach dem anderen machen.

Das Cottage war bewohnbar, gerade so. Der Rest ließe sich reparieren, mit ihrer eigenen Kraft, ein wenig Zeit und dem Geld, das sie im Café verdiente.

Mit einem gewissen Schrecken realisierte sie, dass sie noch nie ein eigenes Heim gehabt hatte. Etwas, das sie so einrichten konnte, wie sie wollte, ohne dass ein eingebildeter Designer ihr sagte, was nicht funktionieren würde. Sogar ihre Wohnung im College war damals von ihren Eltern gekauft und eingerichtet worden.

Nur wie sollte sie das Spindrift Cottage für die Zeit, die sie hier verbrachte, zu ihrem eigenen Heim machen, vor allem, da sie kein Geld hatte?

Hier war dann wohl Kreativität gefragt. Sie konnte sich vorstellen, Muscheln, Treibholz, vielleicht ein paar billige Zimmerpflanzen und Möbel vom Flohmarkt zu verwenden.

Einen Moment lang atmete sie einfach nur die frische Luft ein und grübelte darüber nach, wie sie das Häuschen gemütlicher machen könnte, als sie durch das offene Fenster jemanden flüstern hörte.

»Wir sollten meinen Vater anrufen, wenn niemand hier sein sollte. Er kann einen Polizisten herschicken.«

Das klang nach einem jungen Mädchen im Teenageralter.

»Noch nicht«, flüsterte ein anderes Mädchen. »Meinst du nicht, wir würden uns ziemlich blöd vorkommen, wenn wir deinen Dad umsonst alarmieren, Crissy? Wir sollten erst mal die Lage checken. Wer weiß, vielleicht ist ein Immobilienmakler da oder so. Oder meine Mom hat jemanden zum Aufräumen bestellt. Das Haus ist ein Schweinestall.«

Das musste wohl Toris Tochter Emilia sein. Frances hatte

Bilder von ihr geschickt, einem Mädchen mit dunklen Locken und einem schelmischen Lächeln. Getroffen hatte Meredith sie noch nie, aber sie musste jetzt mindestens elf oder zwölf Jahre alt sein.

»Und wenn es ein Drogendealer ist, der sein Zeug abholt?«, fragte das andere Mädchen.

»Und der fährt so ein Schrottauto?«, hielt Emilia dagegen. »Drogendealer haben sehr viel coolere Autos.«

»Du kannst nicht einfach da reinplatzen und fragen, was die hier machen.«

»Entspann dich. Du kannst zurück zu mir nach Hause gehen, wenn du willst. Ich schaue nur kurz durchs Fenster. Niemand wird mich sehen. Und falls doch, habe ich Pfefferspray.«

Meredith hatte keine Lust, mit Pfefferspray besprüht zu werden. Das hätte ihr an diesem Tag gerade noch gefehlt. Also öffnete sie vorsichtig die Tür und verursachte damit ein wildes Gewusel, da die Mädchen in die Büsche vor dem Haus sprangen. Sie hoffte nur, dass sie klug genug waren, sich von den stacheligen Kletterrosen fernzuhalten.

»Ich weiß, dass ihr da seid, aber sprüht mich nicht mit Pfefferspray ein, ja? Ich bin unbewaffnet. Emilia, bist du das?«

Auf die Frage folgte zunächst Schweigen. »Ja«, sagte dann eines der Mädchen zögerlich. Emilia hob den Kopf aus dem Laub und sah Meredith mit großen Augen an. Sie hatte immer noch Locken, dick und dunkel und wunderschön.

Kurz darauf folgte ihr ein anderes Mädchen, das lange, aber glatte dunkle Haare hatte, die in der Mitte gescheitelt waren.

Also doch nicht elf, korrigierte sich Meredith. Diese beiden hübschen jungen Frauen mit den dunklen Augen mussten schon ein paar Jahre älter sein.

»Wer sind Sie, und woher wissen Sie, wie ich heiße?«, fragte Emilia misstrauisch.

»Ich bin die Cousine deiner Mutter. Mein Vater war der Sohn von Frances, deiner Urgroßmutter. Er hieß Michael. Ich begehe auch keinen Hausfriedensbruch. Da Frances mir das Spindrift Cottage in ihrem Testament vererbt hat, gehört das Haus mir, genau genommen seid ihr also diejenigen, die Hausfriedensbruch begehen.«

Die Augen des Mädchens wurden noch größer. »Du bist Meredith? Im Ernst?« Sie sah sie mit einem Blick an, als rechnete sie damit, dass Meredith vorhätte, ein Ziegenopfer auf der Veranda darzubringen.

»Absolut.«

»O Mann. Weiß meine Mom, dass du hier bist? Sie wird total ausrasten.«

»Ich habe zuerst beim Café angehalten, um die Schlüssel von ihr zu holen. Also ja, sie weiß es, und ja, sie ist nicht glücklich darüber.«

Sie wäre wahrscheinlich auch nicht glücklich darüber, dass du mit dem Feind redest.

Fast hätte sie ihre Gedanken laut ausgesprochen, aber sie entschied sich noch rechtzeitig dagegen. Nach dem ersten Schock schien Emilia ihre Anwesenheit mit viel mehr Gleichmut zu akzeptieren als ihre Mutter.

»Hallo«, sagte Meredith zu dem anderen Mädchen, da Emilia keine Anstalten machte, sie vorzustellen. »Ich bin Meredith Collins.«

Sie hatte ihren Geburtsnamen nach der Scheidung wieder angenommen und war ernsthaft versucht gewesen, ihren Namen komplett zu ändern. Alles wäre besser gewesen als ihr eigener Name.

Am Ende hatte sie aber wieder gekniffen, so wie sie es in ihrem Erwachsenenleben meist getan hatte.

»Ach so, ja, das ist meine Cousine Cristina.«

»Freut mich, dich kennenzulernen, Cristina. Mir gefallen deine Ohrringe.«

»Danke.«

»Wie alt bist du jetzt, Emilia?«

»Fast vierzehn. Ich habe am 15. Oktober Geburtstag. Cristina wird im Juli vierzehn.«

Wahrscheinlich zählte ein fünf Monate entfernter Geburtstag als »fast« so alt, wenn man ein Teenager war.

Beide Mädchen musterten sie genau, und Meredith fragte sich, was sie sahen. Sie wusste, dass sie im letzten Jahr abgenommen und tiefe Augenringe bekommen hatte und dass ihre Haare seit Monaten weder geschnitten noch gestylt worden waren.

»Du hast doch nicht im Ernst vor, hier zu wohnen«, sagte Emilia mit Bestimmtheit.

Ich hoffe, du musst nie die Erfahrung machen, verzweifelt zu sein und nicht zu wissen, wo man wohnen kann.

»Doch.«

»Es ist eklig da drin.«

»Momentan schon, da kann ich dir nicht widersprechen. Ich will aufräumen und den Sommer über ein bisschen renovieren. Wollt ihr Mädels euch vielleicht etwas dazuverdienen? Ich könnte ein paar Helfer gebrauchen.«

»Wie viel?«, fragte Emilia.

»Das weiß ich nicht. Wir müssen für jeden einzelnen Job verhandeln.«

Sie wechselten einen Blick.

»Vielleicht. Wir sparen, um uns Autos zu kaufen, wenn wir beide sechzehn sind.«

»Hört sich an wie ein lohnendes Ziel.«

»Meine Mutter hasst dich, weißt du?«

Merediths Lächeln verebbte, als sie sich an die schönen Sommer erinnerte, in denen sie und Tori den ganzen Tag zusammen verbracht hatten. Sie hatten am Meer gespielt, Sandburgen gebaut, auf Handtüchern im Sand gelegen und Geheimnisse und Träume miteinander geteilt.

»Ja, ist mir bewusst. Und nicht ganz ohne Grund.«

»Ernsthaft? Was hast du denn gemacht?«

Meredith hatte nicht vor, sich mit zwei jungen Mädchen über ihre hässliche Vergangenheit auseinanderzusetzen.

»Lange Geschichte«, gab sie zurück und zwang sich zu einem Lächeln. »Ich hoffe, wir können die Vergangenheit hinter uns lassen und gemeinsam nach vorn schauen.«

Emilia sah skeptisch aus. »Na, dann viel Glück dabei. Sie hasst dich *richtig*.«

Bei diesen Worten wurde ihr erneut die Ausweglosigkeit ihrer Situation bewusst. Vielleicht war es ein Fehler gewesen, herzukommen. Vielleicht hätte sie das Haus einfach so verkaufen sollen, wie es war, ungesehen. Sie wollte nicht wochen- oder gar monatelang nur ein paar Häuser entfernt von jemandem leben, der sie verabscheute.

Cape Sanctuary hatte sie jedoch angezogen. In ihrer Kindheit war dieser Ort eine hell schimmernde Oase gewesen. Und als ihre Welt in Trümmern lag, hatte sie sich an den Gedanken geklammert, hier ein gewisses Maß an Frieden zu finden.

Sie wollte diesen Traum noch nicht aufgeben.

»Könnt ihr mir sagen, wo man hier am besten Putzsachen bekommt?«, fragte sie, um das Thema zu wechseln. »Ich brauche so ziemlich alles.«

»Wahrscheinlich im Lebensmittelladen am nördlichen Ende der Stadt«, sagte Emilia. »Sehr groß ist der aber nicht.«

»Wenn du einen größeren Laden suchst, musst du woandershin fahren«, informierte Cristina sie. »Wir haben nicht mal ein Einkaufszentrum. Was das Shoppen in Cape Sanctuary betrifft, sieht es wirklich lausig aus. Ich bin was anderes gewohnt.«

»Oh, bist du auch neu hier?«

»Irgendwie schon. Meine Oma und mein Opa haben schon immer hier gelebt, darum waren wir oft zu Besuch hier, aber hergezogen sind mein Dad und ich erst letzten Herbst, nachdem er angeschossen wurde.«

Meredith blinzelte, weil das Mädchen es so beiläufig erwähnte. »Er wurde angeschossen?«

Cristina zuckte lässig mit den Schultern. »Er ist Polizist, und letzten Sommer hat ein Kerl auf ihn geschossen, den er festnehmen wollte.«

»Meine Güte.«

Ihr Leben mochte ziemlich vermurkst sein, aber wenigstens hatte niemand versucht, sie zu erschießen. Noch nicht.

»Es war halb so schlimm. Er wurde nur an der Schulter getroffen. Jedenfalls sollte ich kurz darauf zu meinem Dad ziehen, weil meine Mom mit meinem Stiefvater wegen seiner Arbeit nach Deutschland ist, und ich wollte da nicht so gern mit. Nur hat mein Dad dann den Job hier in der Nähe von Oma und Opa angenommen, sodass wir stattdessen zusammen nach Cape Sanctuary gezogen sind.«

»Das kein Einkaufszentrum hat. Wie hältst du das aus?«

»Es ist nicht leicht, aber zumindest habe ich ja Em.«

Die beiden Mädchen strahlten sich an, eindeutig beste Freundinnen. Der Gedanke ließ Merediths Kehle wieder schmerzen.

Tori hatte immer gesagt, dass sie ihre erste Tochter Emilia nennen würde, erinnerte sie sich plötzlich.

Als Einzelkind, das von der verwitweten Großmutter aufgezogen wurde, hatte Tori immer davon gesprochen, einmal eine große Familie zu haben. Sie hatte sich mindestens drei oder vier Kinder gewünscht.

Wie tragisch, dass Javier gestorben war, bevor dieser Traum in Erfüllung gehen konnte.

Emilias Telefon summte, weil eine Nachricht ankam. Sie holte es heraus, schaute drauf und stöhnte. »Meine Mom kommt früher nach Hause. Wir gehen besser zurück und tun so, als hätten wir die ganze Zeit Hausaufgaben gemacht.«

»War schön, euch beide kennenzulernen.«

Die Mädchen winkten und liefen davon, und Meredith war wieder allein ihrem Hausdesaster ausgesetzt.

4. KAPITEL

Meredith

Am nächsten Morgen um zehn vor sechs wanderte Meredith durch die Dunkelheit zum Café. Es lag nur ein paar Straßen vom Starfish Beach entfernt, und es war sinnvoller, zu Fuß zu gehen, als für Benzin und Parkplatz bezahlen zu müssen.

Für ihre Zeit in Cape Sanctuary musste sie sich vielleicht nach einem gebrauchten Fahrrad umsehen. Das wäre besser für den Planeten und für ihren Geldbeutel.

Unter anderen Umständen hätte sie eine Fahrgemeinschaft mit Tori bilden können, aber wie die Dinge lagen, käme diese Idee wahrscheinlich so gut an wie Kalbfleisch mit Parmesan auf einer veganen Hochzeit.

Wie auch immer, zu Fuß zu gehen, war ja nicht schlecht. Das Café lag nicht weit weg, und die Bewegung tat ihren Muskeln gut, nachdem sie zwei Tage im Auto unterwegs gewesen war und am Abend zuvor stundenlang Staub, Schmutz und Schimmel weggeschrubbt hatte.

Das Café war anscheinend das einzige Lokal im Umkreis, das geöffnet hatte, und es spendete ein warmes, einladendes Licht in der Dunkelheit vor der Morgendämmerung, in der Nebelschwaden vom Meer her durch die Straßen zogen.

Von draußen sah sie eine kräftige Frau mit Schürze in der Küche herumhantieren, und gleich darauf gesellte sich ein

Hipster-Typ mit Männerdutt und gepflegtem Bart, beides mit einem Netz bedeckt, zu der Frau.

Meredith ging zur Eingangstür, an der noch das »Geschlossen«-Schild hing. Wie sie erwartet hatte, war die Tür verschlossen. Die beiden Personen drinnen schienen sie nicht zu bemerken. Jedenfalls machten sie keine Anstalten, ihr zu öffnen.

Prompt fühlte sie sich unbeholfen und ausgesetzt, aber dann fiel ihr der Angestellteneingang wieder ein, den sie damals immer mit Tori genutzt hatte, und so machte sie sich auf den Weg zum hinteren Teil des Cafés.

Gerade als sie um die Ecke des Gebäudes bog, fuhr ihre Cousine auf einem Beachcruiser-Fahrrad mit einem Weidenkorb voller Waren vor.

Als Tori sich anschickte, die Lebensmittel aus dem Fahrradkorb zu nehmen, trat Meredith aus dem Schatten des Gebäudes.

»Kann ich dir tragen helfen?«

Ihre Cousine schrie auf und fuhr herum. »Du hast mich zu Tode erschreckt. Warum lauerst du mir hier auf wie ein Stalker?«

»Ich habe dir nicht aufgelauert«, verteidigte Meredith ihre Würde. »Die Vordertür war zu. Ich habe versucht, das Küchenpersonal auf mich aufmerksam zu machen, aber sie haben mich anscheinend nicht gehört, darum war ich gerade auf dem Weg zur Hintertür, als du gekommen bist.«

»Zunächst einmal habe ich kein Küchenpersonal. Das hier ist kein angesagtes Chicagoer Dachterrassenrestaurant. Ich habe zwei hervorragende Köche für die Tagesschicht, Denise Arnold und Tyler Kemp. Und zweitens brauche ich deine Hilfe nicht.«

Sie ergriff die Taschen und ging zur Tür.

»Ist das alles aus deinem Garten?«, fragte Meredith. »Das ist ja erstaunlich. Ich habe ihn gestern kurz gesehen, als ich ankam. Er ist wunderschön.«

Das schien Tori ein wenig zu besänftigen. Zumindest gab sie ihre unverhohlene Feindseligkeit auf.

»Für die meisten Sachen ist es noch zu früh, aber einiges habe ich drinnen vorgezogen, darum gibt es schon ein paar frühe Erbsen, Frühkartoffeln und Erdbeeren. Bestimmt können die Köche das alles gut verwenden.« Ohne auf eine Antwort zu warten, öffnete sie die Tür und ging hinein.

Meredith folgte ihr. Sie fühlte sich befangen und fehl am Platz.

Im Café roch es köstlich nach frisch gebackenem Brot und Bratkartoffeln. Der Koch und die Köchin, die sie von draußen gesehen hatte, grüßten Tori und wandten sich dann zu Meredith um, als hätten sie das vorher geprobt.

Die Frau warf ihr einen prüfenden Blick zu. »Das muss die Cousine sein, von der du uns erzählt hast. Ist aber nicht viel dran an ihr, oder?«

»Das kann man wohl sagen«, murmelte Tori kaum hörbar. Meredith wusste genau, dass ihre Cousine das nicht auf ihre Statur bezog, auch wenn sie in letzter Zeit abgenommen hatte, sondern auf ihren Charakter.

»Das ist Meredith«, sagte Tori. »Sie besitzt einen Anteil am Café und meint, dadurch hätte sie automatisch das Recht auf einen Job hier.«

Musste Tori alles direkt in einen Angriff ummünzen? Meredith spürte, wie ihr Gesicht heiß wurde, aber sie nahm den Köder nicht an.

»Das sind Denise Arnold und Ty Kemp. Sie sind die besten Köche in der Stadt. Ich wünschte, ich hätte sechs von ihrer Sorte, damit sie auch die anderen Schichten übernehmen könnten.«

»Schön, euch kennenzulernen«, sagte Meredith. »Ich freue mich darauf, mich hier einzuarbeiten.«

»Du kannst kochen?«, fragte der junge Hipster.

Sie schüttelte den Kopf. »Ich kann Macarons machen und eine sehr gute Velouté, aber ich glaube kaum, dass ihr eine große Nachfrage danach habt.«

»Nicht besonders, nein«, stimmte Denise Arnold zu. Ihre dunklen Augen funkelten heiter.

»Die beiden haben die Küche während der Morgenschicht bestens im Griff. Sie brauchen *deine* Hilfe gewiss nicht.«

Meredith war ganz sicher, dass den beiden Köchen die Betonung, die Tori auf das Wort »deine« legte, nicht entging.

»Deine Aufgabe ist es, die Tische abzuräumen und Geschirr zu spülen. Du wirst Brandon Trevino und Josef Kovalenko helfen. Josef müsste bald hier sein und kann dir alles zeigen. Brandon kommt etwas später am Vormittag, wenn sein Job-Coach von der beruflichen Wiedereingliederung ihn herbringt.«

»Klingt gut«, sagte Meredith. »Kann ich bei irgendetwas helfen, während ich auf Josef warte?«

»Weißt du, wie man Kaffee in einer Dekantierkaraffe brüht?«

Meredith hatte nicht den geringsten Schimmer, wovon Tori sprach. Und sie ahnte, dass sie einen langen Tag voller demütigender Unkenntnis vor sich hatte.

»Ich glaube nicht«, sagte sie.

»Du kannst Ty heute dabei zusehen und dann morgen als Erstes den Job übernehmen.«

Sie nickte, auch wenn ihr die Aussicht darauf Angst machte. Plötzlich kam sie sich dumm und hilflos vor, dabei hatte sie einen Abschluss in Kunstgeschichte und vier Jahre lang eine erfolgreiche Kunstgalerie geleitet, aber das würde ihr hier alles nicht von Nutzen sein.

Abgesehen von den Sommern, in denen sie Frances gelegentlich hier im Café ausgeholfen hatte, konnte sie keine Erfahrung in der Gastronomie vorweisen. Sie hatte auch noch nie Kaffee in einer Dekantierkaraffe zubereitet.

Eigentlich hatte sie überhaupt noch nicht viel gemacht, außer eine Kunstgalerie zu besitzen.

Das Abräumen von Tischen war jedoch nicht ganz neu für sie, fiel ihr ein. Das war einer der Jobs gewesen, bei denen sie in den Sommern in Cape Sanctuary mit angepackt hatte. Daran würde sie sich wahrscheinlich bald wieder gewöhnen.

»Ich öffne mal den Laden«, sagte Tori. »Also, schnall dich an.« Sie durchquerte das Café bis zur Eingangstür, wendete das »Geschlossen«-Schild und drehte den Schlüssel um.

Kaum war sie wieder zurückgetreten, ging die Tür mit einem Klingeln auf, und ein paar ältere Männer kamen herein.

»Du bist heute Morgen zwei Minuten zu spät dran, Tori«, mahnte sie einer der beiden.

»Tut mir leid«, sagte ihre Cousine und begrüßte die beiden herzlich, was Meredith gleich verriet, dass sie Stammgäste sein mussten. »Ihr seid aber auch früh dran.«

»Ich muss zu meinem Kardiologen nach Davis und brauche vorher eine Stärkung für den Weg.«

Vor einem Kardiologentermin sollte der Mann vielleicht nicht direkt in einem Diner-Café frühstücken, dachte Meredith bei sich.

»Möchtest du das Übliche, KC?«

»Klingt gut. Griechischen Joghurt und ein Eiweiß-Omelett.«

»Ich hätte frische Erdbeeren aus meinem Garten für den Joghurt, wenn du willst.«

»Klingt köstlich. Wie schaffst du es, dass die Erdbeeren schon reif sind?«

»Ich habe sie drinnen vorgezogen und verwende Bodenwärmer.«

Sie fingen an, über Gartenarbeit zu reden, was für Meredith genauso verwirrend war wie die Sache mit dem Kaffeekochen, bis noch mehr Leute zum Frühstück hereinkamen.

Tori begrüßte jeden neuen Kunden mit demselben herzlichen Lächeln. Sie schien die meisten von ihnen zu kennen, obwohl Meredith auch hörte, wie sie zwei Touristengruppen empfing und fragte, wie ihnen die Gegend gefalle.

Josef kam etwa zwanzig Minuten nach Öffnung des Cafés. Er war groß, ungefähr Anfang dreißig, ging jedoch leicht gebeugt. Er hatte schmale, fast hagere Gesichtszüge und ernste dunkle Augen, aber er grüßte Meredith höflich, als Tori sie vorstellte und ihm sagte, dass sie ihm helfen würde.

»Was wir machen?«, sagte er mit einem starken Akzent, der osteuropäisch klang. »Die Leute merken es gar nicht. Sie merken, wenn wir unsere Arbeit nicht machen. Kein Restaurant, nicht mal die besten Lokale mit Michelin-Sternen und Gourmetköchen, kann ohne diejenigen, die Tische abräumen und Geschirr spülen, funktionieren.«

Sie beobachtete ihn den ganzen Vormittag. Er arbeitete hart, war schnell und effizient und stolz auf seine Arbeit. Er schien sehr gut in seinem Job zu sein.

Das Café war den ganzen Vormittag über gut besucht. Tori war sowohl Gastgeberin als auch Kellnerin und arbeitete mit einer dünnen, nervös wirkenden jungen Frau mit mehreren Piercings und einem Tattoo zusammen, die sich als Aspen vorgestellt hatte.

Meredith fand die Abläufe im Café faszinierend, auch wenn die Kunden, die offenbar meist Einheimische waren, ihr neugierige Blicke zuwarfen. Sie hörte, wie einige Tori nach ihr fragten.

Ihre Cousine blickte finster drein. »Das ist Meredith. Sie gehört zur Familie meiner Großmutter und ist gerade ziemlich am Boden.«

Sie hoffte nur, dass hier niemand die verachtete Chicagoer Gesellschaftsdame Meredith Rowland in ihr erkennen würde. Aber wie sollten sie? Sie war längst nicht mehr die glamouröse Kunstgaleristin von früher.

In Chicago mochte ihr Name ein Begriff sein, den man im selben Ton aussprach wie das Wort Krätze, aber bis zur Westküste war ihre schmähliche Berühmtheit, die sie ihrem Gatten zu verdanken hatte, wohl kaum vorgedrungen.

Als der Frühstückstrubel vorbei war, taten ihr die Füße und der Arm weh. Ihre flachen Schuhe waren ziemlich überfordert damit, hundertmal zwischen Essbereich und Küche hin- und herzulaufen. Und vierzehn Monate am Stück den Pilates-Kurs zu schwänzen, hatte wahrscheinlich auch zu Muskelabbau geführt.

Tori verließ sie gegen elf Uhr. Sie verriet ihr nicht, wohin sie ging, aber Meredith hörte sie zu Denise sagen, dass sie etwas zu erledigen habe.

Meredith trug ein weiteres Tablett mit schmutzigem Geschirr von einer Vierergruppe zur Spüle, wo Josef es abspülte und in den Geschirrspüler einräumte.

Sie bückte sich, um ihren Schuh neu zu binden. Als sie sich

wieder aufrichtete, drehte sich der Raum um sie, und kleine Funken tanzten vor ihren Augen.

»Du siehst ein bisschen blass aus, Mere«, sagte Denise mit besorgtem Blick. »Hast du heute schon was gegessen?«

Als Meredith – vor einer gefühlten Ewigkeit – aufgewacht war, hatte sie sich eine Banane gegönnt. Sie hatte zwar ein paar Lebensmittel eingekauft, aber die neuen Reinigungsmittel waren ziemlich ins Geld gegangen. Sie versuchte zu sparen, wo sie konnte, und hatte vor, sich ein Erdnussbuttersandwich zu machen, wenn sie ins Cottage zurückkehrte. Wahrscheinlich jeden Tag, bis sie ihr erstes Geld bekam.

»Mir geht's gut«, log sie und zwang sich zu einem Lächeln.

»Hinsetzen«, befahl die Köchin. »Nicht, dass du mir noch auf einen der Gäste kippst. Wir wär's mit einer Portion meiner Hühnersuppe mit Nudeln? Das ist die Tagessuppe und geht immer weg wie warme Semmeln.«

Das war es also, was so köstlich roch. Meredith lief das Wasser im Mund zusammen bei dem tröstlichen, vertrauten Duft, der sie plötzlich mit schmerzlichem Nachdruck an ihre Großmutter erinnerte.

Wie gern hätte sie etwas von der Suppe gegessen.

»Ich kann doch nicht den Gewinn des Cafés wegessen«, protestierte sie.

Denise' Schürze hüpfte auf und ab, als sie laut lachte. »Haben wir hier irgendeinen Gewinn, Ty?«

»Wenn, dann nicht viel«, antwortete er, während er ein Schinken-Käse-Sandwich auf dem Grill wendete.

»Ich koche immer viel mehr, als wir über den Tag verbrauchen, besonders jetzt, wo es draußen wärmer wird. Setz dich und nimm dir einen Teller. Josef und Aspen, ihr wollt doch auch, oder?«

»Ja, natürlich«, sagte Josef. Aspen nickte nur und ließ sich auf einen Stuhl fallen.

Ohne eine Antwort von Meredith abzuwarten, schöpfte Denise drei Teller voll und verteilte sie, als würde sie in Vegas an einem Blackjack-Tisch Karten austeilen.

Meredith löffelte etwas von der Suppe, die genauso herzhaft und tröstlich schmeckte, wie sie gerochen hatte. Sie fand sie so köstlich, dass sie geradezu lächerlich emotional wurde. Ihr war aber bewusst, dass es mehr an der Freundlichkeit der Köchin lag als an der Suppe.

»So«, sagte Denise, nachdem Meredith noch mehr gegessen hatte. »Nun erzähl uns mal ein bisschen von dir. Ich arbeite jetzt seit sechs Jahren hier und bin dir noch nie begegnet. Tori hat kein Wort darüber verloren, dass sie eine Cousine hat. Soweit ich mich erinnern kann, warst du nicht auf der Beerdigung.«

Sie hatte es unbedingt gewollt, aber sie war krank gewesen und hatte nicht fahren können. Die Gedenkfeier hatte sie aber im Internet ansehen können und bittere Tränen geweint, ganz allein in ihrer winzigen Einzimmerwohnung, in die sie gezogen war, nachdem man ihr Penthouse samt Inventar beschlagnahmt hatte.

»Obwohl ich mit Frances in Kontakt geblieben bin, kommen Tori und ich … nicht gerade gut miteinander aus.«

Das brachte Denise wieder zum Lachen. Es kam tief aus ihrem Bauch heraus und wärmte Meredith irgendwie fast so sehr wie die Suppe.

»Was du nicht sagst.«

»Was hast du ihr denn getan?«, fragte Aspen und bröselte einen Salzcracker in ihren Teller.

»Wer sagt denn, dass ich ihr etwas getan habe?«, gab Meredith zurück. »Vielleicht hat ja Tori mir etwas getan.«

»Das würde mich nicht überraschen«, meinte Ty.

»Unsere Victoria hat eine klare Vorstellung davon, wie die Menschen sich verhalten sollten, und sie schreckt nicht davor zurück, einen darauf hinzuweisen«, stimmte Denise zu. »Trotzdem ist es schade, dass eure Differenzen dich auch von Frances ferngehalten haben.«

Wie sollte sie diesen freundlichen Menschen nur erklären, wie chaotisch ihr Leben gewesen war, schon lange bevor man ihren Mann verhaftet und wegen einer ganzen Reihe von Finanzdelikten angeklagt hatte?

Sie war schwach und ängstlich gewesen, das war der eigentliche Grund.

So oft hatte sie nach Cape Sanctuary fahren wollen, um Frances zu besuchen, nachdem sie nur ein einziges Mal nach ihrer Heirat dort gewesen war.

Carter hatte es nie zugelassen. Zuerst hatte er gesagt, er brauche ihre Unterstützung bei irgendwelchen gesellschaftlichen Ereignissen, weil er nicht ohne sie zurechtkomme. Und irgendwann hatte er sich nicht mal mehr um einen Vorwand bemüht. Das hatte er nicht nötig gehabt. Zu diesem Zeitpunkt hatte sie sich schon zu sehr davor gefürchtet, sich seinen Wünschen zu widersetzen und ein Flugticket zu kaufen.

Sie wusste nicht mehr, wie oft sie drauf und dran gewesen war, mit der Kreditkarte der Galerie ein Ticket zu buchen. Aber er wäre hinter ihr hergekommen, daran zweifelte sie nicht. Und dann wäre alles noch viel, viel schlimmer geworden.

Sie hatte sich von ihren Lieben ferngehalten, weil es ihr damals einfacher schien. Sie hasste den Gedanken daran, was für ein Feigling sie geworden war.

»Es war meine Schuld«, sagte sie, »nicht Toris. Ich hätte schon vor langer Zeit versuchen sollen, alles in Ordnung zu bringen.«

»Na ja, vielleicht ist es noch nicht zu spät«, sagte Denise. »Tori könnte etwas Familie gebrauchen, wenn du mich fragst.«

»Sie hat Familie«, sagte Josef unbeirrt. »Wir sind ihre Familie.«

Denise lächelte. »Stimmt auch wieder. Das ist wahr.«

Sie unterhielten sich noch ein paar Minuten, bis Aspen fertig mit Essen war und in Richtung Toiletten ging. Einen Moment später kündigte die Türglocke neue Kundschaft an.

Denise schaute von der Küche aus, wer der Neuankömmling war, und bekam große Augen. »Oh, dem Kerl würde ich auch gern von meiner Suppe abgeben«, murmelte sie.

Meredith konnte nicht umhin, ihrem Blick zu folgen, und entdeckte einen großen, schlanken Mann mit dunklen Haaren, der darauf wartete, einen Platz zugewiesen zu bekommen. Er hatte dunkle Bartstoppeln am Kinn, und seine blauen Augen wirkten müde, als hätte er eine lange Reise hinter sich.

Plötzlich wurde sich Meredith ihres aufkeimenden Interesses bewusst und erschrak.

Wo kam denn *das* jetzt her?

Sie blinzelte leicht panisch. O nein, ganz sicher nicht. Dieses Gefühl musste im Keim erstickt werden, bevor es Wurzeln schlagen konnte. Sie war noch längst nicht bereit, sich wieder mit einem Mann einzulassen, erst recht nicht mit einem sexy, leicht verrucht aussehenden Fremden.

»Du solltest dich um ihn kümmern.«

Einen lächerlichen Moment lang konnte sie Denise nur anstarren, während ihr Kopfkino Amok lief. »Wie bitte?«

»Der sexy Typ da draußen. Er wartet darauf, dass man ihm einen Platz zuweist. Aspen ist auf der Toilette und Tori noch nicht wieder da. Also, teil ihm ein Tisch am Fenster zu. Gut fürs Geschäft, wenn so ein Sahneschnittchen im Schaufenster sitzt, gut sichtbar für die ganze Stadt.«

Oh, richtig, der Mann war ja ein Gast und brauchte einen Sitzplatz. Das war alles. Sie stand auf und strich sich die Schürze glatt. Wie unbeholfen und dumm sie sich vorkam.

Mit klopfendem Herzen ging sie zur Eingangstür, schnappte sich eine der abgegriffenen Speisekarten und setzte ein höfliches Lächeln auf.

»Guten Tag, ähm, willkommen im Beach End Café. Warten Sie … noch auf Ihre Begleitung?«

Sein Blick schien sich scharf auf sie zu fokussieren. Seine Augen waren nicht nur einfach blau, sondern hatten einen lebhaften, überirdischen Farbton, der sie an ein abstraktes Bild von Yves Klein erinnerte.

Die Intensität seines Blicks verunsicherte sie. War das ein Anflug von Wiedererkennen, den sie da sah? Sie suchte in seinem Blick nach einem Hinweis darauf, dass er sie vor dem Restaurantpersonal outen würde. Aber der Ausdruck war so schnell verschwunden, dass sie sich fragte, ob sie es sich nur eingebildet hatte.

»Nein. Ich bin allein.« Seine Stimme war tief und leicht rau, als wäre er gerade erst aus dem Bett gefallen.

»Möchten Sie lieber eine Sitznische oder einen offenen Tisch?«

»Eine Sitznische wäre schön. Möglichst nicht am Fenster.«

So viel zu Denises Plan, ihn als Schaufensterdeko zu benutzen.

»Gefällt Ihnen die Aussicht nicht?«

»Die Aussicht ist schön. Sehr schön sogar. Aber ich muss am Laptop arbeiten und möchte sowohl Lichtreflexe als auch jede Ablenkung vermeiden.

»Oh. Natürlich.«

Sie schaute sich im Café um und fand einen ruhigen Platz an der Innenwand. Die Speisekarte fest im Griff, wies sie ihm den Weg dorthin. »Wie wäre es hier?«

Er sah sich in dem fast leeren Café um. »Ich denke, das geht.«

Er schlüpfte in die Sitznische und stellte seine abgenutzte lederne Umhängetasche auf den Tisch. Meredith legte die Speisekarte daneben. »Darf ich Ihnen schon etwas zu trinken bringen?«

»Kaffee. Schwarz. Und Wasser. Still. Ich wäre auch schon bereit für die Bestellung.«

Lass mich raten. Essen. Heiß.

Meredith dagegen war kein bisschen bereit für seine Bestellung. Das lag auch weit über ihrer Gehaltsklasse. »Wenn Sie mir eine Minute geben, hole ich Ihre Kellnerin.«

»Sie sind keine Kellnerin?«

Sie schüttelte den Kopf. »Nein. Und ich serviere gar nicht. Ich springe nur ein. Eigentlich räume ich Tische ab und helfe beim Abwaschen. Aber ich werde Ihre Bedienung holen gehen. Sie heißt Aspen und kommt sicher gleich.«

Sie lief davon, so schnell sie es wagte. Aspen kam gerade aus der Damentoilette. Die junge Frau steckte ihr Handy in die Gesäßtasche und straffte die Schultern. Ihre Augen waren rot und geschwollen. Sie hatte eindeutig geweint.

»Alles okay mit dir?«, fragte Meredith.

Die Kellnerin sah sie böse an. »Ja, warum?«, schnauzte sie sie an.

»Du hast nur so traurig ausgesehen.«

»Mir geht's gut«, sagte sie in einem Ton, der deutlich machte, dass sie sich um ihren eigenen Kram kümmern sollte.

Meredith blinzelte. »Okay. Tut mir leid«, sagte sie. »Ich habe gerade einen Kunden für dich platziert.« Sie zeigte in Richtung der Ecke, wo der sexy Neuankömmling seinen Laptop ausgepackt hatte. »Er sagt, er möchte direkt bestellen.«

Aspen drehte sich um, ohne zu antworten, und ging zu dem Kunden, während Meredith ihm den schwarzen Kaffee und das Wasser holte, das er bestellt hatte.

Die Tür läutete erneut, und dieses Mal verlangte eine sechsköpfige Gruppe eine große Sitznische.

In der nächsten halben Stunde, während das Café zur Mittagszeit immer voller wurde, nahm Meredith bei ihrer Arbeit immer wieder den Mann in der Ecke wahr, der an seinem Laptop arbeitete.

Irgendwann kam Tori von ihrer Erledigung zurück, zog ihre Schürze an und wusch sich die Hände, bevor sie nach vorne kam. Meredith sah, wie sie sich dem Mann näherte und mit ihm redete. Sie konnte sie nicht hören, aber sie beobachtete, wie der Mann mit einem fragenden Blick auf seinen Laptop deutete und Tori lächelnd nickte.

Danach schien er sich einzurichten, und sie nahm an, dass er Tori um Erlaubnis gebeten hatte, die Sitznische während der Arbeit besetzen zu dürfen.

Während der nächsten Stunde, in der Meredith Tische abräumte und Getränke ausschenkte, war sie sich ständig des gut aussehenden Mannes mit dem Laptop bewusst. Sie hatte das seltsame Gefühl, dass er sie genauso wahrnahm wie sie ihn. Ab und zu glaubte sie, seinen Blick zu spüren, und schaute von ihrer Arbeit auf, nur um festzustellen, dass er wieder konzentriert auf den Bildschirm blickte.

Besorgnis durchfuhr sie, und sie musste gegen den Drang, zu fliehen, ankämpfen. Hatte sie vorhin recht gehabt? Konnte es sein, dass er sie erkannt hatte?

Die Nachricht über Carters Vergehen war in Chicago, wo die meisten seiner Opfer wohnten, eine große Sache gewesen, aber vielleicht hatten sich seine und damit auch ihre Schandtaten aufgrund ihrer Verbindung zu Frances bis nach Cape Sanctuary herumgesprochen.

Er konnte sie nicht erkannt haben, sagte sie sich. Wie sollte er? Sie hatte zuvor wie eine völlig andere Frau ausgesehen, eine Frau mit langen blonden Haaren, die Designerkleidung, Diamanten und Perlen trug.

Hier hatte sie Jeans, ein schlichtes rotes Shirt und die schwarze Schürze des Beach End Cafés, die ihr zugewiesen worden war, übergezogen. Nicht gerade besonders modische Kleidung. Mit den teuren Haarbehandlungen und dem sorgfältig aufgetragenen Make-up, das ihr nie wirklich gefallen, aber zu ihrem Job gehört hatte, war es nun vorbei.

An diesem Morgen war ihr nicht mal richtig Zeit für Wimperntusche geblieben. Die Haare hatte sie sich irgendwo unterwegs auf der Reise hierher abgeschnitten, als sie es keine Minute länger ausgehalten hatte. Sie waren jetzt gerade noch lang genug für den Pferdeschwanz, den sie im Nacken trug.

Aber wenn er sie nicht erkannte, warum dann diese heimlichen Blicke? Sicher nicht aus männlichem Interesse.

Und was hätte sie schon unternehmen können? Nichts. Sie konnte nirgendwo anders hin und musste wohl oder übel in Cape Sanctuary bleiben, bis sie das Cottage verkaufen konnte.

Sie schaffte es, den Tisch weiterhin zu meiden, indem sie es

Josef überließ, Kaffee nachzuschenken. Trotzdem entging ihr nicht, dass der Mann Sandwich und Salat gegessen hatte und sich nun wieder seinem Laptop zuwandte.

Sie konnte nur hoffen, dass er nicht gerade im Internet recherchierte, wer sie war. Ihre Schultern verspannten sich immer mehr und lockerten sich erst, als er nach etwa einer Stunde endlich den Laptop einpackte.

Erleichtert atmete sie auf und räumte einen Tisch nahe der Tür ab. Sie hielt sich absichtlich nicht lange damit auf, um Abstand von dem Fremden zu halten, der sie so nervös machte.

Später konnte sie nicht mehr nachvollziehen, wie genau es passiert war, aber als sie das Tablett anhob und sich umdrehte, um es in die Küche zu tragen, stand der Mann ihr direkt gegenüber.

Überrascht zuckte sie zusammen und versuchte krampfhaft, das Tablett festzuhalten. Es gelang ihr, es auszubalancieren, aber eine halb leere Schale mit Salsasoße stand zu nah am Rand und fiel herunter, wobei er eine ordentliche Ladung Soßenspritzer abbekam.

Es war ein kläglicher Moment an einem harten Tag in einer schwierigen Woche in einem schrecklichen Jahr, und Meredith wollte nur noch weinen.

»Es tut mir so leid!«, rief sie. »Wie ist das nur passiert? Alles okay mit Ihnen?«

»Ja, sicher. Keiner verletzt. Ist doch nur ein bisschen Salsa. Ich mochte das Hemd sowieso nicht.«

»Oh, nein! Ihr Hemd.« Tori würde sehr wütend sein.

»Es war meine Schuld. Ich war zur falschen Zeit am falschen Ort. Was womöglich der Titel meiner Autobiografie werden könnte.«

»Ihr Hemd ist hinüber. Es tut mir so furchtbar leid.«

Sie stellte das Tablett wieder auf den Tisch und fing an, das Hemd mit dem Tuch in ihrer Hand abzuwischen. Erst nach ein paar Sekunden merkte sie, dass sie alles nur noch schlimmer machte und Tomaten, Paprika und Zwiebeln auf seiner Brust verteilte.

Er trat zurück und umfasste seine Laptoptasche fester. »Wirklich, alles in Ordnung. Mein Fehler. Ich hätte aufpassen müssen, wohin ich gehe. Ich war wohl mit den Gedanken woanders.«

Aber wo?, fragte Meredith sich. Außerdem vermutete sie, dass er wahrscheinlich nicht von hier war, wie sie zunächst angenommen hatte. Denise kannte ihn jedenfalls nicht.

»Ich bin Liam. Liam Byrne.«

Meredith hatte noch kein Namensschild, da es ihr erster Tag war. Und Tori hatte es bis jetzt nicht erwähnt, wahrscheinlich weil sie hoffte, dass sie ohnehin bald wieder weg wäre.

»Meredith«, sagte sie schließlich. »Meredith Collins.«

Sie wollte nie wieder ihren Ehenamen benutzen.

Sein Lächeln wurde noch breiter, und sie fühlte sich wieder leicht benommen. »Hi, Meredith. Schön, Sie kennenzulernen.«

»Im Ernst? Trotz Salsa und allem? Ich bezahle die Reinigung Ihres Hemdes.« Sie hatte zwar keine Ahnung, wie, aber sie würde einen Weg finden.

Er sah auf sein fleckiges Hemd hinunter. »Ist keine große Sache, wirklich. Ich packe etwas Fleckentferner drauf und werfe es in die Wäsche. Dann ist es wieder wie neu.«

»Wenn nicht, sagen Sie mir Bescheid.«

»Mache ich.« Er hielt inne. »Sicher sehen wir uns bald wieder. Das Essen hier ist köstlich. Genau das, was ich heute gebraucht habe. Ich komme auf jeden Fall wieder. Und nächstes Mal achte ich mehr auf meine Umgebung.«

»Ich auch.« Sie lächelte, nahm das Tablett wieder hoch und trug es mit dem Gefühl in die Küche, dass die Begegnung mit Liam Byrne ihr einziger Lichtblick an diesem schwierigen ersten Tag gewesen war.

5. KAPITEL

Liam

Als Liam Byrne das Beach End Café verließ, durchströmte ihn ein Hochgefühl wie ein gutes Pint Bier.

Er hatte sie gefunden.

Meredith Collins Rowland, Witwe des verstorbenen und unbetrauerten Carter Rowland.

Seine Vermutung hatte sich bestätigt. Die wenigen Leute in der offiziellen Taskforce, mit denen er hinter vorgehaltener Hand gesprochen hatte, hatten bestätigt, dass sie, seit nicht mehr gegen sie ermittelt wurde, tun konnte, was sie wollte.

Als sie Illinois verlassen hatte, hatten Liams Kontaktleute behauptet, nicht zu wissen, wo sie war oder wohin sie wollte. Es war jedoch gemunkelt worden, die Taskforce rechne damit, dass sie irgendwann bei ihrer Mutter auftauchen würde.

Liam glaubte nicht daran. Seinen eigenen umfangreichen Recherchen zufolge hatte ihre Mutter sie nach dem Skandal verstoßen. Er hatte den Eindruck gewonnen, dass Cilla Collins-Meyer sich sehr viel mehr um ihr eigenes gesellschaftliches Prestige und die politische Karriere ihres zweiten Mannes sorgte als um die finanzielle Krise ihrer Tochter.

Liam war Spezialist für Finanzforensik und Experte in der Lifestyle-Analyse. Es war sein Job, Verhaltensmuster zu untersuchen. Und so war er korrekterweise zu der Schlussfolgerung gelangt, dass Meredith nach Cape Sanctuary kommen würde, wo sie bis zum Teenageralter jeden Sommer mehrere Wochen bei ihrer Großmutter verbracht hatte.

Für das FBI war der Fall Meredith Rowland abgeschlossen. Monatelange intensive Ermittlungen hatten keine Beweise dafür erbracht, dass sie an den Untaten ihres Mannes beteiligt gewesen war.

Liam war davon ganz und gar nicht überzeugt, und genau deshalb war er hier.

Wie hätte sie auch nichts davon wissen können?

Ja, er war nur ein Datenanalyst, und dies war nicht sein Fall. Das würde ihn aber nicht aufhalten. Seine Spezialität lag darin, Finanzunterlagen, Bankkonten und Investitionen zu durchforsten, um Details zu finden, die anderen entgangen waren. Und genau das wollte er auch in diesem Fall tun.

Er hatte Meredith Rowland gefunden.

Eine Woche zuvor hatte er eine vage Spur aufgenommen, als er entdeckt hatte, dass sie in Evanston, Illinois, einen Gebrauchtwagen gekauft und auf ihren Mädchennamen angemeldet hatte. Er hatte weiter nachgeforscht und herausgefunden, dass sie in einer schäbigen Einzimmerwohnung hauste und Möbel und Kleidung verpfändete.

Sie war dabei gewesen, aufzubrechen, aber wohin, das hatte er nicht gewusst.

Er hatte um Erlaubnis gebeten, sie zu beschatten, aber die war ihm verweigert worden.

Liam hatte es jedoch nicht lassen können.

Unabhängig davon, ob ihr Mann sie in die infame Unterschlagung mehrerer öffentlicher Pensionspläne in Illinois eingeweiht hatte, war Meredith auf jeden Fall der einzige Anhaltspunkt, um die fast eine halbe Milliarde Dollar, die noch immer spurlos verschwunden war, für all die Opfer möglicherweise wieder aufzutreiben.

Sie musste es sein.

Als klar geworden war, dass die behördenübergreifende Taskforce nicht beabsichtigte, Meredith strafrechtlich zu verfolgen oder zusätzliche Ressourcen für weitere Nachforschungen aufzuwenden, hatte Liam beschlossen, die Sache selbst in die Hand zu nehmen.

Ihm standen mehrere Wochen Urlaub zu. Warum sollte er nicht seine eigene Untersuchung einleiten?

Er war also den Brotkrumen gefolgt und hatte vermutet, dass sie nach Cape Sanctuary fahren würde. Danach war es leicht für ihn gewesen, eine Unterkunft in dem Haus zu finden, das laut seinen Nachforschungen ihrer Cousine gehörte. Er hatte sich in sein Auto gesetzt und war von Los Angeles hierhergefahren, und natürlich hatte er eine Tarngeschichte im Gepäck.

Hätte er die Akte nicht so aufmerksam studiert, wäre er nie auf die Idee gekommen, dass die sanftmütige, nervöse Frau, die in dem ausgelaugt wirkenden Café namens Beach End die Tische abräumte, die Frau eines der schlimmsten Wirtschaftskriminellen der letzten Jahre war.

Nur jetzt, wo er hier war, in derselben Stadt, im selben Café, wusste Liam nicht, wo er anfangen sollte. Wie konnte er Meredith Rowland dazu bringen, ihre Geheimnisse preiszugeben?

Er war ein Zahlenmensch, nicht gerade der abenteuerliche Typ, und die Frau würde ihm sicher nicht einfach alles anvertrauen.

Irgendwie musste er ihr Vertrauen gewinnen.

Aber wie, zum Teufel, sollte er das anstellen?

Er hatte den leisen Verdacht, dass das Aufspüren von Merediths Aufenthaltsort noch der einfachste Teil der ganzen unausgereiften Aktion gewesen war.

6. KAPITEL

Tori

»Das kann doch nicht wahr sein.«

Tori starrte Corinne Selby, die Rektorin der Cape Sanctuary Middle School, an. Vor Aufregung schien ihr Magen sich zu verknoten, während sie darum rang, die schockierende Nachricht zu verdauen.

»Tut mir leid, aber es ist eine Tatsache.« Die Rektorin sprach mit tiefer, fester Stimme, die wohl beruhigend wirken sollte. Bei Tori verfehlte sie ihren Zweck.

»Wie kann sie in Geschichte durchfallen und in Geometrie eine Vier minus haben? Bei der Zwischenprüfung hat sie doch gut abgeschnitten, zumindest haben mir das ihre Lehrer beim letzten Elternsprechtag gesagt. Ich meine, ich wusste schon, dass sie nicht gerade die Klassenbeste in der Achten sein wird, aber sie hat sich immerhin gut gehalten.«

Dr. Selby schaute auf ihre Notizen. »Da haben Sie recht. Anscheinend hatte Emilia im mittleren Trimester in beiden Fächern eine solide Zwei. Leider hat sie jedoch den Abgabetermin für mehrere wichtige Projekte in Geschichte verpasst und in der letzten Hälfte dieses Trimesters keine Geometrie-Hausaufgaben mehr gemacht. Im letzten Test hatte sie eine Vier.«

In diesem Moment fühlte sich Tori wie die übelste Mutter der Welt, die ahnungslos danebenstand und ihrer Tochter lässig zuwinkte, während diese gerade komplett aus der Bahn geriet.

»Wow. Sorry, aber das ist ein echter Schock. Ich hatte ja keine Ahnung. Ich hätte ihre Noten besser online überwachen sollen, aber sie hat mir versichert, dass alles gut läuft.«

Sie bemühte sich, Em keinen bösen Blick zuzuwerfen, die neben ihr auf dem Stuhl hing, mit vor der Brust verschränkten Armen und gelangweiltem Blick aus ihren kajalumrandeten Augen. Mit Sicherheit war sie nicht so geschminkt gewesen, als sie an diesem Morgen zur Schule gegangen war.

»Leider ist das nicht der Fall, zumindest nicht in diesen beiden Fächern. Es läuft gar nicht gut. Zusätzlich zu ihren schulischen Leistungen hat Emilia insgesamt fünf unentschuldigte Fehltage und sieben Fehlzeiten beim Nachmittagsunterricht. Deshalb befasse ich mich damit und nicht die einzelnen Lehrkräfte.«

O nein, das war ein Albtraum. Tori kämpfte mit gefühlt einem Dutzend verschiedener Emotionen – Wut, Schuld, Enttäuschung und dieses überwältigende Gefühl des Versagens.

In Momenten wie diesem vermisste sie Javier so sehr, dass es in ihr brannte wie Batteriesäure. Es wäre so tröstlich gewesen, noch jemanden im elterlichen Team zu haben, der ihr half, die Last zu stemmen.

»Sie sagten, es sei noch nicht zu spät, das in Ordnung zu bringen?« Sie klammerte sich verzweifelt an die dünne Rettungsleine, die ihr die Direktorin zugeworfen hatte.

»Ja, aber ich fürchte, es wird nicht einfach werden. Ganz und gar nicht einfach.«

»Das spielt keine Rolle. Wir werden alles tun, was nötig ist.«

»Emilia wird sich sehr anstrengen und viel arbeiten müssen, aber sie kann in beiden Fächern bestehen. Wir haben noch fast drei Wochen bis zu den Sommerferien. Mr. Cefalo und Ms. Summers haben mir jeweils Pakete mit den fehlenden Aufgaben gegeben. Wenn Emilia alle ausstehenden Hausaufgaben in Geometrie erledigt und die drei fehlenden Geschichtsprojekte nachreicht, sind die beiden bereit, ihre Note entsprechend anzupassen, auch wenn sie wegen der verspäteten Abgabe Punkte abziehen müssen.«

»Natürlich. Das ist nur fair.« Tori rutschte auf ihrem Sitz hin und her und fühlte sich, als wäre sie diejenige, die auf dem heißen Stuhl im Büro der Schulleiterin saß.

Als sie auf diese Schule gegangen war, wäre es ihr unsagbar peinlich gewesen, wenn Frances ihretwegen zur Direktorin gerufen worden wäre, aber Em schien völlig unbeeindruckt.

»Das ist sehr entgegenkommend von den Lehrern«, entgegnete Tori. »Ich werde dafür sorgen, dass Emilia die Arbeiten erledigt. Vielen Dank.«

»Bleibt noch die Frage nach den unentschuldigten Fehlzeiten.«

Dr. Selby lehnte sich in ihrem Stuhl zurück und tippte mit den Fingern auf die Kante ihres Schreibtischs. »Vielleicht interessiert es Sie, dass eine weitere Schülerin dieselben Stunden verpasst hat.«

Tori schloss kurz die Augen. Sie hätte es wissen müssen. »Lassen Sie mich raten. Ihre Cousine Cristina.«

Dr. Selby hob nur eine Augenbraue. »Als ich die Mädchen gefragt habe, warum sie so viele Stunden versäumt haben, bekam ich keine zufriedenstellende Antwort. Vielleicht haben Sie und Cristinas Vater mehr Glück und können der Sache auf den Grund gehen.«

Vor einem Jahr hätte sie Corinne vielleicht noch zugestimmt. Emilia hatte ihr immer alles erzählt. Team Ayala, das waren sie gewesen.

Seit Cristina und Sam nach Cape Sanctuary gezogen waren, hatte sich die Dynamik jedoch verändert.

Sie sah zu Emilia hinüber, ihrer Tochter, die sie von ganzem Herzen liebte. So dramatisch, wie es gerade schien, kam es ihr vor, als würde hier Ems gesamte Zukunft auf der Kippe stehen.

Es ging nur um ein Trimester in der achten Klasse, sagte sie sich. Und nur um zwei Fächer in diesem Trimester. Die anderen hatte sie bestanden.

Es war nicht das Ende der Welt, auch wenn es sich so anfühlte.

»Es tut mir leid, dass das passiert ist. Ich hätte sie besser im Auge behalten müssen.«

»Sie sind nicht für Emilias Entscheidungen verantwortlich«, sagte Corinne sanft. »Sie ist dreizehn. Nächstes Jahr geht sie auf die Highschool. Vorausgesetzt, sie besteht diese Fächer. Sie muss Verantwortung für ihr Handeln übernehmen, doch wir können gemeinsam versuchen, ihr dabei zu helfen, für den Rest des Schuljahres bessere Entscheidungen zu treffen.«

Da das eindeutig als Verabschiedung zu werten war, stand Tori auf. Dr. Selby hielt ihr zwei dicke DIN-A4-Umschläge hin. Tori wollte schon danach greifen, doch dann besann sie sich und warf Emilia einen auffordernden Blick zu. Ihre Tochter seufzte, als wäre kein anderer Teenager je so ausgenutzt worden, und nahm die Umschläge entgegen.

»Danke, Dr. Selby, und es tut mir leid, dass es so weit gekommen ist«, sagte Tori und stupste ihre Tochter an.

»Sorry«, murmelte Em, obwohl sie überhaupt nicht reumütig aussah oder klang.

Tori verließ Corinnes Büro, und Emilia schlenderte unbekümmert hinter ihr her.

Im Flur gegenüber dem Schulsekretariat saß ein vertrautes Duo auf den Besucherstühlen, das offensichtlich als Nächstes bei Dr. Selby an der Reihe war. Tori kämpfte gegen den Drang an, zu Sam zu gehen und sich an seiner breiten Brust auszuweinen.

Natürlich hielt sie sich zurück. Zwar waren sie immer freundlich miteinander umgegangen, aber diese Art von Beziehung hatten sie ganz sicher nicht.

Em jedoch lief sofort zu ihrer Cousine und umarmte sie, als hätten sie sich nicht erst vor einer Stunde gesehen.

»Oh, oh«, sagte Sam und runzelte die Stirn. »Du siehst aus, als hättest du gerade einen Spießrutenlauf hinter dir. Was haben sie gemacht?«

Das Problem war wohl eher, was die Mädchen nicht gemacht hatten, nämlich ihre Schularbeiten und am Unterricht teilzunehmen. »Für Cristina kann ich das nicht sagen, aber Em hat ernsthafte Probleme mit ihren Noten. Ich denke, du wirst bald dasselbe zu hören bekommen.«

Die Mädchen kicherten über irgendetwas auf Ems Handy und schienen von der ganzen Sache nichts mitzubekommen. Tori wusste nicht, was sie mehr ärgerte: dass Emilia die letzte Hälfte des Trimesters in den Wind geschossen hatte oder dass es ihr offensichtlich egal war.

»Ich rufe dich später wegen einer Nachbesprechung an«, sagte Sam.

Sie nickte. Irgendwie war diese Aussicht tröstlich. Vielleicht war sie in der Sache nicht ganz auf sich allein gestellt.

Wenn es um Cristina so schlecht stand wie um Emilia, konnten sie und Sam sich vielleicht zusammentun, um es wieder in Ordnung zu bringen.

Sie und Emilia gingen den Flur hinunter, als eine Glocke läutete.

»Das ist die vierte Stunde. Ich muss los. Ich will nicht zu spät kommen.«

Tori wollte das Ganze eigentlich sofort klären, aber es war offensichtlich, dass jetzt nicht der richtige Zeitpunkt war, während Schülerinnen und Schüler auf den Flur strömten, sich gegenseitig anrempelten, schwatzten und auf ihre Handys schauten.

»Die Sache ist noch nicht erledigt. Du stehst bis auf Weiteres unter Hausarrest. Keine Übernachtungen mehr bei Freundinnen, kein Abhängen nach der Schule. Das Einzige, was du von jetzt an bis zum Ende des Schuljahres machst, sind Schulsachen. Ich hole dich nach der Schule ab.«

»Das musst du nicht. Ich kann laufen.«

»Ich hole dich ab«, sagte sie bestimmt und ließ keinen Raum für Diskussionen. »Du kannst im Café Hausaufgaben machen.«

»Du weißt, dass ich nicht gern im Café Hausaufgaben mache. Ich brauche meine Ruhe.«

Irgendwie schaffte sie es, nicht zu laut zu schnauben. Normalerweise machte Em ihre Hausaufgaben vor dem Fernseher, während sie die neueste Serie streamte, oder mit Kopfhörern bei lauter Musik.

»Ich fahre in den Abholkreisel, also lass mich bloß nicht warten.«

Em blitzte sie an und stürmte davon. Wären sie in einer anderen Epoche, hätte ihre Tochter sie sicher mit ihren Petticoats beworfen.

Tori fühlte sich wie eine einsame Insel in einem Meer von wuselnden jungen Leuten und atmete tief ein, um sich zu beruhigen. Sie wollte nicht gegen die Strömung ankämpfen und wartete auf einen Moment, bis sich der Gang lichtete. Da entdeckte sie Vanessa Chan, die mit Kisten beladen über den Flur kam.

»Hey, Ness«, grüßte Tori. Vanessa, die Medienspezialistin der Schule, war in ihrer Buchgruppe. Sie hatte einen herrlichen Sinn für Humor und las gern alles Mögliche.

Vanessas abwesender Blick hellte sich auf. »Hey, Tori. Was führt dich in die Hallen der akademischen Welt?«

Sie verzog das Gesicht. »Ein Treffen mit Dr. Selby.«

»Oha. Alles in Ordnung?«

Na klar, abgesehen davon, dass ich als Mutter versagt habe und meine Tochter dieses Schuljahr abgehakt hat.

Sie zuckte mit den Schultern. »Em hat Probleme in ein paar Fächern. Wir versuchen sie bis zum Ende des Schuljahres wieder auf Kurs zu bringen.«

»O Mann. Das tut mir leid, aber sie ist so klug. Ich bin mir sicher, dass sie es schafft.«

»Es ist keine Frage des Könnens, sondern des Wollens.«

»Ich bin Bibliothekarin in der Mittelstufe. Glaub mir, ich verstehe das total. Es ist der uralte Konflikt.«

Plötzlich fühlte Tori sich schuldig, weil sie Vanessa aufhielt, die offensichtlich mit dem Gewicht der Kisten, die sie ausbalancierte, zu kämpfen hatte.

»Entschuldige, kann ich dir helfen?«

»Das wäre wirklich super. Ich habe nicht mit so vielen Kisten gerechnet, sonst hätte ich einen Wagen mitgebracht.«

Tori nahm ihrer Freundin einige Exemplare ab und folgte ihr dann den Flur entlang in Richtung Medienzentrum.

»Hey, wäre deine neue Ferienwohnung in ein paar Wochen wieder frei?«, fragte Vanessa auf dem Weg. »Meine Eltern wollen mich und die Kinder besuchen, sobald die Schule um ist. Ich habe ein Gästezimmer, aber ich glaube, es wäre für uns alle besser, wenn sie ihre eigene Wohnung hätten. Ich liebe sie über alles, aber sie rauben mir den letzten Nerv. Meine Mutter versucht ständig, meine Wäsche zu waschen und die Toiletten zu reinigen, und mein Vater will jeden undichten Abfluss reparieren und jede Regenrinne sauber machen.«

Für Tori klang das traumhaft. Sie hatte jahrelang ihre eigenen Regenrinnen und die von Frances ausgefegt. Ob wohl die Möglichkeit bestand, dass Vanessas Mutter ihre Toiletten reinigte?

»Nein, tut mir leid. Ich wünschte, ich könnte dir helfen, aber ich habe das Haus gerade für einen ganzen Monat an einen Mann vermietet. Alle anderen Objekte in der Stadt waren zumindest einen Teil der Zeit ausgebucht, aber da mein Häuschen neu auf dem Markt war, hat er gleich zugegriffen.«

»Wow, das ist ja toll. Dabei hattest du doch Angst, du würdest niemanden finden. Es ist schön zu wissen, dass du einen Mieter für längere Zeit hast.«

Nach reiflicher Überlegung hatte Tori sich entschlossen, Frances' Häuschen als Ferienwohnung zu nutzen, anstatt einen Dauermieter zu finden. Sie hatte vor, das zusätzliche Geld für die Kosten von Emilias Collegezeit zurückzulegen, aber so wie es stand, würde sie es vielleicht eher für eine Kreuzfahrt nutzen.

»Hast du eine Idee, wo ich es sonst noch versuchen könnte?«, fragte Vanessa.

»Du kannst mit Kathy Holt sprechen. Sie hat mal erzählt, dass sie ihr Gästehaus vermieten möchte.«

»Oh, gute Idee. Ich rufe sie mal an.«

»Wo möchtest du die Kisten hin haben?«, fragte sie, als sie das Medienzentrum erreichten.

»Einfach auf meinen Schreibtisch. Danke.«

Sie unterhielten sich noch über das Buch, das sie in diesem Monat lasen, und darüber, wie es Vanessa nach der Trennung von ihrem Mann vor ein paar Monaten ergangen war. Dann kam ein Schüler und fragte die Medienfachfrau, wo er eine Biografie über Harriet Tubman wegen eines Referats finden könne. Sie führte ihn zu dem Regal und kehrte dann zu Tori zurück.

»Tut mir leid.«

»Es muss dir nicht leidtun. Ist ja dein Job. Außerdem muss ich zurück ins Café.«

»Hör mal, braucht Em vielleicht Nachhilfe? Ich kenne ein paar Schüler, die das sehr gut machen.«

»Sie braucht auf jeden Fall etwas, aber Nachhilfe ist es nicht, glaube ich«, murmelte Tori. *Vielleicht einen Tritt in den Hintern.*

»Na, dann bis nächste Woche. Wir treffen uns bei Stella, richtig?«

»Genau. Sie hat das Buch ausgesucht, also findet es bei ihr statt.«

»Gut. Meine erste Wahl. Bei ihr gibt es immer den besten Wein.«

Tori lachte. »Lass das lieber nicht deine Schüler hören.«

Vanessa grinste und winkte ihr, als sie das Medienzentrum verließ. Tori ging zum Fahrradständer, wo sie ihren Beachcruiser angeschlossen hatte, und sah gerade noch, wie Sam in sein Fahrzeug stieg. Als er sie bemerkte, stieg er wieder aus und kam auf sie zu.

Er trug eine Kakihose und ein blaues Hemd, seine Standard-Polizistenkleidung, und ihr Herz machte einen kleinen Hopser, wie immer in letzter Zeit, wenn sie ihn sah.

Er runzelte die Stirn und verzog resigniert das schlanke Gesicht. »Hast du dieselben schlechten Nachrichten bekommen wie ich? Cristina fällt in zwei Fächern durch und hat die Schule geschwänzt.«

Tori löste das Schloss vom Fahrradständer. »Nicht ganz so bitter anscheinend. Em ist nur in einem Fach durchgefallen und hat in einem weiteren eine Vier minus. Aber, ja, sie hat auch geschwänzt.«

»Was denken die beiden sich dabei?«

»Sie denken überhaupt nicht. Das ist das Problem. Ich glaube, wenn sie zusammen sind, verlieren sie automatisch Gehirnzellen.«

Er seufzte. *»Folie à deux.«*

»Wie bitte?«

»Wahnsinn zu zweit. Das ist ein psychologischer Begriff, der sich normalerweise auf eine gemeinsame Psychose bezieht, aber übertragen auf Verbrecherkreise verwendet man ihn für zwei Menschen, die einzeln vielleicht harmlos sind, aber wenn sie sich zusammentun, macht es bum. Das Ergebnis ist brandgefährlich.«

»Meine Tochter ist keine Kriminelle. Das ist ein ganz neues Verhalten. Sie hatte gute Noten, bevor …«

Sie konnte den Satz nicht zu Ende bringen, aber das war auch nicht nötig. Sein Blick verengte sich. »Bevor Cristina und ich wieder hergezogen sind.«

Sie weigerte sich, sich schuldig zu fühlen. »Na ja, so ist es. Em war eine Musterschülerin und hätte nicht im Traum daran gedacht, die Schule zu schwänzen oder ihre Hausaufgaben nicht zu machen. Ich sage ja nicht, dass Cristina schuld daran ist. Wie du schon sagtest – wenn die beiden zusammen sind …«

»Folie à deux.«

»Genau. Wie auch immer. Die Frage ist, was machen wir jetzt? Sie wechseln nächstes Jahr auf die Highschool, und ihre Noten sind wichtig für ihre Zukunft.«

»Ganz meine Meinung.«

»Ich will sie nicht trennen. Für Em ist es so schön, Cristina hierzuhaben, fast so, als hätte sie eine Schwester.«

Sie spürte einen plötzlichen Stich, weil sie an Meredith denken musste, daran, wie sie früher alles miteinander geteilt hatten. Als sie Meredith noch als Schwester im Herzen betrachtet hatte. Sie waren wirklich wie Geschwister gewesen und hatten es beide genossen, eine Vertraute und beste Freundin zu haben.

Doch das war vor langer Zeit gewesen. Bevor Meredith Cape Sanctuary, Frances und ihr entwachsen war.

»Em tut Cristina auch gut. Sie hat Cris den Übergang zum Kleinstadtleben sehr erleichtert. Ich weiß nicht, ob sie es ohne ihre Cousine gepackt hätte.«

»Ich bin froh, dass sie sich nahestehen, aber wir können nicht zulassen, dass das ihre schulische Arbeit beeinträchtigt. Wir müssen das in die Hand nehmen. Wer weiß, was sie sonst in den Sommerferien anstellen würden.« Sie schauderte, als sie es sich vorstellte.

»Einverstanden.«

»Es ist noch nicht zu spät, etwas zu ändern. Ich habe Em Hausarrest auferlegt, bis sie die fehlenden Arbeiten nachgeholt hat, und sie darf nach der Schule nicht mehr abhängen oder am Wochenende bei Freunden übernachten.«

»Ich habe Cristina die gleiche Ansage gemacht.«

»Gut. Ich bin froh, dass wir hier auf derselben Wellenlänge sind.«

»Sie werden den Aufstand proben«, warnte er.

»Ich weiß.« Sie freute sich auch nicht darauf, Emilia von ihrer Komplizin zu trennen.

»Wie wäre es, wenn wir unsere Kräfte bündeln würden? Wir könnten mehr erreichen, wenn wir es als Team angehen.«

»Wie genau stellst du dir das vor?«, fragte sie und wurde plötzlich misstrauisch.

Bevor Sam jedoch antworten konnte, klingelte sein Telefon. Mit einem frustrierten Blick schaute er aufs Display. »Ich habe auf diesen Anruf gewartet. Ein Informant mit vertraulichen Hinweisen zu einem Raubüberfall, an dem ich gearbeitet habe. Ich muss den Anruf annehmen. Bist du heute Abend da? Ich kann vorbeikommen, und dann arbeiten wir einen Plan aus.«

»Wann?«

»Ich arbeite bis etwa neun Uhr. Ich rufe dich an, sobald ich Feierabend habe. Es wäre besser, wenn wir ohne die Mädchen reden, um unsere Strategie entwickeln zu können.«

Normalerweise stand Tori um fünf Uhr auf, um die Frühschicht im Café zu übernehmen, und machte dann eine kurze Pause, um Emilia zur Schule zu bringen. Das würde ein langer Tag werden.

»Okay. Das geht klar. Ich muss mir vielleicht kaltes Wasser ins Gesicht spritzen, um wach zu bleiben, aber ich schaffe es. Das ist wichtig.«

Er schenkte ihr ein Lächeln, das eigentlich nicht so sehr in ihrem Innern hätte vibrieren sollen, dann widmete er sich dem Telefon und stieg wieder in seinen zivilen Polizeiwagen.

Konnte sie mit Sam als Team zusammenarbeiten, angesichts dieser ungewollten Anziehung, die sie neuerdings ihm gegenüber verspürte?

Sie musste lernen, das zu kontrollieren. Selbst wenn er die Anziehung auch spüren sollte, was er offensichtlich nicht tat, konnte daraus nie etwas werden. Er war Javiers Bruder, um Himmels willen. Emilias Onkel. Es war völlig unangebracht, überhaupt daran zu denken.

Er sah Javier überhaupt nicht ähnlich, bis auf die dunklen Haare und Augen. Javi war klein gewesen, nur ein paar Zentimeter größer als sie, und hatte eine kompakte, drahtige Statur gehabt. Und Augen, die immer über irgendetwas zu lachen schienen.

Sam war knapp über eins achtzig groß, schlank, aber muskulös, hatte eine starke Kieferpartie und lange, schöne Wimpern.

Sie trat stärker in die Pedale und fuhr eine Abkürzung durch ein Wohngebiet, um zum Beach End zu gelangen. Im Moment musste sie jede Anziehung, die sie unklugerweise für ihren Schwager empfand, ins Schließfach zurückschieben, wo sie hingehörte.

Ihre Töchter steckten in einer Krise, und das war ein Schlüsselmoment in ihrem jungen Leben, in dem ihre Zukunft auf Messers Schneide stand.

Allzu melodramatisch? Sie schüttelte den Kopf über sich selbst, während sie auf das Café zusteuerte, bremste und abstieg.

Sie sollte sich lieber auf die Mädchen und ihre schulischen Probleme konzentrieren als auf die Anziehung zu ihrem Schwager, aus der nie etwas werden konnte.

7. KAPITEL

Meredith

Nach nur zwei Tagen Arbeit im Café war Meredith völlig erschöpft.

Sie wollte sich einfach nur auf der Bank vor dem Haus ausstrecken und ein Nickerchen machen.

Ein ganz kleines. Das war alles, was sie brauchte.

Stattdessen winkte sie Josef zum Abschied, der, wie sie gemerkt hatte, nie viel schwatzte, sondern ein stiller, aber freundlicher Typ war, und ging hinaus in den herrlichen Nachmittag.

Es war sonnig, aber eine kühle Brise wehte vom Meer her, leicht und erfrischend. Möwen schrien über ihr, und sie sah ein paar Leute am Strand in der Nähe des Cafés. Sie wusste jedoch, dass die Touristensaison erst nach dem Memorial Day beginnen würde.

Ihre Muskeln schmerzten, als sie durch die Stadt zurück zum Starfish Beach lief. Sie wollte sich einreden, dass es der angenehme Schmerz einer erfolgreich getanen Arbeit war, aber ihr war bewusst, dass es nicht stimmte. Sie machte nichts richtig. Sie hatte immer noch nicht das Gefühl, zu wissen, was sie tat, auch wenn sie langsam besser mit der komplizierten Kaffeemaschine zurechtkam.

Sie fragte sich, ob irgendeiner der anderen Angestellten

sagen würde, dass sie sich in ihrem Job besonders geschickt anstellte.

Zu ihrer Überraschung machte die Arbeit jedoch mehr Spaß, als sie erwartet hatte. Sie mochte es, wenn sie sah, dass den Kunden die Mahlzeiten gut schmeckten. Wenn sie begeistert waren, lachten, sich beim Essen unterhielten und der Klang des Bestecks auf dem Porzellan zu hören war.

Die Routine hatte etwas Beruhigendes an sich. Es war wirklich keine sinnlose Beschäftigung. Josef hatte recht: Das Café konnte ohne ihre Arbeit nicht funktionieren. Das Servierpersonal hatte keine Zeit, die Tische abzuräumen, abzuwischen und das Geschirr in die Spülmaschine zu stellen. Ohne sie, Josef und den sehr süßen Brendan mit dem sanften Lächeln hätten sie ihren Job nicht machen können.

Unter anderen Umständen hätte Meredith die Arbeit im Beach End Café genießen können. Aber wie sollte sie das, wenn Tori ihre Anwesenheit mit einer derartigen Feindseligkeit ertrug, so wie Zahnschmerzen, die sie nicht ignorieren konnte?

Ihre Cousine hatte an diesem Tag etwas in Emilias Schule zu erledigen gehabt und war mit noch schlechterer Laune als sonst zurückgekommen. Da Tori kaum mit ihr sprach, hätte Meredith sich nicht zu fragen getraut, was los war, aber sie hatte gehört, wie sie den Köchen erzählte, dass Emilia ihre Hausaufgaben nicht gemacht und den Unterricht geschwänzt habe.

Seit dem Tag ihrer Ankunft, als sie mit Emilia und ihrer Freundin gesprochen hatte, hatte sie Toris Tochter nicht mehr gesehen. Irgendetwas sagte ihr, dass die Schule für die beiden Mädchen keinen hohen Stellenwert hatte.

Als sie die paar Straßen zu ihrem Cottage gelaufen war, hatten sich einige ihrer Muskelverspannungen schon wieder gelöst. Sie war aber immer noch müde, so sehr, dass sie sich am liebsten auf der klumpigen Matratze zusammengerollt und ein Nickerchen gemacht hätte.

Aber das ging nicht. Sie hatte zu viel zu tun.

So klaubte sie den letzten Rest ihrer Energie zusammen und trat hinaus in den kleinen überwucherten Garten, der an den Sandstrand grenzte.

Meredith wusste ungefähr so viel über Gartenarbeit wie über die Arbeit in einem Café.

Was konnte sie *überhaupt*? In den letzten achtzehn Monaten war sie zu der bitteren Erkenntnis gelangt, dass sie keinerlei praktische Fähigkeiten hatte. Sie konnte zwar lang und breit über Pointillismus im Gegensatz zu Tupfen referieren oder über die philosophischen Perspektiven der Kunst, doch sie hatte keine Ahnung, wie man eine Bohnenpflanze am Leben hielt.

Eines dagegen hatte sie in ihrem Leben als Tochter von Cilla Collins-Meyer gelernt: dass die äußere Erscheinung zählte. Im Moment war ihr Cottage ein Schandfleck, und wenn sie ihre Umgebung verschönerte, das wusste sie, würde das ihren Gemütszustand positiv beeinflussen.

Das Unkraut im Garten zu beseitigen, war da ein guter erster Schritt. Sie beschloss, sich nicht umzuziehen. Wozu auch? Was sie anhatte, war ohnehin bereits verschwitzt von dem langen Arbeitstag. Sie wünschte nur, sie hätte einen hübschen breitkrempigen Hut, um sich vor der Sonne zu schützen. Stattdessen holte sie ihre Sonnenbrille und wickelte sich einen Dior-Schal um den Kopf, als wäre sie Grace Kelly, die mit ihrem Cabrio die Amalfiküste entlangfuhr.

Sie fing an, Unkraut zu zupfen, während die Schatten länger wurden und die Sonne sich dem Horizont näherte.

Das war nicht mal so schlimm. Ja, die Arbeit war anstrengend, vor allem nach einem ganzen Tag auf den Beinen, aber sie fand es beruhigend und entspannend, mit ihren Händen zu arbeiten und dabei dem Rauschen der Wellen zu lauschen.

Etwa eine Stunde nachdem sie mit der Arbeit begonnen hatte, kamen Tori und Emilia nach Hause. Emilia winkte ihr zu und wollte schon zu ihr rüberlaufen, aber ihre Mutter machte ihr eine kurze Ansage.

Emilia runzelte die Stirn, als sie ihr antwortete, und die beiden wechselten ein paar Worte, was damit endete, dass der Teenager die Verandatreppe hinaufstürmte.

Meredith hatte keine Ahnung, was Tori gesagt hatte, aber sie konnte sich denken, dass es nichts Schmeichelhaftes über sie gewesen war.

Sie seufzte und fühlte sich schuldig wegen der Entscheidungen, die sie getroffen hatte und die sie an diesen Punkt gebracht hatten.

Der erste Riss in ihrer Beziehung war gleich nach der Highschool entstanden. Jahrelang hatten sie und Tori darüber gesprochen, was sie nach ihrem Abschluss machen würden. Tori hatte die Welt jenseits von Cape Sanctuary sehen wollen. Das war zwar nicht unbedingt Merediths Traum gewesen, aber sie hatte die Vorstellung gemocht, einen Monat oder sechs Wochen lang durch Europa zu reisen und ihrer geliebten Cousine Venedig, Paris und die Alpen zu zeigen.

Diesen Traum hatten sie nicht umgesetzt. Ihretwegen. Tori war bereit gewesen. Sie hatte ein Flugticket und eine Bahnfahrkarte gekauft und ein Jahr lang das Trinkgeld, das sie im Café verdient hatte, gespart, um sich die Reise leisten zu können.

Einen Monat vor ihrer Abreise hatte Meredith ihr dann per SMS mitgeteilt, dass sie doch nicht fahren könne.

Damals hatte sie keine andere Wahl gehabt. Cilla hatte ihre Beziehungen spielen lassen und einen Gefallen eingelöst, um ihr ein Sommerpraktikum an der Met zu verschaffen. Ihre Mutter hatte das für einen Supercoup gehalten, zumal ihre Hassfreundin Eloisa St. Cloud versucht hatte, dasselbe Praktikum für ihre Tochter zu ergattern.

Meredith hatte es nicht gewagt, ihrer Mutter zu gestehen, dass sie heimlich mit ihrer Cousine eine Reise nach Europa geplant hatte. Cilla wäre damit niemals einverstanden gewesen. Sie mochte Tori nicht – und Frances, ihre Schwiegermutter, ebenso wenig.

Meredith war einfach zu schwach gewesen, um sich gegen ihre Mutter zu stellen, und hatte stattdessen ihre Cousine im Stich gelassen.

Sie zerrte heftiger an dem Unkraut und wünschte sich, sie könnte all die schlimmen Erinnerungen genauso resolut aus ihrem Gedächtnis rupfen.

Stattdessen arbeitete sie, bis die Sonne langsam ins Meer glitt, ein prächtiges Schauspiel aus Orange, Gold und Bernstein. Doch irgendwann musste sie aufhören, um etwas zu essen, sonst wäre sie vielleicht hier auf der warmen Erde eingeschlafen.

Gerade bewunderte sie stolz den Unkrauthaufen, da hörte sie plötzlich ein lautes Atmen hinter sich. Es war eindeutig ein Tier, und so wagte sie kaum, sich umzudrehen. Gab es in diesem Teil des Landes tollwütige Kojoten? Sie hatte keine Ahnung. Also hielt sie den Atem an, spürte einen heißen Hauch an ihrem Haar und drehte sich schließlich um, mit der Befürchtung, von scharfen Zähnen zerfetzt zu werden.

Stattdessen warf ihr ein freundlich aussehender schwarzer Hund einen mit Sabber bedeckten Ball auf den Schoß.

Okay. Sie würde wahrscheinlich nicht in Stücke gerissen werden.

»Hallo, du«, sagte sie mit ruhiger Stimme, obwohl sie ihr Herz laut in den Ohren rasen hörte.

Sie war kein Fan von großen Hunden. Mit etwa zwölf Jahren war sie von einem der Wachhunde auf dem Anwesen einer Freundin gebissen worden und hatte seitdem Angst vor den Tieren.

Das hier schien ein Labrador zu sein. Der Hund schaute sie freundlich an und wartete offensichtlich eifrig darauf, dass Meredith den Ball warf.

»Wo kommst du denn her?« Sie sah am Strand entlang, aber in beiden Richtungen war niemand zu entdecken. »Hast du dich verlaufen?«

Vielleicht dauerte es doch noch einige Zeit, bis sie etwas zu essen bekäme, wenn sie erst einen entlaufenen Hund nach Hause bringen musste.

Der Hund hatte ein geflochtenes grünes Halsband mit einer Metallplakette um, die verkehrt herum hing. Vorsichtig, als müsste sie eine Bombe entschärfen, drehte sie das Plättchen um, damit sie die Aufschrift lesen konnte.

»Jasper. So heißt du also?«

Der Hund spitzte die Ohren, ließ die Zunge heraushängen und schaute auf den Ball hinunter, dann wieder zu ihr hoch.

Meredith musste lächeln. Wenn nur manche Menschen so klare Ziele im Leben hätten.

Sie hob den Ball auf und warf ihn mit lächerlich geringem Schwung. Er landete kaum zehn Meter entfernt im Sand. Der

Hund war schon hinterhergelaufen, bevor der Ball überhaupt auf den Boden traf. Er hob ihn auf, kam zu Meredith zurückgerannt und ließ ihn neben ihr fallen.

Gehorsam hob sie den Ball auf und warf ihn dieses Mal etwas weiter dorthin, wo das Meer in kleinen Miniaturbrechern am Sand leckte.

Der Hund rannte voller Freude hinunter, schnappte sich den Ball wieder und war in Sekundenschnelle zurück.

»Du kriegst so schnell nicht genug, wie?«

Der Hund beobachtete sie mit seinen dunklen Augen, bis sie aufseufzend wieder nachgab.

»Wo sind denn deine Menschen?«, fragte sie, als das Tier zu einer weiteren Runde zurückkam. Es blickte sie nur an, den Kopf schief gelegt, und ließ die Zunge heraushängen.

Sie mussten in der Nähe sein. Vielleicht war der Hund einfach jemandem vorausgelaufen, der vom Driftwood Park aus, was näher am Zentrum lag, den Strand entlangkam.

Sie würde noch ein wenig warten und dann die Nummer anrufen, die ebenfalls auf der Plakette stand.

Der Hund zeigte keine Anzeichen von Müdigkeit, aber gerade als sie noch einmal den Strand absuchen wollte, trat jemand aus dem Haus nebenan.

»Jasper!«, rief der Mann. »Komm her, Kumpel. Ab nach Hause.«

Der Hund warf Meredith einen traurigen Blick zu, hob dann seinen Ball auf und trollte sich nach Hause.

Sie sah nur die Silhouette des Mannes, groß und schlank, bis er sich umdrehte. Ihr stockte der Atem.

Es war der heiße Typ aus dem Café. Der, von dem Denise gesagt hatte, er könne ihr jederzeit den Grill einfetten. Der, der sich ihr als Liam Byrne vorgestellt hatte.

Seit Meredith angefangen hatte, im Café zu arbeiten, war er jeden Tag da gewesen. Allerdings hatte sie nicht mehr mit ihm gesprochen, denn Brendan kümmerte sich um die Tische in seinem Bereich.

Liam musste sie auch eben bemerkt haben, denn zu ihrem Entsetzen ging er die Treppe hinunter und kam auf sie zu.

»Tut mir leid, das Tor schließt nicht richtig, und er hat offenbar herausgefunden, wie er es aufbekommt. Er spielt für sein Leben gern Ball und sucht immer Spielgefährten, egal ob ich gerade arbeite oder nicht. Danke, dass Sie ihn ein bisschen unterhalten haben.«

»Kein Problem«, log sie.

Er nahm sie genauer in Augenschein, und sie wünschte sich plötzlich, sie wäre ein wenig präsentabler und nicht so schmutzig, verschwitzt und zerzaust auf dem Kopf, da sie beim Spielen mit Jasper den Schal abgelegt hatte.

»Ich kenne Sie. Sie arbeiten im Beach End Café, richtig?«

»Ja, so ungefähr.«

»Wie arbeitet man denn ›so ungefähr‹? Jetzt machen Sie mich neugierig. Und das heißt, ich würde gern Ihr Geheimnis ergründen, denn ich neige dazu, ganz tief in alles einzudringen, was mich beschäftigt.«

Auf diese Bemerkung hin schossen Meredith heiße Bilder durch den Kopf, die sie nicht unbedingt sehen wollte, und ein Prickeln lief ihr den Rücken hinab.

Es ärgerte sie, dass sie so auf ihn reagierte. Ja, er sah auffällig gut aus, aber was hieß das schon? Carter war umwerfend gewesen mit seinen blonden Haaren, den blauen Augen und einem Lächeln, mit dem er sie schon bei ihrer ersten Begegnung verzaubert hatte.

Und wie grandios war das gelaufen?

»Das ist meine erste Woche. Genau genommen gehört mir ein Teil des Cafés. Lange Geschichte, aber meine Großmutter war die Besitzerin, und sie hat es meiner Cousine und mir gemeinsam hinterlassen.«

»Sie sind also neu im Management.«

»Oh, leiten tue ich das Café nicht. Wir arbeiten uns dahin vor, könnte man sagen. Ich räume Tische ab und spüle Geschirr. Meine Cousine hat ganz klar das Sagen.«

Auf ihren herben Ton hin schaute er sie überrascht an, dann lächelte er. »Dann ist Ihre Cousine wohl meine Vermieterin. Tori, richtig?«

Sie war so erschrocken gewesen, als er plötzlich nebenan aufgetaucht war, dass sie den Zusammenhang erst jetzt verstand. »Ihre Vermieterin, ja. Ich hörte, wie Tori jemandem erzählte, dass sie das Seafoam Cottage für mehrere Wochen vermietet hat.«

»Ja, das macht uns vorübergehend zu Nachbarn, schätze ich.«

»Tori sagte auch, Sie seien Schriftsteller.«

Sein Mund verzog sich fast unmerklich. »Ja«, sagte er schließlich. »Jedenfalls versuche ich es. Ich habe noch nichts veröffentlicht. Da ein Verwandter mir ein bisschen was vererbt hat, dachte ich, ich gönne mir davon eine Auszeit von meinem Job und versuche, endlich meinen Roman zu beenden.«

Er sah auch nicht wirklich wie ein Schriftsteller aus, denn so braun gebrannt und sportlich, wie er war, saß er sicher nicht den ganzen Tag am Computer. Eher wirkte es, als würde er körperlich arbeiten, im Freien. Pferde striegeln oder Rafting-Expeditionen leiten oder so etwas.

Andererseits hatte sie mal eine Dokumentation über Ernest

Hemingway gesehen, und niemand hätte ihn jemals als verweichlicht bezeichnen können.

»Das ist schön«, sagte sie schließlich. »Jeder sollte die Chance nutzen, seinen Träumen zu folgen. Gut für Sie.«

Wieder flackerte Überraschung in seinem Gesicht auf, so kurz, dass sie fast meinte, sie hätte es sich eingebildet.

»Danke. Genau das brauche ich. Mein Buch ist nämlich ein einziges Durcheinander.«

Sie wusste zwar nicht, wie sie mit allzu sexy Männern umgehen sollte, aber sie verstand die Selbstzweifel, von denen viele Kreative geplagt wurden, denn schließlich hatte sie in der Galerie jahrelang mit jungen Künstlern gearbeitet, die sich ziemlich abstrampeln mussten.

»Was für ein Buch schreiben Sie denn?«, fragte sie. Ihre beste Taktik, um nervöse Künstler zu beruhigen, war es, sie von ihrer Arbeit erzählen zu lassen. Sie konnte sich vorstellen, dass das auch bei Schriftstellern klappte.

Er zögerte einen Moment, als versuchte er, eine Antwort vorzuformulieren. »Es ist … ähm, ein Thriller, in dem es um Kunstraub geht. Der Held ist ein FBI-Agent, der einem Kunstdieb auf der Spur ist.«

»Ach, wirklich? Dann sagen Sie mir Bescheid, wenn Sie Hilfe bei der Recherche brauchen.«

»Sind Sie Expertin für Kunstdiebstähle?«

»Nein, kein bisschen. Aber ich habe einen Abschluss in Kunstgeschichte und einige Erfahrung durch die Arbeit in einer Kunstgalerie. Ich habe auch ein Praktikum an der Met gemacht und war dabei, als ein Van Gogh gestohlen wurde.«

»Ist das ein Geständnis?«

Sie spürte, wie ihr Gesicht heiß wurde. Nein, trotz alldem, was in ihrer Vergangenheit passiert war, konnte sie doch ehrlich sagen, dass sie an diesem Verbrechen keine Schuld trug.

»Ich mache nur Spaß«, sagte er, als ihr keine Antwort einfiel. »Trotzdem danke. Vielleicht nehme ich Sie beim Wort.«

»Ich kann auch helfen, wenn Sie einen Betaleser brauchen. Eine Freundin von mir, bei der ich früher gewohnt habe, hat ein Buch geschrieben, in dem es unter anderem um eine Kunstgalerie ging, und ich habe ihr dabei geholfen. Das gefiel mir ziemlich gut.«

»Sehr nett von Ihnen. Vielen Dank. Ich bin übrigens Liam«, sagte er. »Liam Byrne.«

Er lächelte, und sie spürte, wie sich ihr Gesicht weiter erhitzte. Nervosität überkam sie. Was war nur los mit ihr? Sie war gerade nicht in der Verfassung, sich zu jemandem hingezogen zu fühlen.

Sie kämpfte gegen den verzweifelten Drang an, in ihr Haus zu rennen, dabei hatte sie keinen Grund, diesen Mann zu fürchten, egal ob sie ihn attraktiv fand oder nicht. Ja, es gab gute Männer auf der Welt, auch wenn sie nicht das Glück gehabt hatte, einen zu heiraten.

»Ja, ich erinnere mich«, sagte sie.

»Und Sie heißen Meredith … Collins, richtig?«

Sie runzelte die Stirn wegen seines leichten Zögerns und schob den Zweifel dann beiseite. Er konnte es nicht wissen.

»Ja, stimmt.«

»Schön, Sie offiziell kennenzulernen. Danke, dass Sie so verständnisvoll mit Jasper waren. Er freut sich über neue Freunde.«

»Schon gut. Er ist sehr süß.«

»Ich schätze, wir werden uns öfter sehen. Ich bin kein guter Koch, also werde ich wohl meist im Café essen.«

»Darüber wird Tori sich sehr freuen.«

»Und Sie nicht? Sie sind jetzt Teilhaberin und müssen darauf achten, was unter dem Strich bleibt.«

Im Moment war sie zu sehr mit ihrem eigenen Überleben beschäftigt, um sich über das Café Gedanken zu machen. Sicher würde sich das ändern, wenn sie erst heimischer in Cape Sanctuary war.

Er pfiff nach dem Hund, und die beiden liefen zu einem offenen Bereich am Strand. Liam warf den Ball, und Jasper jagte ihm mit sichtlicher Freude hinterher.

Sie beobachtete die beiden einen Augenblick und zwang sich dann, ins Cottage zu gehen. Sie musste ihren attraktiven Nachbarn komplett aus ihren Gedanken verdrängen. Wie lächerlich, dass sie nach der kurzen Begegnung so aufgewühlt war. Sie suchte gar keinen Mann, ob sexy oder nicht.

Im Moment lagen ihre Prioritäten darin, ihre mageren Ersparnisse aufzubessern, bis sie endlich ein paar Dollar an Trinkgeldern zusammenbekam. Und auch sonst hatte sie viel zu tun – das Haus renovieren, sich im Café einarbeiten und vielleicht sogar Tori dazu bringen, sie etwas weniger zu hassen.

8. KAPITEL

Liam

Während er am Strand entlangging, musste er sich zurückhalten, um nicht vor lauter Enthusiasmus die Faust in die Luft zu recken.

Meredith Collins – auch bekannt als Meredith Miststück Rowland – schien ihm seine Tarnung als eifrig bemühter angehender Schriftsteller, der sein Buch fertig schreiben wollte, abgekauft zu haben.

Nicht zu fassen, dass sie nicht gleich misstrauisch geworden war und ihn aufgefordert hatte, sie in Ruhe zu lassen. Er hatte befürchtet, dass sie nach achtzehn Monaten unter ständiger Kontrolle durch die Ermittler etwas misstrauischer sein würde, wenn ein Fremder mit einer ziemlich konstruierten Geschichte nebenan einzog.

Aber das war sie nicht gewesen. Sie war sogar so weit gegangen, ihm ihre Hilfe bei der Recherche anzubieten.

Die Tatsache, dass er sein fiktives Werk in der Kunstszene angesiedelt hatte, weil er wusste, dass sie sich in Kunstgeschichte auskannte und früher eine Galerie besessen hatte, schien ihm einen Pluspunkt eingebracht zu haben.

Es könnte tatsächlich funktionieren.

Er hakte Jaspers Leine am Halsband ein, entfernte sich

weiter von dem Häusertrio und genoss die Schreie der Möwen und das beständige Rauschen des Pazifiks.

Die friedliche Umgebung schien ihn irgendwie zu entspannen und eine Unruhe in ihm zu dämpfen, die er eben erst wahrgenommen hatte.

Seit Jahren hatte er keinen Urlaub mehr genommen, weil er sich hatte beweisen wollen. Nach mehr als einem Jahrzehnt beim FBI wusste er, dass er einer der Besten in der gesamten Behörde war. Er wurde von seinen Vorgesetzten als zuverlässiger, hartnäckiger Analytiker geschätzt, der zur Lösung der schwierigsten Kartellfälle und solcher im Bereich der organisierten Kriminalität beigetragen hatte. Er war sogar zum Los Angeles Police Department geschickt worden, um dort einige Fälle zu bearbeiten.

Seine Mutter sagte oft, wie stolz sein Vater auf ihn gewesen wäre.

Liam war sich da nicht so sicher.

Er starrte aufs Meer hinaus und spürte den vertrauten Schmerz des Verlustes. Wie wäre sein Leben verlaufen, wenn sein Vater nicht am 11. September Feuerwehrmann in New York City gewesen wäre? Wenn Tommy Byrne nicht in die Zwillingstürme gerannt wäre als einer von denen, die nicht wieder herauskamen?

Liam war an jenem düsteren Tag dreizehn Jahre alt gewesen, das zweitälteste der drei Kinder seiner Mutter, aber dasjenige, auf das sich Moira nach dem Tod ihres Mannes am meisten verlassen hatte.

Er hatte seiner Mutter mit Patrick und seiner jüngeren Schwester geholfen, als sie ihre Zukunft umplante, wieder zur Schule ging und mit ihnen nach Chicago zog, um näher bei ihrer Familie zu sein.

Das war der einzige Grund, warum er hier war. Die Ermittler konnten das fehlende Geld, das Carter Rowland gestohlen hatte, nicht finden. Dazu gehörten auch die gesamten Ersparnisse seiner Mutter aus der Abfindung, die sie nach Tommys Tod erhalten und für Patricks Pflege zurückgelegt hatte.

Liam konnte nicht aufgeben. Das hier fühlte sich wie der wichtigste Fall seiner Karriere an, auch wenn er inoffiziell hier war.

Was spielte es für eine Rolle, dass er bei der Verurteilung internationaler Drogenschmuggler oder der Zerschlagung mehrerer krimineller Verschwörungen mitgewirkt hatte? Wenn er all den Menschen, die ihre Ersparnisse an Carter Rowland verloren hatten, nicht helfen konnte, vor allem nicht seiner eigenen Mutter, wofür, zum Teufel, waren dann die vergangenen zehn Jahre im öffentlichen Dienst gut?

Meredith Collins wusste etwas. Daran hatte er keinen Zweifel. Sie konnte nicht so unglaublich naiv sein. Kein Mensch war so naiv.

Er hatte jeden einzelnen Moment der Verhandlung verfolgt und erinnerte sich an ihren Blick. Wie ein Reh im Scheinwerferlicht. Er hatte es für Schauspielerei gehalten, ohne dass es besonders überzeugend rübergekommen wäre.

Sie wusste etwas. Er hatte einen Monat Zeit, sich in ihr Leben einzuschleichen und sie dazu zu bringen, ihm die nötigen Informationen anzuvertrauen, über die sie einfach verfügen *musste*.

Zum ersten Mal, seit er beschlossen hatte, sie auf eigene Faust zu beschatten, spürte Liam einen leisen Anflug von Bedenken, bis er wieder an die vielen Menschen dachte,

Tausende und Abertausende, die Carter Rowland hinters Licht geführt hatte.

Wie aufs Stichwort klingelte sein Telefon.

Er lächelte, als er sah, wer dran war. »Patrick. Hey, Kumpel, wie geht es dir?«

»Gut. Wo bist du? Wo ist Jasper?«

Sein älterer Bruder liebte den Hund und freute sich immer, wenn Liam ihn bei seinen Videoanrufen bei sich hatte. »Er ist hier bei mir. Er sagt Hi.«

»Er ist ein Hund«, sagte Patrick und gluckste. »Er kann nicht sprechen.«

Patricks Antwort klang so glücklich, und das hob Liams Stimmung mehr als alles andere. Sein Bruder war zwei Jahre älter als er, war jedoch Autist und hatte schwere Entwicklungsverzögerungen durch eine Hirnverletzung vor der Geburt.

»Ja, aber du weißt doch, dass Jasper der klügste Hund überhaupt ist.«

»Ich vermisse ihn. Und dich. Wann kommst du nach Hause?«

»Ich besuche dich nächsten Monat. Das habe ich dir aber schon gesagt, oder?«

»Kommst du zu meinem Geburtstag?«

»Ich tue mein Bestes. Falls nicht, schicke ich dir etwas, versprochen. Und wir können uns über FaceTime sehen. Wie war dein Tag?«

»Gut, außer dass Robert meinen Keks genommen hat. Ich habe ihm gesagt, dass mein Bruder ihn verhaften wird, wenn er das noch einmal tut.«

»Ähm, das liegt etwas außerhalb meines Ressorts, glaube ich.«

Sein Bruder lebte in einer Wohngruppe und arbeitete einige Stunden in der Cafeteria einer Tageseinrichtung. »Ich weiß nicht einmal, was Resodingsda bedeutet«, sagte Patrick.

»Das bedeutet, dass das FBI niemanden verhaften kann, weil er einen Keks genommen hat.«

»Aber es war meiner. Ich hatte nur zwei, und einen davon hat er gegessen.«

»Vielleicht kannst du morgen drei nehmen und ihm einen abgeben.«

»Das hat Mom auch gesagt.« Patrick war eindeutig kein Fan dieser Idee.

»Siehst du. Hör immer auf deine Mom.«

»Mom will mit dir reden. Mach's gut, Liam. Ich hab dich lieb.«

Die unerschütterliche Zuneigung seines Bruders war für ihn wie ein heller Sonnenstrahl, der an einem stürmischen Tag durch die Wolken brach.

»Hey, Mom«, sagte er, als seine Mutter ans Telefon kam. »Bleibt Patrick heute Nacht bei dir?«

»Nein, ich bin bei ihm. Ich hatte Appetit auf Pizza, da habe ich welche für ihn und seine Mitbewohner mitgenommen.«

Seine Mutter machte immer solche Sachen für ihre Familie. Egal ob sie ihm seine Lieblingskekse backte und nach L. A. schickte oder die kleinen Kinder seiner Schwester einen Abend zu sich nahm, damit Kat mit ihrem Mann essen gehen konnte. Moira genoss das Leben am meisten, wenn sie jemand anderen glücklich machte.

Nach dem Tod ihres Mannes hatte sie ihr Lehramtsstudium abgeschlossen, um für sich und ihre drei Kinder sorgen zu können. Mehr als zwanzig Jahre war sie schon Highschool-Lehrerin an einer kleinen, exklusiven Privatschule außerhalb von Chicago – einer Schule, die die Rentenkonten ihrer Angestellten bei Carter Rowland angelegt hatte.

Sie war mit ihren dreiundsechzig Jahren sehr jung geblieben und hatte darüber nachgedacht, in ein paar Jahren in den Ruhestand zu gehen, um mehr Zeit mit ihren Enkelkindern zu verbringen, zu reisen und vielleicht einige ihrer eigenen Träume zu verwirklichen.

Liam hasste den Gedanken, dass für Moira all das nun als unerreichbar galt, nachdem sie ihre Rücklagen zur Altersvorsorge verloren hatte.

»Wie läuft es? Wie ist es in Los Angeles?«

Er hatte seiner Mom nicht erzählt, was er machte, und nur gesagt, dass er an einem Fall arbeite. Das war nicht direkt eine Lüge, auch wenn sie nicht wusste, dass er inoffiziell arbeitete und es sich um einen sehr persönlichen Fall handelte.

»Ich bin gerade wegen einer Ermittlung in Nordkalifornien. Zwei oder drei Wochen bin ich mindestens noch hier.« Er konnte sich nicht vorstellen, dass er sein Ziel schneller erreichen würde.

»Eine Ermittlung. Wie aufregend. Bist du undercover?«

»Irgendwie schon.« Tja, er konnte seinen Chef darüber anlügen, was er während seines Urlaubs tat, aber seine Mutter anzulügen, brachte er nicht fertig.

»Wirklich? Sollte ich mir Sorgen um dich machen? Du bist nicht oft im Außendienst. Ist es etwas Gefährliches?«

Er dachte daran, wie Meredith gerade ausgesehen hatte, als er sie verließ: mit einem Schmutzfleck auf der Wange und einem verrutschten Pferdeschwanz, aus dem die Haare herausstanden.

Er hielt sie nicht für gefährlich, aber wenn er jeden Tag in dem Café so leckeres Essen bekäme, könnte es zumindest für seinen Bauchumfang gefährlich werden.

»Nein. Du kennst mich doch. Ich bin ein Analyst, ein Finanzexperte. Unsereins gerät nicht gerade in brenzlige Situationen.«

»Entschuldige, wenn ich das sage, aber ein klein wenig brenzliger könnte dein Leben schon sein. Versteh mich nicht falsch, ich will nicht, dass du etwas Dummes oder Gefährliches tust. Ich mache mir ja so schon genug Sorgen um dich. Aber zu viel Eintönigkeit kann erstickend sein.«

Sie hatte schon recht. Er arbeitete oft lange, ging dann nach Hause und verbrachte seine Freizeit meist damit, Jasper auszuführen und über die Arbeit nachzudenken.

»Höre ich da eine Möwe? Bist du an der Küste?«

Er überlegte, wie viel er verraten sollte, beschloss dann aber, dass nichts dagegensprach, ihr ein paar Details zu erzählen. Wenn sie wüsste, was er vorhatte und dass er es in seiner Freizeit tat – oder dass er alles nur für sie tat –, hätte Moira darauf bestanden, dass er damit Schluss machte und nach Los Angeles zurückkehrte.

Er wollte ihr die ganze Wahrheit erst sagen, wenn er das fehlende Geld gefunden hatte.

»Ich schaue mir gerade den Sonnenuntergang an. Wenn du willst, schicke ich dir ein Foto.«

»Oh, ja. Dann kann ich es mit dir genießen. Ich wollte schon immer mal nach Hawaii und zwei oder drei Wochen am Strand verbringen. Habe ich wohl nie so recht hinbekommen.«

Vielleicht kriegst du ja noch die Chance dazu.

Er wollte es schon aussprechen, hielt sich aber zurück. Wenn er die Millionen auftreiben könnte, die Carter Rowland vor seiner Ermordung im Gefängnis veruntreut hatte, könnten die Opfer seiner Machenschaften vielleicht noch eine Entschädigung für ihre verlorenen Investitionen erhalten. Er wusste, dass es ein Schuss ins Blaue und er sehr optimistisch war. Wahrscheinlich wartete am Ende eine Enttäuschung auf ihn, aber er musste es versuchen, für seine Mutter und alle anderen Betrogenen.

Sie unterhielten sich noch ein wenig, bevor er sich verabschiedete. Er sah zu, wie die Sonne noch etwas weiter sank, dann drehte er sich um.

»Na los, Jasper. Lass uns zurückgehen und so tun, als würden wir an einem Buch arbeiten.«

Er ging zurück zu seinem Cottage. Meredith arbeitete wieder in ihrem Garten. Sie winkte kurz, wandte sich aber schnell ihrer Arbeit zu, und Liam widerstand dem Impuls, noch einmal zu ihr zu gehen und mit ihr zu sprechen.

Langsam und stetig, nur so konnte er es schaffen.

Er hoffte inständig, dass er die nötige Geduld dafür aufbringen würde.

9. KAPITEL

Tori

»Ich bin zu müde, um heute Abend fertig zu werden. Warum kann ich die Aufgaben nicht einfach mit in die Schule nehmen und in der Mittagspause daran arbeiten?«

»Weil du es nicht willst. Du hast es das ganze Trimester vor dir hergeschoben, bis zur letzten Minute, Em. Dir läuft die Zeit davon, also bringst du das hier zu Ende, oder du musst die Sommerschule besuchen, um die Punkte für die zwei nicht bestandenen Kurse nachzuholen.«

Emilia starrte sie an und warf den Stift von sich. »Das ist so blöd.«

»Finde ich auch.« Tori bemühte sich, ruhig zu bleiben. »Glaubst du, mir macht es Spaß, den Abend so zu verbringen? Immerhin habe ich seit dem Morgengrauen im Café gearbeitet.«

»Ist doch nicht meine Schuld«, murmelte Em.

Tori lag eine scharfe Erwiderung auf der Zunge, aber sie schaffte es, sie für sich zu behalten. Langsam atmete sie aus und bemühte sich um Geduld. »Keine von uns beiden will das jetzt tun, okay, aber, sag mal, möchtest du lieber in zwei Fächern durchfallen?«

»Ich falle nur in einem Fach durch, in dem anderen habe ich eine Vier.«

»Vier minus. Es könnte genauso gut eine Sechs sein, oder?«

Em antwortete nicht, was Tori vermuten ließ, dass es ihrer Tochter ohnehin egal war.

»Mach noch eine Stunde mit den fehlenden Geometrie-Aufgaben weiter. Dann kannst du für heute Feierabend machen.«

Ems finsterer Blick vertiefte sich, aber wenigstens widersetzte sie sich nicht direkt. Sie nahm den Bleistift wieder in die Hand und wandte sich den Aufgaben zu.

Tori wollte nicht hier am Küchentisch sitzen und am Laptop arbeiten. Lieber würde sie auf ihrem Bett liegen und ein Buch lesen oder gemütlich auf dem Sofa eine Garten- oder Heimwerkersendung schauen.

Gut, dass die Liebe zu ihrem Kind und der Wunsch, diesem Kind auf die Sprünge zu helfen, stärker waren als diese natürlichen Instinkte.

Emilia war immer so ein liebes Kind gewesen. Ohne Vater aufzuwachsen, konnte für ein Mädchen schwer sein, wie Tori nur zu gut wusste, aber Em hatte das Glück, einen großen Kreis von Menschen um sich zu haben, die sie liebten, einschließlich Javiers Eltern, die sehr engagierte Großeltern und eine große Unterstützung waren.

Bis vor einem Jahr hatte sie auch Frances gehabt. Toris Augen brannten, als sie an ihre Großmutter dachte, die tatsächlich die einzige wirkliche Mutter war, die sie je gekannt hatte.

Em hatte Frances' Tod sehr mitgenommen. Fast so sehr wie sie selbst. Das war nur natürlich. Frances war ein fester Bestandteil von Ems Leben gewesen, ihr Fels in der Brandung, auf den sie sich alle verlassen hatten.

Ob der Verlust ihrer Großmutter mit Ems Schulproblemen, ihrem ungewohnten Sträuben und schlechten Benehmen zu tun hatte?

Tori hatte Em nach Frances' Tod ermutigt, zur Trauertherapie zu gehen, aber sie hatte behauptet, dass es ihr gut gehe und sie auf ihre eigene Weise mit der Trauer zurechtkomme. Vielleicht war es an der Zeit, dieses Thema wieder anzuschneiden. Oder allein die Entscheidung zu treffen, dass ihre Tochter von einem Gespräch mit jemandem profitieren würde.

Im Moment mussten sie sich auf die fehlenden Schulaufgaben konzentrieren, aber sie nahm sich vor, am Morgen direkt beim Kinderarzt anzurufen, um nach einer Empfehlung und einer Überweisung zu fragen.

Dann arbeiteten sie in aller Stille, die nur durch das Schnarchen von Emilias kleinem Chihuahua-Pudel-Mischling Shark unterbrochen wurde. Doch nach genau einer Stunde klappte Em ihr Lehrbuch zu und schob den Stuhl zurück.

»So. Es ist fast neun, und ich bin zu müde, um noch mehr zu machen.«

Tori sah, dass sie nur noch ein paar Aufgaben übrig hatte. Obwohl sie ihr raten wollte, das Arbeitsblatt fertigzustellen, solange sie noch in Schwung war, beschloss sie, sie nicht zu drängen.

»Gut. Du kannst dich eine Stunde ausruhen und dann steckst du bitte dein Handy in meinem Zimmer ans Ladegerät.«

Das war ein weiterer Streitpunkt zwischen ihnen. Em wollte ihr Handy immer bei sich haben, aber eine von Toris Bedingungen, um überhaupt ein Smartphone zu bekommen, war es gewesen, dass sie es über Nacht abgeben musste, damit sie sich nicht bis in die Morgenstunden mit ihren Freundinnen schreiben konnte.

Das war eine der am schwersten durchzusetzenden Regeln geworden. Wie oft hatte sie sich schon angehört, dass Ems sämtliche Freundinnen ihre Handys im eigenen Zimmer aufladen durften? Offenbar war sie die gemeinste Mutter der Stadt.

Sie versuchte, Em so zu erziehen, wie sie von Frances erzogen worden war. Das war allerdings nicht leicht.

Wie erwartet, hätte Ems verärgertes Schnaufen ein paar Windräder antreiben können. Sie sagte jedoch nichts, sondern trottete nur in ihr Zimmer, wo sie sich wahrscheinlich in den sozialen Medien über die grausame Diktatur beschweren würde, unter der sie zu leiden hatte.

Tori schaltete ihren Laptop aus und räumte ihre Teetasse in die Spülmaschine. Gerade wollte sie das Licht ausschalten, als ihr Handy surrte und eine eingehende SMS ankündigte.

Sie hob es auf.

Wie hast du den Hausaufgabenkampf überstanden?

Sam.

Sie spürte ein kleines Glücksgefühl in sich aufglühen, das sie zu unterdrücken versuchte, während sie ihm schnell antwortete.

Alle Gliedmaßen sind noch dran, aber es war knapp.

Er schickte ein lachendes Emoji zurück, was ihr sehr half, alles etwas weniger düster zu sehen.

Hast du jetzt Zeit, um über unsere missliche Lage zu reden?

Sie lehnte sich gegen die Küchentheke, während das Glühen zu einer hellen Flamme der Vorfreude aufflammte.

Oh, sie musste das sofort unterbinden. Sam war ihr Schwager, und sie sollte nichts anderes in ihm sehen. Sie schrieb zurück:

Ja. Willst du mich anrufen?

Kann ich machen. Oder du kommst nach draußen. Ich stehe auf deiner Veranda.

Sie verkniff sich ein Schimpfwort, das sie in ernsthafte Schwierigkeiten gebracht hätte, wenn Frances es jemals von ihr gehört hätte. Bevor sie und Em mit den Hausaufgaben anfingen, hatte sie ihren BH ausgezogen und trug bereits eine Loungehose und eines ihrer verblichenen bequemen T-Shirts, in denen sie immer schlief.

Fast hätte sie geantwortet, dass sie nicht rauskommen könne und er sie anrufen solle, aber dann merkte sie selbst, dass es lächerlich war. Sam gehörte zur Familie. Sie brauchte sich nicht für ihn aufzubrezeln, und vor allem war er sowieso nicht auf romantische Art an ihr interessiert. Außerdem war es draußen dunkel. Was machte es schon?

Sie zog sich einen unförmigen Kapuzenpulli über, schlüpfte in ihre Turnschuhe, legte Shark schnell Geschirr und Leine an und schob die Verandatür auf.

Dann sah sie ihn im Licht der Veranda stehen: groß, dunkel

und gut aussehend … und mit seinem süßen Terriermix aus der Tierrettung an der Leine.

Die beiden Hunde begrüßten sich eifrig und wedelten mit den Schwänzen, während sie sich gegenseitig beschnupperten.

War es falsch, dass sie das Gleiche mit Sam tun wollte?

»Wir hätten das auch am Telefon besprechen können«, sagte sie.

»Ich weiß, aber Risa musste raus, und ich kann gar nicht genug vom Meer bekommen, seit wir wieder hier sind. Mir war nicht bewusst, wie sehr ich es vermisst habe. Wollen wir spazieren gehen oder lieber hier auf der Veranda bleiben?«

Sie hatte keine Erinnerung daran, wann sie sich das letzte Mal einen Moment Zeit genommen hatte, um einfach das Mondlicht auf den Wellen zu genießen, was ziemlich erbärmlich war, zumal sie am Strand wohnte.

»Wir können ruhig gehen.«

»Prima.«

Der Mond war nur eine dünne Sichel und gab ein paar hellen Sternen Raum, die über den Wellen glitzerten. Der Strand war menschenleer, was nach Einbruch der Dunkelheit oft der Fall war. Am Driftwood Beach, der näher am Ortskern lag, sah man nachts oft Lagerfeuer oder Verliebte, die sich aneinanderkuschelten und den Wellen lauschten, aber Starfish war kleiner und etwas weiter vom dichter bevölkerten Zentrum entfernt.

»Ich bin froh, dass du vorbeigekommen bist«, sagte sie, als sie ein Stück gegangen waren. »Ich muss mich entschuldigen, falls ich den Eindruck erweckt haben sollte, irgendjemanden für Ems Fehler verantwortlich machen zu wollen. Meine Tochter trifft ihre eigenen Entscheidungen. Das hat sie schon immer getan.«

»Von wem hat sie das? Von dir oder Javi?«

»Von uns beiden, leider. Das arme Kind hat eine doppelte Portion Sturheit in den Genen mitbekommen.«

»Du nennst es Sturheit, andere würden eher Entschlossenheit dazu sagen.«

»Das stimmt wohl.«

Javier war auf jeden Fall entschlossen und stur gewesen. Am Ende hatte es ihn das Leben gekostet.

Er hatte einen kleinen Fahrradladen nicht weit vom Café gehabt und nebenher in der örtlichen Such- und Rettungsmannschaft gearbeitet. Als er die Meldung bekam, dass jemand an einem Strand ohne Rettungsschwimmer gesurft hatte und nun in Schwierigkeiten war, hatte Javi sofort reagiert. Ohne auf die richtige Ausrüstung oder das Team zu warten, war er dem Surfer zu Hilfe geeilt. Am Ende waren sie beide vom Meer mitgerissen worden.

Tori verdrängte die Erinnerung. Nach sieben Jahren hatte sie ihm diese eine falsche Entscheidung fast verziehen, den Moment, als er für einen Fremden den Helden spielte, anstatt daran zu denken, dass er in erster Linie Ehemann und Vater war.

»Dass Cristina hier ist, ist gut für Em. Das hätte ich sagen sollen. Sie ist so glücklich darüber, ihre Cousine in der Nähe zu haben.«

Sie ließ den Blick zum Spindrift Cottage hinübergleiten, wo ein kleines Licht im Schlafzimmer leuchtete. Nur zu gut wusste sie, wie eng Familienbeziehungen sein konnten. Sie und Meredith hatten sich einst nähergestanden als Schwestern.

»Ich glaube, die beiden haben sich so sehr auf ihren Spaß miteinander konzentriert, dass sie darüber die anstrengende

Seite des Lebens vergessen haben. Wir müssen ihnen nur helfen, ihre Prioritäten neu zu setzen.«

»Hast du damit Erfolg?«, fragte er und blieb stehen, weil Risa an einem Büschel Seegras schnupperte. »Nach dem, was meine Mutter sagt, hat Cristina den ganzen Abend an den Hausaufgaben gesessen und ist doch kaum vorangekommen.«

»Bei Em war's dasselbe«, gestand sie.

»Ich glaube nicht, dass sie sich der Realität der Sache bewusst sind. Vielleicht sollten wir sie scheitern lassen.«

»Da sagst du was. Ihnen würde mit Sicherheit klar werden, worum es geht, wenn sie den ganzen Sommer in der Schule verbringen müssen, um die nicht bestandenen Kurse nachzuholen.«

Frances' Philosophie war es gewesen, sie ihre Fehler machen zu lassen, damit sie aus ihnen lernen konnte. Tori spürte eine weitere Welle der Dankbarkeit für ihre Großmutter, die sie aufgezogen und ihr ein liebevolles, stabiles Zuhause gegeben hatte, während ihre Mutter ihr eigenes Leben auf die Reihe zu bringen versucht hatte.

Wenn Frances es als Alleinerziehende mit ihr geschafft hatte, konnte sie auch Ems Teenagerjahre überstehen.

»Leider habe ich von einer anderen Mutter erfahren, dass nicht bestandene Kurse jetzt online nachgeholt werden. Wenn sie durchfallen, müssen wir beide den ganzen Sommer über ihre Arbeit selbst beaufsichtigen, was für uns alle fatal wäre.«

»Cristina soll sechs Wochen bei ihrer Mutter in Deutschland verbringen. Ich könnte also den Stab an Joni weitergeben und sie mit den Onlinekursen beauftragen, aber das erscheint mir kaum fair.«

»Alleinerziehend zu sein mit einem eigensinnigen Teenager, ist nichts für schwache Nerven. Es ist sowieso immer schwer, alles allein zu schultern, egal wie alt das Kind ist.«

»Du kannst sicher ein Lied davon singen. Du hast so viel mehr Erfahrung damit als ich.«

Tori wusste, dass Sam erst seit dem Herbst das volle Sorgerecht für Cristina hatte, seit der neue Mann seiner Ex-Frau, ein Offizier, nach Deutschland versetzt worden war. Weil Cristina nicht mit ihnen dorthin wollte, hatte Sam das alleinige Sorgerecht bekommen.

»Cris muss ihre Mutter sehr vermissen.«

Er hob einen kleinen Stein auf und ließ ihn über die Wellen hüpfen. »Jetzt, wo wir Tausende von Kilometern voneinander entfernt leben, reden sie wahrscheinlich mehr miteinander als damals, als sie noch im selben Haus wohnten. Cristina schickt Joni ständig Nachrichten, um sie zu diesem oder jenem Outfit oder Make-up zu befragen.«

»Wie geht es ihr? Ich habe nach eurer Scheidung versucht, mit ihr in Kontakt zu bleiben, aber seit sie wieder geheiratet hat, ist alles ein bisschen anders.«

Sie hatte sich mit ihrer ehemaligen Schwägerin immer gut verstanden. Sie mochte Joni und war traurig gewesen, als sie und Sam sich getrennt hatten.

»Sie scheint glücklich zu sein. Er ist ein guter Kerl. Sie erwarten im Herbst ein Baby.«

Tori versuchte, seinen Gesichtsausdruck im Mondlicht zu erkennen, aber Sam konnte so unergründlich sein wie die Gesichter auf dem Mount Rushmore, wenn er es wollte. »Wie geht es dir damit?«

Er warf einen weiteren Stein. »Ich weiß nicht recht, wie ich mich fühlen soll. Ich freue mich für Joni und Rob. Bestimmt werden sie gute Eltern sein. Und Cristina freut sich darauf, endlich das Geschwisterchen zu bekommen, das sie sich immer gewünscht hat, obwohl sie altersmäßig so weit voneinander entfernt sind.«

Einen Moment blieb er still, während das Meer neben ihnen rauschte und die Hunde an etwas im Sand schnüffelten.

»Trotzdem«, fuhr er schließlich fort, »könnte man sagen, dass ich zwiegespalten bin.«

»Ich schätze, dass es ein ziemlicher Wirrwarr von Emotionen sein muss. Das ist bestimmt komplizierter, als es auf den ersten Blick scheint.«

»Genau. Ich wollte nie, dass meine Ehe in die Brüche geht. Ich hatte das Gefühl, dass wir beide mehr daran hätten arbeiten können, damit sie weiter funktioniert. Wenn nicht wegen uns, dann zumindest um Cristinas willen. Aber es war schon lange vorbei, bevor wir die Papiere unterschrieben haben, und wir haben uns beide ein neues Leben aufgebaut, ohne den anderen.«

»Bist du glücklich, wieder in Cape Sanctuary zu sein?«

»Cristina ist es. Das ist das Wichtigste. Sie brauchte ihre Großfamilie um sich herum, nachdem ihre Mutter nach Europa gegangen ist.«

»Und du?«

»Es geht hier definitiv langsamer zu, was nicht gerade schlecht ist.«

»Du warst noch nicht während der schlimmsten Touristensaison hier, oder zumindest nicht, seit du hier aufgewachsen bist. Am Ende des Sommers denkst du vielleicht anders darüber.«

Als er lächelte, blitzten seine Zähne in der Dunkelheit auf, und ihr stockte der Atem.

Es berührte sie, zu wissen, was er für seine Tochter aufgegeben hatte. Nicht viele Männer wären bereit gewesen, ihren Job als hochdekorierter Detective in Los Angeles an den Nagel zu hängen, um Kleinstadtpolizist in einem verschlafenen Strandstädtchen zu werden.

Sie erreichten das Ende des Strandes, wo unwegsame Felsen den Sand ablösten, und drehten um, um zurückzuspazieren.

Keine schlechte Art, den Tag zu beenden, dachte Tori und genoss die Kühle des Abends und den schimmernden Tanz des Mondlichts auf den Wellen.

»Also, wegen der Mädchen …«, sagte Sam schließlich und lenkte damit das Thema wieder auf den Ausgangspunkt. »Wir haben beide einen vollen Terminkalender, darum dachte ich mir, es wäre einfacher, wenn wir uns zusammentun. Die Last ein bisschen aufteilen.«

»Was meinst du damit?«

»Wir müssen nur die nächsten Wochen überstehen, bis das Schuljahr endet. Wie wäre es, wenn wir uns abwechseln? Ich könnte ein paar Abende in der Woche die Hausaufgabenaufsicht spielen, und du übernimmst die anderen?«

»Wie soll das helfen?«

»Die Mädchen wollen Zeit miteinander verbringen. Wenn wir sie lassen, werden sie denken, dass sie billig davonkommen, aber wenn die ganze Zeit über einer von uns beiden aufpasst, können sie nicht von ihren Handys und den sozialen Medien abgelenkt werden.«

»Das ist keine schlechte Idee«, antwortete sie. Wenn sie so darüber nachdachte, konnte sie sich schon gut vorstellen, dass Emilia mehr arbeiten würde, wenn jemand anderes da war und ihre Fortschritte überwachte, als wenn es nur ihre Mutter war. Vielleicht traf das auf Cristina genauso zu.

»Also wären sie an zwei Abenden in der Woche bei dir und an den anderen beiden bei mir. An den übrigen Abenden arbeiten sie allein. Das ist auf jeden Fall einen Versuch wert. Wenn wir feststellen, dass sie zusammen nicht fleißig genug sind, können wir es noch ändern, aber im Moment bin ich bereit, alles zu versuchen.«

»Wunderbar. Sollen wir morgen anfangen?«

»Mir passt das. Kann ich dann die erste Schicht übernehmen? Ich habe am Freitag etwas vor und hatte schon überlegt, wie ich aus der Ferne die Hausaufgabenbetreuung gewuppt kriege.«

»Heißes Date?« Er blickte zu ihr herab, und sie konnte das neckische Glitzern in seinen Augen sehen.

Sie lachte kurz auf, auch wenn sie merkte, dass seine Frage ihr die Röte ins Gesicht trieb. »Wohl kaum. Wir veranstalten an dem Abend eine Geburtstagsparty nach Geschäftsschluss.«

»Ich wusste nicht, dass das Beach End private Veranstaltungen ausrichtet.«

»Tun wir auch normalerweise nicht, aber Larry Wilson wird am Freitag fünfundsiebzig. Er ist einer unserer Stammgäste, und seine Frau hat mich gefragt, ob ich es mir vorstellen könne.«

»Ah. Verstehe. Ich erinnere mich noch an ihren Unterricht in der fünften Klasse. Annette Wilson ist jemand, der sehr selten ein Nein akzeptiert.

Tori lächelte und sah die zierliche Frau mit den kurzen stahlgrauen Haaren und dem knallroten Lippenstift vor sich. »Sie weiß definitiv, was sie will. Ich wollte instinktiv Nein sagen, aber dann habe ich meine Köche abstimmen lassen, und sie waren alle dafür, dass wir dieses eine Event ausrichten. Wir haben aber nicht vor, es zur Gewohnheit werden zu lassen.«

»Bei all den Vorbereitungen, die so etwas vermutlich mit sich bringt: Bist du dir sicher, dass du morgen Zeit hast, für unsere beiden Übeltäterinnen die Peitsche zu schwingen?«

Jetzt, nachdem sie den ganzen Abend mit ihrer Tochter gerungen hatte, wirkte die Aussicht, dasselbe am nächsten Tag noch mal im Doppelpack zu machen, nicht sehr verlockend. Doch wenn Sam bereit war, sein Leben komplett für sein Kind umzukrempeln, konnte sie wohl einen oder zwei Abende opfern.

»Das ist in Ordnung. Wenn du Cristina gegen sechs Uhr rüberschickst, kriegt sie was zu essen, und dann werden die beiden an meinen Küchentisch geklebt, bis sie Fortschritte vorweisen können.«

Der Wind frischte auf und zerrte nun an den Haarsträhnen, die sich aus ihrem lockeren Dutt gelöst hatten und ihr übers Gesicht flatterten. Sie versuchte, sie hinter die Ohren zu stecken, aber die Brise erfasste sie erneut.

»Warum hast du bei meiner Frage gelacht, ob du ein heißes Date hast?«, hakte Sam kurz darauf nach.

Sie überlegte, ob sie ihm eine banale Antwort geben sollte, wie sie es normalerweise tat, wenn sie nach ihrem Liebesleben gefragt wurde.

Wer hat schon Zeit für ein Date? Darüber denke ich nach, wenn Em ein bisschen älter ist.

Die aufrichtige Neugierde auf seinem Gesicht im Mondlicht ließ sie jedoch innehalten. Sie hätte nicht erklären können, warum, aber sie wollte ihn nicht mit so einer banalen Antwort abspeisen.

»Es ist schwierig mit Verabredungen«, sagte sie. »Jedes Mal, wenn ich mich entschließe, es noch mal zu versuchen, bereue ich es hinterher. Entweder zerstöre ich eine Freundschaft, oder ich verletze jemanden, der mehr wollte, als ich geben konnte.«

»Vielleicht hast du noch nicht die richtige Person getroffen.«

Sie versuchte wieder, ihre Haare zurückzustreichen. »Ich habe die richtige Person getroffen. Javi.«

Sein Gesicht verzog sich vor Trauer um den Mann, den sie beide geliebt hatten.

»Er würde nicht wollen, dass du den Rest deines Lebens trauernd verbringst«, sagte Sam nach einer Pause. »Sieben Jahre sind eine lange Zeit, um allein zu sein.«

Das brauchte er ihr nicht zu sagen. Sie war diejenige, die in diesen Jahren allein geschlafen hatte, sich danach gesehnt hatte, gehalten, getröstet und geliebt zu werden.

Sie hatte nie vorgehabt, eine verwitwete Karrierefrau zu werden.

Ein paar Jahre nach Javis Tod hatte sie wieder angefangen, sich mit Männern zu verabreden. Zuerst ging sie mit einigen aus, die ihre Freundinnen ihr vermittelt hatten, und versuchte es dann mit Onlinedating, als es zu nichts führte.

Sie hatte nicht nur schlechte Erfahrungen gemacht. Ein paar Typen waren dabei gewesen, von denen sie dachte, dass sie sich in sie verlieben könnte, wenn sie sich ein bisschen bemühte. Aus dem einen oder anderen Grund hatte es jedoch mit keinem von ihnen geklappt. Mit einem Mann, einem IT-Spezialisten, der in Redding wohnte, war sie sogar mehrere Monate lang zusammen gewesen, bevor sie sich gegenseitig eingestehen mussten, dass sie nicht zueinander passten.

Das war vor zwei Jahren gewesen. Und dann war das mit diesem verdammten Carter Rowland passiert, Frances' Gesundheitsprobleme hatten sich verschlimmert und sie gezwungen, sich aus dem Café zurückzuziehen, und Tori hatte immer mehr Verantwortung übernommen, sowohl für die Leitung des Beach End als auch die Pflege ihrer Großmutter. Seit deren Tod hatte sie kein Interesse mehr daran gehabt, es überhaupt zu versuchen.

»Glaubst du nicht, dass es besser ist, allein zu sein als mit der falschen Person unglücklich?«, fragte sie.

»Doch, sicher. Ich bin der lebende Beweis dafür. Joni und ich haben nie richtig zueinander gepasst, egal wie sehr wir es Cristina zuliebe versucht haben. Aber ich weiß auch, dass man die richtige Person nicht finden kann, wenn man nicht nach ihr Ausschau hält.«

Sie seufzte. »Das weiß ich auch. Aber wie wäre es, wenn wir uns im Moment darauf konzentrieren würden, unsere Töchter durch die achte Klasse zu bringen?«

Sein Lachen glitt wie ein Streicheln über ihren Rücken. »Guter Punkt.«

Fast hatten sie die Cottages erreicht, die in der Dunkelheit glänzten. Sie konnte sehen, wie ihr derzeitiger Mieter in seinem Wohnzimmer saß, die Fernbedienung in der Hand. Nebenan schob Meredith die Vorhänge zusammen, die sie irgendwo gefunden haben musste.

Im Sandpiper Cottage war es größtenteils dunkel, bis auf das Licht, das von dem Zimmer im Obergeschoss ausging, das sie und Javi für Em im Dachboden hergerichtet hatten.

In Gedanken bei ihrem Haus und den Adirondack-Stühlen auf der Veranda, die diesen Sommer einen neuen Anstrich brauchten, achtete Tori nicht darauf, wohin sie ging, und trat prompt auf eine Unebenheit am Strand.

Sie stolperte und versuchte, das Gleichgewicht zu halten, um nicht mit dem Gesicht voran im Sand zu landen – und noch dazu auf einem vier Kilo leichten Hündchen.

Sam hielt sie reflexartig fest. »Vorsicht«, sagte er, seine Stimme ganz nah an ihrem Ohr, was ihr wieder einen kleinen Schauer über den Rücken jagte.

Er roch gut. Irgendwie nach männlicher Seife mit einer Note von Salbei, Zitrusfrüchten und Bergamotte. Sie bekämpfte den Drang, sich an ihn zu schmiegen, den Kopf an seine breite Brust zu legen und all ihre Sorgen und Ängste in der Meeresbrise davonschweben zu lassen.

Nein. Das war Sam, ihr Schwager. Der Bruder von Javier. Der Onkel ihrer Tochter, um Himmels willen. War ihr Leben nicht schon kompliziert genug mit Em, die die achte Klasse zu vergeigen drohte, und mit Meredith im selben Ort, die darauf bestand, im Café zu arbeiten?

Sie holte tief Luft und entfernte sich von ihm. »Danke.«

»Kein Problem.«

»Es ist spät. Ich sollte …« Sie zeigte auf ihr Haus und fühlte sich dabei unbeholfen und plump.

»Stimmt, ich muss auch los. Jetzt haben wir also einen Plan. Cristina kommt morgen hierher, um die Hausaufgaben nachzuholen, und Em kann übermorgen zu uns kommen.«

»Alles klar. Wir schaffen das schon, Sam. Sie sind gute Mädchen, die nur ein bisschen vom Weg abgekommen sind, aber es ist noch nicht zu spät, sie wieder dorthin zurückzubefördern.«

»Denke ich auch. Gute Nacht, Tori. Träum süß.«

Er lächelte noch einmal, wandte sich um und ging. Sam

hatte ein Haus in der Nähe seiner Eltern gekauft, nur ein paar Straßen landeinwärts.

Sie verdrehte die Augen. In letzter Zeit waren ihre Träume alles andere als süß gewesen. Und in viel zu vielen davon spielte Sam Ayala eine Rolle.

10. KAPITEL

Meredith

Gern hätte sie gesagt, dass ihr dritter Arbeitstag im Café schon besser lief als die beiden ersten.

Aber davon abgesehen hätte sie auch gern die Zeit zurückgedreht, um mit ungefähr achtzehn Jahren ganz andere Entscheidungen zu treffen.

Als ihre Schicht sich dem Ende zuneigte, band sie ihre fleckige, klebrige Schürze los, die mit Ketchup aus einer explodierten Flasche, Orangensaft aus einem verschütteten Glas und einer anderen, nicht identifizierbaren Substanz beschmiert war.

Entweder musste sie die Geheimnisse der alten Waschmaschine im Cottage lüften oder einen Teil ihrer kostbaren Münzen verwenden, um ihre Schürze in einem Waschsalon zu waschen.

Denise neigte den Kopf in Richtung eines Beutels. »Soll ich deine Schürze zum Waschen mitnehmen?«

»Das kann ich nicht von dir verlangen«, entgegnete Meredith verblüfft.

»Ist keine große Sache. Die von Josef und Aspen wasche ich auch immer. Sie haben beide keine Waschmaschine. Da kann ich deine auch gleich mitwaschen.«

Nachdem sie sich drei Tage lang unbeholfen, unzulänglich und fehl am Platz gefühlt hatte, war Meredith von der Freundlichkeit der Köchin ganz überwältigt.

»Das wäre … wirklich sehr, sehr nett. Vielen Dank.«

»Kein Grund zum Weinen.« Die ältere Frau sah bestürzt aus. »Es ist doch bloß eine Schürze.«

Es war so viel mehr als nur eine Schürze. Denise erinnerte sie daran, dass es da draußen immer noch gute Menschen gab, die ihre Hilfe anboten, nur um die Welt für jemand anderen ein bisschen besser zu machen.

»Es tut mir leid«, sagte sie und versuchte, nicht zu schniefen. »Du bist einfach so nett zu mir, obwohl ich mich so dumm anstelle und keine Ahnung von dem habe, was ich tue.«

»Du gibst dir Mühe, und das ist das Wichtigste, stimmt's, Chef?«

Genau in diesem Moment kam Tori in die Küche und brachte den Kaffeespender mit. »Ob was stimmt?«

»Wir meinten nur gerade, dass es das Wichtigste ist, dass Meredith ihr Bestes gibt«, sagte Denise.

»Sie kriegt den Dreh schon noch raus«, fügte Ty vom Grill aus hinzu.

»Sicher«, sagte Tori und warf Meredith einen Seitenblick zu. »Heute hast du nur zwei Gläser zerbrochen, einen Kunden mit einer Tasse Kaffee überschüttet und eine Ketchupflasche explodieren lassen.«

»Siehst du? Das ist schon eine Verbesserung!«, rief Denise und lachte. Der warme, helle Klang ihres Lachens brachte Meredith zum Lächeln und erinnerte sie plötzlich schmerzlich an Frances. Ihre Großmutter war die freundlichste und hilfsbereiteste Frau gewesen, die sie kannte. Sie hatte immer ein aufmunterndes Wort und eine lustige Anekdote parat gehabt.

Die beiden Frauen waren wahrscheinlich gute Freundinnen gewesen, aber Frances war eigentlich mit jedem gut ausgekommen.

Eine heftige Sehnsucht überkam sie. Nur einmal wollte sie noch mit ihrer Großmutter sprechen können. Oh, wie sehr sie sie vermisste.

Doch sie kam nicht dazu, weiter darüber nachzudenken, denn Tori musterte sie von oben bis unten, betrachtete die fleckige Schürze und ihr zerzaustes Haar.

»Du machst das gut«, sagte sie, bevor sie zurück in den Vorratsraum ging.

Meredith starrte ihrer Cousine nach. Das war zwar nicht gerade ein schillerndes Lob, aber doch weit mehr, als sie von Tori je erwartet hätte.

Dann trudelte allmählich die Spätschicht ein, und Meredith gab Denise ihre Schürze zum Waschen. Nachdem sie sich noch mal herzlich bedankt hatte, ging sie in den Vorratsraum, um ihre Tasche vom Haken an der Wand zu holen, an dem die Mitarbeiter ihre persönlichen Dinge aufbewahrten.

Tori sagte nichts zu ihr, obwohl sie sich ihrer Anwesenheit bewusst sein musste. Meredith überlegte, ob sie sich wieder hinausschleichen sollte, aber vermutlich bekäme sie keine bessere Gelegenheit, abseits des Personals und der Kunden mit Tori zu reden.

»Hast du eine Minute?«, fragte sie.

Tori schaute auf. »Ich bin gerade beschäftigt.«

»Oh, okay.«

Sie wollte schon gehen, da warf Tori ihr einen ungeduldigen Blick zu. »Nun bist du schon mal hier, da kannst du mir genauso gut sagen, was du auf dem Herzen hast.«

»Danke, dass du das gerade zu Ty und Denise gesagt hast.

Ich weiß es zu schätzen, dass du nicht auf alle meine Fehler hinweist. Dabei bin ich wahrscheinlich die schlechteste Mitarbeiterin, die jemals im Café gearbeitet hat.«

»Nahe dran zumindest. Ich würde dich ja feuern, aber die Mitinhaberin würde es wahrscheinlich nicht erlauben.«

Richtig, sie war die Mitinhaberin. Obwohl sie nicht einmal annähernd ihren Beitrag leistete, wollte sie versuchen, etwas zu bewirken, wenn Tori sie ließ.

»Während ich meinen Job gemacht habe, hatte ich die Gelegenheit zu schauen, wie es im Café so läuft, und ich hätte ein paar Vorschläge.«

Toris Augen verengten sich. »Was für Vorschläge?«, fragte sie mit gefährlich ruhiger Stimme.

Meredith wünschte sich gleich, sie hätte nichts gesagt. »Nichts Besonderes«, sagte sie schnell. »Insgesamt ist das Café sehr gut in Schuss. Das Essen ist köstlich, und du hast einen festen Kundenstamm – hauptsächlich Ansässige, wie mir scheint, und hin und wieder schaut mal ein Tourist rein.«

»Und?«

Sie hätte nicht damit anfangen sollen. Noch nicht. Sie war erst seit drei Tagen hier. Sie hätte sich wenigstens eine Woche Zeit lassen sollen, bevor sie anfing, auf Verbesserungsmöglichkeiten hinzuweisen.

»Nichts«, sagte sie. »Das ist alles. Ich habe nur ein paar Ideen, zufällige Gedanken, aber die können warten.« Sie wollte sich wieder auf den Weg machen und griff nach ihrer Tasche, aber Tori schüttelte den Kopf.

»Nichts da. So leicht kommst du mir nicht davon. Andeutungen fallen lassen und dich dann aus dem Staub machen? Du hast damit angefangen, jetzt hab auch den Mumm, es auszusprechen.«

Das hier war ein Fehler gewesen. Wenn sie versuchen wollte, das Zerwürfnis mit ihrer Cousine zu kitten, konnte sie nicht damit anfangen, alle Schwachstellen in dem Unternehmen zu benennen, das Tori jahrelang praktisch allein geführt hatte.

Aber Tori hatte recht. Sie konnte es nicht dabei bewenden lassen. Sie hatte die Tür geöffnet und würde alles nur noch schlimmer machen, wenn sie nicht hindurchging und sagte, was sie auf dem Herzen hatte, oder?

»Ich habe im Internet recherchiert, wie man ein kleines Unternehmen wie dieses optimieren kann, und bin auf ein paar Dinge gestoßen, die wir umsetzen könnten.«

»Internetrecherche.«

Sie umklammerte ihre Tasche fester. Nicht, dass sie vorhatte, sie als Schutzschild zu benutzen, aber die Erfahrung hatte sie gelehrt, dass jedes bisschen zählte.

»Ja. Ich weiß, dass es nicht dasselbe ist wie die praktische Erfahrung, die du in den Jahren gesammelt hast, in denen du das Café mit Frances geführt hast. Du hast das toll gemacht, und es scheint ein florierender Betrieb zu sein. Ich dachte nur, ein paar kleine Änderungen könnten helfen.«

»Wie zum Beispiel?«

»Zum einen hast du keinen Aufsteller vor der Tür, der über die Tageskarte informiert oder auf dem hier und da ein lustiger Spruch steht, um Aufmerksamkeit zu erregen. In diesem Ortsteil kommen viele Leute auf dem Weg zum Strand vorbei. Man könnte ihnen dann schon Appetit auf etwas machen, was sie später essen möchten, oder? Ein gutes Frühstück nach der Treibgutjagd, ein leckeres Mittagessen, wenn sie ihr Leihfahrrad zurückgeben. So was in der Art.«

Tori sagte immer noch nichts. War sie sauer auf sie, weil sie andeutete, dass das Café nicht perfekt war?

Hör jetzt auf zu reden, dachte sie.

Aber wie immer wollte ihr Mund nicht mit ihrem Gehirn zusammenarbeiten. »Außerdem ist die Einrichtung schon ein bisschen düster und altmodisch«, platzte sie heraus.

Jetzt brauchte sie nicht mehr zu raten, was Tori dachte. Ihre Cousine sah sie scharf an, und ihr Blick wurde frostig.

»Düster und altmodisch«, wiederholte sie Merediths Worte. »Du denkst, es ist düster und altmodisch? Darf ich dich daran erinnern, dass das hier nicht das verdammte Four Seasons ist? Wir tun unser Bestes. Tut mir leid, wenn die Einrichtung nicht deinen hohen Ansprüchen an ein Restaurant an der Küste entspricht.«

Meredith zuckte zusammen. Das lief gar nicht gut. Sie hätte das Gespräch mit viel mehr Taktgefühl beginnen sollen. Tori war offensichtlich empfindlich bei diesem Thema.

Am besten hätte sie einfach den Mund gehalten.

»Es ist wunderbar, wirklich. Wie man sieht, lieben es ja alle. Ich dachte nur, dass man die sozialen Medien nutzen könnte, um mehr Besucher zu bekommen, vorausgesetzt, das Café wird etwas … kameratauglicher.«

»Das Beach End ist ein Café und kein Nachtklub, Himmelherrgott noch mal.«

Ja. Sie verlor hier definitiv an Boden. »Lass es mich anders ausdrücken. Ich liebe das Beach End so, wie es ist. Ich kann Frances in allem wiedererkennen, von den Vorhängen bis zum Besteck. Ich finde nur, dass wir mit ein paar kleinen, relativ kostengünstigen Änderungen alles auffrischen und noch besser machen könnten.«

»*Wir* kamen hier ganz gut zurecht, bevor du aufgetaucht bist und gesagt hast, wie heruntergekommen und veraltet der Laden ist. Das Einzige, was die Leute bei uns fotografieren wollen, ist, wenn überhaupt, das leckere Essen. Darauf kommt es an und nicht darauf, wie hübsch es aussieht, wenn wir bei irgendjemandem im Newsfeed aufpoppen.«

»Da hast du absolut recht. Das Essen ist natürlich das Highlight.« Meredith verlagerte das Gewicht auf den anderen Fuß. »Aber was schadet es, das Erscheinungsbild etwas aufzupeppen? Wir würden das Hauptaugenmerk des Beach End, also das Essen, nicht verändern, nur die Einrichtung auffrischen.«

»Ich habe im Moment keine Zeit zum Umdekorieren. Falls es dir noch nicht aufgefallen ist: Wir sind unterbesetzt, und ich bin überarbeitet. Ich kann mich unmöglich zu Beginn der Hochsaison mit einer Umgestaltung beschäftigen.«

»Ich kann das übernehmen.« Die Worte kamen einfach heraus, bevor sie wirklich Zeit hatte, sie zu überdenken.

»Du?« Tori klang skeptisch.

»Ja. Ich kann alles machen.« Sie hatte zwar keine Ahnung von der Zubereitung von Speisen oder Dingen, die zur Leitung eines Restaurants gehörten, aber sie verstand etwas von Farben und Gestaltungsprinzipien. Damit zumindest konnte sie umgehen.

»Das würde ich wirklich gerne tun. Ich würde die freiliegenden Ziegelsteine an den beiden Fensterfronten so belassen, aber alles andere in einem wärmeren Cremeweiß streichen anstelle des jetzigen schmuddeligen Grautons. Außerdem wäre es toll, die alten gerahmten Drucke zu ersetzen. Die sehen aus, als hätte Frances sie vor dreißig Jahren auf dem Flohmarkt erstanden. Wir könnten Originalkunstwerke von lokalen Künstlern ausstellen, für die es meist so gut wie unmöglich ist, in der Stadt Galerieräume zu bekommen.«

Sie hatte im Lauf der Jahre gelernt, Menschen zu lesen, in

erster Linie als eine Art Schutzmechanismus. Und so konnte sie sehen, dass Tori instinktiv Nein sagen wollte, nur weil sie sie so leidenschaftlich verachtete.

Sie rechnete es ihrer Cousine hoch an, dass sie es nicht tat. Tori schien tatsächlich über die Vorzüge der Idee nachzudenken. Also redete Meredith weiter.

»Ich könnte diese Arbeit nach Feierabend machen. Du müsstest dich überhaupt nicht einbringen. Das mit den Künstlern kann ich auch regeln. Ich besorge mir ein paar Namen bei den Galeristen, und du hast bei allem das letzte Wort. Wenn du den Unterschied erst siehst, wirst du glücklich sein, das verspreche ich dir. Und wenn wir dadurch mehr Zulauf bekommen, profitieren unter dem Strich alle davon, oder?«

»Hast du nicht genug damit zu tun, dein Haus zu reparieren?«

»Ich schaffe beides«, sagte Meredith. Zumindest hoffte sie es.

Nach langem Zögern zuckte Tori mit den Schultern. »Meinetwegen. Solange du sämtliche Arbeiten übernimmst und es unsere Gäste nicht stört, kannst du es ausprobieren.«

Meredith atmete erleichtert aus, als hätte sie gerade im Alleingang eine römische Legion besiegt.

»Du wirst es nicht bereuen, versprochen. Ich kann morgen Abend anfangen, zumindest die Wände freizuräumen und alles abzuschrubben.«

»Wir haben morgen Abend die Geburtstagsparty hier.«

»Oh, richtig. Dann mache ich das heute Abend, wenn es für dich okay ist, dass die Wände bei der Veranstaltung kahl sind.«

»Annette wollte sowieso Bilder und Geburtstagsplakate aufhängen. Das würde schon gehen, vorausgesetzt, dass du morgen früh dann nicht zu müde bist, um deinen Dienst anzutreten.«

»Ich werde pünktlich hier sein. Ich lasse dich nicht im Stich.«

Nicht so wie sonst?

Tori sprach die Worte nicht aus, aber Meredith konnte den Gedanken an ihrem Gesichtsausdruck ablesen.

»Da das Café am Sonntag früher schließt und am Montag Ruhetag hat, würde ich es am Wochenende durchziehen und bis Dienstagmorgen alles fertigstellen.«

»Kannst du so schnell arbeiten?«

»Ja. Nach dem Memorial Day werden wir viel zu tun haben, also wäre es gut, das vorher zu erledigen.«

»Du hast dir schon richtig Gedanken darüber gemacht.«

Sie hatte etwas gebraucht, worüber sie nachdenken konnte, während sie Tische abräumte und Teller abwusch.

»Du wirst es nicht bereuen«, sagte sie wieder.

»Ich werde dir nicht helfen können«, warnte Tori. »Ich stecke gerade mitten in einer Krise mit Em und ihren Schulsachen. Da muss ich sie beaufsichtigen.«

»Das erwarte ich auch nicht von dir. Du machst schon genug. Lass mich diesen Teil übernehmen.«

»Ich nehme an, du wirst einen Schlüssel brauchen, damit du nach Feierabend reinkommen kannst.«

Es war keine große Geste, aber für Meredith fühlte es sich trotzdem wie ein Triumph an. »Das hilft mir sehr. Danke.«

»Ich schaue mal, ob ich noch einen habe. Ich schließe sie immer in der Kasse ein.«

Sie folgte ihr in den Essbereich und zu der altmodischen Kasse mit dem glänzend geprägten Metall und klassischen Design.

Tori öffnete die Kasse und zog einen Schlüssel mit Anhänger unter dem Kassenfach heraus.

»Verlier ihn nicht«, sagte sie, als sie ihn Meredith mit deutlichem Widerwillen übergab.

»Werde ich nicht. Danke.« Meredith steckte den Schlüssel in eine Innentasche ihrer Umhängetasche. »Ich frage nur ungern, aber hast du zufällig Malutensilien da? Klebeband, Rolle, Farbwanne und einen Pinsel?« Wenn nicht, würde sie alles selbst bezahlen und die Sachen bei der Arbeit am Cottage wiederverwenden.

»Ich habe noch ein paar Sachen im Lager. Schau einfach, was du davon gebrauchen kannst.«

»Super.« Sie konnte genauso gut direkt nachhaken, was sonst noch ging. »Wäre es möglich, dass ich einen Vorschuss auf mein Gehalt bekomme, um Farbe und andere Materialien zu bezahlen, die du vielleicht nicht hast? Ich werde nicht viel brauchen. Nur ein paar Dosen.«

Tori stieß einen langen Seufzer aus. »Das können wir wahrscheinlich mit meinem enormen Dekorationsbudget bezahlen.«

Ihr trockener Ton brachte Meredith zum Lächeln. »Danke. Ich verspreche dir, es wird dir gefallen.«

»Wir werden sehen«, gab Tori zurück. »Wenn nicht, musst du es wieder in der Originalfarbe streichen.«

»Mache ich«, versprach sie und genoss den seltenen, kostbaren Moment des Friedens zwischen ihnen.

11. KAPITEL

Liam

Meredith Collins Rowland plante, ein tristes, unscheinbares Café zu streichen. Und sie hatte nicht vor, dafür Handlanger anzuheuern, nein, sie wollte selbst zur Farbrolle greifen.

Liam konnte nicht so recht glauben, worüber er sie mit ihrer Cousine hatte reden hören. Er hätte nicht erwartet, dass sich die perfekt frisierte und manikürte Society-Lady, die einst eine renommierte Kunstgalerie besessen hatte, überhaupt für die Inneneinrichtung des Cafés interessierte.

Aber andererseits hatte er ebenso wenig damit gerechnet, dass sie als Mitarbeiterin des Personals Tabletts schleppen und Tische abwischen würde.

Was hatte sie letztlich im Sinn? Wollte sie sich wirklich hier in Cape Sanctuary häuslich niederlassen?

Die Frau war weitaus rätselhafter, als er erwartet hatte.

Zumindest kannte er nach ein paar Tagen ihre Routine, und da er wusste, dass sie das Café nach ihrer Schicht verlassen würde, hatte er seine Rechnung bereits beglichen. Jetzt klappte er schnell seinen Laptop zu und steckte ihn in die abgenutzte Ledertasche, ließ ein hübsches Trinkgeld liegen dafür, dass er den großen Tisch den ganzen Vormittag in Beschlag genommen hatte, und passte es so ab, dass sie kurz nacheinander nach draußen traten.

»Hi. Sieht so aus, als würden wir in dieselbe Richtung gehen. Haben Sie was dagegen, wenn ich mich Ihnen anschließe?«

Sie drehte sich überrascht um. »Oh, Mr. Byrne. Hi.«

»Liam, bitte. Schöner Tag zum Spazierengehen, nicht wahr?«

»Es ist herrlich heute. Cape Sanctuary ist so eine hübsche kleine Stadt.«

Sie hatte recht. Überall im Geschäftsviertel hingen Körbe an den Straßenlaternen, aus denen Blumen quollen. Ihr Duft vermischte sich mit dem salzigen Geruch des Meeres und dem süßen aus einem Bonbonladen, an dem sie vorbeikamen.

Obwohl er zwei Stunden damit verbracht hatte, Kaffee zu trinken und ab und zu ein Häppchen zu essen zu bestellen, während er so tat, als würde er schreiben, lief ihm vom Schokoladenduft das Wasser im Mund zusammen.

»Wie läuft es mit dem Buch?«, fragte sie, während sie nebeneinanderher liefen. Sie hatte ihm nicht direkt gesagt, dass er mit ihr gehen durfte … aber auch nicht, dass er es nicht sollte.

»Nicht besonders«, gab Liam zu und war froh, dass er nicht lügen musste.

»Schreibblockade?«

»So was in der Art.«

Was würde sie sagen, wenn er ihr mitteilte, dass er kein Schriftsteller war und nicht die geringste Ahnung hatte, wie man ein Buch verfasste?

Sie warf ihm einen mitfühlenden Blick zu. »Ich habe gehört, dass es schwierig sein kann. Eine Freundin von mir ist Schriftstellerin, und sie hat bei jedem Buch mittendrin eine

Schreibblockade. Sie sagt, dass sie regelmäßig Pausen einlegen und ein paar Stunden an etwas anderem arbeiten muss, damit ihr Unterbewusstsein in der Zwischenzeit das Problem lösen kann.«

»Vielleicht sollte ich genau das tun.«

»Na ja, Sie haben sich doch einen guten Platz für schöne Ablenkungen ausgesucht. Sie könnten Mountainbike oder Seekajak fahren. In Cape Sanctuary gibt es mehrere Läden, wo man sich so etwas ausleihen kann.«

»Stimmt. Das habe ich auch schon gesehen.«

»Meine Freundin macht gern lange Spaziergänge. Sie sagt, die Bewegung fördere ihre Kreativität. In der Gegend gibt es einige ausgezeichnete Wanderwege.«

»Welche würden Sie mir empfehlen?«

»Ich war schon so lange nicht mehr hier unterwegs, dass ich mich gar nicht erinnere. Aber fragen Sie doch jemand anderen vom Café. Ich glaube, es gibt auch ein Besucherinformationszentrum in der Nähe des Stadtamtes. Wahrscheinlich finden Sie dort auch Karten.«

»Gute Idee. Vielen Dank.«

Eine schöne Wanderung in den Bergen östlich der Stadt klang zwar verlockend, aber das würde ihm nicht unbedingt dabei helfen, Merediths Vertrauen zu gewinnen.

»Ich habe vorhin zufällig mitbekommen, dass Sie mit Ihrer Cousine darüber gesprochen haben, das Café zu streichen. Habe ich da richtig gehört?«

Sie seufzte. »Ich weiß auch nicht, was ich mir dabei gedacht habe. Ich bin nicht gerade eine Expertin in Sachen Raumgestaltung. Wahrscheinlich vermassele ich alles, und wenn es hässlich wird, ärgert sich Tori noch mehr über mich.«

Derlei Selbstzweifel hätte er auch nicht von ihr erwartet.

»Ich bin sicher, dass es richtig schön wird.«

Sie warf ihm einen Seitenblick zu. »Woraus schließen Sie das?«, fragte sie spöttisch. »Daraus, dass ich mein Haus schon so hübsch hinbekommen habe?«

»Sie sind doch noch nicht lange in der Stadt, oder? Das wird schon noch.«

»Ich sollte mich auf das Cottage konzentrieren. Da würde sich meine Investition an Zeit und Energie zumindest auszahlen, wenn ich es verkaufe. Ich hätte diese Umdekoration für das Café nie vorschlagen sollen.«

»Warum haben Sie es getan?«

»Ich schätze, ich wollte Tori einfach zeigen, dass ich etwas zu bieten habe, denn die Arbeit im Restaurant ist offensichtlich nicht meine Stärke.«

Er hatte keine Ahnung, wie er diese von Unsicherheit und Zweifeln geplagte Frau mit derjenigen unter einen Hut bringen sollte, die er eigentlich erwartet hatte. Vielleicht musste er langsam aufhören, sie verstehen zu wollen, und sich mehr um ihr Vertrauen bemühen.

»Soll ich Ihnen helfen?«, fragte er. »Streichen kann ich ziemlich gut.«

Sie blieb stehen und starrte ihn an. »Ich habe nicht die Mittel, Sie zu bezahlen.«

»Das brauchen Sie nicht«, versicherte er ihr. »Es geht mir nicht ums Geld, aber Sie meinten ja, ich solle mir eine Pause gönnen, um meine Kreativität zu fördern. Das hier scheint mir das perfekte Ventil zu sein, und noch dazu kann ich Ihnen so helfen, das Erscheinungsbild meines Lieblingscafés zu verbessern.«

»Das ist sehr nett von Ihnen«, sagte sie, immer noch fassungslos, »aber ich will nicht verantwortlich sein, wenn Sie

Ihr Buch nicht fertig schreiben, zumal Sie nur deswegen nach Cape Sanctuary gekommen sind. Als begeisterte Leserin würde ich nie einen Autor davon abhalten, sein Werk in die Welt zu bringen.«

»Sie haben selbst gesagt, dass ich, wenn ich auf der Stelle trete, etwas Ablenkung brauche. Sie sind meine Ablenkung.«

Etwas flackerte in ihrem Blick auf, etwas Weiches, Warmes und Anziehendes. Sie starrte ihn einen Moment lang an, dann holte sie tief Luft und ging weiter.

»Ich habe vorgeschlagen, dass Sie die Landschaft genießen, nicht, dass Sie der unbezahlte Gehilfe einer unbezahlten Malerin werden.«

Er zuckte mit den Schultern. »Ich stehe nicht so auf Seekajaks oder Mountainbikes. Und wer will schon allein wandern gehen? Ich könnte von einem Berglöwen angegriffen werden oder so.«

Tatsächlich ging er für sein Leben gern allein wandern und hatte während seiner Collegezeit einen Monat lang den Appalachian Trail mit dem Rucksack durchquert. Zudem hatte er sowohl Seekajak- als auch Mountainbikefahren ausprobiert und beides genossen. All das musste sie jetzt aber nicht wissen.

Wäre er ein angehender Schriftsteller, hätte er sich gut vorstellen können, dass die herrliche Landschaft in dieser ruhigen Ecke an der nordkalifornischen Küste ein Quell der Ablenkung und Inspiration wäre.

Aber er war ein Bundesbeamter auf der Spur einer Millionensumme, und diese Frau war der Schlüssel, sie zu finden. Wenn er das Wochenende mit einem Farbabroller in der Hand verbringen musste, um ihr Vertrauen zu gewinnen, würde sich die Mühe lohnen.

»Ich würde Ihnen gern helfen. Das scheint mir genau die Zerstreuung zu sein, die ich brauche, bis ich herausfinde, wo es hakt.«

Sie schien über sein Angebot nachzudenken, während sie sich der kleinen Reihe von Häusern näherten, die im Sonnenlicht, das vom Wasser reflektiert wurde, wie pastellfarbene Macarons aussahen.

»Ich denke, ich könnte Ihre Hilfe gut gebrauchen«, sagte sie langsam und widerstrebend. »Ich hatte darüber nachgedacht, Toris Tochter Emilia zu fragen, ob sie einspringen kann, aber ich bezweifle ernsthaft, dass Tori sie in meine Nähe lassen würde. Außerdem hat sie gesagt, dass sie Hausaufgaben nachzuholen hat, also ist es wahrscheinlich von vornherein ausgeschlossen.«

Ob sie wusste, dass sie den Mund leicht nach unten verzog und ihre Augen einen Ausdruck tiefer Traurigkeit bekamen, wenn sie über ihre Cousine sprach?

»Sie und Ihre Cousine kommen nicht gut miteinander aus, oder?«

Sie versteifte sich und sagte nichts weiter, bis sie fast ihr Cottage erreicht hatten.

»Sie hat einen guten Grund, mich zu hassen«, erklärte sie schließlich mit weicher Stimme. »Ich kann es ihr nicht verübeln.«

»Warum? Was haben Sie getan?«

Sie presste die Lippen fest zusammen. »Das ist eine lange Geschichte.«

Er schwieg und gab der Stille Raum, eine Technik, die er sich bei seiner sporadischen Außendiensttätigkeit angeeignet hatte, bevor er zur forensischen Buchhaltung kam.

Mit einer Hand umklammerte sie den Pfosten des Verandageländers. Dann sagte sie schließlich mit leiser Stimme: »Früher waren wir beste Freundinnen, bis ich alles kaputtgemacht habe. Ich war nicht da, als sie mich brauchte. Darauf lässt es sich herunterbrechen. Ich war nicht da, als ihr Mann ums Leben kam, nicht da, als unsere Großmutter krank wurde, nicht da, als Frances starb. Ich habe sie im Stich gelassen, immer und immer wieder. Und dann hat mein …« Sie verstummte und zog sich in ihren Panzer zurück wie eine junge Schildkröte, die sich vor den pickenden Möwen versteckte.

»Ihr was?«, fragte er und war sich sicher, dass sie jetzt endlich etwas über den Bastard sagen würde, den sie geheiratet hatte.

»Ach, nichts. Es spielt keine Rolle. Ich habe sie im Stich gelassen, das ist alles. Bis so tiefe Wunden heilen, kann es lange dauern. Manchmal heilen sie nie.«

Der Kummer in ihrer Stimme berührte ihn tief im Inneren. Sie schien wirklich traurig über die zerstörte Beziehung zu ihrer Cousine zu sein, obwohl er nicht sicher sein konnte, was bei einer Meredith Rowland wahr und echt war.

»Glauben Sie, dass es Ihnen hilft, für Toris Verletzungen zu büßen, indem Sie ihr Café streichen?«

»Erstens ist es *unser* Café. Unsere Großmutter hat es uns beiden vererbt. Streng genommen glaube ich nicht, dass ich für einen neuen Anstrich Toris Erlaubnis brauche. Zweitens, nein. Ich kann die Entscheidungen, die ich getroffen habe, oder die Taten anderer, die ich … in die Familie gebracht habe, nicht wiedergutmachen.«

Carter hatte Merediths Großmutter sämtliche Ersparnisse genommen. So viel wusste Liam aus den Fallakten. Er konnte sich vorstellen, dass es für eine ältere Frau selbstverständlich war, dem Ehemann ihrer geliebten Enkelin die Verwaltung ihres Geldes anzuvertrauen. Im Vergleich zu anderen Konten, die er geplündert hatte, war es zwar nicht viel Geld gewesen, ein paar hunderttausend Dollar, aber Carter hatte es ebenso genommen.

Wie seelenlos und unmoralisch musste ein Mann sein, um die kompletten Ersparnisse der Großmutter seiner eigenen Frau zu stehlen? Und wie hatte Meredith nicht wissen können, was da passierte?

Er wollte sie zu dem Thema drängen, die Tür irgendwie aufstoßen und sie überreden, von ihrem Mann zu sprechen, aber er spürte, dass jetzt nicht der richtige Zeitpunkt war.

»Trotzdem wollen Sie immer noch versuchen, Ihre Beziehung zu kitten.«

Sie seufzte. »Vielleicht ein bisschen. Vielleicht will ich Tori aber auch nur beweisen, dass ich einen Beitrag leisten kann. Ich habe keine Ahnung, wie man ein Café betreibt, wie man Vorräte ordert oder sich neue Menüpunkte ausdenkt. Aber ich habe ein paar Ideen, wie ich dem Café mehr Umsatz verschaffen kann, und eine davon ist, die Einrichtung aufzufrischen.«

»Wann legen wir los?«

Sie starrte ihn an, und ihre Traurigkeit wich einem verzweifelten Lachen.

»Ich will heute Abend die Bilder von den Wänden nehmen und alles abschrubben, dann kann ich am Sonntag mit dem Streichen anfangen. Wenn Sie mitkommen wollen, werde ich Sie nicht davon abhalten. Ich wäre Ihnen sogar sehr dankbar für Ihre Hilfe.«

»Ich werde da sein. Um wie viel Uhr?«

»Das Café schließt um zwanzig Uhr dreißig. Normalerweise sind alle Kunden um einundzwanzig Uhr weg. Wir werden wohl nur ein paar Stunden brauchen. Wäre Ihnen das zu spät?«

»Ganz und gar nicht. Ich bin eine Nachteule.«

»Gut. Wenn das so ist, können Sie mich wachhalten.« Sie schenkte ihm ein zaghaftes Lächeln. Ihre Züge waren weich und anmutig trotz der Schatten unter ihren Augen. »Danke. Ich weiß das wirklich zu schätzen, Liam.«

»Kein Problem.«

Sie trennten sich, und er ging nach nebenan zu seinem Haus, während er seine plötzlichen Bedenken nach Kräften zu ignorieren versuchte.

Er tat das Richtige. Menschen wie seine Mutter – und Merediths eigene Großmutter – waren um das Geld gebracht worden, das sie ihr ganzes Leben lang gespart und auf das sie sich für ihr Alter verlassen hatten.

Meredith besaß den Schlüssel dazu, davon war er überzeugt. Sie war die einzige Person, die dafür sorgen konnte, dass die Opfer ihres Mannes eine möglichst hohe Entschädigung erhielten, und Liam hatte vor, alles in seiner Macht Stehende zu tun, um das zu erreichen.

12. KAPITEL

Tori

Sie wäre Sam auf jeden Fall etwas schuldig, wenn er zwei Abende hintereinander die Hausaufgabenbetreuung übernahm, dachte Tori bei sich, während sie den Tisch in einer der Fensternischen abwischte.

Seit Frances' Tod versuchte sie, den Arbeitsplan so zu gestalten, dass sie möglichst keine Abendschichten bekam. Sie wollte nach der Schule für Emilia da sein, zu Hause, denn oft war das die einzige Gelegenheit für sie beide, Zeit zusammen zu verbringen. Am späten Nachmittag hatten sich jedoch beide Kellnerinnen der Abendschicht krankgemeldet, und niemand, der vielleicht hätte einspringen können, war erreichbar. Also musste Tori eine Doppelschicht schieben.

Sie hatte Sam panisch eine SMS geschrieben, und er hatte ihr versichert, dass es ihm nichts ausmachen und sogar gut passen würde, da er in der nächsten Woche ein paar späte Besprechungen habe.

Vielleicht sollte sie ihm einen von den Kuchen mitbringen, die sie immer bei einer Bäckerei außerhalb der Stadt bestellte. Der holländische Apfelkuchen war sein Lieblingskuchen im Café, fiel ihr ein.

Würde er es als übertrieben auffassen, als hätte sie Hintergedanken, wenn sie ihm Essen mitbrachte? Der Weg zum

Herzen eines Mannes führte schließlich durch den Magen – zumindest hatte Frances das immer gesagt.

Sie wollte nicht den Weg zu Sams Herz finden. Sie hatte *keine* Hintergedanken. Sam war Kriminalermittler und wahrscheinlich klug genug, um das festzustellen, oder?

Also nahm sie den letzten Kuchen aus dem Regal, packte ihn in eine Schachtel und stellte sie beiseite. Sie würde sie mitnehmen, wenn sie Em bei Sam abholte.

»Bestellung fertig!«, rief Jeremiah Kincaid, der Grillmeister der Abendschicht, ihr zu.

Sie holte das Tablett, kämpfte gegen ein Gähnen an und trug es zu einem Tisch, an dem eine Freundin von ihr allein saß.

»Du machst viele Überstunden, Tori«, sagte Deb McGowan, als sie ihr den Teller mit dem French-Dip-Sandwich und dem Beilagensalat hinschob. »Hab ich dich nicht heute Morgen auf dem Weg zur Arbeit schon hier gesehen?«

»Was soll ich machen bei dem Personalnotstand? Du kennst das doch.«

Deb besaß den Wollladen um die Ecke, und sie klagten sich oft gegenseitig ihr Leid darüber, wie schwer es sei, zuverlässige Arbeitskräfte zu finden.

»Tja, das sind die Wonnen eines kleinen Ladens, stimmt's? Ich glaube, ich verbringe mehr Zeit bei Another Yarn als zu Hause. Manchmal frage ich mich, warum ich überhaupt Miete zahle.«

Tori lachte, dabei traf Debs Bemerkung genau ins Schwarze.

Deb war in den Fünfzigern und ebenfalls Witwe, aber sie und ihr Mann hatten nie Kinder gehabt. Sie holte sich morgens auf dem Weg zur Arbeit oft ein Frühstückssandwich und einen Kaffee to go und aß auch häufig hier zu Abend.

Manchmal hatte Tori den Verdacht, dass Deb eher aus dem Bedürfnis nach Gesellschaft als nach Nahrung ins Café kam, aber sie glaubte, dass sie ihren Gästen beides bieten konnte.

»Wie läuft das Geschäft momentan?«, fragte Tori und wischte unterdessen einen Nachbartisch ab.

»Die Zwischensaison lief ziemlich schleppend, aber wahrscheinlich geht es wieder aufwärts, sobald die Touristen kommen. Ich verstehe es zwar nicht, aber anscheinend kaufen die Leute gerne Wolle, wenn sie im Urlaub sind. Kommt mir als Souvenir komisch vor, aber was weiß ich schon? Ich kann mich nicht beschweren.«

»Du weißt eine Menge. Deshalb floriert dein Geschäft. Du machst das richtig super, dein Laden ist so gemütlich und ansprechend eingerichtet und führt genau die Wolle, die die Leute brauchen.«

»Danke, Tori. Lieb von dir.« Deb sah wirklich gerührt aus.

»Es stimmt. Ich bewundere wirklich, was du geleistet hast. Du machst das so toll.«

»Reich werde ich zwar damit nicht, aber es hält mich auf Trab und im grünen Bereich«, sagte Deb und lachte. »Zumindest größtenteils.«

Sie unterhielten sich noch ein wenig, bis ein Pärchen von einem der wenigen anderen besetzten Tische zur Kasse ging, um zu bezahlen. Tori entschuldigte sich, um sie abzukassieren, wobei ihr wieder auffiel, wie einsam Deb wirkte.

Ob sie selbst wohl, wenn Em in fünf Jahren oder so von zu Hause wegging, auch so allein wäre? Würde sie ganz in der Arbeit für das Café aufgehen und ihre Abende mit einer einsamen Mahlzeit verbringen?

Nein, sie sollte Deb nicht bemitleiden. Sie hatte ein erfülltes, reiches Leben, arbeitete ehrenamtlich im Tierheim, war im Bibliotheksvorstand und half beim jährlichen »Arts & Hearts on the Cape«-Festival mit.

Es gab schlimmere Optionen, als Debs Beispiel zu folgen.

Tori arbeitete noch eine halbe Stunde, bis die letzten Kunden gegangen waren und sie alles für den nächsten Tag vorbereitet hatte.

»Würde es dir was ausmachen, abzuschließen?«, fragte sie Jeremiah, der nicht nur ein ausgezeichneter Grillmeister, sondern auch ein guter Freund war.

»Ach woher, ganz und gar nicht. Du hast einen langen Tag hinter dir. Wird Zeit, dass du Feierabend machst.«

»Danke. Du bist ein Engel.«

Sie hatte gerade ihre Tasche geholt, als die Türglocke klingelte.

Oh, Mist, sie hatte noch nicht abgeschlossen und das Schild auf »Geschlossen« gedreht. Sie verabscheute es, Leute wegschicken zu müssen, aber im Moment konnte sie sich nicht um weitere Kundschaft kümmern, zumal es fraglich war, ob ihre müden Beine sie auch nur fünf Minuten länger tragen würden.

Sie wandte sich um und erschrak, als sie ihren Mieter hereinkommen sah. Er hatte heute etwa drei Stunden lang einen Tisch im hinteren Bereich blockiert. Reichte ihm das nicht?

Sie stellte ihre Tasche ab. »Tut mir leid, Liam, die Küche ist geschlossen, aber ich kann Jeremiah bitten, Ihnen ein Sandwich oder etwas in der Art zu machen, wenn Sie Hunger haben.«

»Nicht nötig«, erwiderte er. »Ich bin hier, um Meredith zu helfen.«

»Ihr zu helfen?«, fragte sie und kam sich ziemlich dumm vor.

»Ja. Die Wände schrubben und für den neuen Anstrich vorbereiten.«

Sie starrte ihn an. »Wie hat sie es geschafft, Sie in diese Sache hineinzuziehen?«

»Hat sie nicht. Ich habe es ihr angeboten. Man könnte sogar sagen, dass ich mich selbst hineingezogen habe, da sie meine Hilfe nicht annehmen wollte.«

»Warum machen Sie das?«

Er schaute weg, und sie hatte das seltsame Gefühl, dass er etwas verbergen wollte. »Die Arbeit an meinem Buch läuft nicht so gut. Ich brauche etwas Abwechslung.«

»Dann muss es wirklich schlimm stehen, wenn das Abschrubben von Fettschichten an diesen Wänden für Sie eine Party ist.«

»Ich bin körperliche Arbeit gewohnt. Das macht mir nichts aus.«

Wieder spürte sie, dass er ihr nicht die ganze Wahrheit sagte. Seit sie alt genug gewesen war, um eine Kaffeekanne zu heben, hatte sie im Café gearbeitet, was ihr interessante Einblicke in Menschen und ihre Denkweise verschafft hatte. Frances hatte immer gesagt, die Arbeit in einem Café an der Küste sei ein einziges großes psychologisches Experiment. Normalerweise konnte sie erraten, wie viel Trinkgeld die Leute geben würden, allein durch die Art, wie sie bei der Bestellung mit der Kellnerin sprachen.

Plötzlich fiel Tori auf, dass sie so gut wie nichts über Liam Byrne wusste. Er wohnte bei ihr und ihrer Tochter nebenan. Möglicherweise war er ein Serienmörder.

Vielleicht sollte sie sich aber auch einfach keine True-Crime-Podcasts mehr anhören.

»Sie sagten doch, dass Sie diesen Sommer eine Auszeit nehmen, um Ihr Buch fertig zu schreiben. Ich glaube, ich habe Sie nie gefragt, was Sie machen, wenn Sie nicht schreiben.«

Er hielt ihrem Blick stand. »Nichts besonders Interessantes. Ich bin das, was man gern einen Zahlenjongleur nennt. Das hört sich wahrscheinlich nicht sehr anstrengend an. Ist es auch nicht, zumindest körperlich, auch wenn es geistig herausfordernd sein kann. Aber wenn ich sage, dass ich harte Arbeit gewohnt bin, bezieht sich das auf meine Kindheit.«

»Lassen Sie mich raten. Sie mussten um fünf Uhr morgens raus, Schweine füttern und Kühe melken.«

Er lachte, und Tori musste zugeben, dass er auf eine sexy Art und Weise süß war. »Nicht ganz. Ich bin ein Stadtkind durch und durch. Aber ich habe schon mit elf Jahren Zeitungen ausgetragen und mit dreizehn mein eigenes Rasenmähunternehmen gegründet.«

»Ein Großunternehmer also.«

»So ähnlich. Und Sie?«

»Ich bin hier in Cape Sanctuary aufgewachsen. Meine Großmutter hat mich großgezogen. Ihr gehörte dieses Café. Sie starb vor einem Jahr, und ich vermisse sie immer noch ganz schrecklich.«

Zu ihrem Entsetzen brach ihre Stimme beim letzten Wort ein wenig, weil eine Welle von Trauer und Sehnsucht sie plötzlich mitzureißen drohte.

O Gott. Sie musste übermüdet sein. Normalerweise hatte sie ihre Emotionen besser im Griff.

Frances war für sie der einzige wirkliche Elternteil gewesen. Die sporadischen Besuche ihrer Mutter waren für sie schwieriger gewesen, als wenn sie überhaupt nicht da gewesen wäre. Tori hatte sich immer so sehr gefreut, wenn Caroline gekommen war, aber es war nie gut ausgegangen. Ihre Mutter machte Versprechungen, die sie nicht halten konnte, zum Beispiel, dass sie eine Wohnung für sie beide finden würde, damit sie zusammen sein könnten. Aber dann musste sie wieder weg, um ihr Glück zu suchen. Und Tori blieb zurück, am Boden zerstört.

Dann hatte Frances sie bei der Hand genommen und sie waren hinunter zum Meer gegangen, wo sie ihre Enttäuschung herausschreien konnte.

Schließlich war Caroline gar nicht mehr gekommen, als Tori etwa acht oder neun Jahre alt war, und Frances hatte später erfahren, dass sie sich in einem Stadtpark in Modesto eine Überdosis verpasst hatte.

Sie hatte um ihre Mutter getrauert oder eher um ihre Träume davon, was eine Mutter hätte sein können.

»Das tut mir leid«, sagte Liam mit leiser Stimme.

»Danke.« Sie hatte nie viel für Mitgefühl übriggehabt. Nach Javis Tod hatte sie nicht gewusst, wie sie all die Beileidsbekundungen mit Anstand entgegennehmen sollte, und auch durch Frances' Tod hatte sie es nicht gelernt.

Bevor ihr eine Antwort einfiel, die nicht nur banal war, ging die Hintertür auf, und Meredith kam zu ihnen in den Essbereich.

Tori spürte, wie ihr schon wieder die Tränen kamen, verflucht noch mal. Schnell unterdrückte sie sie. Sie wollte nicht um Meredith und ihre einst enge Beziehung weinen.

Stattdessen konzentrierte sie sich auf das Aussehen ihrer Cousine. Tori erkannte sie kaum wieder. Merediths edles Gesicht war ungeschminkt, und sie trug eine Baseballkappe mit der Aufschrift »Find Your Sanctuary«. Finde deine Zuflucht?

Wie passend für Cape Sanctuary *und* für Meredith. Sie musste sie in einem der billigen Touristenläden vor Ort gekauft haben.

Außerdem trug sie ein verblichenes T-Shirt und Jeans mit einem klaffenden Riss am Knie.

Meredith lächelte zaghaft, als sie Tori und Liam bemerkte. »Oh, Sie sind schon da. Ich war mir nicht sicher, ob Sie wirklich kommen.«

»Ich habe es Ihnen zugesagt«, sagte Liam.

»Schon, aber es ist ja oft so, dass die Leute sich doch nicht an ihre Zusagen halten«, entgegnete Meredith.

»Womit du dich bestens auskennst, was?« Die Worte sprudelten einfach heraus, bevor Tori sie stoppen konnte. Sie hätte sich dafür am liebsten selbst in den Hintern getreten. Das klang so verbittert, hasserfüllt und *verletzt*, und das konnte sie nicht ausstehen. Schlimmer noch, sie hatte ihren Konflikt vor einem Fremden zur Sprache gebracht und Liam hineingezogen.

Schnell versuchte sie, das Gespräch, das sie so heftig unterbrochen hatte, weiterzuführen. »Du ziehst es also wirklich durch mit dem Anstrich.«

Nach kurzem Zögern nickte Meredith. »Ja. Heute sind nur die Vorbereitungen dran. Wir nehmen alles von den Wänden, waschen sie ab. Solche Sachen eben. Am Sonntagabend nach Ladenschluss streiche ich, und Montag früh kommt die zweite Schicht dran.«

Meredith klang richtig begeistert von dem Projekt. Tori mochte nicht mal daran denken, wie viel Arbeit damit verbunden war.

»Dann tobt euch mal aus. Ich hatte bereits eine Doppelschicht und muss jetzt Em von ihrer Cousine abholen.«

Und hoffentlich brachte ihre Müdigkeit sie nicht am Ende dazu, dass sie noch mehr von ihrer Selbstkontrolle aufgab und sich Sam Ayala gegenüber total zur Närrin machte.

13. KAPITEL

Meredith

Tori schlug zwar die Tür nicht hinter sich zu, aber genauso gut hätte sie es tun können. Meredith zuckte unwillkürlich zusammen.

Sie hätte gedacht, dass sie sich daran gewöhnen würde, verachtet zu werden. Warum wurde es nicht einfacher?

Weil es Tori war. Und Tori war alles an Familie, was sie noch hatte. Ihre Mutter zählte sie ganz sicher nicht dazu.

»Ist es für euch okay, wenn ich alles abschließe?« Jeremiah Kincaid, den sie Anfang der Woche kennengelernt hatte, warf ihr einen forschenden Blick zu.

»Ähm, sicher«, antwortete Meredith, auch wenn sie sich plötzlich mit gar nichts mehr sicher war.

»Achte darauf, wenn ihr später geht, dass alle Lichter ausgeschaltet sind und du den Griff richtig fest zuziehst, sodass die Türen wirklich verschlossen sind. Manchmal klemmen sie.«

»Alles klar. Danke.«

Er sah sie zweifelnd an. »Bestimmt? Ich kann noch ein bisschen bleiben, wenn ihr Hilfe braucht, die Möbel umzustellen, um dahinter zu putzen oder so.«

»Wir kommen schon zurecht«, versicherte ihm Meredith.

Sein Telefon signalisierte eine eingehende SMS, und als er nachschaute, bekam er einen leicht panischen Blick. »Das ist meine Frau. Sie ist schwanger mit unserem zweiten Kind und hat die seltsamsten Gelüste. Sie bittet mich, Tapenade mitzubringen. Was, zum Teufel, ist das überhaupt?«

Endlich etwas im Beach End, was Meredith tatsächlich kannte. Sie lächelte trotz des vertrauten Schmerzes, der die Erinnerung begleitete. »Das ist ein provenzalisches Topping aus Oliven, Kapern und Anchovis. Bestimmt kriegst du das im Glas im Supermarkt in der Feinkostabteilung. Dazu passen ganz gut Crostini oder Pitachips.«

Er verdrehte die Augen, was sie wieder zum Lächeln brachte.

»Beeil dich lieber. Du solltest sie nicht warten lassen.«

»Stimmt. Dann mache ich mich mal auf den Weg zum Supermarkt. Gute Nacht. Viel Spaß.«

Er ging hinten raus, die Tür fest hinter sich zuziehend, und Meredith spürte plötzlich Panik aufflackern, weil sie mit Liam Byrne im Café eingesperrt war.

Das Bild von zufallenden Gefängnistüren erschien vor ihren Augen, und mit einem Mal spürte sie Platzangst. Früher hatte sie furchtbar darunter gelitten, nachdem sie einmal versehentlich mehrere Stunden in einer dunklen Speisekammer eingeschlossen gewesen war.

Sie hatte gedacht, sie hätte es überwunden, aber seit ihr Leben aus den Fugen geraten war, schienen alle Dämonen aus ihrer Kindheit unversehrt wieder unter dem Bett hervorgekrochen zu sein.

»Alles in Ordnung?«

Sie nickte. Ein sechster Sinn sagte ihr, dass Liam Byrne ihr nichts tun würde. Der Mann schien … freundlich zu sein. Es war lange her, dass sie jemanden getroffen hatte, der sie so liebenswürdig behandelte. Außerdem hatte sie Pfefferspray in der Tasche und eine ganze Küche voller Messer, falls etwas schiefgehen sollte.

»Ja«, antwortete sie. »Aber wenn ich mich hier umsehe, überwältigt es mich schon. Ich dachte, ich hätte nur zwei Wände zu streichen und dass es halb so schlimm ist, aber sie erscheinen mir gerade kilometerlang.«

»Na ja, nicht ganz.« Er klang amüsiert.

»Das letzte Mal, als ich ein Zimmer gestrichen habe, war ich noch in der Schule. Was, wenn ich es vermassele?«

»Sie werden es nicht vermasseln. *Wir* werden es nicht vermasseln. Sie sind nicht allein damit. Wir kriegen das hin.« Er sprach mit tiefer, fester Stimme, und sie wollte in seinem Blick versinken, sich in seiner ruhigen Zuversicht verlieren.

Sie atmete heftig ein und dann langsam wieder aus. Ruhe überkam sie und verdrängte die aufkommende Panikattacke.

Ja. Sie konnte das. Sie konnten es schaffen. Im Moment ging es nur darum, die Wände abzuschrubben.

»Ich habe ein paar von den Putzmitteln dabei, die ich für mein Haus gekauft hatte.« Sie deutete auf den Eimer, den sie mitgebracht hatte.

»Das wird helfen.«

»Der erste Schritt ist wohl, die Deko von den Wänden zu nehmen.«

Etwas von ihrer Abneigung musste in ihrer Stimme mitgeschwungen haben, denn Liam lachte. Es war ein satter, warmer Klang, der das Bild in ihr erzeugte, sich am Ende eines harten Tages in ein warmes Bad zu legen.

»So schlimm ist es nicht, solange Sie nichts gegen Bilder von Männern haben, die Fische hochhalten.«

»Die stören mich nicht mal so sehr. Es sind die Bilder mit

den faden Landschaften, die aussehen, als gehörten sie in ein schlechtes Motel.«

»In wie vielen schlechten Motels haben Sie schon übernachtet?«, fragte er.

»Nicht in besonders vielen«, räumte sie ein. Es waren genau zwei, nämlich die, in denen sie auf ihrer Fahrt von Chicago hierher übernachtet hatte. Aber sie hatte eine blühende Fantasie.

Sie teilten die Wände unter sich auf und fingen damit an, die Bilder abzunehmen, die mit einer dicken Schicht aus Schmutz, Fett und wer weiß was noch alles überzogen waren.

»Sieht so aus, als müssten wir noch ein paar Nagellöcher zuspachteln, bevor wir streichen können«, meinte Liam nach einiger Zeit.

Meredith wusste, dass sie das Wort »wir« wahrscheinlich nicht so beruhigend finden sollte, wie es in ihren Ohren klang. Sie hatte ein langes, schwieriges Jahr hinter sich, in dem sie sich einsamer gefühlt hatte, als sie es sich je hätte vorstellen können. Darum war es jetzt unbeschreiblich tröstlich, wie Liam sie als Einheit betrachtete.

Sie konnte sich auf niemanden außer sich selbst verlassen. Diese Lektion war ihr im letzten Jahr schmerzhaft eingebläut worden, als ihre Freunde weggebrochen waren. Jeden Moment würde Liam Byrne wahrscheinlich die Lust verlieren und sich wieder seinem unvollendeten Roman widmen.

Dennoch war er jetzt hier. Selbst angesichts der Größe ihres Projekts hatte er nicht versucht, sich mit Ausreden davonzustehlen, als sie anfingen, die schmutzigen Bilder von der Wand zu nehmen.

Gerade zog er eine Dose und einen Schaumstoffspachtel aus einer Einkaufstasche, die auf seinem Stammtisch lag.

»Damit hatte ich schon gerechnet, deshalb habe ich im Baumarkt etwas Spachtelmasse besorgt.«

Sie starrte ihn so verblüfft an, als hätte er ihr gerade ein diamantbesetztes Diadem überreicht, das sie beim Malen tragen sollte. »Wow!«, rief sie aus. »Wie gut. Daran hätte ich denken sollen. Ich bin so froh, dass Sie es getan haben. Vielen Dank!«

»Gern geschehen.« Er lächelte, und sie hielten den Blick einen Moment lang. Dann wandte er den Blick zuerst ab, und Meredith hatte den Eindruck, dass er sich über sich selbst ärgerte.

»Sie sagten, Sie hätten Putzmittel mitgebracht, um die Wände zu säubern?«

Sie nickte. »Ich gehe und fülle ein paar Eimer.«

»Ich helfe Ihnen.«

Er folgte ihr in die Küche, wo sie aus einem kleinen Vorratsschrank, in dem die Putzsachen aufbewahrt wurden, einige Eimer herausnahm. Sie füllte sie mit heißem Wasser, fügte dann die duftfreie organische Reinigungslösung hinzu, von der sie gleich einen ganzen Vorrat gekauft hatte.

Liam nahm ihr einen Eimer ab und holte sich ein paar Schwämme.

»Das sollte nicht lange dauern. Ich übernehme die Südwand, Sie die westliche.«

Sie musste einen Moment nachdenken, um herauszufinden, welche Wand im Westen lag, und verdrehte dann die Augen über sich selbst. Diejenige, die dem Pazifik zugewandt war, vermutlich.

Sie begannen an den einander gegenüberliegenden Ecken des Raumes und arbeiteten sich schweigend vor, was sich eigentlich unangenehm hätte anfühlen sollen, es aber kein bisschen tat.

»Warum haben Sie wirklich angeboten, mir zu helfen?«, fragte sie, wobei das letzte Wort eher wie ein Schnauben herauskam, da sie eine besonders schmutzige Stelle an der Wand mit einigem Druck bearbeiten musste.

Er warf ihr einen Seitenblick zu. »Wie ich Ihnen sagte: Schreibblockade. Ich bin für jede Ablenkung dankbar, die mich davon abhält, die leere Seite anzustarren.«

»In dem Tempo werden Sie nie fertig.«

»Ich hoffe, dass die Muse in meinem Unterbewusstsein weiterarbeitet, und wenn sie bereit ist, sprudeln die Worte hervor.«

»Läuft es normalerweise so?«

»So habe ich es gehört. Für mich ist das alles neu, schon vergessen?« Er warf ihr einen unergründlichen Blick zu. »Um ehrlich zu sein, ist die Schreibblockade nicht der einzige Grund.«

»Und was noch?«

»Wahrscheinlich haben Sie mir ein bisschen leidgetan. Sie wirken irgendwie ... verloren.«

Wieder war sie verblüfft, dass er sie so deutlich wahrnahm. Schweigend ließ sie seine Worte sacken und widmete sich weiter dem Schrubben.

Als sie nichts mehr sagte, legte er den Schwamm weg und sah sie entschuldigend an. »Sorry. Das kam jetzt blöd rüber. Manchmal sage ich Dinge, ohne nachzudenken. Meine Schwester meint, ich sei sozialbehindert.«

Sie entschied, sich darauf zu fokussieren, anstatt sich zu fragen, warum er sie so durchschaute.

»Sie haben eine Schwester? Älter oder jünger?«

»Jünger«, sagte er nach einer Pause. »Vier Jahre.«

»Wohnt sie in Ihrer Nähe?«

»Nein. Ich wohne in Los Angeles, sie in Wilmette.«

Die Angst schnürte ihr die Kehle zu. »Wilmette, Illinois?«

Er nickte. Da er mit dem Rücken zu ihr stand, konnte sie nur hoffen, dass er nicht merkte, was für ein ungutes Gefühl ihr diese Information vermittelte. Wilmette war ein Vorort von Chicago. Auch wenn Liam nicht zu wissen schien, wer sie war, seine Schwester wusste es wahrscheinlich.

»Katherine, also Kat, ist dort Kinderkrankenschwester. Ihr Mann ist Anästhesist. Sie haben zwei entzückende Kinder, einen Jungen und ein Mädchen. Ich liebe sie alle sehr, besonders meine Nichte und meinen Neffen, zumal ihre Existenz meine Mutter davon abhält, Enkelkinder von mir zu verlangen.«

Sie sagte sich, dass sie nicht gleich panisch werden musste. Selbst wenn seine Schwester von ihr gehört hatte, gab es keinen Grund, Meredith Collins mit Meredith Rowland in Verbindung zu bringen.

»Haben Sie außer ihr noch andere Geschwister?«

»Einen älteren Bruder«, sagte er, plötzlich zurückhaltend. »Er hat eine Wohnung nicht weit von meiner Mutter.«

»Von ihrem Vater nicht?«

»Er starb, als ich noch ein Kind war.«

»Das tut mir leid«, sagte sie leise. »Das muss schwer gewesen sein.«

Er wandte sich um und betrachtete sie einen Moment lang, als wäre sie ein Puzzle, dessen Teile nicht ganz zusammenpassten. »Das war es wirklich«, sagte er schließlich und drehte sich wieder zu seiner Wand. »Er war Feuerwehrmann in New York City und starb beim Anschlag vom 11. September.«

Sie atmete scharf ein. »Oh, Liam. Es tut mir so leid.«

Sie war damals in der Grundschule gewesen, aber sie erinnerte sich an den Schrecken, die Trauer und all die Menschen, deren Leben sich für immer verändert hatten.

»Meine Mutter ist mit uns näher zu ihrer Familie gezogen und hat als Lehrerin gearbeitet. Sie hat wie verrückt geschuftet, um uns ein gutes Leben zu ermöglichen. Wir hatten nie viel, aber wir wussten immer, dass wir geliebt wurden.«

»Das ist ein großes Glück«, sagte sie. »Das wird nicht jedem zuteil.«

»Ich werde es nie vergessen.«

»Wie steht Ihre Familie zu Ihrem Traum, Schriftsteller zu werden?«

Er verstummte wieder, und sie hatte das seltsame Gefühl, dass er seine Worte sorgfältig wählte. »Sie stehen hinter mir, egal was ich tue. Wir sind einander sehr nah.«

»Wie wunderbar«, sagte sie leise. »Meine Großmutter Frances war auch so. Sie hat mich immer unterstützt und mir die Hand gereicht, wenn ich am Tiefpunkt war. Die Sommer, die ich hier in Cape Sanctuary mit ihr und Tori verbracht habe, waren magisch.«

Meredith schmerzte es unglaublich, wenn sie daran dachte, wie sie diese beständige Liebe zurückgezahlt hatte: indem sie diejenigen im Stich gelassen hatte, die sie stets geliebt hatten.

Von all ihren Fehlern, ihren Schwächen, quälte sie dieser am meisten.

»Wie steht es bei Ihnen mit Geschwistern?«

Sie lachte schallend. »Meine Eltern haben damals beschlossen, dass ein Kind schon genug Unannehmlichkeiten mit sich bringt und sie mehr nicht ertragen können.«

So bitter zu klingen, war ihr ein Gräuel, also wechselte sie schnell das Thema. »Tori war für mich die Schwester, die ich nie hatte. Sie wurde von unserer Großmutter aufgezogen.

Ich kenne nicht die ganze Geschichte, aber meine Tante Caroline überließ sie schon als Kleinkind unserer Großmutter. Sie hatte mit Drogen zu kämpfen, also meine Tante Caroline natürlich, nicht Tori. Meth, soviel ich weiß. Jedenfalls ist sie gestorben, als Tori etwa neun war.«

»Das muss furchtbar für ein Kind sein«, sagte er, und seine Gesichtszüge spiegelten sein Mitleid.

Meredith bereute sofort, etwas gesagt zu haben. »Ich hätte Ihnen das nicht erzählen dürfen. Tut mir leid. Es ist nicht gerade ein Geheimnis, aber auch nicht meine Geschichte, die ich einfach so erzählen kann. Es ist Toris.«

»Ich sage es ihr nicht«, versicherte er ihr.

Irgendwie glaubte sie ihm, obwohl sie keinen wirklichen Grund dafür hatte.

Nach allem, was sie durchgemacht hatte, würde es lange dauern, bis sie wieder jemandem voll und ganz vertraute, wenn sie es überhaupt jemals könnte. Aber sie war bereit, Liam in dieser Sache zu glauben.

»Und was ist Ihre Geschichte? Was bringt Sie jetzt nach Cape Sanctuary?«

»Ich schätze, ich brauchte einfach eine Abwechslung.« Sie bemühte sich um einen lockeren Ton, aber sie hatte das Gefühl, dass sie ihm nichts vormachen konnte.

»Wovon?«, fragte er. »Das klingt auch nach einer Geschichte.«

»Ganz und gar nicht. Mein Leben war bis jetzt ziemlich langweilig.«

Sie verschluckte sich fast an der lächerlichen Lüge. Oh, und was für Geschichten sie hatte. Sie war nur nicht bereit, sie zu erzählen, schon gar nicht einem Mann, den sie gerade erst kennengelernt hatte.

»Wie sieht es aus mit Schule? Arbeit? Familienstand?«

Irgendetwas sagte ihr, dass er nicht lockerlassen würde. Sie hätte ihm natürlich sagen können, dass ihre Vergangenheit ihn nichts anging, aber das würde ihn wahrscheinlich nur noch neugieriger machen.

Sie musste sich etwas einfallen lassen. Eine Frau in den Dreißigern tauchte nicht einfach in einem kleinen Strandcafé auf, ohne irgendeine Vergangenheit zu haben.

»Ich habe einen Abschluss in Kunstgeschichte. Seit meinem Studium habe ich hier und da in Galerien oder Museen gearbeitet. Meine Großmutter ist vor einem Jahr gestorben und hat mir das Cottage und einen Anteil am Café hinterlassen. Es schien mir ein guter Zeitpunkt, mit beidem etwas anzufangen. Also bin ich hier. Und verheiratet bin ich derzeit nicht.«

Und das war auch alles, was sie dazu sagen wollte.

»Wissen Sie, wie man die Löcher zuspachtelt?« Sie wechselte absichtlich das Thema, weg von all dem, was sie hasste. »Ich habe keine Ahnung davon.«

»Ich schon. Habe es ein paarmal gemacht.«

»Sollen wir uns dann die Arbeit aufteilen? Wenn wir mit dem Schrubben fertig sind, fange ich an, die Nägel herauszuziehen, und Sie kommen mit dem Gips hinterher und füllen die Löcher.«

Er sah aus, als wollte er sie weiter über ihre Vergangenheit ausfragen, aber zu ihrer großen Erleichterung nickte er nur. »Hört sich nach einem guten Plan an.«

14. KAPITEL

Liam

Seine Beute erwies sich als harte Nuss.

Wenn er gehofft hatte, dass ein Abend mit ihr beim Schrubben schmuddeliger Wände in einem in die Jahre gekommenen Café einen magischen Schalter umlegen und sie zur Plaudertasche machen würde, dann hatte er völlig falschgelegen.

Während der nächsten Stunde, in der sie zusammenarbeiteten, wählte sie ihre Worte mit Bedacht und gab nur wenig über ihren Hintergrund und ihr Privatleben preis.

Über die vergangenen turbulenten achtzehn Monate, die Verhaftung und Verurteilung ihres Mannes wegen Betrugs und Unterschlagung und seinen anschließenden Tod im Gefängnis, verlor sie kein Wort.

Und ganz sicher gab sie keine Hinweise darauf, wo das fehlende Geld sich befand.

Sie behandelte ihn mit dankbarer Höflichkeit, hielt sich aber hinter einer Stacheldrahtmauer verschanzt, die er nicht durchdringen konnte.

Langsam schlichen sich bei ihm wieder Selbstzweifel ein. Wie sollte er sie in nur ein paar Wochen dazu bringen, ihm ihre Geheimnisse anzuvertrauen? Soweit er das beurteilen konnte, vertraute diese Frau niemandem.

Er hatte keine Ahnung, wo er anfangen sollte, und fürchtete, dass diese ganze Sache eine kolossale Verschwendung von Zeit und Ressourcen war.

Allerdings erwies die Frau sich als überraschend tüchtig. Das musste er ihr lassen. Meredith hatte bereits einen langen Arbeitstag im Café hinter sich und war dann nach Hause gegangen, wo sie wahrscheinlich etwas an ihrem Haus gemacht hatte. Und nun war sie abends um zehn hier und summte vor sich hin, während sie einen weiteren Nagel herausstemmte.

»Das sieht schon viel besser aus«, sagte sie kurz darauf, trat von der Wand weg und ließ den Hammer zwischen den Fingern baumeln. »Die Originalfarbe ist nicht so übel, wie ich gedacht hatte. Sie ist nur mit der Zeit von mehreren fettigen Schmutzschichten überzogen worden.«

»Vielleicht könnten Sie sich aufs Putzen der Wände beschränken, neue Kunstwerke anstelle der alten aufhängen und es gut sein lassen?«

Einen Moment sah es aus, als fühlte sie sich verlockt. »Könnte ich. Aber das hieße, den Weg des geringsten Widerstandes zu gehen. Ich möchte das Café aber zu etwas Besonderem machen, damit es mehr ist als nur ein lokaler Treffpunkt, zu dem man geht, weil es nichts anderes gibt. Es soll der Ort sein, an dem sich alle coolen Kids aufhalten wollen.«

Aber war es das, was die Einheimischen wollten? Soweit es Liam nach mehreren Tagen an seinem Platz in der Ecke mitbekommen hatte, schienen die meisten Bewohner von Cape Sanctuary mit dem Café zufrieden zu sein, so wie es war.

»Sie beginnen am Sonntag mit dem Streichen?«

»Das habe ich vor. Aber wie gesagt, Sie müssen mir wirklich nicht helfen. Sie haben mir schon jetzt sehr geholfen.«

»Machen Sie Witze? Jetzt bin ich dabei. Da will ich auch den ganzen Prozess bis zum Endresultat miterleben.« Er lächelte. »Welche Farbe haben Sie ausgesucht?«

»Einen schönen neutralen Braunton, eine Nuance dunkler als das, was wir jetzt hier haben. Das wird die freiliegenden Ziegel an den anderen Wänden gut zur Geltung bringen.«

»Davon habe ich keine Ahnung. Ich habe null Erfahrung mit der Gestaltung von Räumen.«

»Viel habe ich auch nicht«, sagte sie mit einem bedauernden Gesichtsausdruck. »Mein verstorbener Mann hat es vorgezogen, Designer zu engagieren. Ich konnte mich ein wenig mit einbringen, aber er hatte seine eigenen Vorstellungen davon, was er wollte.«

Ihre Aussage schockierte ihn in mehrfacher Hinsicht. Nachdem sie erst so peinlich genau darauf bedacht gewesen war, nichts von ihrer Vergangenheit preiszugeben, schien der Umstand, dass sie nun so viel über sich erzählte, gleichbedeutend damit zu sein, ihn eine Passage aus ihrem Tagebuch lesen zu lassen.

Außerdem fand er ihre Aussage bestenfalls beunruhigend. Dieser Mann hatte seiner Frau, die einen Abschluss in Kunstgeschichte hatte und eine recht erfolgreiche Galerie besaß, nicht erlaubt, ihr eigenes Heim zu dekorieren. Was, zum Teufel, sollte man davon halten?

Zumindest war ihm klar, dass er nun behutsam vorgehen musste. Sie wusste nicht, dass er darüber im Bilde war, dass sie eine Kunstgalerie besessen hatte.

»Sie sind verwitwet? Ihr Verlust tut mir sehr leid.«

»Es muss Ihnen nicht leidtun. Mit tut es nicht leid.« Sie hebelte einen Nagel so energisch heraus, dass er klimpernd auf den Boden fiel. »Ich bin eigentlich keine Witwe, denn wir haben uns sechs Monate vor seinem Tod scheiden lassen. Ich bin mir nie ganz sicher, ob ich ihn als meinen Ex-Mann, meinen verstorbenen Mann oder meinen verstorbenen Ex-Mann bezeichnen soll.«

»Klingt kompliziert.« Er hielt den Atem an und hoffte, dass sie noch mehr verraten würde.

»Mehr, als Sie sich vorstellen können«, murmelte sie.

Sie griff wieder auf das zurück, was er als ihren Abwehrmechanismus identifiziert hatte. Wenn er zu sehr in etwas herumschnüffelte, worüber sie nicht reden wollte, drehte sie den Spieß um.

»Was ist mit Ihnen? Irgendwelche Ehefrauen? Verstorbene, geexte oder sonstige?«

»Nein. Ich bin einer dieser langweiligen Typen, die mit ihrem Job verheiratet sind.«

»Ich wusste gar nicht, dass man sich so leidenschaftlich für Buchhaltung begeistern kann. Hatten Sie nicht gesagt, dass Sie das machen?«

Liam zuckte innerlich zusammen. Er stellte sich wirklich lausig bei diesem Undercoverkram an. Er hatte vergessen, dass er ihr eine vage Geschichte über die Arbeit mit Zahlen erzählt hatte.

»Das klingt düster«, sagte er und versuchte ein neckisches Lächeln. »Was haben Sie gegen Buchhalter?«

»Nichts«, sagte sie schnell. »Ich habe nichts gegen Buchhalter, zumindest nicht gegen die meisten von ihnen.«

»Das heißt, dass Sie etwas gegen einige Buchhalter haben.«

Sie machte sofort einen Rückzieher. »Tut mir leid. Das war unhöflich, nicht wahr? Ich habe nichts gegen Buchhalter. Gegen keinen von ihnen. Auch wenn es nicht gerade etwas ist, was für mich persönlich als Beruf infrage käme, so steht es

Ihnen natürlich frei, Ihre Erfüllung darin zu finden. Ich bewundere jeden, der mit Leidenschaft bei der Sache ist.«

»Ich weiß nicht, ob ich das Wort Leidenschaft benutzen würde. Aber ich bin gut in dem, was ich tue.«

Er genoss es, den finanziellen Hintergrund einer Person zu durchleuchten, Kontoauszüge und Kreditkartenbelege zu studieren, um versteckte Vermögenswerte oder veruntreute Gelder zu finden. Es war vielleicht nicht so aufregend oder schlagzeilenträchtig wie andere Bereiche der Strafverfolgung, aber was er und andere, die an Fällen von Wirtschaftskriminalität arbeiteten, machten, war wichtig.

Finanzverbrechen blieben nicht ohne Opfer. Er sah kaum einen Unterschied zwischen jemandem, der in ein Haus einbrach und den Schmuck stahl, und einem Kriminellen, der das Vertrauen der Leute ausnutzte, um ihre Bankkonten leerzuräumen.

Wenn überhaupt, dann war Letzteres sogar noch schlimmer, wegen der Manipulation und Täuschung, die dabei oft im Spiel waren.

»Sie haben sich eine Auszeit genommen, um ein Buch zu schreiben. Vielleicht liegt ja darin Ihre Leidenschaft.«

Er konnte ihr natürlich nicht sagen, dass er sich in den letzten Monaten verdammt hingebungsvoll darum bemüht hatte, herauszufinden, wo ihr verstorbener Ex-Mann eine halbe Milliarde Dollar versteckt hatte.

»Im Moment will ich leidenschaftlich gern diese Arbeit hier zu Ende bringen und nach Hause gehen, um zu duschen, damit ich nicht die ganze Nacht nach Kiefernreiniger rieche.«

Zu seinem großen Erstaunen lachte Meredith. Es war ein ersticktes, zaghaftes Lachen, so als wüsste sie nicht genau, woher es kam, aber es war definitiv ein Lachen.

Er hatte das noch nie von ihr gehört und wollte es auskosten. Fortschritt. Das musste einen Fortschritt markieren.

Sollte er hier aufhören oder noch etwas mehr Druck machen?

Er kannte die Antwort, auch wenn sie ihm unangenehm war. »Wie lange waren Sie verheiratet?«, fragte er in die folgende Stille hinein, obwohl er es auf den Tag genau wusste.

»Acht Jahre.« Sie zögerte. »Ungefähr sieben Jahre, elf Monate, drei Wochen und fünf Tage zu lang.«

Aus Gründen, denen er jetzt nicht nachspüren wollte, verursachte ihre Antwort einen Schmerz in seiner Brust. »Sie müssen jung gewesen sein, als Sie geheiratet haben.«

»Dreiundzwanzig. Ich lernte ihn in dem Sommer kennen, als ich mein Studium abschloss und davon träumte, eines Tages im Louvre zu arbeiten. Er war damals für meinen Vater tätig und galt als der Goldjunge des Unternehmens.«

»War es Liebe auf den ersten Blick?« Liam bemühte sich um einen lockeren Tonfall, obwohl er die Vorstellung von dem glatten, gut aussehenden Carter Rowland und dieser Frau mit den zerzausten Haaren und dem Schmutzfleck auf der Nase plötzlich beunruhigend fand.

Sie zerrte kräftig an einem weiteren Nagel. »So ungefähr. Zumindest bei mir. Aber was wusste ich schon von der Liebe? Ich war jung und dumm und hatte noch nie einen richtigen Freund gehabt.«

»Wirklich?«

Das schockierte ihn weit mehr, als es sollte.

»Ob Sie es glauben oder nicht, ich war zu sehr aufs Studium fixiert. Nach dem Abschluss bin ich für ein paar Wochen nach Hause gezogen, um darauf zu warten, meinen Job in Paris antreten zu können. Stattdessen lernte ich meinen zukünftigen Mann kennen und sagte die Stelle schließlich ab.«

»Er muss Ihr Herz wirklich im Sturm erobert haben.«

»Er war Mitte dreißig und brauchte eine Frau. Wer hätte ihm bei seinem unaufhaltsamen Aufstieg besser nützen können als die Tochter des Chefs?«

Sie sagte es leichthin, in einem spöttischen Ton. Aber er hörte die unterschwellige Traurigkeit heraus.

»Er wusste, was er wollte, und hatte kein Problem damit, es durchzusetzen. Und ich war jung und dumm und erbärmlich begierig darauf, meinen Eltern zu gefallen.«

Ihre Bewegungen hatten die fließende Anmut verloren. Sie waren ruckartig und steif geworden.

»Würde es Ihnen etwas ausmachen, wenn wir über was anderes reden? Eine von Fehlern bestimmte Lebenszeit ist für mich alles andere als das Lieblingsgesprächsthema.«

»So was bleibt doch niemandem erspart«, sagte Liam leise.

Sie gab ein kurzes, freudloses Lachen von sich. »Andere Leute machen Fehler wie bei Rot über die Ampel zu fahren oder Zahlendreher in eine Überweisung einzubauen. Meine sind etwas größer.«

Trotz ihrer Worte fiel es ihm immer schwerer, Meredith als Carter Rowlands Komplizin zu sehen. Die Ermittler hatten sie von jeglicher Verwicklung in den Fall freigesprochen, aber er war sich sicher gewesen, dass sie etwas übersehen haben mussten. Sie war mit diesem Mann verheiratet gewesen. Sie hatte mit ihm in einem Haus gewohnt, Mahlzeiten eingenommen und Urlaub gemacht. Wie hätte sie es nicht wissen können?

Zum ersten Mal kamen ihm jedoch wirkliche Zweifel.

Er hatte gehofft, dass die Zeit, in der sie gemeinsam das Café für die Malerarbeiten vorbereiteten, eine gute Gelegenheit bieten würde, ihr Vertrauen zu gewinnen. Er war sich nicht sicher, ob ihm das gelingen würde, aber sicher war eines, nämlich dass er eine andere Sichtweise auf Meredith bekam, eine, die er vielleicht gar nicht haben wollte.

15. KAPITEL

Meredith

Meredith trat zurück und betrachtete den Innenraum des Cafés. Die Erschöpfung lastete schwer auf ihren Schultern. Zum ersten Mal seit Monaten war sie rein körperlich und nicht nur emotional ausgelaugt.

»Vielen Dank für die Hilfe. Es wäre eine Heidenarbeit für eine Person gewesen.«

Liam füllte das letzte Nagelloch mit Gips und strich die Stelle mit dem Spachtel glatt.

»Es hat mir Spaß gemacht«, antwortete er mit einem strahlenden Lächeln. Sie hatte den seltsamen Eindruck, dass er es ernst meinte.

Er legte den Kopf schief und betrachtete die nackten Wände mit den weißen Spachtelflecken auf der Oberfläche. »Ich fürchte, es wird für die Kundschaft nicht sehr schön aussehen, bis wir ganz mit der Arbeit fertig sind.«

Sie verzog das Gesicht. »Ist es denn schlimmer als all die hässlichen Bilder, die hier früher hingen?«

»Was wird Ihre Cousine dazu sagen? Wird es ihr gefallen?«

Ein Stück der emotionalen Müdigkeit kehrte zurück. »Ich glaube nicht, dass ihr etwas, was ich tue, gefallen wird, es sei denn, ich beschließe, die Stadt zu verlassen.

Er warf ihr einen mitfühlenden Blick zu. »Das muss hart

sein. Gibt es eine Möglichkeit, die Kluft zwischen Ihnen zu überbrücken?«

»Nach meiner Erfahrung sind manche Wunden zu tief.«

»Das glaube ich nicht. Tori scheint eine vernünftige Frau zu sein. Ich denke schon, dass sie einlenken wird, wenn sie sieht, wie sehr Sie daran arbeiten, das Café erfolgreicher zu machen.«

»Sie kennen meine Cousine offensichtlich nicht. Aber ich kann es ihr nicht verdenken. Seit dem Tod ihres Mannes musste sie sich jahrelang allein um alles kümmern. Ihre Tochter, das Café, die Pflege unserer Großmutter. Ich kann ihr ihre Wut auf mich nicht verübeln.«

Sie begannen damit, die Putzsachen einzusammeln.

»Wie ist ihr Mann denn gestorben?«, fragte er.

»Es war eine schreckliche Tragödie. Soweit ich weiß, war Javier im freiwilligen Such- und Rettungsteam und wollte einem Surfer helfen, der an einem Strand außerhalb der Stadt in Seenot geraten war. Er hat erst nach Hilfe gerufen, ist dann aber selbst hinausgeschwommen, um den Mann zu retten. Sie sind beide gestorben, bevor die anderen vom Team zu ihnen gelangen konnten.«

»O Mann. Das ist heftig.«

Wann immer sie dazu neigte, sich selbst wegen des unerwarteten Verlaufs ihres Lebens zu bemitleiden, brauchte sie nur daran zu denken, dass sie kein Monopol auf Kummer hatte.

»In einem einzigen schrecklichen Moment wurde Tori zur Witwe und alleinerziehenden Mutter. Ich kann mir nicht vorstellen, wie schwer das gewesen sein muss, besonders als meine Großmutter Probleme mit ihrer Gesundheit bekam. Ich hätte hier sein müssen, um ihr zu helfen.«

»Sie hatten Ihr eigenes Leben. Ich bin sicher, dass Tori das versteht.«

Sie seufzte. Die Eimer hatte sie wieder ineinandergestapelt und die Reinigungsmittel in ihren eigenen Eimer gestellt. »Wenn einem jemand wichtig ist, findet man einen Weg, ihm zu helfen, wenn er es nötig hat, auch wenn es schwer ist. Vielleicht sogar besonders, wenn es schwer ist.«

Er blieb einen langen Moment still. Als er dann sprach, war seine Stimme tief und intensiv. »Sie können nicht zurück und Entscheidungen aus der Vergangenheit ändern, Meredith. Der Schmutz an den Wänden, die wir geputzt haben, hat sich nicht über Nacht, sondern Jahr für Jahr angesammelt. Aber wenn man ordentlich schrubbt, etwas spachtelt und neu streicht, kann das viel dazu beitragen, dass alles wieder wie neu wird.«

»Ich wünschte, Beziehungen zu kitten, wäre so einfach, wie das Café aufzufrischen. Ich vermisse sie. Aber wenn sie nicht will, dass zwischen uns alles wieder in Ordnung kommt, kann ich nicht viel tun.«

Es sah aus, als wollte er noch etwas sagen. Stattdessen hob er den Eimer mit ihren Putzmitteln auf. »Ich kann Ihnen helfen, das zu Ihrem Auto zu tragen.«

Sie schaltete alle Lichter im Café aus und folgte ihm hinaus in die kühle Nacht, wo der Halbmond auf den Wellen glitzerte. Als Meredith die Tür fest zuzog, um sicherzugehen, dass sie verriegelt war, atmete sie die salzige Luft ein und kämpfte gegen den Drang an, ihr Gesicht in die Brise zu halten.

»Nochmals vielen Dank«, sagte sie, als sie zu ihren Autos gingen, den einzigen beiden auf dem Parkplatz. »Ohne Ihre Hilfe würde ich wahrscheinlich noch Wände schrubben, wenn Denise morgen früh kommt, um den Grill anzuzünden.«

»Ich fand es schön«, wiederholte er.

Sie öffnete gerade den Kofferraum ihres klapprigen Wagens und musste lachen. »Wenn es Ihnen wirklich Spaß gemacht hat, mehrere Jahre altes Fett von den Wänden eines Strandcafés zu schrubben, beschränkt sich Ihr Problem nicht auf ein ins Stocken geratenes Manuskript.«

»Okay, das Schrubben hat mir vielleicht nicht so viel Spaß gemacht«, räumte er ein und stellte den Eimer in ihren Kofferraum, »aber Ihre Gesellschaft und unser Gespräch habe ich genossen.«

Seine Worte ließen eine kleine Glücksblase in ihr explodieren, auch wenn sie versuchte, sich in Erinnerung zu rufen, dass er nicht so empfinden würde, wenn er wüsste, wer sie wirklich war.

»Ich habe Ihnen ziemlich die Ohren vollgequatscht, oder?«, sagte sie betreten. »Entschuldigen Sie bitte, aber Sie sind so ziemlich die einzige Person in der Stadt, mit der ich reden kann. Eigentlich die einzige Person seit einer ganzen Weile.«

Den letzten Satz hatte sie nicht sagen wollen. Wie erbärmlich das klang, auch wenn es die traurige, unverblümte Wahrheit war.

Entsprechend erwartete sie, dass sie nun im Licht des Mondes und ihres offenen Kofferraums sein Mitleid zu sehen bekäme. Stattdessen huschte ein seltsamer Ausdruck über seine Züge, fast wie Schuld, nur einen Moment lang, dann war er wieder verschwunden.

»Ich habe dir gern zugehört«, sagte er mit einem warmen Lächeln. »Ich finde, wenn man zusammen Wände abgeschrubbt hat, kann man sich auch duzen, oder? Erzähl mir ruhig all deine Geheimnisse, Meredith. Ich höre dir gern zu.«

Einen Augenblick lang war sie versucht, ihm alles zu gestehen. Die ganze hässliche Wahrheit schien ihr in der Kehle aufzusteigen wie Schmutzwasser in einem Gully. Die ganze Wahrheit. Das Desaster ihrer Ehe. Ihre blinde Akzeptanz von Dingen, die sie von Anfang an hätte infrage stellen müssen. Die Lügen und der Verrat und schließlich die Scham darüber, dass andere leiden mussten, weil sie nichts getan hatte.

»Meine Geheimnisse willst du nicht hören«, sagte sie und fühlte sich plötzlich müde bis auf die Knochen.

»Probier's aus«, murmelte er.

Er stand keinen Meter von ihr entfernt neben dem offenen Kofferraum ihres Autos. Sie konnte seine Wärme spüren, verführerisch und verlockend.

Was würde er tun, wenn sie sich in seine Arme schmiegte, ihren Kopf an seine starke Brust legte und sich, vielleicht für einen Monat oder so, einfach von ihm festhalten ließe?

Ihr Blick traf auf seine Augen, und etwas blitzte dort auf, etwas Heißes und Hungriges, das Schmetterlinge in ihrem Bauch aufwirbelte.

Unmöglich.

Dieser umwerfende Mann mit den ultrablauen Augen und dem warmen Lächeln konnte sie unmöglich küssen wollen.

Ihr stockte fast der Atem, und einen langen Moment konnte sie ihn nur anstarren, während die sanfte Seeluft um sie herumtanzte und eine Möwe am Strand schrie.

Wie lange war es her, dass jemand sie gehalten, sie berührt hatte? Ein Jahr ganz sicher. Zwei?

Plötzlich sehnte sie sich nach dem einfachen Trost einer körperlichen Verbindung.

Sie war sich nicht sicher, wie lange sie sich dort auf dem Parkplatz des Beach End ansahen, während an der Ecke eine Straßenlaterne flackerte und irgendwo in der Ferne ein Hund bellte. Eine Minute? Zwei?

Er war es, der zuerst wegschaute.

»Ich, ähm, sollte wohl gehen. Jasper wird sich schon fragen, wo ich bleibe.«

Seine Worte katapultierten sie ebenfalls in die Realität zurück. »Sicher, ja. Natürlich. Gute Nacht.«

Sie schlüpfte auf den Fahrersitz, drehte mit zitternden Fingern den Schlüssel und war mehr als dankbar, als der Motor beim ersten Versuch ansprang.

Während sie durch die Straßen von Cape Sanctuary fuhr, die jetzt am späten Abend fast menschenleer waren, wirbelten ihre Gedanken nur so herum.

Liam Byrne hatte sie küssen wollen. Sie hatte dieses bestimmte Leuchten in seinen Augen gesehen, wie Glühwürmchen auf einer Sommerwiese.

Er wollte sie küssen. Oder zumindest die Frau, für die er sie hielt. Meredith Collins, Mitinhaberin des Beach End Cafés, nicht Meredith Rowland, die unglückliche Frau des berüchtigten Betrügers Carter Rowland.

Diese Erkenntnis machte sie schwindlig und ängstlich zugleich. Sie drückte einen Finger auf ihre Lippen und fragte sich, wie sein Mund wohl schmecken würde.

Schnell ließ sie ihre Hand wieder aufs Lenkrad fallen. Sie würde es nie herausfinden. Wenn er die Wahrheit über sie wüsste, hätte Liam sie nie so angeschaut, als wollte er sie küssen.

Er hätte ihr nicht geholfen, die Wände des Cafés zu schrubben, oder ihrem Geschwätz zugehört.

Wenn er die Wahrheit wüsste, würde Liam sie verachten. Er würde sie wie viele andere auch als Mitverschwörerin ihres Mannes sehen, die straffrei davongekommen war. Die Frau, die Luxus und Komfort genossen, Designerkleidung getragen und mit dem Geld, das ihr Mann Rentnern und Pensionären gestohlen hatte, eine Bougie-Kunstgalerie eingerichtet hatte.

Sie musste Liam die Wahrheit sagen. Es war unfair, ihn auszunutzen. Er bot ihr seine Freundschaft und Hilfe an, ohne alle Informationen zu kennen.

So dringend sie auch Freunde brauchte, konnte sie doch seine Gutmütigkeit nicht einfach so ausnutzen.

16. KAPITEL

Tori

Tori verpasste den Frühstücksansturm am Freitag, weil sie nach Redding fahren musste, um ein paar Dinge für die Party am Abend im dortigen Laden für Restaurantbedarf zu besorgen.

Als sie schließlich die Küche betrat, schienen alle, die in der Frühschicht arbeiteten, sie zu beobachten wie ein Schwarm Elstern, die darauf warteten, dass beim Picknick ein Krümel auf den Boden fiel.

Die Blicke von der Seite machten sie nervös. Was war los? Hatte sie etwas in den Haaren? Sie begegnete Jenny Taylors Blick mit einem Lächeln, und die Kellnerin holte schnell ein Tablett mit Gläsern und eilte nach vorn.

Tori runzelte angesichts der seltsamen Stimmung die Stirn.

»Ich habe euch doch gesagt, dass ich später komme, oder?«, fragte sie Denise. »Ich habe euch doch nicht beim Frühstück im Stich gelassen?«

»Du hast Bescheid gesagt«, stimmte Denise zu.

Warum also schauten alle sie an, als wäre sie eine Handgranate, die man mitten unter sie geworfen hatte?

»Wie lief es heute Morgen?«

»War nicht allzu viel los«, antwortete Denise. »Vor einer Stunde kam eine große Gruppe herein. Sie sind gerade gegangen. Seitdem ist es ruhig. Ich glaube, der Regen hat einige Leute zu Hause gehalten.«

Die Unvorhersehbarkeit gehörte zu den Dingen, die sie an der Leitung des Cafés so mochte. Ein stürmischer Tag am Strand konnte in beide Richtungen funktionieren. Entweder bekamen die Leute Lust, auswärts zu frühstücken, oder sie blieben lieber gemütlich und trocken zu Hause. Man konnte es nie wissen.

Sie zog sich eine Schürze über, band sie zu und schrubbte sich die Hände.

»Warst du schon vorn?«, fragte Denise.

»Nein. Warum?«

»Nur so.«

Sie schaute sich in der Küche um. Ty schien sehr auf das Grillkäse-Sandwich fokussiert, das er gerade wendete. Josef wischte die Reste von einem Teller in den Müll.

Sie wurde misstrauisch, drückte die Küchentür auf und ging hinaus ins Café.

Es war … kahl.

Sie war nie ein großer Fan der gerahmten Bilder gewesen, die ihre Großmutter im Café aufgehängt hatte. Meredith hatte recht: Sie waren altmodisch und langweilig. Sie hätte schon vor langer Zeit etwas ändern sollen und schämte sich dafür, dass sie sich so sehr an den Status quo gewöhnt und auf andere Dinge konzentriert hatte, dass sie hier alles hatte schleifen lassen.

Trotzdem schien das Fehlen des Vertrauten seltsam. Wenn man sich an einen Raum gewöhnt hatte, der seit über einem Jahrzehnt immer gleich aussah, war jede Veränderung beunruhigend.

Die Wände waren an den Stellen, an denen die Bilder gehangen hatten, verblasst, und sie konnte Flecken von Spachtelmasse sehen, wo offenbar die Nagellöcher gewesen waren.

Meredith stand hinter dem Tresen, ein Desinfektionstuch in der Hand, mit einem besorgten Blick in den Augen.

»Ich weiß, dass es jetzt nicht gerade berauschend aussieht«, sagte sie. »Das wird es aber, wenn ich erst gestrichen habe, versprochen.«

Hatte Meredith gedacht, sie würde sie wegen ein paar Spachtelstellen an den Wänden anschreien und mit Sachen um sich werfen?

Ja, wahrscheinlich. Sie hatte ihr kaum einen Grund gegeben, etwas anderes zu erwarten.

Der Rest des Personals kannte sie sicherlich besser, außer vielleicht Aspen, die noch nicht viel länger als Meredith hier war.

»Da werde ich mich wohl auf dich verlassen müssen. Ich schätze, jetzt, wo die Löcher zugespachtelt sind, muss auf jeden Fall gestrichen werden.«

»Ich weiß. Tut mir leid, ich hätte bis morgen Abend nach der Geburtstagsparty warten sollen, aber ich dachte, weil ich ja nicht weiß, wie lange ich brauche … Ist es zu schlimm für die private Party?«

»Ach, das wird schon gehen. Wie gesagt, die Familie will ja Poster und Fotos zum Aufhängen mitbringen. Die Nägel hätten sie vielleicht noch dafür gebrauchen können.«

»Wir können noch spachteln, wenn sie Nägel einschlagen möchten. Das ist kein Problem.«

»Mach dir keinen Kopf deswegen. Alles gut.«

Meredith sah so erleichtert wegen ihrer Reaktion aus, dass Tori sich gleich schuldig fühlte. Dann aber schalt sie sich selbst. Es ging nicht darum, wieder Freundschaft mit

Meredith zu schließen. Dieser Zug war schon vor langer Zeit abgefahren.

Sie lief zurück in die Küche und bemerkte nicht, dass ihre Cousine ihr gefolgt war, bis sie sie wieder ansprach. »Fallen dir ein paar regionale Künstler ein, deren Werke wir ausstellen könnten, wenn die Wände fertig gestrichen sind?«

Zwischen ihrem Stress wegen Emilia, den neuen, unerwünschten Gefühlen für Sam und ihrem allgemeinen Unbehagen wegen Merediths Rückkehr hatte Tori noch nicht darüber nachgedacht.

»Nein, tut mir leid. Ich versuche in den nächsten Tagen darüber nachzudenken.«

»Aspen ist eine gute Künstlerin.«

Josef, der sonst so schweigsam und wachsam war, hatte sich unerwartet zu Wort gemeldet. Er war einer ihrer besten Mitarbeiter, der ihr von einem Flüchtlingszentrum in der Bay Area empfohlen worden war. Er war fleißig, zu allen höflich und schien das Beste aus seinen Kolleginnen und Kollegen herauszuholen.

Es überraschte sie also nicht, dass er das von Aspen wusste, während sie selbst keine Ahnung davon gehabt hatte.

»Wirklich?«, rief Meredith. »Womit arbeitest du?«

Die junge Frau zuckte mit den Schultern und wandte das Gesicht ab, aber Tori hatte den neuen blauen Fleck auf ihrer Wange dennoch gesehen, und es war, als würde ihr eine Faust in den Magen gerammt.

»Öl auf Leinwand«, murmelte Aspen, »aber ich habe schon lange nichts mehr gemalt. Kunstzubehör ist teuer. Wenn ich entscheiden muss, ob ich von meinem Trinkgeld Lebensmittel oder eine Tube Gesso kaufe, gewinnt doch jedes Mal das Essen.«

Toris Angestellte verdienten weit mehr, als es in anderen örtlichen Restaurants üblich war – so viel, wie sie sich leisten konnte, damit sie wirklich gute Arbeitskräfte bekam, aber ihr war klar, dass es trotzdem nicht genug war.

»Ich würde gerne einige deiner Arbeiten sehen«, sagte Meredith, deren Gesicht sich in einem Maß aufhellte, wie Tori es lange nicht mehr erlebt hatte, jedenfalls nicht ein einziges Mal, seit ihre Cousine nach Cape Sanctuary zurückgekehrt war. »Hast du eine Mappe? Oder vielleicht Handyfotos von einigen deiner Bilder?«

In den Augen der jungen Frau blitzte etwas auf, etwas Helles und Hoffnungsvolles wie die Ahnung einer Chance. Einen Moment lang dachte Tori, sie würde nach ihrem Handy greifen, aber dann zuckte ihre Hand weg, und sie nahm das Tablett mit gegrilltem Käse, den Ty zubereitet hatte, einem Cheeseburger und Pommes an sich.

»Du hast sicher Besseres zu tun, als dir meine blöde Kunst anzusehen. Ist eh banal und pedantisch. Außerdem wohne ich nicht richtig hier und bleibe nur noch ein paar Wochen, bevor wir wieder wegziehen. Josef, würdest du dich für mich um Tisch vier kümmern?« Sie verließ die Küche, dicht gefolgt von Josef.

»Wusstest du, dass Aspen Künstlerin ist?«, fragte Meredith.

Tori spürte, wie ihr die Röte den Hals hochkroch. »Nein. Ich weiß nicht viel über sie. Sie ist nicht sehr gesprächig.«

Aspen hatte vor etwa einem Monat auf der Suche nach Arbeit bei ihr vorgesprochen. Sie hatte Erfahrung, und ihre Referenzen waren einwandfrei. Tori wusste, dass sie und ihr Freund, der ein ziemlicher Schleimer war, wie Nomaden in der Pampa östlich von Cape Sanctuary lebten.

Obwohl sie immer die gleichen zwei oder drei Outfits zur

Arbeit trug, trat Aspen immer ordentlich und sauber auf und ging lässig und freundlich mit den Kunden um.

Offensichtlich war das Campingleben ihrer Gesundheit jedoch nicht zuträglich. Immer wieder hatte sie einen neuen blauen Fleck oder eine Schürfwunde. Tori und Denise hatten ihr schon den Tipp gegeben, dass es eine Notunterkunft in der Gegend gab, aber davon wollte sie nichts wissen.

»Ich frage mich, wer ihr gesagt hat, ihre Kunst sei banal und pedantisch.« Meredith blickte der jungen Frau mitfühlend nach.

»Wahrscheinlich derselbe Mistkerl, der ihr den blauen Fleck auf der Wange verpasst hat«, murmelte Tori. »Und das verstauchte Handgelenk in der Woche davor und das blaue Auge, kurz nachdem sie hier angefangen hat.«

»O nein.« Meredith sah erschrocken aus und wurde blass. »Ich … Das habe ich nicht gemerkt.«

Schau dich mal in der Welt um, statt nur auf dich selbst zu achten, dann bemerkst du so was vielleicht.

Tori verkniff sich den Kommentar. Sie war die Letzte, die andere darüber belehren konnte, dass sie die Welt um sich herum besser wahrnehmen sollten, wenn sie nicht einmal gewusst hatte, dass ihre eigene Kellnerin eine Künstlerin war.

»Du wolltest morgen Abend nach Ladenschluss die Wände weiter vorbereiten, oder?«

Meredith schüttelte den Kopf. »Ich dachte, es wäre nötig, aber zusammen mit Liam habe ich es gestern Abend geschafft.«

»Wann hast du vor zu streichen?«

»Am besten halten wir uns wohl an den ursprünglichen Plan und fangen am Sonntagabend mit dem Malen an, wenn das Café früher schließt. Dann haben wir genug Zeit, weil es bis Dienstagmorgen geschlossen bleibt. Du wolltest doch am Montag nicht öffnen, oder?«

»Nein. Frances wollte das Café immer in der Woche vor dem Memorial Day für einen Tag schließen, damit alle Mitarbeiter wenigstens einen Urlaubstag haben, bevor der Sommerwahnsinn startet. Montag ist unser Ruhetag, also wäre es an diesem Tag am sinnvollsten.«

»Da bleibt hoffentlich genug Zeit, dass die Ausdünstungen der Farbe sich verflüchtigen, bevor wir am Dienstag wieder öffnen.«

Tori ging schnell ihre Wochenendplanung durch, die vor allem beinhaltete, mit der Peitsche hinter Emilia zu stehen, damit sie ihre Hausaufgaben erledigte.

»Wir essen am Sonntagabend mit den Ayalas zu Abend und feiern ein paar Geburtstage, aber vielleicht kann ich ja danach vorbeikommen.«

Meredith sah sie an, als hätte sie gerade vorgeschlagen, das Café leuchtend grün zu streichen. »Das musst du nicht. Es war ja meine Schnapsidee.«

»Und es ist mein Café.«

»Unser Café«, korrigierte Meredith.

Zum ersten Mal seit einer Woche verspürte Tori nicht den starken Drang, ihre Cousine anzuschnauzen.

»Genau. Das bedeutet, dass wir beide an den kosmetischen Verbesserungen beteiligt sein sollten. Ich bringe Em nach dem Abendessen mit den Ayalas nach Hause. Wir essen erst spät, also könnte es neun oder halb zehn werden, bevor ich hier bin.«

Es sah aus, als wollte Meredith widersprechen, aber Ty hatte eine Frage wegen des Menüs für die Feier am Abend, und der Moment verstrich.

17. KAPITEL

Meredith

Am Sonntagabend fuhr Meredith mit dem Fahrrad, das sie für ein paar Dollar ergattert hatte, durch die regennassen Straßen, über die noch vor Kurzem ein Sturm gewirbelt war.

Die Lichter von Cape Sanctuary funkelten an diesem Abend warm und fröhlich gegen die Dunkelheit an. Und als sie die Main Street entlangradelte, bewunderte sie wieder einmal die hübsche Innenstadt mit ihren Blumenkörben und altmodischen Straßenlaternen. Cape Sanctuary war so charmant, aber dabei nicht protzig. Und ihr gefiel das Gefühl der Wärme und des Willkommenseins, das sie hier empfand.

Sie hatte sich gefragt, ob der Ort jetzt, da Frances nicht mehr lebte, überhaupt noch dieselbe Anziehungskraft auf sie ausüben würde oder ob ihre Großmutter der Magnet gewesen war, der sie angezogen hatte. Frances war in ihren Gedanken untrennbar mit Cape Sanctuary verknüpft, sie war ein Teil der Stadt, genau wie die honigfarbenen Backsteinbauten und das ununterbrochene Rauschen des Meeres. Meredith erwartete nicht, dass sich das jemals ändern würde, aber sie fand, dass sie die Stadt auch ohne ihre Großmutter lieben konnte.

Sie fühlte sich wie eine Heimat an oder zumindest wie die heimatförmige Lücke in ihrem Herzen. Obwohl sie in Chicago aufgewachsen war und sich dann mit Carter dort niedergelassen hatte, hatte sie dort nie diese Verbundenheit fühlen können wie hier.

Sie liebte den Trubel der Stadt, die Parks, das kulturelle Angebot und die Restaurants, aber dafür hatte Cape Sanctuary etwas Friedvolles an sich.

Ihr Vater hatte nichts als Verachtung für seine Heimatstadt übriggehabt. Jedes Mal, wenn er seine Mutter besuchen musste, war Michael angespannt und verkrampft gewesen, bis sie vom Meer weg in Richtung Flughafen fuhren.

Meredith wusste bis heute nicht, warum das so gewesen war. Hatte er schlechte Erinnerungen an die Zeit gehabt, als er hier aufgewachsen war, vielleicht auch wegen seiner Schwester, die schon in der Highschool zu Drogen und Alkohol gegriffen hatte? Oder hatte er sich für Frances mit ihrer abgeschnittenen Caprihose, den wilden Haaren und dem großen Herzen geschämt? Da er sich immer als wohlhabender, kultivierter Finanzier präsentiert hatte, hatte seine Mutter wahrscheinlich einfach nicht ins Bild gepasst.

Cilla, seine Frau, hatte sich von der Stadt komplett ferngehalten, seit Meredith etwa neun Jahre alt gewesen war.

»Mir steht der Sinn so gar nicht nach diesem langen Flug«, hatte ihre Mutter eines Tages am Esstisch verkündet, kurz bevor Meredith für den Sommer zu Frances reisen sollte. »Bring du sie hin, Schatz. Oder noch besser – wenn deine Mutter sie so unbedingt bei sich haben möchte, sollte sie kommen und sie in Chicago abholen.«

Dazu war es natürlich nicht gekommen. Frances hatte das Café und Tori und hundert andere Gründe gehabt, warum sie Cape Sanctuary nicht verlassen konnte.

Michael hatte schließlich einen seiner Angestellten angeheuert, um sie auf dem Flug zu ihren jährlichen Besuchen zu begleiten, bis er Meredith für alt genug gehalten hatte, um allein zu fliegen.

Während ihres Studiums war sie ein paarmal hergeflogen, sobald sie sich ein paar Tage zwischen den Semestern freinehmen konnte. Damals war ihr Verhältnis zu Tori bereits angespannt gewesen und irgendwann gar nicht mehr existent.

Sie wusste, dass Tori sich verraten fühlte, weil sie die geplante Reise abgesagt hatte, aber es steckte mehr dahinter als das. Sie vermutete, dass Tori einen Groll wegen ihrer unterschiedlichen Lebenswege hegte.

Meredith hatte damals am Smith College Kunstgeschichte studiert, während Tori das örtliche Community College besucht hatte, mit Em schwanger geworden war und schließlich Javier geheiratet hatte, noch bevor sie zwanzig gewesen war.

Meredith fragte sich, ob ihre Cousine nach Javiers tragischem Tod deshalb in Cape Sanctuary geblieben war, weil sie gern hier lebte oder nur, weil sie sich verpflichtet fühlte, Frances bei der Leitung des Cafés zu helfen. Sie hoffte, dass Ersteres der Fall war.

Sie verdrängte die düsteren Gedanken und stellte das Fahrrad auf dem leeren Parkplatz des Cafés ab. Dann schloss sie es ab und nahm die Tasche mit den Malerutensilien an sich.

Als sie die Tür aufgeschlossen hatte, erschauderte sie ein wenig wegen der Stille an diesem Ort, der normalerweise vor Leben strotzte.

Dann tadelte sie sich selbst wegen ihrer Reaktion. Sie hatte keine Angst davor, allein zu sein. Es war schließlich besser, als von Menschen umgeben zu sein, die sie verachteten.

Sie schaltete das Licht ein und begann, den Raum vorzubereiten. Gerade als sie die Zierleisten an den Fenstern mit Malerkrepp abdeckte, hörte sie, dass an der Vordertür gerüttelt wurde. Sie sah Liam draußen stehen, in Jacke, Jeans und einem T-Shirt, das viel zu gut aussah, um es beim Streichen zu tragen.

Ihr Puls schnellte hoch, und sie ärgerte sich über ihre dumme Reaktion.

»Ich komme, Moment!«, rief sie, obwohl ihr klar war, dass er sie durch die Tür nicht hören konnte.

An der Vordertür mit den läutenden Glöckchen ließ sie ihn herein. Er roch nach Regen und Frühling, blieb einen Moment auf der Matte am Eingang stehen, schüttelte die Nässe von seiner Kleidung und zog dann die Jacke aus.

»'n Abend«, sagte er und lächelte.

»Hi.« Sie verfluchte sich wegen des leichten Zitterns in ihrer Stimme und schob es auf die Tatsache, dass sie ihn seit Donnerstag, als sie die Wände gesäubert hatten, nicht mehr gesehen hatte. Am Freitag war er nicht ins Restaurant gekommen, und sie hatte weder am Samstag noch an diesem Tag gearbeitet.

Am Abend zuvor hatte sie ihn auf seiner Veranda mit Meerblick gesehen, den Stuhl nach hinten gekippt, die Füße auf dem Geländer. Er hatte etwas aus einer bernsteinfarbenen Flasche getrunken – Bier vermutlich – und den Sonnenuntergang betrachtet.

Sie hatte ihn nicht stören wollen. Er schien in Gedanken versunken und vielleicht sogar ein wenig einsam gewesen zu sein, obwohl er Jasper an seiner Seite hatte.

Doch warum sollte er einsam sein? Projizierte sie ihre eigenen Gefühle auf ihn? Wahrscheinlich war er vollkommen zufrieden mit seinem Leben und hatte nur einen Moment lang die schöne Umgebung genießen wollen.

»Und, bist du bereit?«, fragte er.

»Nicht annähernd«, gab sie mit einem schuldbewussten Lächeln zu.

»Ich bin sicher, dass es gut wird, und ich bin da, um dir zu helfen. Wo hättest du mich gern?«

Ein völlig unpassender Gedanke schoss ihr durch den Kopf. Ihre Wangen fühlten sich plötzlich heiß an, und sie hoffte, dass er nicht sah, wie sie rot wurde, und sich fragte, was sie wohl denken mochte.

»Ich klebe gerade Fenster und Verkleidungen ab, und danach muss ich die Abdeckplanen auslegen. Tori killt mich, wenn Farbe auf die Trennwände tropft.«

»Ich kann beim Abkleben helfen, wenn du mehr als eine Rolle hast.«

Tatsächlich hatte sie ein Päckchen mit vier Rollen in Toris Utensilienvorrat gefunden und hoffte, dass es reichen würde. Es wäre ihr ziemlich unangenehm, wenn sie sie um mehr Geld für das Projekt bitten müsste, und es war fraglich, wie weit ihr eigenes knappes Budget noch reichen würde.

Liam schnappte sich derweil eine Klebebandrolle und ging zur anderen Wand.

»Wie geht es mit dem Buch voran?«, fragte Meredith, als sie mit dem ersten Fenster auf ihrer Seite fertig war und zum nächsten ging.

Er verzog das Gesicht. »Nicht so toll, aber ich mache doch langsam Fortschritte. Und was macht die Renovierung des Cottage?«

»Du kommst wahrscheinlich mit dem Schreiben besser voran als ich mit der Renovierung.«

»Das bezweifle ich ernsthaft«, sagte er trocken.

»Na ja, bewohnbar ist es erst einmal. Das ist das Wichtigste. Ich rechne damit, dass es ein längerer Prozess wird. Aus Zeit-

und Geldmangel kann ich immer nur wenige Dinge auf einmal machen«, sagte sie.

»Was hat oberste Priorität?«

Sie zog eine Grimasse. »Alles. Es ist eine einzige Katastrophe. Ich stelle mir immer wieder vor, was ich tun würde, wenn ich ein unbegrenztes Budget hätte. Das habe ich aber nicht, also muss ich mir realistische, erreichbare Ziele setzen. Zum Beispiel den Schimmel unter der Spüle zu entfernen.«

»Das hört sich vernünftig an.«

»Meine Großmutter beklagte sich immer über den ständigen Kampf gegen Schimmel und Rost, den sie hier an der Küste zu führen hätte. Jetzt weiß ich auch, was sie meinte.«

Er zeigte auf das Fenster, an dem sie arbeitete. »Du machst das sehr gut. Ich würde fast vermuten, dass dies nicht das erste Café ist, das du streichst.«

Sie musste lächeln. »Ich fürchte, da liegst du weit daneben. Das hier ist das erste und wahrscheinlich auch das letzte Café, das ich streichen werde.«

Sie ging zum letzten Fenster an ihrer Wand, einem Fenster, das wirkte, als wäre es zufällig dort in der Wand aufgetaucht, so wie giftiges Unkraut aus einer Ritze im Bürgersteig ragte. »An einem Wochenende habe ich mal aus einer Laune heraus das Gästebad in unserer Wohnung neu gestrichen. Eine Wand war in einem hässlichen Braunton gehalten, und ich konnte es keinen Moment länger ertragen, also habe ich sie in einem wirklich schönen hellen Blau gestrichen. Mein Mann war darüber nicht sehr glücklich.«

Er schaute überrascht. »Echt? Das ist komisch. Die meisten Männer interessieren sich nicht mal für so etwas.«

Sie bereute sofort, das Thema angesprochen zu haben.

Plötzlich ziepte es in ihrem Arm, und sie wusste, dass es kein Zufall war.

»Mein Mann schon. Ihn interessierte es, denn was bringt es, einer Designerin ein Vermögen dafür zu bezahlen, dass sie ein stimmiges Thema für das Haus entwirft, wenn ich dann irgendetwas Geschmackloses in Eigenregie zusammenbastele?«

Das war noch das Harmloseste, was er zu ihr gesagt hatte. *Dumme Schlampe. Talentfreie Kuh.*

»Wow. Das klingt nach einem echten Traumprinzen.«

»Oh, du hast ja keine Ahnung.« Sie sah ihn nicht an, konzentrierte sich nur darauf, das Malertape zu glätten, um sicherzugehen, dass die Kanten abgedeckt waren.

»Wie lange hat es gedauert, bis du gemerkt hast, dass er nicht der Mann deiner Träume ist?«

Sie stieß ein raues, freudloses Lachen aus. »Vor der Hochzeit«, gab sie zu. Das hatte sie noch keinem Menschen zuvor erzählt. »An dem Tag, an dem ich ihn heiraten sollte, zog ich mir die Decke über den Kopf und weinte, weil ich Angst hatte, einen schrecklichen Fehler zu begehen. Aber da war es schon zu spät. Mein Vater hatte allein für Blumen fünfzigtausend Dollar ausgegeben. Alle Freundinnen meiner Mutter waren gekommen. Es war *das* gesellschaftliche Ereignis der Saison.«

Cilla war überglücklich gewesen. Zum ersten Mal, so weit Meredith zurückdenken konnte, war ihre Mutter ganz auf sie fokussiert gewesen. Sie hatte es geliebt und gedacht, dass sie vielleicht endlich die Beziehung zueinander aufbauen würden, die sie immer vermisst hatte.

»Zu dem Zeitpunkt wusste ich nicht, wie ich den Zug noch stoppen sollte. Ich dachte, es wäre zu spät.« Sie schämte sich dafür, das sagen zu müssen. »Jedenfalls dachte ich, dass ich ihn liebe. Ich habe mir eingeredet, dass er zu fünfundneunzig Prozent lieb und aufmerksam war, dass die Gelegenheiten, zu denen er es nicht war, die Ausnahme sein mussten.«

»Ich schätze, diese Annahme ist nicht durch eine glückliche Ehe bestätigt worden.«

Wie war es dazu gekommen, dass sie über Carter sprachen? Ihr unangenehmstes Thema. Sie hatte es aufgebracht, und dabei kam ihr der Gedanke, dass ein Teil von ihr vielleicht das Schreckgespenst ihres toten Ex-Mannes als Barriere zwischen ihr und diesem Mann errichtete, der sie verachten würde, wenn er die Wahrheit über ihre Identität erführe.

Mit einer besonders heftigen Bewegung riss sie das Klebeband von der Rolle. »Da hast du recht.«

Einen Moment lang schwieg er und sah bekümmert aus. »Wenn du wusstest, dass es ein Fehler war, warum hast du dich nicht früher von ihm scheiden lassen?«

Wenn du gehst, bringe ich dich um. Und man wird nie so viel von dir finden, dass es für ein Begräbnis reicht. Glaub mir, ich kenne Leute, die entsprechende Leute kennen. Und wer würde dich überhaupt suchen? Deine Mutter?

Als er diese Drohungen in völlig gefasstem Ton ausgesprochen hatte, wäre sie ohnehin nicht mehr auf die Idee gekommen, an ihm zu zweifeln.

Das war drei Jahre nach ihrer Heirat gewesen, als schon jeder Vorwand einer Liebe zwischen ihnen zu Staub zerfallen war. Nach all dem Verlust und dem Schmerz in diesen Jahren war es ihr egal gewesen, was mit ihr geschah. Sie war wie betäubt, ausgehöhlt gewesen.

Der Tod wäre eine Erleichterung gewesen – oder zumindest eine Befreiung.

»Ich hatte ... Gründe.«

Es waren keine guten Gründe gewesen, jetzt konnte sie das sehen. Manchmal blickte sie zurück und fragte sich, wer diese Frau gewesen war, die durch die riesige, zweistöckige Penthouse-Wohnung ging, so substanzlos wie ein Gespenst, ohne Gestalt oder gar Rückgrat.

Irgendwie hatte sie es trotzdem geschafft, sich ein Leben aufzubauen. Sie hatte Freunde gehabt, war in die Oper gegangen und ins Theater, sie hatte sich ehrenamtlich in verschiedenen Organisationen engagiert, die er zuvor überprüft und genehmigt hatte.

Solange sie ihm aus dem Weg gegangen war, solange sie ihm nicht widersprochen, keine seiner Handlungen infrage gestellt und kein Wort über seine anderen Frauen verloren hatte, hatten sie so nebeneinanderher gelebt.

Sie hatte die Galerie mit dem Geld eröffnet, das ihr Vater ihr hinterlassen hatte, und heimlich Geld gespart, um finanziell unabhängig werden und sich endlich von der drückenden Last ihrer Ehe befreien zu können.

Hätte sie früher gehandelt, wäre die Wahrheit darüber, was Carter mit dem Vermögen seiner Kunden anstellte, vielleicht im Scheidungsverfahren ans Licht gekommen, und man hätte ihm früher das Handwerk legen können.

Die Schuldgefühle würden vermutlich nie nachlassen, weil sie wusste, dass durch ihre Schwäche und Unentschlossenheit andere hatten verletzt werden können.

»Ich bin hier fertig«, sagte sie abrupt, plötzlich verzweifelt darum bemüht, das Thema zu wechseln. »Ich mache die Farbe auf.« Sie entfernte sich schnell von Liam und machte sich an die Arbeit, öffnete einen Farbeimer und rührte heftig darin herum, während er die Kanten zu Ende abklebte.

Als sie die Farbe in die beiden Schalen schüttete, die sie

auf Plastikfolie und alte Zeitungen gestellt hatte, wurde ihr plötzlich bewusst, wie riesig ihr Vorhaben war.

Wie hatte sie auch nur einen Moment lang glauben können, zu wissen, was sie tat, und dass sie in der Lage wäre, dem Café Wärme und Stil zu verleihen?

All die negativen Stimmen aus ihrer Vergangenheit schienen sich in einem Chor der Ablehnung wieder zu erheben, und eine Zeit lang konnte sie nichts anderes tun, als die flüssige Farbe anzustarren.

»Alles okay mit dir?«

Sie schaute auf und begegnete Liams Blick. Er musste die Panik in ihren Augen gesehen haben.

Er berührte ihren Arm, und sein Blick vermittelte Ruhe und Sicherheit. »Nur Mut, du schaffst das.«

»Was ist, wenn es niemandem gefällt? Die Leute kommen schon seit Jahren hierher und mögen die vertraute Umgebung. Was ist, wenn Tori es hasst?«

»Dann fangen wir von vorn an, bis wir einen Farbton finden, den sie nicht hasst. Jetzt atme tief durch, Meredith. Es ist nur eine Grundierung.«

Seine Worte ließen sie Mut schöpfen. Er hatte recht. Es war dumm, wegen eines einfachen Anstrichs in Panik zu geraten.

Vielleicht war sie gar nicht wegen der Farbe so verängstigt, sondern wegen der Ungewissheit in der Veränderung. Alles in ihrer Welt hatte sich im letzten Jahr verändert, und jetzt war sie hier in Cape Sanctuary und versuchte, die alten Fehler zu beseitigen und einen neuen Versuch zu starten.

Das war ihre letzte Zuflucht, das Einzige, was noch zwischen ihr und dem totalen Zusammenbruch stand.

Was, wenn sie versagte?

»Was hältst du davon, wenn ich den ersten Streifen Farbe

mit der Rolle ziehe?«, fragte Liam leise und zurückhaltend. »Wenn das getan ist, haben wir keine andere Wahl, als es durchzuziehen.«

Warum half ihr dieser Mann? Das ergab keinen Sinn. Er war ein Fremder, der auf dem Weg zur Verwirklichung seiner eigenen Träume nur zufällig hier vorbeigekommen war.

Sie konnte es sich nicht erklären, aber sie war ihm doch zutiefst dankbar dafür, dass er hier war und ihr seine Hilfe anbot, um sich von seinem eigenen Projekt abzulenken, das nicht gut lief.

Sie holte tief Luft und nahm eine Farbrolle in die Hand. »Ich mache es. Ich glaube, ich muss das tun.«

Er nickte und trat aus dem Weg. Sie nahm mit der Rolle etwas Farbe auf und ging damit zur Wand. Wieder atmete sie tief durch, wie zur Stärkung, rollte die Farbe auf die Wand und sah zu, wie die frischen Farbstreifen die schmuddelige alte Farbe überdeckten.

Es war nur die Grundierung, nicht die endgültige Farbe, aber selbst diese kleine Farbfläche schaffte es bereits, den Raum zu verschönern.

»Na bitte«, sagte Liam. »Das sieht super aus.«

»Es unterscheidet sich farblich nicht sehr von dem, was vorher da war, aber zumindest ist es dann sauber und frisch.«

Er nahm auch eine Rolle in die Hand. »Soll ich dann wieder auf der anderen Wand anfangen, sodass wir uns in der Mitte treffen?«

Sie nickte, und ihre Laune hellte sich mit jedem Schwung der Farbrolle weiter auf.

»Es sieht so aus, als hättest du das schon mal gemacht«, sagte sie in die Stille hinein, während sie beide in ihren jeweiligen Ecken arbeiteten.

»Ein Zimmer streichen?«

»Das auch, ja. Und jemandem gut zuzureden, der kurz vor einem Nervenzusammenbruch steht.«

Vor Überraschung huschte ihm ein kleines Lächeln übers Gesicht. »Ich bin definitiv kein Experte im Streichen, aber ich habe meiner Mutter über die Jahre geholfen, die Zimmer in unserem Haus neu zu malern, und die eine oder andere Wohnung gestrichen. Du solltest mich in der Beziehung aber nicht überschätzen.«

»Du machst das sehr gut«, versicherte sie ihm.

»Was die andere Sache betrifft, also die angebliche Fähigkeit, jemanden in einer Krise zu beruhigen …« Er hielt einen Moment inne, als müsste er erst entscheiden, wie viel er ihr mitteilen wollte.

»Ich sagte dir ja schon, dass ich einen Bruder habe«, erklärte er schließlich. »Patrick. Er ist zwei Jahre älter als ich. Was ich dir noch nicht erzählt habe, ist, dass bei ihm Autismus diagnostiziert wurde. In bestimmten Situationen kommt es vor, dass er überreizt wird und ausrastet. Das passiert zwar nicht mehr so oft wie früher, aber es kann immer noch ein Problem für ihn sein. Wir haben alle verschiedene Bewältigungsmechanismen entwickelt, um ihm in solchen Momenten zu helfen.«

Vielleicht war das der Grund, warum Liam Byrnes ruhige und freundliche Ausstrahlung sie dazu brachte, sich an seine Schulter lehnen und ihm jedes hässliche Detail aus ihrem Leben erzählen zu wollen.

Trotzdem wusste sie nicht, was sie sagen sollte. »War es sehr schwierig?«

»Eigentlich nicht. Wie ich schon sagte, es kommt nicht mehr so oft vor. Meistens ist er einfach ein toller Kerl, neugierig auf die Welt und mit einem faszinierenden Gedächtnis für Details. Er kennt den Schlagdurchschnitt jedes einzelnen Cubs-Spielers der letzten fünfundzwanzig Jahre und kann dir ohne Weiteres stundenlang jedes Detail aus einem Buch über Bootsmotoren oder Hühnerzucht wiedergeben, das er in der Bibliothek ausgeliehen hat. Er hat eine Freundin, die in dieselbe Tageseinrichtung geht, und er wohnt in einer WG mit drei anderen Leuten. Er hat ein gutes Leben.«

»Er scheint ein wunderbarer Mensch zu sein.«

Seine Gesichtszüge wurden weicher, wenn er über seine Familie sprach. Sie fragte sich, ob ihm das bewusst war. Sie versuchte, einen Anflug von Neid zu vertreiben.

»Er ist ziemlich klasse. Wir schätzen uns alle glücklich, Teil seiner Welt zu sein.«

Sie kam zu dem Schluss, dass Patrick auch Glück hatte, Teil einer Familie zu sein, die ihn liebte und ihm half, sein bestes Leben zu leben.

»Was hält Patrick davon, einen Bruder zu haben, der eines Tages ein Bestsellerautor sein wird?«

Sein Mund verzog sich ein wenig, und er antwortete nicht gleich. »Er würde sagen, dass er stolz auf mich ist, egal was ich tue«, sagte er schließlich.

»Kannst du ihn oft besuchen?«

»Nicht so oft, wie ich es gern würde. Aber sie kommen mich gern besuchen. Er liebt Disneyland und lässt sich immer Ausreden einfallen, um hinzufliegen.«

»Ist es schwer für dich, so lange von ihm und deiner restlichen Familie getrennt zu sein?«

»Er hat immer noch meine Mutter und meine Schwester und deren Mann und Kinder. Sie alle kümmern sich um ihn. Seine Wohngruppe ist nur ungefähr eine Meile vom Haus meiner Mutter entfernt, und er geht oft mit seinen Mitbewohnern sonntags zum Essen dorthin. Normalerweise machen wir alle gemeinsame Videoanrufe, damit ich immer auf dem neuesten Stand bin, aber es ist meist so laut und chaotisch bei ihnen, dass ich kaum etwas verstehen kann.«

»Das klingt so schön.« Sie hatte das Gefühl, dass sie die Sehnsucht nicht besonders gut verbergen konnte, die bei dem Bild, das er ihr von seiner Familie vermittelte, in ihr aufblühte.

»Hattest du keine Sonntagsessen mit einer großen, ausgelassenen Familie?«

Sie schüttelte den Kopf und verdrängte den sinnlosen Schmerz, während sie weiterstrich. »Ich bin Einzelkind, mein Vater ist vor einigen Jahren gestorben und … meine Mutter und ich stehen uns nicht sehr nah.«

»Das tut mir leid. Ist etwas vorgefallen?«

Er war sehr gut darin, das Gespräch auf sie zu lenken, wie sie feststellte. Wollte er nur ungern über sich selbst sprechen, oder interessierte er sich einfach für das Leben seiner Mitmenschen?

»Meine Mutter war nie besonders warmherzig und liebevoll. Im Laufe der Jahre habe ich mich damit abgefunden, dass Cilla zu der Art von Frauen gehört, die besser nie Kinder bekommen sollte.«

»Das ist hart.«

Sie verzog das Gesicht. »Ich klinge erbärmlich, oder? Eine unglückliche Ehe, keine Beziehung zur Mutter. Dazu kommt noch ein distanzierter, abgelenkter Vater, der nie da war. Wahrscheinlich sollte ich zwölf Stunden am Tag in Therapie verbringen.«

»Du scheinst aber nicht völlig verkorkst zu sein.«

Ha. Das bewies, wie wenig er wusste. »Frances und Tori haben mir mehr als genug Liebe gegeben, um es auszugleichen«, versicherte sie ihm. »Ich wünschte, du hättest meine Großmutter kennengelernt. Sie war ein sehr liebevoller und großzügiger Mensch. Du hättest sie gemocht.«

»Nach allem, was ich gehört habe, klingt es so. Zumindest ist es gut, dass du sie hattest.«

»Der größte Fehler meines Lebens war, dass ich nicht früher nach Cape Sanctuary zurückgekehrt bin, als sie krank wurde. Ich hatte keine Ahnung, dass es so schnell bergab gehen würde, aber das ist keine Entschuldigung. Ich hätte hier sein müssen. Nur dachte ich, ich hätte mehr Zeit, alles zu klären.«

»Die Zeit kann definitiv ein großer Feind sein«, stimmte er zu.

Ja. Und Scham auch. Letzteres hatte sie noch mehr von hier ferngehalten als ihr Ehemann. Sie hatte sich so sehr für ihre Entscheidungen geschämt, dafür, dass sie bei ihm geblieben war, obwohl sie es nie zur Hochzeit hätte kommen lassen dürfen, und dafür, dass sie nach der Heirat bei ihm geblieben war, als sie bereits mit Sicherheit wusste, was für einen drastischen Fehler sie gemacht hatte.

»Mochte sie deinen verstorbenen Ex-Mann?«

Sie schüttelte den Kopf. »Nein. Von Anfang an nicht. Sie wollte mir nicht sagen, warum. Ich hätte die Hochzeit damals absagen sollen. Frances hatte eine erstaunliche Menschenkenntnis, wahrscheinlich weil sie im Café täglich mit so vielen Leuten zu tun hatte. Sie sagte immer, sie wisse nicht viel, außer über die Menschen. Ich hätte auf sie hören sollen. Stattdessen habe ich den Kopf in den Sand gesteckt und mir eingeredet, dass alles besser werden würde.«

»Das wurde es bestimmt nie. Willst du darüber reden? Die Leute sagen mir immer, ich sei ein guter Zuhörer.«

Wahrscheinlich weibliche Leute. Sie konnte sich vorstellen, wie er in Bars ging und die Frauen zu ihm strömten, um ihm ihr Leid zu klagen.

Entsetzt stellte Meredith fest, dass sie eine von ihnen sein wollte, um ihm die ganze schmutzige Geschichte zu erzählen. Jedes Detail über den Schmerz und den Verlust, die sie erlitten hatte, und über den eisigen Schock, als sie mit ansehen musste, wie Carters Kartenhaus nicht nur zusammenbrach, sondern bis auf den Grund niederbrannte.

Trotzdem zögerte sie, weil sie nicht wusste, wie sie die vergangenen elenden Jahre zu einer Geschichte zusammenfassen sollte, ohne dass es die ganze Nacht dauern würde.

Und eigentlich wollte sie es ihm auch nicht erzählen. Sobald sie es täte, wäre es vorbei mit seinem warmen, mitfühlenden Blick. Stattdessen würde er sie mit der gleichen Verachtung ansehen, die sie für sich selbst empfand.

»Ich habe dir erzählt, dass mein Mann kurz nach unserer Scheidung gestorben ist.«

»Das hast du.«

Sie holte bebend Luft und stieß sie dann zusammen mit der Wahrheit hastig wieder aus. »Ich habe dir noch nicht gesagt, dass er im Gefängnis gestorben ist.«

Seltsamerweise sah er nicht so schockiert aus, wie sie es erwartet hätte. Vielleicht waren all die anderen Frauen, die ihm ihr Herz ausschütteten, auch mit lügenden, betrügenden Dieben verheiratet.

»Was hat er getan?«

»Wenn ich dir alles erzähle, dauert es die ganze Nacht, aber die Kurzfassung ist, dass er wegen mehr als einem Dutzend verschiedener Finanzdelikte angeklagt und in den meisten Fällen verurteilt wurde.«

Die bloße Aufzählung tat weh. Versicherungsbetrug, Wertpapierbetrug, Anlageberatungsbetrug, Diebstahl aus einem Altersversorgungsplan. Hunderte von Anklagepunkten hätten gegen ihn vorgebracht werden können, aber die Staatsanwaltschaft hatte sich auf das beschränkt, was beweisbar war.

So viele Opfer.

»Wow«, murmelte er. »Mit so etwas muss man erst mal fertigwerden.«

Sie lachte kurz auf. »Das kann man wohl sagen. Es war schon ein bisschen heftig.«

»Bist du deshalb nicht hierhergekommen, um deine Großmutter zu besuchen?«

»Das war einer der Gründe.«

Die hässlichen Details zu beschreiben, blieb ihr erspart, denn die Tür ging mit einem Klicken auf, und Tori trat ein. Sie schüttelte ihren Regenschirm aus.

»Tut mir leid, dass ich später komme als angekündigt. Die Party dauerte etwas länger.«

Sie hätte es nie erwartet, aber sie war tatsächlich erleichtert, Tori zu sehen. Selbst sich mit der Ablehnung ihrer Cousine auseinanderzusetzen, war besser, als die ganze schmutzige Wahrheit darüber auszubreiten, was aus dem Mann geworden war, den sie einst zu lieben geglaubt hatte.

»Du kommst nicht zu spät«, versicherte Meredith ihr. »Wir tragen gerade die Grundierungsschicht auf.«

»Ich kann noch eine Rolle für dich holen«, sagte Liam. Er lächelte Tori an, aber Meredith hatte den seltsamen Eindruck, dass er sich gar nicht freute, sie zu sehen.

18. KAPITEL

Liam

Als Tori Ayala mit feuchten Haaren und vor Nässe glänzender Haut das Café betrat, musste Liam sich einen harschen Fluch verkneifen.

Im Allgemeinen mochte er seine Vermieterin, aber warum musste sie ausgerechnet jetzt auftauchen? Er war so nah dran gewesen. Schmerzhaft nah. Meredith hatte kurz davorgestanden, sich ihm anzuvertrauen, da war er sich ganz sicher.

Meredith begann, ihn ins Vertrauen zu ziehen. Sie hatte ihm von ihrer Mutter erzählt und ein paar Details über ihre Ehe. Es war nur eine Frage der Zeit, bis sie ihm die ganze Wahrheit über ihren Mann verraten würde.

Die Zeit war jedoch nicht auf seiner Seite. Er war schon eine Woche in Cape Sanctuary und hatte nichts Konkretes, um die fehlenden Millionen zu finden.

Es war nicht das erste Mal, dass er fürchtete, seine Zeit mit Meredith zu verschwenden. Andere Ermittler hatten sie bereits ausgiebig befragt und waren überzeugt, dass sie nichts mit den Machenschaften ihres Mannes zu tun hatte.

Was brachte ihn darauf, dass er wie durch ein Wunder etwas Neues herausbekommen könnte? Arroganz oder blinder Glaube?

Weder noch. Seine Beweggründe hatten eher mit Verzweiflung zu tun. Er wusste nicht, wo er sonst suchen sollte.

Jetzt, da sie Merediths Cousine gegenüberstanden, glaubte er, weiter denn je davon entfernt zu sein, das fehlende Geld noch zu finden.

Tori blickte zwischen ihnen hin und her. Spürte sie die Spannung im Raum oder die verborgenen Geheimnisse, die Meredith beinahe offenbart hätte?

»Störe ich bei irgendwas?«

Merediths Wangen färbten sich leicht rosa. »Nein, bei nichts Wichtigem«, murmelte sie. »Wir haben erst mit dem Grundieren der Wände begonnen. Da ist noch eine Rolle für dich.«

Liam reichte sie ihr.

»Okay, das kann ich machen«, sagte Tori.

Erst mal blieb es still im Café, nur das Glucksen der Farbe und das Geräusch, das die Rollen an der Wand machten, waren zu hören.

»Wie war die Feier?«, fragte Meredith ihre Cousine.

Liam dachte einen Moment lang, dass die andere Frau nicht antworten würde, weil eine höfliche Unterhaltung mit Meredith für sie bedeuten mochte, alles zu verraten, was ihr am Herzen lag.

»Schön«, antwortete sie schließlich. »Wir haben Teresas Geburtstag von letzter Woche nachgefeiert und den von einem ihrer Enkelkinder – der fünfjährigen Tochter von Javiers Schwester Elena und ihrem Mann.«

»Ist Emilia noch dortgeblieben?«

»Nein. Sie ist zu Hause. Sie muss jetzt ein paar Mathe-Arbeitsblätter allein fertig machen. Mal sehen, ob es klappt.«

»Also schafft sie es, die Hausaufgaben nachzuholen?«, fragte Meredith.

Wieder glaubte er nicht, dass Tori antworten würde. Doch schließlich warf sie Meredith einen unergründlichen Blick zu. »Es geht vorwärts. Sam und ich wechseln uns bei der Beaufsichtigung ab. Heute Nachmittag habe ich drei Stunden damit verbracht, zwei Teenagerinnen bei der Stange zu halten. Ich hatte schon schönere Sonntagnachmittage.«

Meredith lächelte zögerlich. Als Tori das Lächeln nicht erwiderte, verschwand es wieder, und sie sah unglücklich aus.

Die beiden Frauen gingen so angespannt miteinander um. War die Beziehung zwischen den Cousinen wirklich unwiederbringlich zerbrochen?

Wenn er helfen könnte, sie wieder aufzubauen, würde das vielleicht dazu beitragen, Merediths Vertrauen zu gewinnen. Seine Gedanken kreisten um die Frage, wie er es anstellen könnte, die Kluft zwischen ihnen zu überbrücken.

Er tauchte den Roller in die Farbe, strich den überschüssigen Rest ab und schüttelte den Kopf über sich selbst. Ihr beim Streichen eines Cafés zu helfen, war eine Sache, aber in das Spannungsfeld zwischen zwei Frauen mit einer langen Geschichte einzugreifen, konnte nur in einer Katastrophe enden.

Meredith schien anzunehmen, dass sie den Zorn ihrer Cousine verdient hätte, aber ob sie wirklich daran glaubte oder nur die Märtyrerin mimte, konnte er nicht sagen.

Warum zog er es überhaupt in Erwägung, ihr noch mehr zu helfen, als er es ohnehin schon getan hatte? Sie war immer noch diejenige, die mit dem Kriminellen verheiratet gewesen war, der Tausende von Menschen um ihre Ersparnisse gebracht hatte.

Viele Leute hielten sie für genauso schuldig wie Carter Rowland.

Halt dich an die Zahlen, sagte er sich, während er weiter Grundierung auf die Wand auftrug. Meredith arbeitete derweil hinter ihm her und trug mit einem Pinsel Farbe auf.

Zahlen verstand er. Sie waren konstant, tröstlich und unendlich faszinierend.

Nachdem er sich zur anderen Wand begeben hatte, um Tori zu helfen, warf er dennoch einen prüfenden Blick in den Raum.

»Es sieht schon heller aus, findest du nicht?«, fragte er Tori.

Sie bedachte ihn mit einem säuerlichen Blick, widersprach ihm aber nicht.

»Es wird super«, versicherte Meredith ihr. »Vor allem wenn wir erst mal Kunstwerke aufhängen. Das wollte ich dich noch fragen. Kennst du einen Mann namens David Gallegos?«

»Sicher. Er wohnt ein paar Straßen weiter, und meine Schwiegermutter ist mit seiner Frau befreundet. Warum?«

»Ich bin ihm vorhin am Strand begegnet, als es gerade mal nicht stürmte. Er hat eine Drohne fliegen lassen, um dunkle Wolken im Sonnenuntergang zu fotografieren, und er hat nur allzu gern von seinen Arbeiten erzählt. Bevor ich hergefahren bin, habe ich mir seine Website angeschaut. Er hat einzigartige Aufnahmen aus der Vogelperspektive mit seiner Drohne gemacht, von aufgetürmten Wellen und den Klippen und auch einige Draufsichten von Cape Sanctuary. Ich dachte mir, dass seine Bilder hier wunderbar zur Geltung kommen würden.«

Meredith schien den Atem anzuhalten, als ob sie befürchtete, ihre Cousine würde sie mit Farbe bewerfen.

Tori nickte nur. »Gute Idee. Dave ist ein cooler Typ, der viel für die Gemeinde tut. Er war schon ein paarmal im Stadtrat und ist der Erste, der mit seiner Kettensäge loszieht, wenn es heftig gestürmt hat, und umgestürzte Bäume zerlegt.«

Meredith sah schockiert darüber aus, dass Tori die Idee so ohne Weiteres akzeptierte. Sie blinzelte kurz, als hätte sie erwartet, dass sie ihr vorhielte, was für eine dumme Idee das sei.

Wer hatte ihr bloß das Gefühl gegeben, so unzulänglich zu sein und ihre eigenen Instinkte infrage zu stellen?

Er hatte es schon früher bei Meredith gespürt, als wäre sie immer darauf gefasst, abgewiesen oder verspottet zu werden.

Vielleicht war das aber auch nur eine natürliche Reaktion auf die offensichtliche Antipathie ihrer Cousine.

»Okay. Gut. Dann fange ich mit ihm an. Ich frage ihn morgen, ob er uns ein paar Abzüge seiner Lieblingsfotos schicken möchte, damit wir sie ausstellen können.«

»Ja, gut. Ich habe übrigens mit meiner Freundin Stella gesprochen, die für das hiesige Kunstfestival verantwortlich ist. Sie hat mir ein paar Namen genannt. Du kennst dich mit Kunst besser aus als ich, also überlasse ich es dir, sie zu kontaktieren.«

»Das mache ich.« Merediths Gesichtszüge waren wieder leicht rosig, und ihre Augen hatten einen Glanz, den er darin noch nie gesehen hatte.

Sie war schön. Das hatte er schon gedacht, als er Bilder von ihr in den Akten gesehen hatte, aber die Fotos waren kalt und zweidimensional gewesen. Sie hatten nicht die Weichheit ihrer Haut, die Neigung ihrer Wangenknochen gezeigt.

»Ich dachte, wir könnten eine kleine Provision von den Künstlern verlangen. Vielleicht fünf Prozent von jedem Verkauf, die wir dann anderen lokalen Künstlern wie Aspen zukommen lassen, die es sich kaum leisten können, Material zu kaufen.«

Liam hatte das Gefühl, dass Tori den Vorschlag bemängeln wollte, es aber nicht konnte.

»Das ist keine schlechte Idee«, sagte sie schließlich.

Meredith blinzelte wieder, offensichtlich erfreut und gleichzeitig schockiert über die Zustimmung. »Danke.«

»Das ist eine tolle Idee«, bestärkte Liam sie, auch wenn Meredith das nicht nötig gehabt hätte. »Ich wusste nicht, dass Aspen eine Künstlerin ist. Vielleicht hätte ich mir aufgrund ihrer Tattoos und Piercings eigentlich denken können, dass sie ein eher kreativer Typ ist.«

»Ich habe ihre Arbeit nicht gesehen, aber Josef.« Meredith verschob die Leiter, damit sie an einem anderen Teil der Wand direkt unter der Decke arbeiten konnte. »Er sagt, sie sei wirklich gut.«

»Für mich klang es, als könnte sie noch besser sein, wenn sie erst ihren Loserfreund loswird«, murmelte Tori. »Ich habe nie verstanden, warum manche Frauen bei Typen bleiben, die sie wie ein Stück Dreck behandeln.«

Liam konnte nicht übersehen, wie alles an Meredith sich anspannte. Ihr ausdrucksstarker Mund wurde schmal, und sie senkte den Kopf, wobei ihr Blick weiter auf die Wand gerichtet blieb.

»Meredith hat mir erzählt, dass sie als Kind im Sommer viel Zeit hier in der Stadt verbracht hat«, sagte er, hauptsächlich um von dem abzulenken, was sie plötzlich zu beschäftigen schien. »Was habt ihr so gemacht, um Scherereien zu vermeiden?«

Tori lachte rau. »Wer sagt, dass wir Scherereien vermieden hätten?«

Meredith hob den Blick von der Wand, und die reine Emotion in ihren Augen, mit der sie ihre Cousine ansah, brachte ihn auf seltsame Weise aus dem Gleichgewicht.

»Das haben wir nicht, oder?«, sagte sie nach einem Moment. »Unsere arme Großmutter hat sich manchmal wegen uns die Haare gerauft.«

»Weißt du noch, wie wir uns mit dreizehn oder vierzehn rausgeschlichen und das Haus der ekligen Carly Little mit Klopapier umwickelt haben?«

»Ja, sie war es doch, die allen erzählt hat, du hättest mit ihrem Freund in der Sunshine Cove rumgemacht, oder?«

»Genau. Als ob ich Marcus Farley jemals nahegekommen wäre. Er hatte Mundgeruch und Krakenhände. Inzwischen ist er übrigens ihr Ehemann. Und Krakenhände hat er immer noch, wie ich höre.«

»Ist das dein Ernst? Sie heißt jetzt Carly Farley?«, fragte Meredith mit großen Augen.

»Ja, was mich übrigens mit ziemlicher Genugtuung erfüllt«, sagte Tori. »Aber das ist fies von mir, ich weiß.«

Meredith war anscheinend noch dabei, die Neuigkeit und die Erinnerung zu verdauen. »Frances war allwissend und fand irgendwie heraus, dass wir es waren, die Carlys Haus mit Klopapier verpackt hatten, und sie zwang uns, jeden Fitzel wieder aus den Bäumen zu entfernen. Ich weiß noch, dass wir zehnmal so lange fürs Aufräumen gebraucht haben wie fürs Anbringen.«

»Ist das nicht immer so?«, sagte Liam. »Eine Sauerei aufzuräumen, scheint so viel länger zu dauern, als sie überhaupt zu verursachen.«

»Wie wahr«, sagte Tori. »Das habe ich bei Em auch festgestellt, als sie noch klein war. Man hat sie nur zwei Minuten in der Küche allein gelassen, und sie hat es geschafft, den Boden mit Mehl und Zucker zu bedecken und zur Krönung noch alles mit Ahornsirup zu beträufeln. Danach habe ich stundenlang aufgeräumt und geputzt.«

»Mein Bruder und ich waren genauso«, sagte Liam. »Er war älter, aber ich hatte immer die Rolle des Anführers. Leider, wie ich jetzt finde. Einmal, als ich etwa sechs Jahre alt war, wollten wir im Schnee spielen. Weil es aber gerade Juli war, suchten und fanden wir eine Schere, schnitten zwei riesige Bohnensäcke auf und verteilten den Inhalt im ganzen Haus. Unsere Mutter war nicht begeistert, aber unser Vater lachte nur und schnappte sich seinen Laubsauger. In diesem Fall hat das Aufräumen mehr Spaß gemacht als der Blödsinn selbst.«

Meredith schaute ihn aus ihren ernsten Augen an, mit einem Mitgefühl im Blick, das er nicht sehen wollte. Erinnerte sie sich gerade daran, was er ihr über den Tod seines Vaters erzählt hatte?

Nur einen Moment später sah sie ihre Cousine wieder an. »Erinnerst du dich daran, wie wir ungefähr acht Jahre alt waren und ich beschloss, meine Haare so kurz schneiden zu lassen wie deine? Oder genauer gesagt, ich beschloss, dass du mir die Haare so kurz schneiden solltest wie deine? Und das zwei Wochen bevor ich Blumenmädchen sein sollte – auf der Hochzeit einer Freundin meiner Mutter.«

Tori lachte laut auf. »Oh, wow. Das hatte ich ganz vergessen. Deine Mutter ist ausgeflippt.«

»Ich dachte, sie würde mich nie wieder herkommen lassen. Hat sie aber doch.«

Die beiden Frauen teilten etwas, das für Liam wie ein Moment des Friedens aussah. Das war doch sicher ein Fortschritt, oder?

»Wie hat Frances nur all diese Sommer mit uns beiden überstanden?«, fragte Tori schuldbewusst.

»Nach allem, was wir ihr zugemutet haben, frage ich mich

ernsthaft, warum sie mich Jahr für Jahr wieder bei sich aufgenommen hat.«

»Sie hat dich geliebt«, sagte Tori schlicht, aber dann verhärteten sich ihre Lippen ein wenig. »Selbst in all den Jahren, in denen du keine Lust hattest, sie zu besuchen, hat sie dich geliebt.«

So viel zum Thema Entspannung.

»Ich wollte es«, sagte Meredith mit leiser Stimme. »Glaub mir, ich wollte es.«

Die andere Frau sah nicht überzeugt aus. »Meiner Erfahrung nach finden Menschen, wenn sie etwas unbedingt wollen, auch einen Weg, es zu tun. Irgendwie.«

Mit bedauerndem Blick schaute Meredith auf den Pinsel, den sie gerade in Folie einwickelte, um ihn für den nächsten Maltag frischzuhalten.

»Du hast recht«, sagte sie gepresst. »Damals schien es unmöglich, unter den Umständen, in denen ich lebte, aber ich hätte eine Möglichkeit finden müssen.«

Liam warf ihr einen neugierigen Blick zu. Welche Umstände waren so schlimm gewesen, dass sie ihre eigene Großmutter nicht hatte besuchen können? Es war fast zwei Jahre her, dass Carter verhaftet worden war. Er hatte den Eindruck, dass Meredith schon seit Jahren ihre Großmutter nicht mehr besucht hatte, die sie angeblich so geliebt hatte.

Es war ihm ein Rätsel, aber das war nicht der Grund, warum er hier war, ermahnte er sich.

»Was hat Emilia diesen Sommer vor, wenn die Schule aus ist?«, fragte Meredith in einem offensichtlichen Versuch, das Thema zu wechseln.

»Wahrscheinlich mindestens so viel Ärger zu machen wie wir damals, wenn nicht noch mehr«, murmelte Tori.

»Oh, oh. Das klingt nach einer düsteren Vorahnung«, sagte Liam. Er hatte ihre Tochter das eine oder andere Mal im Café gesehen und noch öfter am Starfish Beach mit einem anderen Mädchen, das ihr so ähnlich sah, als wären sie Schwestern.

»Was macht sie normalerweise im Sommer?«, fragte Meredith. Sie klang aufrichtig interessiert.

»Bevor Frances gestorben ist, war Em viel bei ihr, und sie haben aufeinander aufgepasst, oder sie ist mit mir zur Arbeit gekommen. Manche Tage hat sie auch bei ihren anderen Großeltern von Javiers Seite verbracht und bei kleinen Arbeiten im Haus geholfen.«

»Das ist doch schön«, sagte Liam.

»Jetzt, wo ihre Cousine Cristina in der Stadt wohnt, wird sie sicher jede freie Minute mit ihr verbringen wollen«, sprach Tori weiter. »Sie wird einige Tage pro Woche hier im Café arbeiten und ein paar Stunden wöchentlich auf ein vierjähriges Nachbarsmädchen aufpassen, damit die Mutter einkaufen und ins Fitnessstudio gehen kann. Em spart für einen neuen Computer.«

»Wie ich gehört habe, wollen sie und Cristina sich Autos kaufen, wenn sie sechzehn werden.«

Tori stutzte. »Von diesem speziellen Wunsch habe ich noch nichts gehört. Na, wir werden sehen.«

»Ich weiß nicht, wie du es all die Jahre ohne Javier geschafft hast. Das Café leiten, Em aufziehen. Es muss so schwer gewesen sein, allein zurechtzukommen.« Meredith sprach mit einer Bewunderung, die ihre Cousine zu überraschen schien.

»Ich hatte keine Wahl«, sagte Tori. »Als Elternteil tut man, was man tun muss, und kämpft sich durch, jeden Tag aufs Neue, einen Tag nach dem anderen.«

»Das klingt wie etwas, das Frances sagen würde.« Meredith sah amüsiert aus.

Tori zuckte mit den Schultern. »Wahrscheinlich. Ich ertappe mich immer wieder dabei, wie ich sie nachahme.«

»Sie ist ja auch ein gutes Vorbild«, erwiderte Meredith. »Da hast du eine gute Wahl getroffen.«

Während sie die Überreste der Malerarbeit wegräumten, ging Liam das beunruhigende Gespräch noch einmal im Kopf durch.

Warum war sie nie nach Cape Sanctuary zurückgekommen? Meredith war eindeutig gern hier gewesen und schien ihre Großmutter zu vergöttern. Finanzielle Gründe konnten nicht dahinterstecken. Mit all dem Geld, das ihr Mann gehortet hatte, hätten sie sich einen Privatjet kaufen und damit Dutzende Male herfliegen können.

Sie war nicht einmal gekommen, als Frances im Sterben lag. Warum nicht?

Er hätte gedacht, dass dieses Verhalten zu der egoistischen, gierigen Zicke passte, für die er sie gehalten hatte, bevor er nach Cape Sanctuary gekommen war. Aber es passte überhaupt nicht zu der warmherzigen, aufgeschlossenen, ziemlich einsamen Frau, die er in diesem Café kennengelernt hatte.

Welche davon war die echte Meredith?

Er wusste es immer noch nicht, aber sein Leben war ihm viel unkomplizierter erschienen, als er sie noch als die kalte, berechnende, opportunistische Ehefrau von Carter Rowland vor Augen gehabt hatte anstelle dieser mit Farbe bekleckerten ungeschminkten Frau mit der Pferdeschwanzfrisur, die er allmählich viel zu anziehend fand.

19. KAPITEL

Meredith

Sie hatte tatsächlich eine herzliche Unterhaltung mit ihrer Cousine geführt.

Meredith konnte es kaum glauben. Sie hielt den Atem an, weil sie das Wunder der letzten halben Stunde nicht verderben wollte.

Es war nicht perfekt gewesen, und Tori schien sie immer noch misstrauisch zu mustern, aber ihr Gespräch über Frances und ihre gemeinsam verbrachten Sommer schien ihnen zumindest zu einer Art Waffenstillstand verholfen zu haben.

Sie wollte nicht, dass dieser Moment zu Ende ging. Schade, dass sie mit der Grundierung für diesen Abend fertig waren und sie erst trocknen lassen mussten, bevor sie die erste Schicht Farbe auftragen konnten.

Sie wollte Liam umarmen, weil er das Gespräch auf den sicheren Boden ihrer gemeinsamen Vergangenheit gelenkt hatte, der Zeit, als die Welt zwischen ihnen noch in Ordnung gewesen war.

»Danke, dass ihr beide heute Abend geholfen habt. Ohne euch wäre ich noch stundenlang hier beschäftigt gewesen«, sagte sie zu Liam und Tori, nachdem sie die Malutensilien im Abstellraum neben der Küche verstaut hatten.

»Sehr gern geschehen«, erwiderte Liam.

Irgendwie glaubte sie ihm.

»Ich kann dir morgen früh beim Streichen helfen«, bot Tori an. »Ich würde so gegen acht Uhr hier sein, wenn ich Em zur Schule gebracht habe.«

»Ich hätte auch Zeit. Nur muss ich erst mit Jasper raus.«

Die Bereitschaft der beiden, ihr zu helfen, berührte sie tief. »Das wäre so großartig. Vielen Dank. Wenn wir den ersten Anstrich früh genug machen, können wir die Farbe ein paar Stunden trocknen lassen und den letzten Anstrich am frühen Nachmittag fertigstellen. Dann können wir alle Fenster öffnen und den Raum bis abends auslüften lassen, bevor wir das Café am Dienstag wieder öffnen.«

»Guter Plan«, sagte Tori. »Dann bis morgen früh.« Sie ging auf die Tür zu, aber bevor sie hinaustrat, hielt sie kurz inne und drehte sich um, lächelte vorsichtig und sagte: »Das war eine gute Idee. Es hätte mir schon vor langer Zeit einfallen sollen.«

Damit ging sie und ließ Meredith fast atemlos vor Freude zurück. Eine kleine Tat konnte nicht alles wiedergutmachen, was sie Tori angetan hatte, aber es war doch ein Anfang, oder?

»Das lief ganz gut, oder?«, fragte Liam, nachdem Tori gegangen war. »Es sind immerhin keine Küchenmesser geflogen.«

Sie musste lachen. »Dieses Mal nicht.«

Die beiden waren allein in der Küche, und die Stille des leeren Cafés umgab sie. Plötzlich war sich Meredith der Anwesenheit dieses großartigen Mannes, der so freundlich zu ihr gewesen war, übermäßig bewusst.

Sie erinnerte sich an den späten Abend, als sie die Wände geschrubbt hatten und sie gedacht hatte, er wollte sie küssen.

Sie krümmte die Zehen in ihren Turnschuhen. Wenn er sie jetzt küssen wollte, könnte sie dem wahrscheinlich nicht widerstehen.

Sie würde auch nicht widerstehen wollen.

»Nochmals vielen Dank für deine Hilfe.« Sie vergewisserte sich, dass alle Lichter aus und die Türen und Fenster verschlossen waren.

»Wirklich kein Problem. Es war mir sogar eine Freude, dich und deine Cousine in Erinnerungen schwelgen zu sehen. Ihr beide scheint ein tolles Paar gewesen zu sein.«

»Ich hatte so vieles davon vergessen. Es ist seltsam, aber nachdem ich nicht mehr so oft hier war, sind die Erinnerungen verblasst. Zumindest einige Details. Es war gut, etwas davon wieder aufzufrischen.«

Er kam einen Schritt näher, und ihr Magen kribbelte vor Aufregung.

»Hör zu, ich habe nachgedacht. Wir brauchen morgen nicht den ganzen Tag zum Streichen, und es ist dein freier Tag. Mir scheint, du hast seit deiner Rückkehr nach Cape Sanctuary pausenlos gearbeitet.«

Das konnte sie nicht leugnen. Ihr Leben war zu einem endlosen Kreislauf geworden. Sie arbeitete im Café und kehrte dann zum Cottage zurück, um Tapeten abzureißen und Unkraut zu jäten.

»Was hältst du davon, mit mir und Jasper eine kleine Wanderung zu machen, wenn wir morgen den ersten Anstrich gemacht haben? Ich würde gern den Wanderweg über die Landzungen ausprobieren, mit dem Blick auf die Küste. Ich würde mich über Gesellschaft freuen.«

Sie starrte ihn an, während ihr müdes Gehirn versuchte, die Einladung zu begreifen.

»Du … möchtest, dass ich mit dir wandern gehe?«

»Ja.«

»Warum?« Die Frage kam heraus, bevor sie sie stoppen konnte.

Er sah überrascht aus. »Warum nicht? Ich habe gehört, dass die Aussicht wunderschön sein soll, und ich dachte, du würdest vielleicht gern an deinem freien Tag mal was anderes machen und dir die Gegend ansehen.«

»Aber warum ich?«

»Ich verbringe gern Zeit mit dir. Du bist der Mensch, mit dem mich hier in Cape Sanctuary am ehesten so etwas wie Freundschaft verbindet.«

Seine Worte schienen eine dunkle, leere Stelle in ihr zu erreichen. Sie wollte sich von ihrer Wärme umhüllen, sich von ihnen trösten, beruhigen und heilen lassen. Aber wie sollte sie das, wo doch Liam immer noch nicht die ganze Wahrheit über sie kannte?

»Ich glaube nicht, dass das eine gute Idee ist.«

Enttäuschung blitzte in seinem Gesicht auf.

»Warum?«

Ich bin nicht die, für die du mich hältst. Nicht die bedauernswerte Witwe, die versucht, sich ein neues Leben aufzubauen.

Sie öffnete den Mund, um ihm alles zu erzählen, was sie ihm hatten sagen wollen, bevor Tori sie vorhin unterbrochen hatte. Über Carter, über ihr eigenes Versagen in ihrer Ehe, ihre Feigheit und Angst, ihre Untätigkeit, die dazu geführt hatte, dass so viele andere verletzt worden waren.

Sie war immer noch ein Feigling. Sie wollte es ihm nicht sagen. Liam war ein Freund geworden. Er war gern mit ihr zusammen, und sie konnte sich noch nicht überwinden, das zu zerstören.

»Du sollst doch schreiben«, sagte sie, anstatt das auszusprechen, was sie ihm eigentlich mitteilen wollte. »Ich hätte dich gar nicht erst mit streichen lassen sollen. Du hast etwas anderes zu erledigen.«

»Mach dir darüber keine Sorgen. Ich mache Fortschritte, und ich kann es mir leisten, einen Tag freizunehmen. Man könnte sagen, dass ich damit den Brunnen wieder auffülle.«

»Ich will nicht der Grund sein, dass du deine Träume nicht verfolgst, Liam.«

Er sah aus, als wollte er etwas erwidern, schien es sich dann aber anders zu überlegen. »Ich kümmere mich schon um meine Träume«, sagte er stattdessen. »Ich mache die Wanderung morgen auf jeden Fall, ob du mitkommst oder nicht. Ich hätte dich lieber dabei, und ich glaube, Jasper auch, aber du musst natürlich nicht mitkommen.«

Was schadet es?, raunte eine verführerische leise Stimme in ihr. Sie lebte gerade an einem der schönsten Orte der Welt, und es erschien ihr irgendwie sträflich, das nicht auszukosten, solange sie die Gelegenheit dazu hatte.

»Na gut«, sagte sie, bevor sie ihre Meinung ändern konnte. »Ich komme gern mit. Danke, dass du mich gefragt hast.«

»Ich … Gern geschehen.« Er zögerte, als hätte er noch mehr Argumente vorbringen wollen.

»Wir könnten sogar etwas zu essen mitnehmen. Ich bringe was mit. Das ist das Mindeste, was ich tun kann, um mich für deine Hilfe zu revanchieren.«

Sie würde in der darauffolgenden Woche ihren Lohn bekommen und konnte wahrscheinlich genug von ihrem Budget abzwacken, um Sandwiches, ein paar Karottensticks und vielleicht ein paar Kekse zusammenzustellen.

»Das wäre toll. Wir können wandern, zu Mittag essen und dann zurückkommen, um fertig zu streichen.«

»Das hört sich gut an.«

Sie gingen zusammen hinaus. Er wartete, während sie abschloss. Der Regen plätscherte sanft und leise um sie herum. Ein kühler Wind wehte übers Wasser.

Sie atmete die Seeluft ein und füllte ihre Lungen mit der Ruhe des Ortes.

»Ist das deines?«, fragte Liam und deutete auf den abgenutzten Strandcruiser, den sie im Secondhandladen für fünfundzwanzig Dollar erstanden hatte.

»Ja.«

»Wie hast du die Farbe transportiert?«

»Die habe ich schon hergebracht, als das Café noch geöffnet hatte.«

»Es regnet wieder. Wie wäre es, wenn ich dich mitnehme, da wir sowieso dasselbe Ziel haben? Du bist sonst klatschnass, bis du zu Hause ankommst.«

»Ach was, so ein leichter Regen ist doch erfrischend.«

Er runzelte die Stirn. »Ich kann dich nicht einfach hier zurücklassen. Dann mache ich mir den ganzen Weg nach Hause Sorgen um dich.«

»Dann ist es ja nur gut, dass du es nicht so weit hast. Ich komme schon zurecht. Nochmals vielen Dank für deine Hilfe. Es war mein Glückstag, als du beschlossen hast, dein Buch hier in Cape Sanctuary zu schreiben.«

Im schummrigen Licht der Straßenlaterne sah sie einen seltsamen Ausdruck in seinen Augen auftauchen, der irgendwie nach Schuld aussah. Er war nur einen Moment lang da, bis Liam ihn wegblinzelte.

»Wenn du unbedingt stur sein musst, folge ich dir, um sicherzugehen, dass dir auf dem Heimweg nichts zustößt.«

Sie wollte einwenden, dass sie keinen Babysitter brauche, fand es aber eigentlich beruhigend zu wissen, dass er auf sie aufpasste.

Zum Glück hatte sie das Fahrrad unter dem Vordach des Cafés abgestellt. Sie setzte sich darauf und fuhr in Richtung Spindrift Cottage, wobei ihre Reifen das Wasser hinter ihr aufspritzen ließen. Liam folgte ihr, sodass es wirkte, als würde sie ein Radrennen im Schneckentempo fahren, mit ihm als ihrem eigenen privaten Begleitfahrzeug; eine wirklich seltsame Prozession.

Als sie die gepflegte Häuserreihe erreichten, sah sie, dass ihr Haus als einziges dunkel war.

Das von Tori war hell erleuchtet, und sie entdeckte zwei Gestalten, die sich darin bewegten. Tori und Emilia.

Vom Seafoam Cottage ging ein sanftes Leuchten aus, und sie vermutete, dass Liam für seinen Hund eine Lampe eingeschaltet hatte, was sie mehr berührte, als es wahrscheinlich sollte.

Wie sie erwartet hatte, parkte er nicht an seinem Haus, sondern folgte ihr zu ihrem, das von den dreien am weitesten vom Café entfernt war.

An ihrem Haus stieg sie vom Rad und bemühte sich, nicht mit den Zähnen zu klappern, denn der Wind war hier, näher an der Küste, stärker und fuhr durch ihre Windjacke.

»Danke fürs Eskortieren, aber jetzt bin ich ja zu Hause. Ich habe es geschafft, ohne von Piraten überfallen zu werden oder ins Meer zu fallen.«

»Man kann nicht vorsichtig genug sein«, sagte er mit einem Lächeln, das ihr wieder den Atem raubte. »Wir sehen uns morgen in aller Frühe. Wenn wir zusammen fahren, musst du nicht wieder mit dem Fahrrad los. Soll ich dich um Viertel nach acht abholen?«

Sie sah keinen Grund, sich ihm zu widersetzen, zumal sie damit rechnen musste, dass er ihr nur wieder bis zum Beach End Café nachfahren würde.

20. KAPITEL

Tori

Sie würde zu spät kommen. Schon wieder.

Tori starrte auf die Mappe auf dem Sitz neben ihr, die den Geschichtsaufsatz enthielt, an dem ihre Tochter bis Mitternacht gearbeitet hatte … und den sie dann prompt auf dem Küchentisch liegen gelassen hatte, als sie zur Schule ging.

Seit wann war sie dafür verantwortlich, Em alles hinterherzutragen, was sie an wichtigen Dingen zu Hause vergaß? Hausaufgaben, Lunchbox, Einverständniserklärungen. Manchmal fühlte sie sich wie eine Mischung aus Problemlöser und Sherpa, da sie immer einspringen musste, um Dinge zu richten, die Em entgangen waren.

Sie wollte, dass ihre Tochter eine wichtige Lektion im Leben lernte, indem sie die Konsequenzen ihrer eigenen Zerstreutheit am Morgen zu spüren bekam – wahrscheinlich weil sie am Handy durch die sozialen Medien scrollte, anstatt sich auf das zu konzentrieren, was sie zur Vorbereitung auf den kommenden Tag tun musste.

So verlockend diese Option auch sein mochte, schien es doch nicht der richtige Zeitpunkt zu sein, um auf Prinzipien zu pochen. Nur eine weitere fehlende Aufgabe, und Em würde in der achten Klasse durchfallen, und gerade arbeiteten sie alle wie besessen daran, dass eben das nicht passierte.

Also fuhr sie wieder zur Schule, obwohl sie an diesem Morgen eigentlich beim Streichen im Café helfen wollte.

Meredith fragte sich bestimmt schon, wo sie blieb.

Tori dachte an ihre Cousine und daran, wie viel sie am Abend zuvor gearbeitet hatte, um die Wände des Cafés zu grundieren. Diese Sache war Meredith wichtig, auch wenn Tori nicht ganz verstand, warum. Dafür erkannte sie aber, dass der kurze Moment, in dem sie zusammengearbeitet, ein gemeinsames Ziel verfolgt und über Erinnerungen gelacht hatten, ihr eine seltene Erholungspause von ihrer ständig schwelenden Wut verschafft hatte.

Was sollte sie bloß wegen Meredith tun? Sie konnte ihrer Cousine nicht verzeihen, dass sie Frances so sehr wehgetan hatte. Sie *wollte* ihr nicht verzeihen. Bevor ihre Großmutter gestorben war, hatte sie nur einen einzigen Wunsch gehabt: ihre geliebte Enkelin wiederzusehen. Obwohl sie gewusst hatte, dass Merediths Ehemann ihre Ersparnisse geplündert hatte, hatte Frances sie noch einmal persönlich treffen wollen.

Dass ihre Großmutter sich derartig auf das versteift hatte, was sie nicht haben konnte, machte Tori wütend … und zugegebenermaßen auch eifersüchtig.

All die Jahre war sie hier gewesen, hatte direkt neben Frances gewohnt, unzählige Mahlzeiten für ihre Großmutter gekocht, ihr beim Bezahlen von Rechnungen geholfen, sie zum Einkaufen und zur Bank gebracht und sie nach ihrer Krebsdiagnose und den anschließenden Herzproblemen zu den Chemotherapie-Terminen begleitet.

Sie war diejenige gewesen, die die ganze Nacht bei Frances gesessen hatte, wenn sie zu krank gewesen war, um aus ihrem Sessel aufzustehen, hatte ihr ein Dutzend verschiedener Medikamente besorgt und sich unermüdlich um sie gekümmert.

Trotzdem hatte sich Frances danach gesehnt, Meredith bei sich zu haben.

»Sie macht eine schwere Zeit durch«, hatte Frances immer gesagt, und Tori hätte am liebsten geschrien.

Meredith hatte eine schwere Zeit gehabt? Das Mädchen, das alles geboten bekommen hatte, das auf angesehene Schulen gegangen war, teure Kleidung getragen und regelmäßig Reisen nach Europa unternommen hatte?

Meredith kannte ihre Eltern. Sie war nicht von einer Mutter verlassen worden, die ihr nicht einmal sagen wollte, wer ihr Vater war.

Zugegeben, Merediths Mutter war eine narzisstische Hexe gewesen und ihr Vater ein desinteressierter Workaholic, der sie ignorierte. Aber das zu haben, war immer noch besser als nichts, oder?

Als Tori nach Frances' Tod erfahren hatte, dass ihre Großmutter Meredith das Spindrift Cottage und die Hälfte des Cafés hinterlassen hatte, war sie fassungslos gewesen.

Es hatte sich wie die schlimmste Art von Verrat angefühlt, vor allem weil Frances ihr zuvor nichts von ihren Plänen erzählt hatte.

Unter ihrer Wut schlummerte ein tiefer Schmerz, der auch ein Jahr nach dem Tod ihrer Großmutter noch da war.

Sie fuhr auf den Schulparkplatz und versuchte, das Grübeln einzustellen.

War es unvernünftig, ihre Wut wie einen Schutzschild zwischen ihnen beiden hochzuhalten? Frances war bereit gewesen, zu verzeihen. Tori fragte sich, ob sie dazu überhaupt in der Lage wäre.

Sie fand einen Parkplatz und schnappte sich die Mappe mit Emilias Hausaufgaben. Als sie zum Haupteingang ging, beschleunigte sich ihr Atem, weil sie eine vertraute Gestalt aus einem anderen in der Nähe geparkten Auto kommen sah.

Sam trug ein zerknittertes Hemd und eine lose sitzende Krawatte. Er lächelte, als er sie bemerkte, aber die tiefe Erschöpfung in seinen Augen war dennoch sichtbar.

»Tori. Hey. Anscheinend wird es bei uns zur Gewohnheit, dass wir uns in der Schule treffen.«

Sie hielt die Mappe hoch. »Em hat ihren Geschichtsaufsatz vergessen. Ich dachte, ich könnte ihn ihr noch bringen, bevor die zweite Stunde beginnt.«

Er hielt ein Schulbuch hoch. »Ich hab ein Mathebuch. Cristina ist anscheinend erst in der Schule eingefallen, dass sie es heute abgeben muss. Sie bekommt dafür zehn Punkte extra, was sie von einer Vier plus auf eine Drei minus bringen kann.«

»Jedes kleine bisschen hilft. Denke ich. Ich weiß nicht, ob ich eine unterstützende Mutter bin oder einfach nur schlechtes Verhalten fördere.«

»Geht mir genauso.«

Er hielt ihr die Tür auf, als sie den Eingang erreichten. Im Vorbeigehen roch sie ihn – Sandelholz und Kiefer.

Das sollte sie gar nicht wahrnehmen, verflucht. Sam war ihr Schwager. Absolut tabu.

»Du siehst müde aus.«

Er verzog das Gesicht. »Ja, ich war gerade auf dem Heimweg, als Cris mir die Nachricht geschickt hat.«

»Hast du die Nacht durchgearbeitet nach der Geburtstagsfeier? Du hast nicht gesagt, dass du Dienst hast.«

»Ich bin nach eins zu einem Notfall gerufen worden.«

»Oh, oh. Wenn sie den leitenden Kriminalbeamten der Stadt rufen, verheißt das sicher nichts Gutes.«

Er nickte. Die Falten um seine Augen traten durch die Müdigkeit noch deutlicher hervor. »Das stimmt leider. Bewaffneter Raubüberfall auf den Lebensmittelladen am Südende der Stadt. Die Angestellte wurde niedergestochen.«

»O nein! Wer ist es?«

»Lisa Harrow. Kennst du sie?«

Ihr wurde plötzlich kalt, wie immer, wenn sie schlechte Nachrichten über eine befreundete Person hörte. »Ich betreibe ein Café, Sam. Ich kenne die meisten Leute in dieser Stadt. Lisa und ihr Mann Rod kommen ein paarmal im Monat mit einem ihrer Enkelkinder zum Abendessen zu uns. Wie steht es um sie?«

»Sie ist ziemlich fertig und hat viel Blut verloren, aber zum Glück hat sie keine größeren Verletzungen davongetragen. Sie wurde heute Morgen operiert. Der letzte Bericht vom Krankenhaus besagt, dass sie wahrscheinlich nur noch eine Nacht zur Beobachtung bleiben muss und morgen schon nach Hause darf.«

»Weiß sie, wer es war?«

»Lisa ist eine großartige Zeugin. Sie hat uns eine gute Beschreibung der beiden geliefert, die den Laden überfallen haben, aber erkannt hat sie weder die Täter noch ihr Fahrzeug. Sie hat einen Teil des Kennzeichens, Marke und Modell genannt. Wir forschen nach, aber es waren junge Leute, also würde ich darauf wetten, dass der Wagen gestohlen war und die Täter auf der Durchreise waren. Die Fahndung ist raus. Vielleicht haben wir ja Glück.«

Sam hatte jeden Tag mit schrecklichen Dingen zu tun und ging das alles mit seiner ruhigen Art an. Er hatte in Los Angeles Mordfälle bearbeitet und wahrscheinlich gedacht, dass es in Cape Sanctuary etwas ruhiger zuginge.

»Tut mir leid, dass du gar nicht zum Schlafen gekommen bist.«

Er zuckte mit den Schultern und lächelte müde, was in ihr gleich den Wunsch weckte, seine Krawatte weiter zu lockern, sein Hemd aufzuknöpfen und ihn im Arm zu halten, während er schlief.

»Ich schlafe gleich noch ein paar Stunden, es sei denn, Cris ruft an, weil ich ihr noch etwas anderes bringen soll.«

Sie gingen gemeinsam ins Büro und übergaben der Sekretärin Buch und Hausaufgabenmappe.

»Was geht noch mal an welche Schülerin?«, fragte die Sekretärin, und ihr Tonfall machte deutlich, dass sie schon den ganzen Morgen mit einer Reihe von Eltern zu tun gehabt hatte.

Sie erklärten es ihr, bedankten sich und verließen das Büro, während ein paar andere Eltern hineingingen.

»Was ist mit Cristina, wenn du die ganze Nacht über arbeiten musst?«, fragte Tori.

»Normalerweise bleibt sie bei Mom und Dad. Gestern Abend wurde ich aber so spät rausgerufen, dass ich sie schlafen ließ. Ich habe ihr eine Nachricht geschrieben, dass sie mich oder ihre Großeltern anrufen soll, wenn etwas ist.«

»Du weißt, dass sie sich auch immer an mich wenden kann«, sagte Tori. »Ich bin nur ein paar Straßen entfernt, jedenfalls näher als deine Eltern.«

»Danke. Na ja, sie ist fast vierzehn und kommt sicher gut allein zurecht, aber der Polizist in mir macht sich schon Sorgen.«

»Natürlich.«

»Ich hatte gehofft, dass ich meine Wachsamkeit ein bisschen runterschrauben könnte, wenn sie ins Teenageralter kommt.«

Tori hob die Augenbrauen. »Im Ernst?«

»Ich weiß. Keine Ahnung, wie ich darauf gekommen bin. Ich habe jetzt nur eine ganze Reihe neuer Sorgen.«

»Wem sagst du das? Der Unterschied ist, dass ich selbst mal ein junges Mädchen war. Ich weiß, in was für Schwierigkeiten man geraten kann.«

Am Ende war sie mit neunzehn schwanger und verheiratet gewesen. Auch wenn sie ihr Leben mit Javier und Em für nichts in der Welt eintauschen würde, fragte sie sich manchmal, was wohl geschehen wäre, wenn sie damals diese Reise durch Europa mit Meredith gemacht hätte.

Sie konnte nur hoffen, dass ihre Tochter alle Möglichkeiten, die das Leben ihr bot, ergriff, bevor sie eine Highschool-Liebe heiratete und sich in der Kleinstadt niederließ.

»Es ist viel schwieriger, als ich dachte, das volle Sorgerecht zu haben, wenn ihre Mutter außer Landes ist.«

»Du machst das gut, Sam. Cristina ist freundlich, lustig und klug. Sie ist immer gleich zur Stelle, um ihrer Abuela zu helfen, wenn sie die Küche aufräumt, und sie liebt es, mit ihren kleinen Cousins und Cousinen zu spielen. Du und Joni, ihr habt einen tollen Job bei ihr gemacht.«

Sie legte ihm eine Hand auf den Arm. Er blickte zu Boden, und bevor sie realisierte, was geschah, zog er sie in seine Arme.

Es begann wie eine Art zwanglose Umarmung im Bedürfnis nach Trost und Zuspruch, die Art von Umarmung, die Tori von allen Ayalas gewohnt war.

Die offene, ungezwungene körperliche Zuneigung seiner Familie hatte sie bereits in den Bann gezogen, als ihre Beziehung mit Javier ihren Anfang nahm. Seine Mutter und sein Vater umarmten sie ständig, küssten sie auf die Wange oder berührten sie am Arm, wenn sie eine Aussage bekräftigen wollten.

Frances hatte Tori viel Zuneigung mit Worten vermittelt, sodass sie immer gewusst hatte, dass sie geliebt wurde, aber ihre Großmutter war kein großer Fan von Umarmungen oder Küssen gewesen.

Die Ayalas hatte Tori immer dafür bewundert.

Das hier fühlte sich jedoch … anders an.

Er hielt sie einen langen Moment fest, wobei er gleichmäßig weiteratmete. Sie hoffte, dass er in dieser Umarmung Frieden fand.

Sie tat es ganz sicher nicht.

Ihr Herz raste, und Hitze schien ihre Wangen zu durchfluten. Sein männlicher Duft umgab sie, und sie wollte nur noch ihre Wange an seine Brust legen und alles vergessen, was sie im Moment stresste – ihre Tochter, das Café und alles andere.

Nach einer Weile zog er sich zurück, mit einem Ausdruck im Gesicht, den sie nicht deuten konnte.

»Danke dafür«, sagte er leise. »Das habe ich wirklich gebraucht. Mehr als ich zugeben möchte.«

»Alle Eltern brauchen Ermutigung«, antwortete sie, als sie ihre Stimme wiedergefunden hatte. »Wäre es nicht toll, wenn wir unser persönliches Cheerleader-Team hätten, das jedes Mal, wenn wir schwierige Erziehungsentscheidungen treffen müssen, aufspringt und mit den Pompons wedelt?«

Sein Mund verzog sich zu einem Lächeln, das seine müden Gesichtszüge aufhellte. Er schien jetzt unbeschwerter zu sein. Sie hoffte, dass er es war.

»Wen hättest du in deinem persönlichen Cheerleader-Team?«

»Nach Javis Tod habe ich mich sehr auf Frances' Hilfe verlassen. Und natürlich auf deine Eltern und Elena. Sie haben mir immer den Rücken gestärkt.«

Hatte sie Javier erwähnt, um Sam daran zu erinnern, dass mehr als eine gelegentliche Umarmung zwischen ihnen nicht möglich war? Oder um sich selbst daran zu erinnern?

Er schüttelte den Kopf. »Wir alle haben um Javi getrauert, aber ich kann mir nicht vorstellen, wie schwer es für dich gewesen sein muss, mit einem kleinen Kind allein zu sein.«

Nach sieben Jahren hatte sie sich an das Alleinsein gewöhnt, aber sie wusste noch genau, wie verloren und verängstigt sie monatelang gewesen war.

»Damals hatte ich keinen Antrieb mehr, aber ich musste an Em denken. Ich konnte mich nicht einfach zusammenrollen und von der Welt abschotten. Sie brauchte eine Mutter, und zwar keine, die vierundzwanzig Stunden am Tag weint. Gelitten hat sie ja auch. Sie hat Javier vergöttert und konnte nur schwer verstehen, warum er nicht mehr da war. Also musste ich meine Trauer beiseiteschieben und ihr alles geben, was ich noch hatte.«

»Wenn du ihr alles gegeben hast, was blieb dann noch für dich übrig?«

Gute Frage. Sie hatte sich so sehr darauf konzentriert, eine gute Mutter zu sein, Frances zu unterstützen und das Café zu leiten, dass kaum mehr Raum für Selbstfürsorge übrig gewesen war.

»Daran sollte ich wohl mal arbeiten«, räumte sie ein. »Vielleicht fahre ich für ein langes Wochenende an die Küste, wenn es erst mal Sommer ist, in das neue Hotel und Spa, das vor ein paar Jahren nahe dem Lost Canyon eröffnet wurde.«

»Wenn Em ein paar Nächte bei Cristina bleiben soll, wären die Mädchen sicher mehr als einverstanden.«

Sie bemühte sich, den plötzlichen Wunsch zu verdrängen, für ein langes Wochenende mit Sam wegzufahren.

»Danke. Falls ich es noch nicht gesagt habe – es ist sehr schön, dass du wieder in Cape Sanctuary bist, und sei es nur, um einen weiteren erwachsenen Ayala in meinem Cheerleader-Team zu haben.«

Lächelnd öffnete er ihre Autotür. »Hurra. Ist das alles, wofür ich gut bin?«

Sie zitterte ein wenig und wollte diese Frage nicht einmal vor sich selbst beantworten. Irgendetwas sagte ihr, dass Sam bei unzähligen Dingen gut wäre.

Langsam wurde es lächerlich. Sie musste diese Anziehung zu ihrem Schwager in den Griff kriegen, sonst drohten ihr wirklich unangenehme Familientreffen.

»Ich muss los. Eigentlich wollte ich Meredith beim Streichen des Cafés helfen.«

»Wie geht es dir damit, dass sie wieder da ist?«

Sie verzog das Gesicht. »Okay, glaube ich. Aber sie will das Café ziemlich verändern. Sie hat große Pläne für die Inneneinrichtung.«

Sie ahnte, dass Meredith sich nicht mit einem neuen Anstrich und Kunstwerken an den Wänden zufriedengeben würde.

Sam warf ihr einen schiefen Blick zu. »Sie hat dir gesagt, was man am Café verbessern kann, und sie hat es überlebt?«

»Bin ich wirklich so zänkisch?«

»Ich würde es nicht als zänkisch bezeichnen. Du bist leidenschaftlich, was das Café betrifft. Es liegt dir am Herzen, und das merkt man.«

Am Ende des Satzes gähnte er, und Tori schüttelte schuldbewusst den Kopf.

»Sieh mal zu, dass du nach Hause kommst, bevor du umkippst.«

»Ein paar Stunden Schlaf reichen, dann bin ich bereit, mich abends wieder in den Hausaufgaben-Vollstrecker zu verwandeln. Ich bin doch dran, oder?«

»Vergiss es. Ich schreibe Em, dass sie und Cristina direkt von der Schule zu mir kommen sollen, um dich nicht zu stören. Ich habe heute sowieso frei, weil das Café geschlossen ist. Es ist also kein Problem.«

Er zuckte mit den Schultern. »Es geht schon. Gib mir ein paar Stunden Schlaf, und ich bin wieder fit.«

»Es macht mir wirklich nichts aus. Du hattest eine harte Nacht und musst dich nicht noch mit zwei schwatzenden Mädchen herumschlagen.«

»Ich komme schon klar«, versicherte er ihr. »Aber wir könnten uns ja zusammentun und die Kräfte unseres elterlichen Zorns gegen sie bündeln. Vielleicht sind wir zusammen stärker als getrennt.«

»Gute Idee.« Sie zwang sich zu einem Lächeln, trotz der plötzlichen Sehnsucht, die seine Worte in ihr auslösten. »Es soll ein schöner Tag werden, nach den Wochen voller Regen. Wir können auf der Terrasse zu Abend essen, wenn die Mädchen mit den Hausaufgaben fertig sind. Ein Essen ist immer ein hilfreicher Anreiz für Emilia.«

»Für Cris auch. Und für mich ebenfalls, muss ich zugeben.«

»Ich wollte ein paar Hähnchenbrüste für das Abendessen marinieren und dann grillen. Ich kann ein paar mehr für dich und Cristina in die Marinade legen.«

»Ich freue mich über jede Gelegenheit, nicht kochen zu müssen. Und was Cristina angeht, trifft das erst recht zu. Sie ist kein großer Fan meiner Kochkünste. Ich hoffe immer, dass sie sich selbst mal in der Küche einbringt, aber bis jetzt ist es noch nicht vorgekommen.«

»Warum auch, wenn deine Eltern immer bereit sind, dich durchzufüttern?«

»Das stimmt auch wieder.« Erneut hellte ein Lächeln seine müden Züge auf. »Ich bringe ein paar Beilagen mit. Zumindest Salat und ein Dessert.«

Tori wusste, dass die Vorfreude nicht derartig durch ihre Adern kribbeln sollte. Es war nur ein Abendessen mit dem Bruder ihres verstorbenen Mannes und dessen Tochter.

»Okay. Und jetzt leg dich schlafen. Du hast es nötig. Wir sehen uns später.«

»Dann habe ich etwas, worauf ich mich freuen kann«, sagte Sam mit einem Lächeln, das sie schwindlig machte.

21. KAPITEL

Meredith

Sie hatte recht gehabt. Neue Farbe war genau das, was das Café brauchte, um wieder hell und frisch zu wirken.

Nachdem sie mit dem ersten Anstrich fertig waren, legte Meredith ihre Rolle in die Farbwanne und schaute sich mit einem Gefühl tiefer Zufriedenheit im Restaurant um.

Nacken und Bizeps taten ihr etwas weh, aber das war ein kleiner Preis für die Zufriedenheit, die sie beim Betrachten der Wände empfand.

»Das sollte für den ersten Anstrich reichen«, sagte Liam und trat einen Schritt zurück, um ihre Arbeit zu bewundern.

»Ich bin hier auch fertig.« Tori, die auf der Leiter stand, steckte ihren Pinsel in die kleine Farbdose. Sie war für die Feinarbeiten an den Rändern zuständig gewesen.

Einen ausgedehnten Moment lang sagte sie nichts, betrachtete nur eingehend ihre Arbeit, während Meredith gegen ihre Nervosität ankämpfte und auf ihr Urteil wartete. Sie schluckte und merkte zu ihrem Leidwesen, wie sehr sie sich wünschte, dass es Tori gefallen würde.

»Die Stammgäste werden das hier morgen nicht wiedererkennen«, sagte Tori schließlich.

War das jetzt eher eine Beleidigung oder ein Kompliment? Meredith konnte es nicht einordnen.

»Ganz sicher werden sie das«, entgegnete Liam. »Vor allem weil du immer noch das gleiche vorzügliche Essen anbieten wirst. Ich kann gar nicht genug davon bekommen. Bis ich in mein richtiges Leben zurückkehre, habe ich mindestens fünf Kilo zugenommen.«

Nach dem, was Meredith beobachtet hatte, entsprach das nicht ganz der Wahrheit. Liam war weit davon entfernt, die gesamte Speisekarte durchzuprobieren. Stattdessen bestellte er an den meisten Tagen nur ein, zwei Tassen Kaffee und vielleicht einen Avocado-Toast, während er an seinem Laptop arbeitete.

Nicht, dass sie ihm nachspioniert hätte oder so.

»Es sieht gut aus«, sagte Tori. Diesmal begegnete sie Merediths Blick mit Wärme und Zustimmung in den Augen. »Es wird noch besser aussehen, wenn erst ein paar neue Kunstwerke an den Wänden hängen. Ich gebe zu, ich war skeptisch, als du mit dieser Idee ankamst, aber du hattest recht. Ich bin wirklich froh, dass du den Ball ins Rollen gebracht hast, Mere.«

Wenn sie gesessen hätte, wäre Meredith vom Stuhl gefallen. Tori schien sich aufrichtig über die kleine Auffrischung zu freuen. Und nicht nur das. Sie hatte sie Mere genannt. Das war der Spitzname, mit dem Tori und Frances sie immer gerufen hatten, weil sie Meredith zu lang fanden.

Zu ihrem Entsetzen spürte sie Tränen in ihren Augen aufsteigen und blinzelte sie schnell weg. Sie wollte sich nicht noch dümmer anstellen, als sie es ohnehin schon tat, also lächelte sie.

»Danke. Ist es nicht erstaunlich, wie ein einfacher Farbanstrich einen Raum aufwerten kann?«

Tori schaute sich um. »Wenn man einen Ort jahrelang

tagtäglich sieht, merkt man es gar nicht, wenn er langsam anfängt, ziemlich heruntergekommen auszuschauen.«

»Nicht heruntergekommen«, widersprach Meredith. »Nur ausgelaugt. Wir haben ihm nur ein bisschen mehr Energie verliehen.«

»Und das ist schön«, antwortete Tori und schaute auf ihre Uhr. »Was meinst du, wann können wir den zweiten Anstrich machen?«

»Die Farbe braucht ein paar Stunden zum Trocknen. Ich denke, um zwei oder drei heute Nachmittag.«

»Wir wollten in der Zwischenzeit den Küstenpfad entlangwandern«, sagte Liam. »Meredith hat uns etwas fürs Mittagessen eingepackt, aber die Strecke müsste in wenigen Stunden zu schaffen sein.«

»Ach, das wollt ihr machen?« Tori schaute interessiert zwischen ihnen hin und her, und Meredith spürte, wie sie rot anlief.

»Ich war schon seit Jahren nicht mehr dort. Ich hoffe, ich finde den Weg noch«, sagte Meredith.

»Das ist nicht schwer. Der Weg beginnt direkt am Skyline Campground. Dort gibt es einen Parkplatz, an dem der Ausgangspunkt des Weges ausgeschildert ist. Nehmt nur genug Wasser mit, zumal ihr mittags unterwegs seid.«

»Möchtest du nicht mitkommen?«, fragte Meredith.

Kurz sah es aus, als wollte Tori zusagen, aber dann schüttelte sie den Kopf. »Ich kann nicht. Tut mir leid. Ich hatte mich für heute als Freiwillige bei ›Essen auf Rädern‹ angemeldet, weil ich ja frei habe.«

»Du arbeitest ehrenamtlich bei ›Essen auf Rädern‹?« Liam schaute sie überrascht an. »Nachdem du die ganze Woche Leute durchgefüttert hast, machst du das an deinem freien Tag auch noch?«

»Das ist eine gute Sache. Viele der Senioren waren einmal unsere Kunden und können sich nicht mehr so gut fortbewegen wie früher. Das ist meine Chance, ihnen zu helfen.«

Frances hatte nach der Philosophie gelebt, anderen zu helfen, wenn sich die Gelegenheit bot. Sie hatte immer mal jemandem, der gerade eine schlimme Zeit durchmachte, einen übrig gebliebenen Kuchen gebracht, oder einer Person, die es schwer hatte, ihre Rechnungen zu bezahlen, etwas Geld gegeben.

Tori hatte sich das offensichtlich auch vorgenommen und war damit in Frances' Fußstapfen getreten.

Meredith musste mehr tun. Carter hatte sie ermutigt, sich ehrenamtlich in verschiedenen Organisationen zu engagieren, aber diese hatten zum großen Teil aus Society-Ladys bestanden, denen es wichtiger war, wohltätig auszusehen, als einen echten Einsatz zu leisten.

Vielleicht hatte Tori eine Idee, wo sie ehrenamtlich mitarbeiten könnte, während sie hier in Cape Sanctuary war.

»Viel Spaß«, sagte Tori. »Es ist ein schöner Tag zum Wandern. Schickt mir eine Nachricht, wenn ihr auf dem Rückweg seid, dann versuche ich, zu euch zu stoßen.«

»Das machen wir. Danke.«

Sie räumten gemeinsam auf und verließen das Café.

»Wollen wir zusammen zum Ausgangspunkt fahren?«, fragte Liam, als sie den Parkplatz erreichten. »Wir brauchen ja nicht mit zwei Autos zu fahren, vor allem nicht, wenn wir beide sowieso heute Nachmittag zum Malen zurückkommen.«

»Ich muss aber das Lunchpaket holen, das ist noch im Cottage.«

»Das geht in Ordnung. Ich muss ja auch noch Jasper abholen.«

»Okay. Dann fahren wir zusammen.«

Er hielt ihr die Tür auf, als sie auf den Beifahrersitz seines kleinen SUV rutschte. Im Auto roch es nach ihm. Leder und Salbei und Liam.

»Ich hoffe, ich bremse dich nicht aus«, sagte sie, als er in Richtung der drei Häuser fuhr. »Ich bin nicht sehr sportlich, fürchte ich, und ich möchte dir kein Klotz am Bein sein, wenn du Gipfel stürmen willst.«

»Ich muss heute keine Gipfel stürmen. Mir reicht ein simpler Spaziergang den Küstenpfad entlang. Das scheint mir perfekt für so einen schönen Tag.«

»Ja, wirklich, oder? Aber ich fühle mich immer noch nicht gut dabei, dich den ganzen Tag von der Arbeit an deinem Buch abzuhalten.«

Er verzog das Gesicht, als sie seine Arbeit erwähnte. »Mach dir keine Gedanken darüber. Ich brauche die Pause.«

»Fällt es dir immer noch so schwer?«

»Man könnte sagen, dass ich an einer schwierigen Stelle bin. Ich arbeite an ein paar Plotaspekten.«

»Wenn du über irgendetwas reden willst, kannst du gern mit mir Ideenpingpong spielen. Ich weiß nicht viel darüber, wie man ein Buch schreibt, aber ich war schon immer eine unersättliche Leseratte, und zum Brainstorming bin ich immer bereit.«

Ihre Liebe zu Büchern war genau an diesem Ort geweckt worden, während der Sommermonate, die sie mit Frances und Tori zusammen verbracht hatte.

Ob Tori noch immer viel las? Das musste sie sie fragen.

»Cape Sanctuary hat eine ausgezeichnete Bibliothek. Zumindest war das früher so. Meine Großmutter ist mindestens einmal pro Woche mit Tori und mir dorthin gegangen, um Bücher auszusuchen. Sie hatte keinen Fernseher, was ich ziemlich rückständig fand. Aber dadurch, dass ich die Sommer hier verbrachte, habe ich eine Liebe zu Büchern entwickelt, die mich mein ganzes Leben begleitet hat.«

»Meine Mom war auch schon immer eine leidenschaftliche Leserin«, sagte er mit dem gleichen kleinen Lächeln wie immer, wenn er über seine Familie sprach. »Gib ihr einen Stapel Krimis, durchsetzt mit einigen Liebesromanen, und sie wird dir versichern, sich wie im Himmel zu fühlen. Sie hat immer gesagt, dass sie, wenn sie in den Ruhestand geht, ein paar Stunden am Tag ehrenamtlich in unserer örtlichen Bibliothek arbeiten und den Rest der Zeit ihre Nase in ein Buch stecken möchte.«

»Das klingt absolut traumhaft. Wie lange hat sie denn noch bis zu ihrer Rente?«

Er blickte durch die Windschutzscheibe, aber mit den Händen schien er sich am Lenkrad festzuklammern. »Sie wollte eigentlich nächstes Jahr in Rente gehen, aber jetzt sieht es nicht so aus, als ob das ginge. Sie hatte … finanzielle Schwierigkeiten und geht davon aus, dass sie weiter arbeiten muss, um für sich und meinen Bruder den Lebensunterhalt bestreiten zu können. Sie ist Grundschullehrerin, und das kann ein harter Job sein, wenn man vierundsechzig ist und Probleme mit den Knien hat.«

Er warf ihr einen Seitenblick zu und schaute dann wieder auf die Straße vor ihnen. »Und bevor du fragst – ja, ich habe versucht, ihr zu helfen, aber sie will nichts davon wissen. Meine Mutter mag nicht viel besitzen, aber von zwei Dingen hat sie mehr als genug: Sturheit und Stolz.«

»Das tut mir leid. Besonders für jemanden wie dich muss das sehr frustrierend sein.«

Wieder warf er ihr einen fragenden Blick zu. »Jemanden wie mich?«

»Du bringst gern Dinge in Ordnung. Das erkennt man daran, dass du mir beim Streichen des Cafés geholfen hast, obwohl du viel Wichtigeres zu tun hattest.«

»Hatte ich nicht. Nicht wirklich.«

»Sieh es doch mal so. Wenn du dein Buch fertig hast, werden wahrscheinlich Verleger an deine Tür klopfen und mit großen Schecks in der Hand wedeln. Mit dem ersten Vorschuss kannst du deiner Mutter dazu verhelfen, ihren Traum vom Ruhestand zu verwirklichen.«

»Ich tue auf meine Weise mein Bestes, um sie bei der Verwirklichung ihrer Träume zu unterstützen.«

Was hatte das nun zu bedeuten? Sie fragte sich, wie sie diese kryptische Aussage deuten sollte, aber er hielt bereits vor dem Spindrift Cottage, bevor sie die Möglichkeit hatte, zu fragen.

»Da wären wir also. Ich hole nur unser Essen und ziehe mir schnell etwas mit weniger Farbspritzern an, das besser zum Wandern geeignet ist. Ich brauche höchstens zehn Minuten.«

»Perfekt. In der Zeit kann ich mich auch umziehen und Jasper und sein Zeug holen.«

»Soll ich zu dir rüberkommen?«

»Wer zuerst fertig ist, geht zum anderen Haus. Es ist ja nicht so, als wären wir meilenweit voneinander entfernt.«

Nein, er war direkt nebenan, und nur ein paar dünne Wände trennten sie von ihm, wenn er schlief.

Sie stieg aus. »Danke noch mal, dass du mir geholfen hast, Liam. Das bedeutet mir wirklich sehr viel.«

Er hatte wieder diesen merkwürdigen, fast schuldbewussten Ausdruck im Gesicht. »Ist wirklich kein großes Ding.«

Sie sah das anders, wollte aber nicht, dass er sich durch ihre Dankbarkeit noch unwohler fühlte.

Also lief sie ins Haus, zog sich eine weiche Yoga-Capri und ein Funktions-T-Shirt an und nahm sich noch ein Hoodie mit, falls das Wetter umschlagen sollte. Sie wusste noch, dass der Wind auf den Landzungen mitunter stark war und durch die Kleidungsschichten wehte.

Sie schnappte sich das Mittagessen, das sie am Morgen sorgfältig eingepackt hatte: Jambon Beurre, ein mit Butter bestrichenes und mit dicken Schinkenscheiben belegtes Baguette, sowie zwei Äpfel und eine Auswahl an frischem rohem Gemüse. Als sie an der Spüle ihre Wasserflasche mit Eis und Wasser auffüllte, fragte sie sich, ob das alles nicht doch ein Fehler war.

Sie hatte kein gutes Gefühl bei dieser Wanderung, fast so, als stünde sie schwankend am Rande der Meeresklippen, über die sie wandern wollten, und als würde der Boden unter ihren Füßen bröckeln.

Lieber sollte sie sich darauf konzentrieren, ihr neues Leben aufzubauen, und Liam darauf, sein Buch zu schreiben. Sie hatten beide keine Zeit für Ablenkungen.

Vielleicht sollte sie doch noch einen Rückzieher machen.

Nur wollte sie das aber nicht. Die Vorstellung, Zeit in der Natur zu verbringen, war sehr verlockend. Genauso wie die Aussicht auf einen freien Nachmittag mit Liam.

Sie mochte ihn, und zwar viel zu sehr.

Sie erinnerte sich an seine Worte vom Vorabend.

Ich verbringe gern Zeit mit dir. Du bist der Mensch, mit dem mich hier in Cape Sanctuary am ehesten so etwas wie Freundschaft verbindet.

Sie fühlte sich sehr geehrt, dass er sie als Freundin betrachtete. Für sie war er auch ein Freund. Im Moment war er sogar ihr einziger in Cape Sanctuary.

Ihre Kolleginnen und Kollegen im Café waren alle höflich und nett zu ihr, aber ihre schwierige Beziehung zu Tori schien ihren Umgang mit allen anderen zu beeinflussen. Da ihre Cousine schon seit Jahren dort war und Meredith erst seit ein paar Tagen, standen sie in ihrem unausgesprochenen Konflikt natürlich auf Toris Seite.

Denise war freundlich zu ihr, aber es war die gleiche Freundlichkeit, die sie auch allen anderen Angestellten und Kunden des Cafés entgegenbrachte.

Meredith mochte auch Aspen, obwohl das Mädchen so viele Mauern um sich errichtet hatte, dass es schwer war, sie zu verstehen.

Sie vermutete, dass Josef etwas für die junge Kellnerin übrighatte. Er war immer schnell zur Stelle, um ihr zu helfen, die Teller mit den Mahlzeiten hineinzutragen, beobachtete sie aus seinen dunklen, traurigen Augen, von denen Meredith annahm, dass sie schon Dinge gesehen hatten, die sie sich nicht einmal vorstellen konnte.

Aspen hingegen schien nichts von Josefs Bewunderung zu ahnen, aber Meredith kannte sie nicht gut genug, um wirklich beurteilen zu können, ob sie es vielleicht doch wusste und nur so tat, als hätte sie keine Ahnung.

Ty und die anderen, die mit ihr in der Frühschicht arbeiteten, behandelten Meredith zuvorkommend, aber sie wurde nicht mit einbezogen, wenn sie ihre privaten Witze, ihre Beobachtungen und markigen Kommentare miteinander austauschten. Tori wurde es.

Liam behandelte sie mit viel mehr Herzlichkeit als irgendjemand anderer in der Stadt. War es da ein Wunder, dass sie mehr Zeit mit ihm verbringen wollte?

Ein paarmal hatte sie den Eindruck gehabt, dass er sie so ansah, wie Josef Aspen ansah, aber sie sagte sich, dass das sicher nur Einbildung war.

Trotzdem sollte sie ihm die Wahrheit sagen.

Der Gedanke schien sich in ihrer Brust festzusetzen, penetrant und hartnäckig wie ein Kern, den man in den falschen Hals bekommen hat.

Am Tag zuvor hätte sie es ihm beinahe gesagt, bevor Toris Ankunft sie wieder zur Besinnung gebracht hatte.

Noch nicht.

Sie war noch nicht bereit, Liam alles über ihre Vergangenheit zu offenbaren. Sie wusste, dass es egoistisch war, aber wenn er von Carter und dem ganzen schrecklichen Schlamassel erfuhr, den ihr Mann angerichtet hatte, würde er sie verachten. Sie war noch nicht bereit, ihren einzigen Freund in der Stadt zu verlieren.

Nach einem eiligen Blick auf die Uhr warf Meredith das Lunchpaket in ihre weiche Umhängetasche, die sie in einer kleinen Boutique in New York City gekauft hatte, als sie noch auf dem College gewesen war.

Ein Rucksack wäre viel praktischer gewesen, aber hier in Cape Sanctuary hatte sie keinen. Hatte sie überhaupt jemals einen Rucksack besessen? Egal, das hier musste reichen.

Sie hängte sich gerade die Tasche quer über die Schulter, als es an der Tür klingelte.

Panik überkam sie, genauso wie der instinktive Drang, Liam zu sagen, dass sie es sich anders überlegt hatte und keine Lust auf eine Wanderung – oder irgendetwas anderes – mit ihm hatte.

Nein. Sie wollte mehr Stärke beweisen. Die Rückkehr nach Cape Sanctuary war ihre Chance, sich selbst wieder aufzubauen und jemand zu werden, den ihre Großmutter mit Stolz als ihren Nachwuchs bezeichnet hätte.

Sie war es leid, Angst zu haben. Sie hatte sich so oft in ihrem Leben von der Angst leiten lassen. Sie hatte Angst gehabt, ihre Eltern zu enttäuschen, den letzten Rest an Liebe zu verlieren, den sie ihr schenkten, und deshalb Entscheidungen getroffen, die ihnen gefielen. Angst davor, nicht die Ehefrau zu sein, die Carter verlangte.

Sie hatte noch einen langen Weg vor sich, aber sie konnte jetzt damit anfangen, nicht vor dem wegzulaufen, was ihr Angst machte.

Vor Liam.

Sie atmete tief ein und öffnete die Tür. Da stand er und sah schlank und dunkel und umwerfend aus, sogar in der dünnen kakifarbenen Wanderhose und dem schlichten blauen T-Shirt.

Bevor sie den Mund aufmachen konnte, um ihn zu begrüßen, stürmte sein Hund herein, mit hängender Zunge und auf dem Holzboden klackernden Pfoten.

Die begeisterte Begrüßung des Hundes brachte sie zum Lächeln. »Hallo, Jasper.«

»Er ist ein bisschen aufgeregt, falls du es noch nicht gemerkt hast.«

»Kann man es ihm verdenken?«, sagte Meredith. »Es ist so ein schöner Tag für eine Wanderung.«

»Ja, oder? Brauchst du noch Zeit?«

»Nein. Ich bin fertig.« Sie hielt die Tasche hoch. »Hast du eine Wasserflasche?«

»Ja. Ich hätte dir sagen sollen, dass ich einen Rucksack mitnehme, in dem noch genug Platz für deine Sachen ist. Wir können alles, was du mitnehmen willst, umladen, wenn wir am Ausgangspunkt sind.«

»Das wäre gut. Danke.« Sie war froh, wenn sie ihre unhandliche Tasche nicht mitschleppen musste.

Auf der Fahrt zum Wanderweg am Stadtrand fragte Liam weiter nach ihren Kindheitserinnerungen an Cape Sanctuary. Er schien sich aufrichtig für die Zeit zu interessieren, die sie hier verbracht hatte, aber sie merkte, dass er dazu neigte, ihren Fragen über seine eigene Kindheit auszuweichen.

Ob das Trauma, dass er seinen Vater am 11. September verloren hatte, alles andere überschattete?

Als sie das Schild für den Campingplatz erreichten, das zu den stark bewaldeten Hängen hinaufwies, bog er auf den Parkplatz ein.

Wenn man den Skyline-Trail wandern wollte, musste man unterhalb des Campingplatzes parken und dann durch diesen hindurch zum eigentlichen Ausgangspunkt des Trails zu Fuß gehen.

Sie brauchten ein paar Minuten, um ihre Sachen in Liams Rucksack zu packen, und machten sich dann auf den Weg.

Als sie an einem älteren Wohnwagen vorbeikamen, der schon etwas zu mitgenommen aussah, um als »vintage« durchzugehen, hallte eine wütende Männerstimme über den Zeltplatz.

»Blöde Schlampe! Warum kannst du nichts richtig machen?«

Die Worte trafen Meredith wie eine Lawine aus scharfen, zerklüfteten Steinen, die den Berghang heruntergestürzt kam.

Einen Moment später schlug eine Tür zu, und eine junge Frau mit lila Haaren kam die Treppe des Wohnwagens heruntergerannt.

Sie hielt kurz an, als sie Liam und Meredith vorbeigehen sah, und ihre Gesichtszüge wechselten innerhalb von Sekunden von blass und verkniffen zu rot und wütend.

»Oh!«, rief Aspen aus und blickte von Meredith zu Liam. »Was macht ihr denn hier? Spioniert ihr mir nach?«

»Nein, natürlich nicht«, erwiderte Meredith schnell. »Warum sollten wir das tun? Wir müssen nur über den Zeltplatz, um zum Skyline-Trail zu gelangen.«

Aspen schien von dieser Information überrumpelt, war aber wohl immer noch skeptisch. »Na, dann wünsche ich eine schöne Wanderung.«

Sie wandte sich ab, aber Meredith erhaschte doch einen Blick auf einen weiteren blauen Fleck auf ihrer Wange.

Alles in ihr spannte sich an, und ihr wurde plötzlich mulmig. Was einen solchen Bluterguss verursachen konnte, wusste sie nur zu gut. Die harte Faust eines wütenden Mannes.

Sie blieb stehen, und Liam neben ihr befahl Jasper, zu bleiben.

»Alles okay mit dir?«, fragte Meredith so leise, dass niemand sonst auf dem Campingplatz sie hören konnte.

Sie musste fragen, obwohl ihr klar war, wie die Antwort lauten würde.

»Klar geht's mir gut. Warum sollte es nicht?«

Meredith war bewusst, dass sie das Thema fallen lassen und weitergehen sollte. Offensichtlich fand Aspen, dass sie sich um ihre eigenen Angelegenheiten kümmern und verschwinden sollte.

Sie schaffte es jedoch nicht, ihre Beine vorwärtszubewegen. Meredith wusste, wie es war, sich völlig allein zu fühlen. Sicher zu sein, dass niemand sonst jemals glauben würde, was in ihrer Welt passierte.

»Aspen«, sagte sie leise. »Du musst nicht bleiben. Das

weißt du doch, oder? Es gibt Organisationen, die dir helfen können, in eine … sichere Umgebung zu kommen.«

Aspen starrte sie mit großen Augen an, dann verwandelte sich ihr Schock in etwas anderes, etwas, das Meredith sehr gut kannte. Scham.

Sie funkelte sie beide an. »Kümmere dich um deinen eigenen Kram, Prinzessin. Was, zum Teufel, weißt du schon über mein Leben?«

Nichts. Und alles.

»Du würdest dich wundern«, murmelte Meredith.

Aspen schien sie nicht zu hören. Sie drehte sich um und lief in die andere Richtung davon, als könnte sie nicht schnell genug von ihnen wegkommen.

Meredith starrte ihr nach, verloren in einem düsteren, verworrenen Netz aus Erinnerungen.

Sie hasste dieses Gefühl der Ohnmacht, weil sie wusste, dass sie nichts tun konnte, um Aspen aus ihrer Situation herauszuhelfen. Egal was sie sagte oder wie viele Links zu Websites, Beratungsstellen oder Broschüren sie anbot, Aspen musste den ersten Schritt selbst machen.

Sie hätte selbst auch von niemandem Hilfe oder Ratschläge angenommen, erinnerte sie sich. Selbst wenn jemand geahnt hätte, wie es in ihrer sorgfältig schallisolierten Penthouse-Wohnung wirklich aussah, hätte Meredith geleugnet, geleugnet und geleugnet.

Sollte sie mit Tori über Aspen sprechen?

Oder wäre es übergriffig ihrer Privatsphäre gegenüber?

Was hätte Frances getan?

Ihre Großmutter wäre wahrscheinlich mit einer gusseisernen Bratpfanne in den baufälligen Wohnwagen marschiert und hätte den nichtsnutzigen Freund abgemahnt.

Meredith war nicht so mutig, aber sie würde mit ihrer Cousine reden, beschloss sie. Dass Aspen in einer gewalttätigen Beziehung lebte, würde Tori nicht überraschen. Sie hatte es bereits angedeutet. Aber Meredith hatte es jetzt selbst miterlebt. Vielleicht konnten sie beide mit Aspen reden und versuchen, sie zur Vernunft zu bringen.

Tori war verständig und geradlinig. Sie wüsste, was sie zu sagen hätte, und sie hatte eine viel engere Beziehung zu Aspen als sie.

Als Meredith mit ihren Gedanken in die Realität zurückkehrte, sah sie, dass Liam mit Jaspers Leine in der Hand noch neben ihr stand, mit einem seltsamen Gesichtsausdruck.

»Tut mir leid«, murmelte sie. »Lass uns gehen.«

Ohne auf seine Antwort zu warten, eilte sie weiter Richtung Wanderweg, obwohl sie wusste, dass sie niemals schnell genug laufen könnte, um ihren eigenen Dämonen zu entkommen.

22. KAPITEL

Liam

Liam fühlte sich etwas unwohl, als er Meredith dabei beobachtete, wie sie mit schnellen Schritten vor ihm in Richtung Trail ging.

Der Moment, in dem sie die Kellnerin konfrontiert hatte, schien in sein Gedächtnis eingebrannt. Wie blass sie gewesen war und was für ein gehetzter Blick in ihre Augen getreten war.

Ein schlimmer Verdacht war in ihm aufgekommen, als er ihr Gesicht gesehen hatte. Auch wenn er es kaum glauben konnte.

Er wollte nicht darüber nachdenken. Aber warum hätte sie sonst so auf Aspens Situation reagieren sollen?

Ihr entsetzter Gesichtsausdruck und wie sich ihre Augen plötzlich zu verdunkeln schienen, überschattet von Erinnerungen und Schmerz.

Er hätte nicht gedacht, dass er jemanden so sehr hassen könnte, wie er Carter Rowland gerade hasste, aber es war so. Der Mann war ein noch niederträchtigerer Mistkerl, als Liam es sich bisher ausgemalt hatte.

Er wollte alles besser machen. Er wollte sie festhalten und ihr versprechen, dass niemand ihr jemals wieder wehtun würde.

Jeder einzelne Aspekt dieser Untersuchung, alles, was er gedacht und geglaubt hatte, war in der letzten Woche auf den Kopf gestellt worden. Jetzt wusste er nicht mehr, was er denken und wie er sich verhalten sollte.

Eigentlich war der Trail atemberaubend. Er führte zwischen alten Küstenkiefern und Büschen hindurch, weit unter ihnen das Meer, aber Liam nahm die hinreißende Landschaft und die berauschenden Düfte von Staub, Kiefernsaft und Meeresluft kaum wahr.

In seinem Kopf schwirrten die Fragen durcheinander. Er wollte sie nicht stellen. Er wollte sich auf die Umgebung fokussieren und so tun, als gäbe es die Welt außerhalb dieses Moments nicht, als ginge ihn ihre Vergangenheit nichts an, ganz so, wie Aspen es ihnen zugerufen hatte.

Er konnte es nicht.

Er wollte sich um diese Frau mit ihrer seltsamen Mischung aus Verletzlichkeit und Stärke kümmern.

Er holte sie ein, und sie gingen noch zehn Minuten schweigend weiter, bevor er sich endlich dazu durchringen konnte, den Mund aufzumachen.

»Wann hat dein Mann angefangen, dich zu schlagen?«

Die Worte schienen zwischen ihnen zu schweben, schmutzig, hässlich und grob.

Ihre Schritte stockten, sie atmete scharf ein und warf ihm einen schockierten Blick zu, bevor sie ihr Tempo wieder aufnahm und den Erdweg entlangmarschierte.

»Ich weiß nicht, wovon du redest«, log sie … schlecht.

Sie war ein überaus faszinierendes Wesen, fand er. Eine Frau, die sowohl zerbrechlich als auch hart im Nehmen war.

»Doch. Ich irre mich nicht. Dein Mann hat dich geschlagen, oder? Wann fing das an?«

Sie ging weitere dreißig Meter, bevor sie schließlich stehen blieb. Jasper holte sie schwanzwedelnd ein, und nach kurzem Zögern machte sie die Augen zu und vergrub ihre Hände in seinem Fell.

»In der Hochzeitsnacht«, stieß sie schließlich beim Ausatmen hervor.

Die Spannung krallte sich zwischen seine Schulterblätter, hart und unerbittlich. »In der Hochzeitsnacht?«, wiederholte er zögerlich.

Sie hatten eine lichte Stelle zwischen den Bäumen erreicht, von wo aus man kilometerweit die Küste hinunterschauen konnte. Meredith richtete sich auf, legte eine Hand an einen herausstehenden Ast. Liam stellte den Rucksack ab.

»Der Tag war wirklich wunderschön«, sagte sie schließlich. »Mein Vater hatte den Ballsaal im Ritz-Carlton und drei ganze Stockwerke gemietet. Ich versuchte mir einzureden, dass ich die glücklichste Frau der Welt war. Diesen gut aussehenden, erfolgreichen Mann zu heiraten, der mich anbetete. Mehr hätte ich mir doch nicht wünschen können.«

Sie begegnete seinem Blick und sah gleichzeitig zerbrechlich und hart aus.

»Wir verbrachten unsere Hochzeitsnacht dort in der Präsidentensuite. Es war märchenhaft, wahrscheinlich das schönste Zimmer, das ich je gesehen hatte, mit einer unvergleichlichen Aussicht über die Stadt und den Michigansee.«

Er sah sie vor sich, frisch von der Uni, unschuldig und strahlend. Es tat ihm im Herzen weh, zu wissen, was auf die junge, schöne Braut zukommen würde.

»Er schlug mich, noch bevor ich dazu kam, mir das Hochzeitskleid auszuziehen. Offenbar hat ihm nicht gefallen, wie ich die Trauzeugen angelächelt habe, als sie mit mir tanzten. Er warf mir vor, eine Hure zu sein, und sagte, ich müsse jetzt lernen, dass er so ein Verhalten nie bei irgendeiner seiner Frauen dulden werde.«

Liam umfasste die Leine fester, um nicht mit der Hand gegen den nächsten Baumstamm zu schlagen. Das Schlimmste war, neben dem Offensichtlichen, wie sachlich sie von dem Vorfall berichtete, der sie damals furchtbar schockiert haben musste.

»Warum bist du nicht direkt vom Hotelzimmer zurück zu deinen Eltern gegangen?«

Sie lachte kurz humorlos auf. »Offenbar kennst du meine Eltern nicht.«

»Willst du damit sagen, dass sie es toleriert hätten, dass jemand ihr Kind schlägt?«

»Ich weiß es nicht. Ich hoffe nicht, aber ich kann dir tatsächlich nicht sagen, was sie toleriert hätten. Ich hatte mich schon immer wie eine fortwährende Enttäuschung für die beiden gefühlt, also konnte ich nicht erwarten, dass es etwas geändert hätte. Jedenfalls habe ich es ihnen nicht gesagt. Ich hätte das Zimmer, das Hotel und die Ehe in diesem Moment verlassen sollen, aber ich tat es nicht.«

Sie schwieg, hatte den Blick auf etwas gerichtet, das er nicht sehen konnte. »Nachdem er mich geschlagen hatte, gab er sich sehr reumütig. Er schien noch erschrockener zu sein als ich, und das will schon was heißen. Er sagte, er habe zu viel getrunken, alles um die Hochzeit herum sei so aufreibend gewesen, und er leide sehr darunter, dass seine verstorbenen Eltern den Tag nicht hätten miterleben können und er sie schrecklich vermisse. Er verstand es sehr gut, mit meinen Gefühlen zu spielen.«

»Du hast ihm verziehen?«

»Ich war zu geschockt, um etwas anderes zu tun. Er wusste genau, was er sagen musste. Mein Mann war ein Meister der Manipulation.«

Ja, dachte Liam. Daran bestand kein Zweifel angesichts der vielen Hundert Menschen, die ihm ihre Ersparnisse zum Investieren anvertraut hatten.

»Wir verfielen in das klassische Muster«, fuhr sie mit grimmigem Gesicht fort. »Ich tat alles, um ihn glücklich zu machen, aber natürlich reichte es nie aus. Er schlug mich und entschuldigte sich danach ausgiebig, schob die Schuld auf den Alkohol, einen geplatzten Deal oder die Person, die seinen Mercedes im Parkhaus zerkratzt hatte. Für ein, zwei Wochen ging es dann wieder, aber es hielt nie lange an.«

Abwesend pflückte sie eine Wildblume und zupfte die Blütenblätter ab. Liam hatte das Gefühl, dass sie sich nicht einmal bewusst war, was sie tat.

Er wollte mehr als nur eine Wildblume zerpflücken, eher ein paar junge Bäume mit Wurzel ausreißen und weit ins Meer hinauswerfen.

»Du hast es niemandem erzählt?«

»Was hätte ich schon sagen sollen? Und wer hätte mir geglaubt?«

»Meinst du wirklich, deine Eltern hätten dir nicht geholfen?«

»Sie haben ihn beide vergöttert. Carter war der Sohn, den mein Vater sich immer gewünscht hatte. Ich wusste, dass sie zu ihm halten würden. Meine Mutter hätte mir erklärt, wie viel Mühe es erfordere, die Frau eines einflussreichen Finanziers zu sein, und dass ich dafür sorgen müsse, dass sein Leben so reibungslos und ungestört wie möglich verlaufe, so wie sie es in ihrer eigenen Ehe getan hat. Mein Vater hätte einfach vorgegeben, mich nicht zu hören.«

Er konnte sich eine solche Familiendynamik nicht vorstellen, da in seiner eigenen Familie alle einander immer unterstützten, egal was man gerade durchmachte.

»Warum hast du ihn nicht verlassen?«

Sobald er die Frage gestellt hatte, wurde ihm klar, wie unsinnig sie war. Er konnte sich nicht im Ansatz vorstellen, wie es sein musste, in einer absolut hoffnungslos erscheinenden Situation zu stecken.

Sie warf die Wildblume fort. Der Wind erfasste die Blütenblätter und sie flogen in einer Spirale zum Wasser hinunter. Die Aussicht hier war spektakulär, das musste Liam zugeben, denn der Pazifik erstreckte sich vor ihnen, so weit das Auge reichte.

Inmitten dieses Naturwunders zu stehen, machte es jedoch noch schwerer, ihre Geschichte über die Bösartigkeit dieses Mannes anzuhören.

»Warum ich nicht weggegangen bin? Ich wünschte, ich hätte eine einfache Antwort darauf«, sagte sie schließlich. »Es scheint jetzt so einfach zu sein. Ich hatte mein eigenes Geld. Sogar viel. Ich hätte ausziehen können. Ich wollte es unbedingt.«

Sie zog die Lippen zusammen. »Einmal habe ich es versucht. Nachdem wir etwa ein Jahr verheiratet waren, hatte ich eine Fehlgeburt. Ich will nicht behaupten, dass es an der Art lag, wie mein Mann mich behandelte, aber geholfen hat es sicher nicht. Ich trauerte und war seelisch am Ende, also kam ich hierher, um Frances zu besuchen. Ich hatte nicht die Absicht, zu ihm zurückzukehren.«

»Was ist dann geschehen?«

»Er kam mir nach. Und er war wütend, schlimmer, als ich es jemals zuvor bei ihm erlebt hatte. Er sagte mir, wenn ich so etwas noch einmal tue, werde er Frances und mich im Schlaf töten und es wie einen tragischen Unfall aussehen lassen. Kohlenmonoxidvergiftung. Keiner würde etwas merken.«

Verflucht! Ausnahmsweise tat es Liam diesmal kein bisschen leid, dass der Typ im Gefängnis aufgeschlitzt worden war, auch wenn das bedeutete, dass er seine Geheimnisse auf ewig mit ins Grab genommen hatte.

Carter Rowland hatte es verdient, und sogar noch viel mehr.

»Also hast du entschieden, dich von deiner Großmutter fernzuhalten.«

Ihr Mund verengte sich. »Ich habe mir eingeredet, dass ich sie beschützen würde, aber ich hätte stark genug sein müssen, um seinen Bluff zu durchschauen. Wie die meisten Missbrauchstäter und Tyrannen war mein Mann im Grunde ein Feigling. Im Nachhinein glaube ich nicht, dass er Frances etwas angetan hätte. Sie war hart und zäh wie Karbonit und hätte sich ihm entgegengestellt. Das hätte er gehasst.«

»Bist du also deshalb bei ihm geblieben? Um sie zu beschützen?«

»Das war vielleicht einer der edleren Gründe. Eine Sache, die ich gelernt habe, ist, dass Angst und Hoffnung oft Hand in Hand gehen. Ich hatte Angst davor, dass er mir oder jemandem, den ich liebte, etwas antun könnte, wenn ich ihn für immer verlasse. Aber ich vermute, dass ein kleiner Teil von mir immer noch hoffte, dass es irgendwann besser würde.«

»Du warst acht Jahre mit ihm verheiratet. Wie hast du das geschafft, ohne …«

»… im Krankenhaus zu landen?«, fragte sie, als er verstummte.

»Ich wollte sagen: ohne ihm deinerseits etwas anzutun?«

»Hauptsächlich, indem ich ihm aus dem Weg ging. In den nächsten zwei Jahren hatte ich zwei weitere Fehlgeburten. Die dritte galt eigentlich als Totgeburt, weil ich da schon in der zweiundzwanzigsten Woche war.«

Sie sagte es in einem sachlichen Ton, aber Liam konnte die Schatten in ihren Augen sehen.

Großer Gott! Wie viel Schmerz hatte sie während ihrer Ehe ertragen müssen! Es war unfassbar.

»Alle Liebe zu ihm war schon lange zuvor gestorben. Aber ich liebte diese Babys.«

Ihre Stimme brach beim letzten Wort ein wenig, und er kämpfte gegen den Drang an, sie in seine Arme zu ziehen.

Sie zuckte mit den Schultern. »Danach hat mich nichts mehr interessiert. Auf eine seltsame Art und Weise glaube ich, dass meine eigene Gefühllosigkeit mir Kraft gab. Er wusste, dass mir egal war, was er mir antat, dass er mir nicht mehr wehtun konnte. Also hat er aufgehört, es zu versuchen.«

»Einfach so?«

»Mehr oder weniger«, antwortete sie einfach. »Als mein Vater starb, eröffnete ich mit dem Geld, das ich geerbt hatte, eine Kunstgalerie und steckte meine Energie dort hinein und noch in einige Wohltätigkeitsorganisationen, für die ich arbeitete. Wir haben eigentlich getrennte Leben gelebt.«

Sie blickte auf das Meer hinab. »Ich hätte ihn verlassen sollen, als er mich das erste Mal schlug. Ich wünschte, ich wäre stark genug gewesen, das zu tun. Genauso wie ich wünschte, ich könnte Aspen überzeugen, auf ihre eigene Kraft zu vertrauen. Sie muss sich nicht mit einem Mann abfinden, der sie nicht mit Anstand und Respekt behandelt, auch wenn sie glaubt, dass sie ihn liebt.«

23. KAPITEL

Meredith

Was tat sie nur?

Hatte sie Liam Byrne wirklich gerade jedes hässliche Detail aus ihrem Leben anvertraut?

Was hatte dieser Mann an sich, dass er einem solche Vertraulichkeiten entlockte? Sie hatte noch nie mit jemandem über diesen Teil ihres Lebens gesprochen. Noch nie. Nicht einmal ihrer eigenen Großmutter hatte sie es erzählt, obwohl sie manchmal vermutet hatte, dass Frances ahnte, wie der Albtraum ihres Lebens mit Carter aussah.

Damals, als sie nach der Fehlgeburt nach Cape Sanctuary gekommen war, hatte Frances nur einen Blick auf sie geworfen, die Arme um sie geschlungen und sie einfach ganz lange gehalten, während Meredith sich nur ausgeweint hatte.

Als Carter aufgetaucht war, um nach ihr zu sehen, über die Maßen charmant und liebevoll, hatte Frances sich nicht von ihm beeindrucken lassen.

Sie hätte ihre gewissenhaft gehüteten Ersparnisse niemals bei ihm angelegt. Da war sich Meredith sicher. Frances war davon ausgegangen, dass ihr Sohn ihr Vermögen verwaltete. Weder Frances noch Meredith hatten gewusst, dass ihr Vater diese Aufgabe an Carter übertragen hatte, der Frances' Geld ebenso veruntreut hatte wie das von allen anderen.

Nein, Meredith hatte auch ihrer Großmutter nicht die Wahrheit gesagt. Bei Frances wie bei allen anderen war sie sorgsam darauf bedacht gewesen, ihre Gefühle unter Kontrolle zu halten.

Warum also hatte sie Liam die Wahrheit gesagt?

Die Antwort darauf kannte sie nicht. Sie hätte es nicht tun sollen. Jetzt würde sich alles zwischen ihnen ändern.

»Es tut mir leid. Als du mich zum Wandern eingeladen hast, hast du sicher nicht erwartet, dass du gezwungen sein würdest, dir die ganze schmutzige Geschichte meiner Ehe anzuhören.«

Seine Lippen spannten sich an. »Du musst dich für nichts entschuldigen, Meredith. Ich habe das Gefühl, dass du nicht mit vielen Menschen darüber sprichst, oder?«

Sie schüttelte den Kopf und schämte sich erneut dafür, dass sie sich diesen Mann, diesen Fremden, ausgesucht hatte, um ihm ihr Herz auszuschütten. »Das ist Vergangenheit. Er kann weder mir noch sonst jemandem mehr wehtun. Was bringt es, das alles wieder auszugraben?«

»Deine Cousine weiß nicht, warum du dich ferngehalten hast?«

»Nein. Und mir wäre es lieber, wenn du es ihr nicht sagen würdest. Für sie wäre es sowieso nur eine weitere Ausrede. Und damit hätte sie recht.«

Er musterte sie, und das Sonnenlicht glitzerte auf seinen Haaren. »Warum hast du dich entschieden, es mir zu erzählen?«

»Das habe ich mich auch schon gefragt. Ich weiß nicht, ob ich eine gute Antwort darauf habe. Du hast mich gefragt und schienst aufrichtig interessiert zu sein.«

»War ich auch. Und ich bin es noch.«

»Und mit dir kann man gut reden. Ich vermute, dass dir das schon öfter gesagt wurde.«

»Ein paarmal.«

»Ich merke langsam, wie sehr ich jemanden zum Reden gebraucht hätte. In den letzten Jahren habe ich mich meistens zurückgezogen. Ich konnte nicht vielen Menschen vertrauen.«

»Weil dein lausiger Ehemann der in Ungnade gefallene Finanzier Carter Rowland war?«

Sie starrte ihn an, während Schock und Bestürzung sie durchfuhren. »Wie ... Wie lange weißt du es schon?«

Er öffnete den Mund, um zu antworten, schien es sich dann aber anders zu überlegen. »Meine Familie lebt in der Gegend von Chicago«, sagte er und wählte seine Worte mit Bedacht. »Man könnte sagen, dass ich die Geschichte verfolgt habe. Du bist dort ziemlich berühmt.«

»Berüchtigt, meinst du.«

Wie viel wusste er?

Sie beschlich ein schrecklicher Verdacht: Vielleicht war er deshalb so nett zu ihr gewesen, hatte sich mit ihr angefreundet, ihr beim Anstreichen geholfen und sie zu diesem Ausflug eingeladen. Er war Schriftsteller. Vielleicht wollte er ein Buch über diesen ganzen Schlamassel schreiben.

Hatte sie gerade alles Dunkle und Hässliche aus ihrer Ehe einem Mann preisgegeben, der sie verraten würde?

Nein. Sie konnte es nicht glauben.

»Du wusstest, wer ich bin, und bist trotzdem noch hier? Und du willst mich nicht über die Klippen ins Wasser werfen?«

Sie meinte ihre Worte halb im Scherz, aber er sah sie lange forschend an. »Warum sollte ich das tun wollen?«

»Die meisten Leute in Chicago würden es tun. Dort bin

ich eine Ausgestoßene. Mrs. Carter Rowland. Entweder ein dummes Huhn oder eine Mitverschwörerin. Wenn du die Geschichte verfolgt hast, weißt du, dass Carter die Renten und Ruhestandskonten von Tausenden Menschen in Chicago geplündert hat. Es ging nicht etwa darum, nur die Reichen zu bestehlen. Er hat auch diejenigen bestohlen, die von vornherein nicht viel hatten. Lehrerinnen und Lehrer, Feuerwehrleute, Dienstleister. Viele Leute denken, dass ich genauso viel Schuld daran trage wie er. Dass ich hätte wissen müssen, was er tat, nicht?«

Sein Blick schien in jeden Winkel ihrer Seele einzudringen. »Hast du es?«

»Ich habe dir erzählt, was für eine Ehe wir geführt haben. Glaubst du ernsthaft, mein Mann hätte mir irgendetwas anvertraut, vor allem die vielen Betrügereien an unschuldigen Menschen?«

Er hielt einen langen Moment inne und blickte aufs Meer hinaus. Als er sich wieder zu ihr umdrehte, war sein Blick so voller Mitgefühl und Verständnis, dass ihr Tränen in die Augen stiegen.

»Ich glaube dir«, murmelte er, obwohl sie den seltsamen Eindruck hatte, dass er von den Worten genauso überrascht war wie sie selbst.

Sie bemühte sich redlich, ihre Gefühle zu verdrängen. Trotzdem klang ihre Stimme zittriger, als ihr lieb war. »Da bist du aber der Einzige. Das FBI und das Finanzministerium tun das sicher nicht. Sie sind seit Carters Verhaftung hinter mir her, weil sie überzeugt sind, dass ich mit ihm unter einer Decke stecke, das unrechtmäßig erworbene Geld irgendwo versteckt habe und nur darauf warte, dass der Druck der Öffentlichkeit nachlässt.«

»Hast du? Weißt du, was er mit den fehlenden Millionen gemacht hat?«

Ein freudloses Lachen entfuhr ihr. »Ich wünschte, es wäre so. Dann könnte ich es den Ermittlern übergeben, und die ganze Sache wäre erledigt.«

»Würdest du es wirklich aushändigen? Eine halbe Milliarde Dollar?«

»Sofort, wenn ich wüsste, wo es ist.«

Er warf ihr einen ungläubigen Blick zu, der sie stutzen ließ.

»Ich bin keine Diebin«, stieß sie heftig aus. »Aber ich sage dir aus erster Hand, dass ich auch nicht unschuldig bin. Ich hätte es wissen müssen. Eine andere Frau hätte vielleicht geahnt, was ihr Mann da treibt. Aber ich wollte nichts von Carters Geschäften wissen oder davon, was auch immer er tat. An dem Punkt in unserer Ehe war es für mich umso besser, je weniger ich mit ihm zu tun hatte.«

»Du hast also keine Ahnung, was er mit dem Geld gemacht haben könnte?«

»Mein Leben wäre so viel einfacher, wenn ich das wüsste. Glaub mir, ich habe mir das Hirn zermartert, um eine Antwort darauf zu finden. Habe ich vielleicht etwas unwissentlich gesehen oder gehört? Hat er irgendetwas erwähnt, womit man sein Bankkonto im Ausland finden kann? Ich weiß es nicht. Wie gesagt, ich wünschte, ich wüsste es. Ich finde schon aus reinem Egoismus die Vorstellung schrecklich, dass Leute denken, ich wollte von dem profitieren, was Carter getan hat. Aber noch schlimmer ist der Gedanke an die Tausenden von unschuldigen Menschen, deren Leben ein Mann zerstört hat, von dem ich einst dachte, er hätte nur mein eigenes auf dem Gewissen.«

Er schaute sie mit einem Ausdruck an, den sie nicht deuten konnte. »Du bist überaus bemerkenswert«, sagte er.

Sie spürte, wie ihr Gesicht heiß wurde. »Wir wissen beide, dass ich das nicht bin. Du musst nicht gönnerhaft zu mir sein, Liam.«

»Gönnerhaft? Ganz und gar nicht. Andere Frauen wären nach dem, was du durchgemacht hast, zusammengebrochen. Du hast deinen Weg auf die andere Seite gefunden. Du bist immer noch in der Lage, unbekannten Menschen gegenüber genauso mitfühlend zu sein wie solchen gegenüber, die du kennst. Wie zum Beispiel Aspen.«

»Aber das reicht nicht. Ich werde den Schaden, den er den Menschen zugefügt hat, nie wieder gutmachen können.«

»Ja, den Schaden, den *er* verursacht hat. Nicht du. Ich denke, es ist an der Zeit, dass du aufhörst, dir die Schuld zu geben.«

»Ich hätte es wissen müssen. Hätte ich die Scheidung früher eingereicht, wäre vielleicht einiges von dem, was er getan hat, früher durchgesickert.«

»Das kannst du nicht wissen. Du trägst zu viel Gewicht auf deinen eigenen Schultern.«

»Es dir zu sagen, hat geholfen, diese Last ein wenig leichter zu machen, zumindest zeitweise. Danke.«

»Das freut mich.« Er starrte sie einen langen Moment an, während der Wind sie umspielte.

Er war nah genug, dass sie ihn hätte berühren können, stellte sie fest. Und plötzlich wollte sie ihn berühren.

Sein Blick fokussierte sich auf ihren Mund, dabei schien Liam eine innere Debatte mit sich selbst zu führen. Sie wusste nicht, ob er nun gewonnen oder verloren hatte, als er einen weiteren Schritt nach vorn machte und mit seinem Mund ihre

Lippen berührte, mit einer erstaunlichen Zärtlichkeit, die sie umwerfend fand.

Er wusste das Schlimmste von ihr, dieser Mann mit den freundlichen Augen und dem süßen Lächeln. Trotzdem küsste er sie, als wäre sie ein seltenes und kostbares Geschenk, das er in den Bergen gefunden hatte.

Ihr Herz, von dem sie dachte, es wäre schon lange verdorrt und abgestorben, schien zitternd zu erwachen, als Hitze sie durchströmte.

Sie fühlte sich stark zu Liam hingezogen. Mehr als das – sie mochte ihn. Er war lustig, intelligent und mitfühlend.

Also schlang sie ihre Arme um seine Taille und lehnte sich an ihn, und eine Empfindung nach der anderen zog durch sie hindurch wie Wolken am Nachmittag.

Sein Kuss fühlte sich wie eine Wiedergeburt an, reinigend und heilend. Sie wollte in seine Arme sinken, hier auf diesem Pfad am Meer bleiben, während die Seeluft sie von der Hässlichkeit und Scham der letzten zwei Jahre reinwusch.

Sie hätten sich den ganzen Nachmittag küssen können, wenn Jasper nicht plötzlich gebellt hätte. Das Geräusch durchbrach das Vogelgezwitscher und die Meeresbrandung.

Sie erstarrte, fassungslos über den Kuss und vor allem über sich selbst, weil sie ihn so unbekümmert erwidert hatte.

Er starrte sie an, seine Augen spiegelten leichte Benommenheit, und dann sah sie, wie ihn die Realität hart traf. Seine Augen weiteten sich, und sein Gesicht drückte plötzlich Entsetzen aus.

Alles, was er in ihr zum Leben erweckt hatte, schien wieder zu schrumpfen und klein und erbärmlich zu werden.

»Meredith. Ich …«

Sie zwang sich zu einem Lächeln. »Du brauchst nichts zu sagen. Wirklich nicht. Das war offensichtlich ein Fehler.«

Sie machte einen Atemzug, der sie leicht erschauern ließ. So leicht, dass sie hoffte, er würde es nicht bemerken. »Lass uns einfach zu Mittag essen und so tun, als wäre das nie passiert.«

Er stieß einen üblen Fluch aus.

Genau. Sie fühlte genau dasselbe.

»Es tut mir leid, Meredith. Wir können zu Mittag essen, aber so tun, als ob das nicht passiert wäre, kann ich nicht. Ich bin ein Zahlenmensch. Dafür reicht meine Fantasie nicht aus.«

»Und trotzdem schreibst du ein Buch.«

Er wirkte kurz irritiert, als sie ihn daran erinnerte, als hätte er es völlig vergessen. »Richtig, und ich kämpfe um jedes einzelne Wort.«

»Ein weiterer Grund, dass wir schnell zu Mittag essen und uns auf den Rückweg machen sollten. Vielleicht lassen wir auch das Mittagessen sein oder essen einfach auf dem Rückweg zum Café im Auto. Ich habe dich lange genug von deinem Buch ferngehalten.«

Er starrte sie lange Zeit an und atmete dann aus. »Du hast dir die Mühe gemacht, etwas zu essen vorzubereiten, und ich bin auf einmal kurz vorm Verhungern. Zehn Minuten können wir uns doch Zeit nehmen, um zu essen.«

»Ich glaube, der Wasserfall ist nicht mehr weit entfernt. Sollen wir weiterwandern und schauen, ob wir ihn finden?«

»Klar, da wir schon mal so weit gekommen sind. Wir können ja dort essen.«

Er ergriff seinen Rucksack, ordnete Jaspers Leine und setzte nach einem weiteren forschenden Blick den Weg fort.

24. KAPITEL

Liam

Er hatte Meredith Rowland geküsst.

Nachdem sie noch ungefähr zehn Minuten gelaufen waren, erreichten sie den Wasserfall. Es war ein atemberaubender Anblick, ein Fluss, der dreißig Meter tief ins Meer stürzte.

Sie verspeisten ihren mitgebrachten Lunch, der köstlich schmeckte, auf einem Fels mit Blick auf die Wasserfälle. Und während Liam aß, schien der Satz wie eine Sirene durch seinen Kopf zu hallen.

Ich habe Meredith Rowland geküsst.

Und es war nicht nur ein flüchtiges Küsschen gewesen. Er hatte sie geküsst, als ob er es ernst meinte.

Er *hatte* es ernst gemeint.

Am liebsten wollte Liam seinen Kopf gegen die nächste Felswand schlagen, ungefähr zwanzig oder dreißig Mal.

Was, zum Teufel, hatte er sich dabei gedacht? Sie war eine Informationsquelle. Mehr nicht. Er versuchte, ihr Informationen über die fehlenden Gelder zu entlocken, die ihr Mann gestohlen hatte. Er war nicht hier, um etwas mit der Frau anzufangen, so verlockend er es auch finden mochte.

Wie hatte es so weit kommen können? Er hatte jegliche Objektivität in diesem Fall verloren. Meredith war für ihn zu weit mehr als einer Quelle geworden. Sie war eine Frau, die

Schmerz, Angst und Verlust ertragen hatte, und das mit einer stillen Anmut, die ihn erstaunte.

Er hatte sie geküsst, weil er sie küssen wollte. Weil er sich zu ihr hingezogen fühlte, nicht weil er sie für eine Art Jungfrau in Nöten hielt, sondern weil er in ihr eine Frau sah, die in eine aufreibende, belastende Situation geraten und ins Bodenlose gefallen war und jetzt ihr Bestes tat, um sich selbst herauszuhelfen.

Er hatte sie geküsst, weil er sie äußerst anziehend fand. Sie war schön und mutig und hatte ein Herz voller Mitgefühl für andere, die Hilfe brauchten, so wie Aspen.

Er steckte in ernsten Schwierigkeiten.

Wenn das so weiterging, würde er sich bald Hals über Kopf in sie verlieben, in die Frau, die er eigentlich aushorchen wollte.

Er konnte nur froh sein, dass er nicht in offizieller Funktion hier war, sonst wäre er sofort gefeuert worden.

Trotzdem konnte er mit dieser ganzen Aktion noch immer alles aufs Spiel setzen. Wenn seine zuständige Sonderermittlerin erfuhr, dass er Meredith hier aufgespürt und sich in ihr Leben eingemischt hatte, dass er falsche Angaben darüber gemacht hatte, wer er war und was er hier tat, konnte er sehr wohl gefeuert werden.

Die Aussicht darauf beunruhigte ihn nicht so sehr, wie sie es vielleicht sollte. Er wusste, dass jemand mit seinen Fähigkeiten immer einen Platz in der Strafverfolgung finden würde. Wenn nicht, konnte er noch im Private Consulting arbeiten.

Aber was nun? Er hatte sie geküsst und konnte diesen Moment nicht mehr zurücknehmen, selbst wenn er es wollte.

Sie hatte gesagt, dass sie keine Ahnung habe, wo das gestohlene Geld sein könnte. Er glaubte ihr.

Vor einer Woche hatte er noch geglaubt, sie würde bis zum Hals in den Verbrechen ihres Mannes stecken. Jetzt nicht mehr. Sie war ein unschuldiges Opfer. Vielleicht sogar ein größeres Opfer als alle anderen, denen er zu helfen versuchte. Diejenigen, die bei Rowlands Investitionsprogramm Geld verloren hatten, waren finanziell geschädigt worden. Meredith hatte weit mehr als nur Geld verloren. Sie hatte ihre Unschuld, ihre Selbstachtung und Jahre ihres Lebens eingebüßt.

Er musste ihr sagen, wer er war und warum er hier war.

Die Erkenntnis traf ihn wie ein herabstürzender Felsbrocken. Er wollte es nicht. Es würde sie verletzen, besonders jetzt, wo er sie geküsst hatte.

Was für ein verdammtes Chaos er angerichtet hatte.

»Das war sehr lecker«, sagte er schließlich, faltete das Papier, mit dem sie die Sandwiches eingepackt hatte, zusammen und steckte es in seinen Rucksack. »Vielleicht das beste Schinkensandwich, das ich je gegessen habe.«

»Es geht nur darum, frisches Brot und gute Butter zu verwenden. Also, für die Arterien oder die Taille ist es überhaupt nicht gut, aber vielleicht macht die Wanderung an der frischen Luft die Kohlenhydrate und Kalorien wieder wett.«

»Hoffen wir es.«

Sie gingen den Weg zurück, die meiste Zeit schweigend, beide in Gedanken versunken.

Mit jedem Schritt schienen die Optionen, die er hatte, komplizierter auszusehen.

Er könnte sofort seinen Kram packen und die Stadt verlassen, ohne einen Blick zurückzuwerfen.

Er könnte ihr erzählen, was er getan hatte, und sie um Hilfe bei der Suche nach dem fehlenden Geld bitten.

Oder er könnte einfach so weitermachen, so tun, als wäre

er Schriftsteller, und auf subtile Weise versuchen, herauszufinden, ob sie vielleicht mehr wusste, als ihr klar war.

Sein Gewissen zwickte ihn. Sie hatte es nicht verdient, manipuliert und betrogen zu werden.

Er sollte ihr die Wahrheit sagen. Dass er in Wahrheit kein Schriftsteller war, nicht die Absicht hatte, den nächsten Bestseller über einen Kunstraub oder etwas anderes zu schreiben, und dass alles, was sie über ihn wusste, eine Lüge war.

Er war nicht besser als ihr Mann. Er log und manipulierte, um seine Absichten durchzusetzen.

»Meredith. Ich muss dir etwas sagen«, sagte er schließlich, bevor er es sich anders überlegen konnte.

Sie blieb auf dem Pfad stehen. Die Stelle war von Küstenkiefern umgeben, die durch die endlosen Windböen, die vom Wasser herüberwehten, zwar gebogen, aber nicht gebrochen wurden.

»Das klingt ziemlich bedrohlich«, sagte sie mit einem leichten Lächeln.

Wie sollte er anfangen?

Ich bin kein Schriftsteller und werde auch nie einer sein. Ich bin hierhergekommen, weil ich wie alle anderen glaubte, dass du die Millionen versteckt hast, die dir nicht gehören.

Er öffnete den Mund, ohne richtig zu wissen, wie er es sagen sollte. Aber noch bevor er ein Wort sagen konnte, bellte Jasper etwas auf dem Pfad an. Gerade als Liam hinsah, kam ein fremder Hund um die Biegung, der einen Stock in der Schnauze trug.

Als der Hund, ein großer Schäferhund, sie bemerkte, erstarrte er auf fast komische Weise und sprang dann zu Jasper hinüber, um ihn zu begrüßen, wobei er den Stock vor dessen Pfoten fallen ließ.

Liam wappnete sich, weil es fraglich war, ob der Hund freundlich bleiben würde, aber die beiden beschnupperten sich gegenseitig und schienen sofort Freunde zu werden.

Einen Moment später kamen zwei Menschen auf dem Pfad in Sicht.

Liam kannte den Mann und Meredith ebenfalls. Er arbeitete in der Küche des Beach End.

»Ach, Ty, hallo!«, rief sie. »Was für eine Überraschung! Ich hätte nicht damit gerechnet, dich hier zu sehen.«

Der hipsterhafte Typ lächelte sie an. »Die Welt ist klein, würde ich sagen. Ist eine schöne Stelle, um seinen freien Tag zu verbringen. Kennst du schon meine Freundin? Das ist Susanna.«

»Hi, Susanna. Ich bin Meredith. Ich arbeite mit Ty im Café.«

»Ja. Er hat mir von dir erzählt.«

Die Frau hatte dunkles, glänzendes Haar, das zu einem Pferdeschwanz zurückgekämmt war. Nach ihrem Gesichtsausdruck zu urteilen, schien sie zurückhaltend, aber freundlich zu sein.

»Ty macht die besten Nachos, die ich je gegessen habe«, sagte Meredith. »Die Leute kommen von weit her, um sie zu essen.«

»Ja. Ich mag seine Nachos auch sehr.«

Irgendwie schaffte es die Frau, das vage sexuell klingen zu lassen, obwohl Liam nicht sagen konnte, ob sie es auch so meinte.

»Und das ist dein Hund? Hallo, du bist ja eine Schönheit.«

»Ja, es ist eigentlich Susannas Hund«, sagte Ty.

»Darf ich ihn streicheln?«, fragte Meredith.

»Sie.« Susanna lächelte. »Sie heißt Aggie. Nur zu.«

»Hallo, Aggie.«

Meredith kraulte den Hund begeistert. Es kam Liam fast so vor, als wollte sie gar nicht hören, was er ihr zu sagen hatte.

»Ja, schön, dann wünsche ich euch viel Spaß beim Wandern«, sagte sie und richtete sich wieder auf.

»Dann bis morgen«, sagte Ty. Er nickte Liam zu, dann gingen die beiden weiter den Pfad hinauf, mit dem Hund vorneweg.

»Ty ist ein guter Kerl. Jedenfalls ist er freundlich zu mir, egal wie viel ich falsch mache.«

»Freundlichkeit ist eine wichtige Eigenschaft für einen Mitarbeiter.«

»Da stimme ich dir zu. Als ich in der Galerie Mitarbeiter eingestellt habe, habe ich auch mehr auf ihre Persönlichkeit und ihre Fähigkeiten im Umgang mit Kunden als auf ihre Kunstkenntnisse geachtet. Ich meine, das war natürlich hilfreich. Die Liebe zur Kunst sowieso. Aber was nützt es, jemanden mit einem Kunststudium zu haben, wenn er jeden potenziellen Kunden behandelt, als käme er direkt vom Bauernhof und könnte einen Manet nicht von einem Monet unterscheiden?«

Sie schien über alles reden zu wollen, was ihren Kuss und ihre jüngste Vergangenheit ausklammerte. Und so plapperte sie den Rest der Wanderung bis zum Ausgangspunkt des Trails über ein paar andere Wanderungen, die sie mit Tori in der Gegend unternommen hatte, als sie Teenager gewesen waren.

Während sie sprach, wälzte Liam die Frage im Kopf, wie er das Thema noch einmal ansprechen und ihr sagen sollte, dass er nicht der Mann war, für den sie ihn hielt.

Von den drei Möglichkeiten, über die er vorhin nachgedacht hatte, war die, es ihr gar nicht zu sagen, eindeutig die attraktivste.

Er wusste aber auch, dass er es nicht einfach verschweigen konnte. Er musste ihr die Wahrheit darüber sagen, wer er war und warum er hergekommen war.

Aber vielleicht nicht gerade jetzt, in dieser friedlichen Umgebung, während sie den ersten Moment der Entspannung genoss, seit sie wieder in Cape Sanctuary war.

25. KAPITEL

Liam

Offensichtlich war er nicht zum Geheimagenten geboren, dachte Liam, nachdem sie Jasper zu Hause beim Cottage abgesetzt hatten und nun wieder zum Café fuhren, um den letzten Anstrich in Angriff zu nehmen.

O ja, beim Sammeln und Analysieren von Daten war er gut, aber wenn es um Täuschung und List ging, war er eine Niete.

»Wir brauchen sicher nicht mehr lange«, sagte Meredith, als sie das Beach End erreichten.

Sie hatte recht. Der zweite Anstrich ließ sich viel leichter auftragen als der erste. Und da ihre Cousine dabei war, hatte Liam keine Chance zu reden, selbst wenn ihm die passenden Worte eingefallen wären.

»Das sieht wirklich sehr gut aus«, sagte Tori, dieses Mal ohne Widerwillen in der Stimme. »Es war eine tolle Idee. Ich bin froh, dass du mich dazu überredet hast.«

Meredith strahlte, als sie die Malutensilien zusammenräumten und im Lagerraum hinter dem Café abluden.

Als Liam und Meredith nach Starfish Beach zurückfuhren, überlegte er immer noch, wie er ihr die Wahrheit sagen sollte.

Wenn er gut in dieser ganzen Undercoversache wäre, würden ihn sicher nicht derartige Gewissensbisse plagen, oder er könnte zumindest seine Schuldgefühle abmildern, indem er sich einredete, der Zweck heilige die Mittel.

Aber leider hatte er nun mal ein Gewissen, das davon überzeugt war, dass Meredith Collins Rowland nichts mit den Verbrechen ihres Mannes zu tun hatte und nicht wusste, wo er seine Beute versteckt haben könnte.

Er würde ihr wehtun.

Diese Einsicht schmerzte ihn mehr als sein Gewissen. Er sah keinen anderen Ausweg, als ihr nichts zu sagen und sie in ihr Leben zurückkehren zu lassen, ohne dass sie je erfuhr, dass ein FBI-Agent sie einmal dazu gebracht hatte, ihn in ihr Leben zu lassen.

Aber dabei hatte er auch kein gutes Gefühl. Was für eine verdammt verfahrene Situation.

Wie sollte er es ihr sagen? In seinem Kopf schwirrten verschiedene Möglichkeiten herum, von denen keine besonders verlockend war.

Ach, übrigens, ich weiß, dass wir uns geküsst haben und du mir all deine Geheimnisse verraten hast. Ich sollte vielleicht erwähnen, dass ich für das FBI arbeite und inoffiziell hier bin, sozusagen auf einem persönlichen Rachefeldzug, um dein Vertrauen zu gewinnen und das Geld zu finden, das dein verstorbener Bastard von Ehemann meiner Mutter und Tausenden anderen gestohlen hat. Aber danke für die Wanderung.

Ja, genau. Das konnte er ihr nicht sagen.

Sie erreichten das Häusertrio am Starfish Beach, ohne dass ihm die richtigen Sätze eingefallen wären.

Als sie geparkt hatten, kam sie noch einmal zu ihm und ergriff das Wort. »Nochmals vielen Dank für deine Hilfe beim Malen und dafür, dass du mich heute mitgenommen hast. Es tut mir leid, wenn ich dich auf dem Weg aufgehalten habe.«

»Das hast du doch gar nicht. Es war perfekt. Und dein Essen fürs Picknick war fantastisch. Du bist sehr gut darin, Jambon Beurre zu machen.«

Farbe stieg ihr in die Wangen, und sie schenkte ihm ein sanftes, warmes Lächeln, was seine Gewissensbisse nur noch steigerte.

»Ist ja nicht viel dabei, einfach Butter auf ein Baguette zu streichen und Schinken daraufzulegen.«

»Also, mir hat seit Langem nichts mehr so gut geschmeckt. Vielleicht nicht wirklich gut für mich, aber sehr köstlich.«

»Wie alle schönen Dinge im Leben, oder?«

Ihr Kuss fiel sicherlich ebenfalls in diese Kategorie. Köstlich, süchtig machend und völlig verkehrt.

Sie hob zum Abschied die Hand und setzte zum Gehen an. »Ach so«, sagte sie dann und hielt inne. »Ich habe es ganz vergessen, weil wir Ty auf dem Weg begegnet sind, aber wolltest du mir nicht etwas sagen?

Da war sie. Die ideale Chance. Er öffnete den Mund und rang noch um die richtigen Worte, als eine Frau auf Merediths Veranda erschien.

»Sieht aus, als hättest du Besuch«, sagte er.

Meredith blickte hinüber und riss vor Schreck die Augen auf. »Aspen!«, rief sie und lief die Treppe hinauf, um die junge Frau zu begrüßen.

Aspen hielt einen großen Rucksack hoch. »Ich wollte fragen, ob du vielleicht weißt, wo ich für ein paar Nächte bleiben könnte. Diese Unterkunft, von der du gesprochen hast, oder eine Herberge oder so. Ich habe ein bisschen Geld.«

»Ja, natürlich.«

»Leo hat gepackt und ist weg. Er hat das meiste von meinem Trinkgeld mitgenommen.«

»Oh, Aspen.«

Ihr lila Haar tanzte, als sie den Kopf schüttelte. »Ist schon okay. Ich bin nur froh, dass er weg ist. Hat sowieso nicht geklappt mit uns. Aber jetzt muss ich sehen, wie ich zurück nach Ohio komme. Ich müsste nur erst noch ein paar Wochen arbeiten und genug für die Busfahrkarte verdienen.«

Meredith schien sie gut verstehen zu können. »Du kannst hierbleiben. Es ist zwar nicht das glamouröseste Cottage, aber ich habe ein Gästebett und würde mich über Gesellschaft freuen.«

»Ich kann es bezahlen«, sagte Aspen erneut. Sie schien fest entschlossen, ihr klarzumachen, dass sie keine Almosen wollte.

»Mach dir deswegen keine Sorgen. Mein Gästezimmer ist leer. Ich bin froh, dass du hier bist. Lass uns reingehen und etwas Eis für dein blaues Auge besorgen.«

Aspen schien ganz überwältigt von Merediths Mitgefühl und Fürsorge. »Danke.«

»Ich nehme den schon«, sagte Liam, der zu ihnen getreten war, und griff nach dem Rucksack zu ihren Füßen.

Er trug ihn in das kleine Haus. »Wo soll er hin?«

»Das Gästezimmer ist den Flur runter auf der linken Seite, wahrscheinlich an derselben Stelle wie in deinem Haus.«

Er trug ihn in das Zimmer, das zwar nicht dekoriert, aber sauber war und nur ein Einzelbett und einen einzigen Stuhl enthielt. Er stellte den Rucksack auf den Stuhl und kehrte ins Wohnzimmer zurück.

»Kann ich dein Bad benutzen?«, fragte Aspen. »Ich bin vor einer Weile vom Berg gekommen und muss schon seit etwa zwei Stunden pinkeln.«

»O ja, sicher. Es ist gleich gegenüber vom Schlafzimmer.«

Als sie weg war, wandte sich Meredith wieder an Liam. »Tut mir leid. Du wolltest mir etwas sagen.«

Er musste ihr die Wahrheit gestehen, aber jetzt war wieder nicht der richtige Zeitpunkt dafür, denn sie war durch ihren Besuch abgelenkt.

»Es ist nicht wichtig«, log er. Was bedeutete jetzt schon eine Lüge mehr? »Danke noch mal für die Wanderung.«

Sie lächelte so strahlend, so authentisch, wie er es seit ihrer Ankunft in Cape Sanctuary nicht gesehen hatte. »Vielleicht können wir das irgendwann noch einmal machen. Aber nur, wenn es dich nicht von der Arbeit an deinem Buch abhält. Ich habe jeden Tag ab zwei Uhr frei.«

Liam zwang sich zu einem Lächeln. Er hatte keinen Grund mehr, in Cape Sanctuary zu bleiben, obwohl er das Cottage für zwei weitere Wochen bezahlt hatte.

»Hört sich an wie ein guter Plan«, sagte er. Als er das Wasser im Bad laufen hörte, blickte er Meredith ernst an. »Hör zu. Die gefährlichste Zeit für eine Frau in einer Missbrauchssituation ist, wenn sie versucht, sich dieser zu entziehen.«

»Das weiß ich«, sagte sie ebenso leise wie er.

Natürlich wusste sie es. Es versetzte ihm einen Stich ins Herz, und neue Wut auf Carter Rowland erfüllte ihn.

»Aspen sagte, dass ihr Freund sie zurückgelassen habe, aber wenn er wiederkommt, sollte sie wirklich ins örtliche Frauenhaus gehen. Sei vorsichtig, okay? Ich bin gleich nebenan. Ich kann im Handumdrehen hier sein, Tag oder Nacht. Und Jasper kann sehr bedrohlich sein, wenn es sein muss, falls du einen Bodyguard brauchst.«

»Ich hoffe, das wird nicht nötig sein, aber danke. Ich kann dir gar nicht sagen, wie beruhigend es ist, zu wissen, dass es da draußen noch gute Typen gibt.«

Ja, er war ein toller Typ, der sie tagelang belogen und manipuliert hatte.

Er zwang sich zu einem Lächeln und machte sich auf den Weg zu seinem Cottage. Sein Handy klingelte, als er das Haus betrat.

Als er die Anrufer-ID auf dem Display sah, erschrak er. Seine Vorgesetzte, Agent Danielle Trimbull, rief selten seine persönliche Nummer an. Hatte sie irgendwie herausgefunden, wo er war und was er trieb?

Er überlegte, den Anruf zu ignorieren. Immerhin hatte er Urlaub. Da sie ihn aber so selten anrief, war es wahrscheinlich wichtig.

»Hi, Danielle.«

»Liam, bin ich froh, dass ich dich erwische. Wie ist deine Auszeit? Bist du bei deiner Familie?«

»Nein, in Nordkalifornien. Ich habe eine Unterkunft in einer kleinen Stadt namens Cape Sanctuary.«

»Wirklich? Da war ich schon mal. Ich bin nicht weit entfernt in Ferndale aufgewachsen.«

»Es ist eine schöne Gegend.«

»Ist es wirklich. Ich sollte mal wieder zu Besuch dorthin fahren. Es scheint so, als ob ich jedes Mal, wenn ich frei habe, an irgendeinem Projekt im Haus arbeite. Das ist aber nicht der Grund für meinen Anruf. Ich tue dir das nur ungern an, aber wir haben ein Problem. Die Staatsanwaltschaft hat im Fall ›Byte Right‹ die Reihenfolge der Zeugen geändert. Sie sind der Auffassung, dass es für sie effektiver wäre, wenn du früher aussagst als ursprünglich geplant. Sie wollen, dass du übermorgen in den Zeugenstand trittst.«

»Übermorgen? Und das haben sie jetzt mal eben so beschlossen?«

»Sie überlegen schon seit ein paar Wochen, ihre Strategie zu ändern, aber heute Morgen haben sie es endgültig entschieden. Es tut mir leid, dass du deinen Urlaub unterbrechen musst. Du bekommst aber natürlich noch die vollständigen zwei Wochen. Für deine Aussage wirst du nur ein paar Tage bleiben müssen und kannst dann gleich wieder an die Küste zurück. Ich werde es wiedergutmachen, versprochen.«

Er hatte keine Wahl. Mehr als ein Jahr seines Lebens hatte er in den Fall gesteckt. Er kannte ihn besser als jeder andere und musste ihn zu Ende bringen.

»Ja, in Ordnung. Ich fahre morgen runter.«

Er würde nach seiner Aussage zurückkommen und den Rest der Zeit, für die er das Cottage gemietet hatte, dortbleiben, selbst wenn es nur zu dem Zweck war, Meredith die Wahrheit zu beichten, beschloss er. So hätte er wenigstens ein paar Tage Zeit, sich zu überlegen, wie er es ihr beibringen sollte.

So viel war er ihr schuldig.

26. KAPITEL

Tori

Tori fand es selbst lächerlich, mit welcher Begeisterung sie sich darauf freute, den Abend mit Emilia, Sam und Cristina zu verbringen.

Es geht nur um die Hausaufgaben, rief sie sich in Erinnerung. Die beiden Mädchen wären sicher ganz wild darauf, zumindest wenn man nach der letzten Woche ging.

Die Zeit zum Zögern und Herumtrödeln war vorbei. Em und Cristina hatten nur noch eine Handvoll Tage Zeit, um ihre fehlenden Aufgaben zu erledigen, wenn sie ihre Kurse bestehen wollten.

Nachdem sie ins Café zurückgekehrt war, um die Malerarbeiten mit Meredith und Liam zu beenden, die beide ein wenig bedrückt schienen und offenbar eilig mit dem Projekt fertig werden wollten, hatte Tori noch ein paar Dinge im Supermarkt eingekauft. Jetzt stand sie in der offenen Wohnküche ihres Hauses und bereitete einen Salat zu, während sie beobachtete, wie die Schatten über dem Wasser länger wurden.

Sie hatte schon viel Zeit damit verbracht, alles für die Gäste vorzubereiten und dafür zu sorgen, dass alle Kirschtomaten akkurat halbiert und die Gurken nicht bitter oder matschig waren.

Sie schrieb Emilia, die oben in ihrem Zimmer war, dass sie herunterkommen und den Esstisch auf der großen Terrasse mit Blick aufs Wasser decken solle, damit sie draußen essen und dabei die Wellen plätschern hören konnten.

»Ich wünschte, Sam und Cristina könnten uns einfach besuchen, und wir müssten nicht dabei noch Hausaufgaben machen«, sagte Em, als sie die Teller aus dem Schrank holte.

Tori schaffte es, sich den Kommentar zu verkneifen, dass die Mädchen nur das ernteten, was sie gesät hatten, weil sie in der letzten Hälfte des Schuljahres geschludert hatten.

Diesen Punkt hatten sie jedoch schon zur Genüge diskutiert. Es war sinnlos, das aufzuwärmen.

»Ja, das wäre schön, oder? Wir planen das für den Sommer. An deinem Geburtstag können wir ein großes Familiengrillfest veranstalten und deine Großeltern dazu einladen oder es bei ihnen machen. Da könntet ihr alle schwimmen.«

Tori konnte es kaum glauben, dass ihre Tochter bald vierzehn wurde. Wo waren nur all die Jahre geblieben?

Sie kannte die Antwort darauf. Sie hatte alle Hände voll damit zu tun gehabt, ihr Dasein als Witwe zu überleben, Frances in ihren letzten Tagen, so gut es ging, zu helfen und das Café am Laufen zu halten.

»Kann ich auch eine Party nur für meine Freunde machen?«

»Es ist ja noch ein paar Monate hin, aber wir können sicher etwas arrangieren. Wenn du willst, können wir es auch im Café machen, nach Geschäftsschluss, so wie letztes Wochenende.«

»Das wär ja toll. Meinst du, Ty könnte Burger für alle machen?«

»Wir fragen ihn mal, aber das lässt sich doch bestimmt organisieren.«

»Ich hatte eigentlich nur an ein Lagerfeuer am Strand gedacht, aber ein Essen im Café wäre cool. Super Idee, Mom.«

Tori fiel aus allen Wolken, als Em sie ganz spontan umarmte. Sie legte das Messer weg und schlang ihrerseits die Arme um sie. In den seltenen Momenten, in denen ihr Kind sie umarmte, ließ sie immer alles stehen und liegen, um die Umarmung zu erwidern.

Ihre Tochter schien wieder größer zu sein als bei ihrer letzten Umarmung. Sie war kein Kind mehr, sondern eine ausgewachsene junge Frau.

Ihre Kehle fühlte sich eng an, und sie kämpfte gegen den Drang, ihr Gesicht in Ems Haar zu vergraben und die Zeit anzuflehen, nicht so schnell zu vergehen.

Solche zärtlichen Momente waren in diesem Jahr rar gesät. Tori wusste, dass sie sie auskosten musste, wann immer sie die Gelegenheit bekam. Meistens war sie schon glücklich, wenn sie kein Augenrollen und keinen Blick erntete, der ihr das Gefühl gab, sich total danebenbenommen zu haben.

Die schnellen Stimmungsschwankungen waren mit das Schwierigste bei der Erziehung eines Teenagers, fand Tori. Hatte sie sich auch so verrückt benommen? Die arme Frances, falls es so war. In einem Moment schien Em so liebenswürdig wie gewohnt zu sein, im nächsten wollte sie nicht mal dieselbe Luft atmen wie ihre Mutter.

Aber diese launischen Zeiten würde sie ertragen können, wenn sie dafür durch solche Momente entschädigt wurde, die ihr das Gefühl gaben, dass Emilia sie immer noch gern in ihrer Nähe hatte.

»Mom, warum triffst du dich nicht öfter mit jemandem?«

Sie wich ein wenig vor Em zurück und starrte sie an, im Versuch, die völlig unerwartete Frage zu verarbeiten.

»Und mit ›öfter‹ meine ich natürlich ›mehr‹«, sagte Em mit einem schelmischen Lächeln. »Also, warum tust du's nicht mehr?«

»Ich gehe aus. Manchmal.«

»Wann bist du das letzte Mal mit jemandem ausgegangen? Als ich in der fünften oder sechsten Klasse war.«

Tori wandte sich wieder der Zubereitung des Salats zu und wich dem Blick ihrer Tochter aus, in der Hoffnung, vor Emilia verbergen zu können, wie unangenehm ihr das Thema war.

»Warum interessieren sich alle so sehr für mein Liebesleben? Oder dessen Fehlen?«

»Wer interessiert sich denn noch dafür?«, fragte Em.

Jetzt wünschte sie sich nur, sie hätte nichts gesagt, besonders angesichts der Tatsache, wen sie zum Abendessen erwarteten.

»Sam hat mich neulich das Gleiche gefragt.«

Em sah sie neugierig an. »Und was hast du ihm gesagt?«

»Dasselbe, was ich dir auch sagen werde. Ich habe im Moment andere Prioritäten.«

»Bist du nicht einsam? Ich meine, Dad ist schon so lange nicht mehr da.«

Sie sah ihre Tochter an und entdeckte Javier in ihrem Lächeln, in ihren Grübchen und den warmen braunen Augen.

»Manchmal kommt es mir vor, als wäre Dad schon ewig weg«, sagte Emilia. »Und manchmal könnte ich schwören, dass ich gestern noch mit ihm gesprochen habe.«

Ihre Tochter wurde still, und Tori umarmte sie erneut, in der Hoffnung, nicht abgewiesen zu werden.

»Ich vermisse ihn«, sagte Emilia mit einem kleinen Schniefen, schlang ihre Arme um Toris Taille und legte ihre Wange an ihre Schulter.

»Ich auch«, antwortete Tori, obwohl sie dabei einen kleinen Stich verspürte, weil sie wusste, dass der Schmerz des Verlustes nach sieben langen Jahren nun größtenteils vergangen war.

So standen sie zusammen und dachten beide an den Mann, der dumme Witze geliebt hatte, Sonnenaufgänge im Sommer und barfuß auf dem Sand zu tanzen.

»Lernst du deshalb niemanden kennen?«, fragte Em nach einem Moment. »Weil du immer noch in Dad verliebt bist?«

Tori wählte ihre Worte sorgsam. »Dein Vater war ein wunderbarer Mann. Ein Teil meines Herzens wird immer ihm gehören. Vielleicht habe ich tief im Inneren Angst, dass ich nie jemanden finden werde, der so gut ist wie er.«

Em entfernte sich mit einem Seufzer von ihr. »Manchmal vermisse ich ihn so sehr, dass es mir im Bauch wehtut. Und manchmal kann ich mich gar nicht mehr daran erinnern, wie es überhaupt war, einen Dad zu haben.«

Tori strich ihrer Tochter mit der Hand übers Haar. Sie war so voller Liebe zu diesem hübschen jungen Mädchen, das versuchte, seinen Weg in der Welt zu finden.

»Dein Vater hätte es geliebt, zu sehen, was für eine tolle junge Frau du geworden bist. Er hat es geliebt, dein Vater zu sein. Es war seine größte Freude und größte Ehre.«

In diesem Moment klingelte es an der Tür, und Em verzog das Gesicht und wischte sich über die Augen.

»Na toll. Jetzt ist meine Wimperntusche ganz verschmiert.«

»Ist sie nicht. Du siehst toll aus.«

»Du hast leicht reden. Du trägst ja eh kaum Make-up. Ich muss es in Ordnung bringen.«

Sie eilte die schmale Treppe zu ihrem Zimmer im Dachgeschoss hinauf und überließ es Tori, die Tür zu öffnen.

Nachdem Tori einen kurzen Blick in den Spiegel am Eingang geworfen hatte, um sicherzugehen, dass ihre eigene minimale Wimperntusche nicht verschmiert war, öffnete sie die Tür.

»Wo ist Em?«, fragte Cristina, als Tori die beiden ins Cottage ließ.

»In ihrem Zimmer. Anscheinend muss sie erst ihr Make-up ausbessern, bevor ihr die nächsten zwei Stunden Hausaufgaben machen könnt.«

»Ich schaue mal besser nach ihr. Sonst wird das eh nichts mit der Mascara.«

Cristina lief davon, und Sam blieb allein mit Tori zurück, in der Hand eine Schachtel, die mit dem charakteristischen gelben Band der örtlichen Bäckerei umwickelt war.

»Ist alles in Ordnung?«, fragte er mit einem vorsichtigen Blick auf sie. »Du wirkst aufgewühlt.«

Sie schüttelte den Kopf. »Ach ja. Es geht uns gut. Wir haben über Javier geredet und waren beide ein bisschen den Tränen nah. Deshalb der Wimperntusche-Notfall.«

»Aha. Verstehe.« Er sah sie mit einem seltsamen Ausdruck an, irgendwie glitzernd und hell, der ihr den Atem verschlug.

»Oh, Entschuldigung, ich bringe das mal in die Küche.« Sie griff hinüber und nahm ihm die Backschachtel ab. Ihre Finger streiften kurz über seine, und sie erschauerte bei der Berührung seiner Haut.

Er folgte ihr in die Küche und lehnte sich an die Arbeitsplatte, seine langen Beine vorgestreckt, die Arme nach hinten gelehnt.

»Nach all diesen Jahren kannst du immer noch emotional werden, wenn du über Javi sprichst. Das ist erstaunlich. Mein Bruder war ein Glückspilz. Ich frage mich, ob er das wusste.«

Ihre Ehe war nicht perfekt gewesen. Manchmal hatte sie sich über seine langen Arbeitszeiten und sein ehrenamtliches Engagement bei der Feuerwehr geärgert, weil sie das Gefühl gehabt hatte, dass sie und Em an zweiter Stelle weit hinter seinem Einsatz für die öffentliche Sicherheit standen. Sie wusste auch, dass sie heftig ihm gegenüber hatte sein können, wenn sie sich über etwas aufregte. Sie hatten darüber nachgedacht, zu einer Eheberatung zu gehen, kurz bevor er umkam.

Doch anstatt mit ihm gemeinsam zur Beratung zu gehen, war Tori dann allein beim selben Berater gelandet, um mit ihrer Trauer und ihren Schuldgefühlen fertigzuwerden.

»Ich bin nicht immer so emotional«, sagte sie jetzt zu Sam. »Ich habe Em nur gerade erzählt, wie sehr sich ihr Vater gefreut hätte, sie als die junge Frau zu sehen, die sie geworden ist. Es wird mich immer traurig machen, dass er sie nur als das kleine Mädchen kannte, das sie war, als er starb. Und dass sie ihren Vater nicht mehr hat. Das ist alles. Ich vergehe nicht vor Kummer um Javi, versprochen.«

»Trotzdem beneide ich ihn.«

Zu ihrem Entsetzen streckte Sam eine Hand aus und wischte ihr eine Träne von der Wange.

Als sie seine starken Finger auf ihrer Haut spürte, erstarrte sie, und jeder Gedanke an ihren verstorbenen Mann verschwand augenblicklich.

Alles, woran sie denken konnte, war Sam.

Alles in ihr sehnte sich danach, dass er mehr tat, als nur ihr Gesicht zu berühren.

Sein Blick fokussierte sich auf ihre Augen, und sie fragte sich kurz, was er in ihrem Gesicht sehen mochte.

Konnte er sehen, dass sie begonnen hatte, diese wilden, unangemessenen Gedanken an ihn zu haben? Dass sie nachts von ihm träumte und einsam erwachte, sich unglaublich leer fühlte?

»Tori.«

Er sagte ihren Namen, nicht mehr. Sie schluckte und presste die Lippen aufeinander. Prompt glitt sein Blick dorthin, und sie hielt den Atem an, als er langsam, ganz langsam seinen Mund auf ihren senkte.

Zuerst konnte sie nicht glauben, was da geschah. Das war so viel besser als alles, was sie sich erträumt hatte. Es war Fleisch und Blut, Muskeln und Hitze.

Sie erwiderte seinen Kuss, konnte ihm nicht widerstehen. Er stöhnte tief in der Kehle und vertiefte den Kuss, und ehe sie sichs versah, spürte sie die harte Kante der Arbeitsplatte in ihrem Rücken und seinen Körper, der sie mit köstlicher, verführerischer Kraft dort hielt.

Sie war sich vage bewusst, dass dies ein Fehler war. Die Mädchen waren oben und konnten jeden Moment herunterkommen. Außerdem konnten sie nach einem so wilden und hemmungslosen Kuss wie diesem unmöglich zu ihrer früheren lockeren Beziehung zurückkehren.

All das schwebte in ihrem Unterbewusstsein wie eine ferne Warnung.

Dennoch war es unmöglich, sich auf etwas anderes zu konzentrieren als auf das Blut, das in ihren Ohren pulsierte, die Hitze, die sich in ihr sammelte, und den wachsenden Hunger nach mehr.

Sie küsste ihn mit all dem wochen- und monatelang unterdrückten Bedürfnis, der geheimen Ahnung, die sie sich selbst kaum eingestanden hatte.

Trotzdem war dieses entfernte Warnsystem in ihr immer noch in Betrieb, als ein kleiner weiterhin aktiver Teil ihres

Unterbewusstseins das Geräusch von Schritten wahrnahm, die die Treppe herunterkamen.

Die Mädchen.

Sie musste sich bewegen. Jetzt.

Sie zuckte zusammen und zog sich auf die gegenüberliegende Seite der Küche zurück, als Em und Cristina eben die unterste Stufe erreichten und direkt auf sie zusteuerten. Sie sprachen lachend über einen Jungen in der Schule, der offenbar in ihre Freundin Jenna verknallt war.

Tori hörte sie kaum, weil ihr Herz pochte und das Blut durch ihre Adern rauschte.

Du lieber Himmel.

Sam hatte sie geküsst.

Sie konnte vor Schreck kaum noch atmen. Sam hatte sie *geküsst*. Und das war alles andere als ein freundschaftlicher Schwagerkuss gewesen.

Das hier war richtig zur Sache gegangen, voller Hitze, Hunger und Verlangen.

Die Mädchen schienen zu bemerken, dass in der Küche irgendetwas vor sich ging, eine subtile Spannung, die sie gespürt haben mussten. Cristina verstummte und warf ihnen einen strengen Blick zu, was auch Em aufmerken ließ.

»Was ist los?«, fragte sie.

»Nichts. Gar nichts«, versicherte Tori ihr, obwohl ihr die Lüge auf der Zunge zu brennen schien. »Wir haben nur über deinen Vater gesprochen.«

Dieser Teil war keine Lüge. Sie hatten damit angefangen, über Javier zu reden.

Trotzdem wusste sie sofort, dass es ein Fehler gewesen war, seinen Bruder wieder zu erwähnen. Ein Muskel in Sams Kiefer zuckte, aber er sagte nichts.

Zumindest den Mädchen schien die Erklärung zu genügen. Nach einem weiteren misstrauischen Blick auf sie wandte sich Em ab.

»Wann ist das Abendessen fertig? Wir haben uns überlegt, dass wir noch ein bisschen am Strand spazieren gehen sollten, um überschüssige Energie abzubauen, dann können wir uns nachher besser auf unsere Hausaufgaben konzentrieren.«

»Ich habe die Kohlen vorhin angezündet und muss nur noch das Hähnchenfleisch auflegen. Es müsste ungefähr in einer halben Stunde fertig sein. Ihr könnt an euren Hausaufgaben arbeiten, während ich das Essen fertig mache. Sam kann dafür sorgen, dass ihr euch beide konzentriert. Nach dem Essen machen wir dann alle zusammen einen kleinen Spaziergang, bevor es wieder an die Arbeit geht.«

So. Das klang zumindest einigermaßen schlüssig.

Doch beide Mädchen schienen von ihren Worten wenig begeistert zu sein. Sie dachte, Em würde protestieren, ihre Grenzen ausloten, aber diese seufzte nur.

»Na komm, Crissy. Je schneller wir fertig sind, desto eher kommen wir aus dem Hausaufgabengefängnis raus.«

Sie schnappten sich ihre Rucksäcke und breiteten sich am Esstisch aus.

»Und was soll ich machen?«, fragte Sam.

Für einen wilden Moment wollte sie ihm sagen, dass er sie wieder küssen sollte, doch dann wurde ihr klar, dass er ihr beim Abendessen helfen wollte.

»Du kannst den Grill übernehmen, wenn du willst. Ich kann das zwar auch, aber mir fehlt natürlich das, was angeblich zum effizienten Grillen unerlässlich ist.«

»Was fehlt denn? Vielleicht habe ich ja genau das, was du brauchst.«

Oh, da war sie sich zu hundert Prozent sicher, dass er es hatte. Und genau das fürchtete sie.

»Hm, ich dachte mehr an ein Y-Chromosom und das ganze Drumherum.«

Und jetzt dachte sie an sein Y-Chromosom und sein … ähm, Drumherum.

Sie errötete und war entsetzt über sich selbst. »Alles andere ist fertig«, sagte sie schnell. »Ich muss nur noch das Hähnchenfleisch auf den Grill werfen. Ich mach das schon, und du bist die Hausaufgabenpolizei.«

Er musterte sie, und sie hoffte inständig, dass er nicht erriet, in welche Richtung ihre Gedanken gingen. Nach einem Moment nickte er, setzte sich an den Esstisch und zückte sein Handy.

Sie holte das marinierte Huhn aus dem Kühlschrank und trug es auf die Terrasse, wo der Duft von heißen Kohlen in der Luft lag.

Sie packte das Hähnchenfleisch auf den Grill, und etwas Marinade tropfte auf die Kohlen und zischte, Zitrone, Butter und Gewürz.

Sam hatte sie geküsst.

In ihr war immer noch diese Hitze, und sie sehnte sich danach, dieses berauschende prickelnde Verlangen wieder zu spüren.

Was war los mit ihr? Es war Sam! Javiers Bruder. Der Onkel ihrer Tochter. Sie konnte doch nicht seinetwegen so außer sich geraten. Das *durfte* sie nicht.

Ihr Leben war ohnehin schon zu kompliziert, mit Meredith und dem Café und Emilias schlechten Noten und ihrem aufmüpfigen Verhalten. Musste sie alles noch schlimmer machen, indem sie Gefühle für ihren Schwager entwickelte, den einen Mann, den sie nie haben konnte?

Schließlich, sie wusste selbst nicht, wie, schaffte sie es, das Abendessen vorzubereiten und alles auf die Terrasse zu bringen, wo die Mädchen den Tisch fertig gedeckt hatten.

Trotz der Schwingungen zwischen ihr und Sam war das Abendessen ein lustiges Erlebnis. Die Mädchen schienen glücklich zu sein, vielleicht weil sie spürten, dass ihre Hausaufgabentortur beinahe zu Ende war.

»Köstlich«, erklärte Sam einige Zeit später und legte seine Serviette ab. »Das war alles sehr delikat. Vielen Dank.«

»Ja, wirklich. Danke, Tante Tori. Du musst meinem Dad zeigen, wie man diese Marinade macht. Ich liebe den Zitronengeschmack.«

»Mache ich.«

»Wollen wir jetzt Nachtisch essen? Ich habe Gebäck von unserer Lieblingsbäckerei mitgebracht.«

»Oh, ich bin satt«, verkündete Em.

»Wie ich die Mädchen kenne, haben sie in einer Stunde wieder Hunger. Vielleicht sollten wir uns den Nachtisch für später aufheben.«

»Klingt gut«, sagte Sam.

»Dürfen wir mit den Hunden bis zum Ende des Strandes gehen und zurück?«, fragte Cristina.

»Erst mal müsst ihr beim Abräumen helfen«, mahnte Sam.

Die Mädchen beeilten sich, den Tisch abzuräumen und das Geschirr in die Spülmaschine zu räumen, dann schnappten sie sich die Leinen der Hunde.

»Fünfzehn Minuten«, sagte Sam mit strengem Ton, als sie Shark und Risa die Leinen anlegten. »Ungefähr so lange bleibt es noch hell.«

»Wenn ihr euch dann noch ein paar Stunden konzentrieren

könnt, bekommt ihr beide heute alles fertig, was noch aussteht«, fügte Tori hinzu.

»Fünfzehn Minuten«, stimmte Cristina zu.

Gemeinsam mit den Hunden, die die Führung übernahmen, liefen die Mädchen die Treppe hinunter und betraten den Weg.

Sie hätte mit ihnen gehen sollen, dachte Tori in dem Moment, als Sam die Tür hinter ihnen schloss.

Sie hatte Angst, mit ihm allein zu sein. Nicht weil sie befürchtete, dass er ihr wehtun würde, sondern weil sie sich in seiner Nähe selbst nicht trauen konnte, vor allem wenn sie immer wieder an diesen Kuss denken musste.

Während des ganzen Abendessens, als die Mädchen über die Poolparty geredet hatten, die eine Freundin am letzten Schultag geplant hatte, war sie damit beschäftigt gewesen, jede Sekunde Revue passieren zu lassen, die sie in seinen Armen verbracht hatte.

»Entschuldige mich bitte, ja? Ich muss eine Ladung Wäsche in den Trockner werfen.«

Ohne auf seine Antwort zu warten, eilte sie in die Waschküche. Das war einer ihrer Lieblingsräume im Haus, so lächerlich das auch schien. Sie liebte das Waschen. Es hatte etwas so Beruhigendes, fast Tröstliches, etwas Schmutziges oder Fleckiges wieder sauber zu bekommen.

Zu ihrer Bestürzung blieb Sam jedoch nicht im Wohnzimmer, wie sie gehofft hatte. Stattdessen folgte er ihr in die Waschküche und füllte den kleinen Raum mit seinen breiten Schultern und seiner starken Persönlichkeit aus. Für gewöhnlich mochte sie den Geruch der Waschküche, diesen warmen, einladenden Duft von sauberer Wäsche und Blumen. Jetzt würde sie nach sauberer Wäsche, Blumen und Sam riechen.

»Also, reden wir jetzt über das, was vorhin geschehen ist?«

Sie warf ihm einen kurzen Blick zu. Es fühlte sich seltsam an, dass er hier war und ihr dabei zusah, wie sie ihre Bettlaken aus dem Trockner holte.

»Müssen wir das? Ich möchte es lieber nicht.«

Sie nahm ein Laken hoch, um es zu falten, und er trat vor, um ihr zu helfen.

Sie wollte ihm sagen, dass sie es allein tun konnte, aber es hätte sich lächerlich angehört. In seiner Nähe fiel ihr das Atmen schwer. Außerdem fühlte sich der Anblick seiner großen, rauen Hände auf ihrem Laken viel zu vertraulich an.

»Ich werde mich nicht dafür entschuldigen, dass ich dich geküsst habe.«

Sie warf ihm einen scharfen Blick zu. »Ich kann mich nicht erinnern, dich darum gebeten zu haben.«

»Gut. Denn ich könnte die Worte sagen, aber ich würde sie nicht so meinen. Ich werde nicht unaufrichtig sein, vor allem da ich dich schon seit sehr langer Zeit küssen wollte.«

»So etwas solltest du nicht sagen.«

Er reichte ihr das nun gefaltete Laken, und sie errötete, als sie sich fragte, ob ihr Bett jetzt nach ihm riechen würde, da er es berührt hatte.

»Warum nicht? Es ist die Wahrheit.«

»Du hättest nicht … daran denken sollen, mich zu küssen. Das ist nicht möglich. Dieses *Wir* ist unmöglich.«

»Warum?«

»Weil wir … also, du bist … Wir sind doch praktisch verwandt!«

»Aber das sind wir nicht. Du warst einmal mit meinem Bruder verheiratet. Leider bist du es jetzt nicht mehr. Ich war einmal mit Joni verheiratet. Leider bin ich es jetzt nicht mehr. Wenn ich es mir recht überlege, gibt es keinen Grund, warum ich nicht daran denken sollte, dich zu küssen. Oder warum ich diesen Gedanken nicht in die Tat umsetzen sollte, wenn es sich anbietet.«

Sie starrte ihn an. »Keinen Grund? Wie kannst du das sagen? Ich kann dir ein Dutzend Gründe aufzählen. Was würden deine Mutter und dein Vater sagen? Oder deine Schwester und ihr Mann? Oder allein schon Joni. Sie mag zwar deine Ex-Frau sein, aber sie war lange Zeit meine Schwägerin, und ich betrachte sie immer noch als Freundin.«

»Das ist ein ganzer Haufen Leute, die du Entscheidungen für dich treffen lässt.«

»Menschen, die mir wichtig sind! Menschen, die ich liebe. Menschen, die … entsetzt wären, wenn sie wüssten, dass wir auf die Idee kommen, uns zu küssen.«

»Und mehr.«

»Sam!« Sie schloss die Augen, als Bilder davon, wie dieses *mehr* mit ihm sein könnte, ihr Gehirn durchfluteten.

»Entschuldige, Tori, aber ich habe über *mehr* nachgedacht. Mit dir. Ich bin ein Mann, und du bist eine schöne Frau. Mehr noch, du bist eine schöne Frau, die auch noch lustig und warmherzig und freundlich ist. Eine Frau, die ich respektiere und bewundere und verdammt sexy finde. Also, ja. Ich habe darüber nachgedacht.«

Ihr ganzer Körper fühlte sich heiß an, als hätte sie gerade ein paar Stunden neben dem Grill im Café verbracht.

Er kam einen Schritt näher. Sie drückte sich mit dem Rücken gegen die Waschmaschine, konnte aber nirgendwohin entkommen.

Sie wollte auch gar nicht fliehen. Sie wollte in ihm versinken, ihn an sich ziehen und da weitermachen, wo sie vorhin aufgehört hatten.

»Willst du mir sagen, dass du nicht darüber nachgedacht hast?«

Sie wollte lügen, aber die Worte kamen nicht heraus. Sie konnte es nicht. Nicht Sam gegenüber. Sie schüttelte leicht den Kopf, mehr schaffte sie nicht.

»Nein, du hast *nicht* an uns beide zusammen gedacht?«

Sie begegnete seinem Blick. »Nein, das kann ich dir nicht sagen, weil ich dann lügen würde.«

In seinem Gesicht loderte es.

»Was willst du dagegen tun?«, fragte er, und seine tiefe Stimme breitete sich wie in konzentrischen Wellen der Wahrnehmung in ihrem Inneren aus. Einen Moment lang dachte sie, er würde den Arm nach ihr ausstrecken, aber er behielt die Hände an seinen Seiten. Sie begriff, dass er ihr die Wahl ließ.

»Es steht so viel auf dem Spiel. Wir müssen an deine Familie denken. An deine Eltern. Die Mädchen.«

»Was ist mit uns? Was ist mit dem, was wir wollen?«

»Wir sind Eltern. Wir können nicht nur daran denken, was wir wollen.«

Sie seufzte und sehnte sich so sehr nach ihm, wie sie sich schon lange nicht mehr nach etwas gesehnt hatte. »Angenommen, wir geben diesen Gefühlen nach und haben eine … heiße Affäre. Was dann? Wie sollen wir danach wieder zu den Sonntagsessen, Poolpartys und Weihnachtsfeiern mit deiner Familie zurückkehren, wenn so eine Geschichte zwischen uns steht? Das wäre unmöglich. Du magst damit umgehen können, aber ich kenne mich gut genug, um zu wissen, dass ich es nicht könnte. Ich würde anfangen, Familientreffen zu meiden, was wiederum Em und deine Eltern verletzen würde. Sie würden nicht verstehen, warum ich plötzlich ihre

Einladungen ablehne. Und ich könnte ihnen bestimmt nicht sagen, dass es daran liegt, dass ich etwas mit ihrem anderen Sohn angefangen habe. Nicht dem, mit dem ich verheiratet war, sondern seinem Bruder.«

»Was willst du dann tun? Sollen wir weiterhin einfach ignorieren, dass es zwischen uns knistert?«

Das wollte sie nicht. Tori wünschte sich so sehr, diesem Knistern nachzugeben. Sie wollte ihn in ihr Schlafzimmer ziehen und ein oder zwei Wochen lang alle diese harten Muskeln erkunden.

Aber zu welchem Preis? Sam lag ihr ohnehin bereits am Herzen. Nur noch ein paar Küsse und sein neckisches Lächeln würden reichen, und sie wäre völlig verloren.

Das zu wissen, machte ihr Angst. Sie konnte es nicht riskieren. Sie war nicht bereit, ihre und Ems Beziehung zum Rest seiner Familie zu opfern.

»Ja. Das wäre am sichersten.«

»Das Leben ist nicht dafür vorgesehen, immer sicher zu sein, Tori.«

»Weißt du, Javi hat das auch immer gesagt. Und schau, wohin es geführt hat.«

Die Geräusche der Mädchen, die zur Tür hereinkamen, unterbrachen ihr Gespräch, bevor er antworten konnte. Sam warf ihr einen frustrierten Blick zu, als sie in den Wohnbereich lief, wo Em und Cristina gerade die Hunde von den Leinen ließen. Ihre Haut war feucht, und sie rochen nach Meer.

»Also dann, bringen wir es hinter uns«, sagte Em und zog ihre Jacke aus.

»Okay, treten wir den Hausaufgaben in die Eier«, sagte Cristina.

»Cris«, schimpfte Sam.

»Ich meine ja nur, dass wir uns anstrengen, um sie fertig zu kriegen.«

»Ich kann euch gar nicht sagen, wie glücklich ich sein werde, wenn ich die letzte fehlende Aufgabe beendet habe«, sagte Em.

»Für mich können die Sommerferien gar nicht früh genug anfangen«, stimmte Cristina zu.

Dann saßen die Mädchen am Esszimmertisch, die Bücher um sie herum ausgebreitet.

Tori nahm ihren Laptop und ließ sich an dem einen Ende des Tisches nieder, während Sam mit einem Buch am anderen Ende saß. Es hätte eine gemütliche häusliche Szene sein können, wäre da nicht diese Spannung gewesen, die in der Luft knisterte.

Ab und zu blickte sie vom Laptop auf und bemerkte, dass er sie mit einem Blick anschaute, bei dem sich ihr Inneres zusammenzog.

Was hatte sie nur getan?

Sie hätte nie zulassen dürfen, dass er sie küsste.

Selbst wenn sie nicht die heiße Affäre hatten, von der sie vorhin gesprochen hatte, befürchtete sie, dass sich nun alles zwischen ihnen ändern würde.

27. KAPITEL

Meredith

Im Laufe der folgenden Woche hatte Meredith zum ersten Mal seit fast zwei Jahren das Gefühl, dass ihr Leben endlich wieder in geregelten Bahnen verlief.

Die Abläufe im Café waren ihr schon vertrauter, und sie hatte nicht mehr das Gefühl, sich durch die Arbeit tasten zu müssen. Sie half jetzt nicht mehr nur beim Abräumen der Tische, sondern servierte manchmal auch das Essen, wenn eine Bestellung fertig wurde, während die Bedienung mit anderen Kunden beschäftigt war.

Sie stellte fest, dass ihr die Arbeit sogar Spaß machte. Obwohl sie den Job wahrscheinlich nie als Berufung aufgefasst hätte, gab es doch vieles an der Arbeit im Beach End Café, das sie zu schätzen lernte.

Tori war eine gute Chefin. Das Café war gut geführt, die Mitarbeiter waren zufrieden, und das Essen schmeckte durchweg köstlich.

Aber es ging um mehr als nur gute, herzhafte Mahlzeiten, denn das Personal behandelte die Kunden fast, als wären sie Familienmitglieder, sogar die Touristen, die nur ein- oder zweimal während ihres Urlaubs zum Essen hereinkamen.

Meredith schaute zu dem leeren Tisch hinüber, an dem Liam normalerweise saß.

Die leere Nische war der einzige Makel im Aufwärtstrend ihres Alltags. Liam war nicht mehr im Café gewesen, seit sie es fertig gestrichen hatten, vor mehr als einer Woche. Er schien wie vom Erdboden verschluckt zu sein. Sein Auto war nicht mehr da, und sie hatte ihn und Jasper seit Tagen nicht mehr am Strand gesehen.

Sie nahm an, dass er seine Buchung vorzeitig storniert hatte. Ob es wohl an ihr lag? Wegen dem, was sie ihm über sich erzählt hatte? Was konnte sonst noch geschehen sein?

»Zeit für deine Pause, oder?«, fragte Tori, nachdem der morgendliche Trubel ein wenig abgeebbt war.

Meredith stellte das Glas ab, das sie gerade abgetrocknet hatte. »Mir geht's gut. Ich brauche noch keine Pause.«

»Mach trotzdem eine. Du bist schon den ganzen Morgen auf den Beinen. Es ist ein schöner Tag. Setz dich auf eine Bank und lass dir ein bisschen die Seeluft um die Nase wehen.«

Es klang wie ein Befehl. Meredith wollte schon ihre Cousine daran erinnern, dass sie Miteigentümerin war und sie nicht ihre Chefin, aber das wäre kindisch gewesen. Außerdem hatte sie, als sie hier anfing zu arbeiten, zugestimmt, dass sie Tori als ihre Chefin akzeptierte.

Sie hoffte, dass ihre Cousine ihr mit der Zeit verzeihen oder sie zumindest tolerieren würde. Beim Streichen des Cafés hatte sie liebenswürdig gewirkt, regelrecht freundlich. Doch seitdem kam ihr Tori sogar noch distanzierter vor.

Irgendetwas beunruhigte sie, und diesmal glaubte Meredith nicht, dass es an ihr lag. In der letzten Woche hatte ihre Cousine alle um sich herum in der Art behandelt, Mitarbeiter genauso wie Kunden.

Sie wollte Tori fragen, was los war, wusste aber nicht, wie sie anfangen sollte. Außerdem wollte sie nicht das fragile Gleichgewicht stören, das sich zwischen ihnen eingependelt hatte. Tori war nicht gerade herzlich zu ihr, aber sie schnauzte sie nicht an und behandelte sie nicht mehr mit der offensichtlichen Verachtung, wie sie es noch getan hatte, als sie angekommen war.

Sie schaute nach draußen, sah die Blumen, die in ihren Körben am Fenster in der Brise tanzten, und die Wellen, die im Sonnenlicht glitzerten. »Ich glaube, ich gehe ein paar Minuten spazieren«, sagte sie plötzlich.

»Nimm dir Zeit«, sagte Tori und wandte sich an Ty, um ihn nach einer Bestellung zu fragen.

Auf dem Weg zur Tür schweifte ihr Blick wieder zu der Nische, die für sie zu Liams Platz geworden war.

War er wegen des Kusses weggefahren? Sie konnte es ihm nicht verübeln. Sie war ein Wrack. Natürlich floh jeder vernünftige Mann so schnell wie möglich vor ihr und ihrer komplizierten Vergangenheit.

Sie trat durch die Tür und ging zwischen dem Café und dem Souvenirladen hindurch zu ihrem Lieblingsplatz, einer Bank in einem Holzpavillon an der Uferpromenade. Von dort aus hatte man einen herrlichen Blick auf den Strand und die vorgelagerten spektakulären Felsbrocken.

Sie beobachtete die Strandläufer, die auf dem Sand auf und ab huschten und die unglücklichen Tiere einfingen, die von der Brandung an Land gespült wurden.

Sie lächelte gerade über ein paar Möwen, die sich um etwas stritten, als sie plötzlich ein einzelnes Bellen hinter sich hörte. Ihr stockte der Atem. Das klang nach Jasper!

Dann sagte sie sich, dass es lächerlich sei. Als könnte sie

ein Hundegebell von einem anderen unterscheiden. Es gab schließlich Hunderte von Hunden in und um Cape Sanctuary.

Als der Hund noch einmal bellte, konnte sie jedoch nicht anders, als sich umzudrehen und nachzuschauen. Ein schwarzer Labrador mit einem geflochtenen grünen Halsband stürmte auf sie zu und zerrte sein Herrchen am anderen Ende der Leine hinter sich her.

Liam.

Ein Glücksgefühl überspülte sie wie die Wellen den Sand.

Sie winkte und bemühte sich um ein beiläufiges Lächeln anstelle des strahlenden, glücklichen breiten Lächelns, das in ihr anwuchs. Sie musste ihre Reaktion unterdrücken, denn nachdem sie ihm ihre Lebensgeschichte erzählt hatte, hatte er sie geküsst und war dann verschwunden. Es gab also keinen Grund, um gleich Freudensprünge zu machen.

Liam folgte Jasper in den Pavillon. »Guten Morgen. Ich hätte nicht erwartet, dich hier zu sehen. Arbeitest du heute nicht im Café?«

»Doch, aber es war gerade wenig los, und Tori fand, ich sollte eine Pause machen.«

»Es ist herrlich heute. So viel wärmer als bei meiner Abreise. Ich liebe diese Ruhe, zumal ich die ganze Woche im dichten Verkehr in Los Angeles unterwegs war und ganz vergessen habe, wie friedlich es hier ist.«

»Oh, du warst in L. A.? Hatte es mit deinem Buch zu tun?«

Er schien zu zögern. »Nein, mit der Arbeit. Ich hatte eine unausweichliche Verpflichtung. Etwas, das erst später in diesem Monat stattfinden sollte, wurde vorgezogen.«

»Ach so.« Sie schwieg kurz. »Ich dachte schon, du hättest deinen Aufenthalt hier abgebrochen, um mir aus dem Weg zu gehen.«

Er runzelte die Stirn. »Warum hätte ich das tun sollen?«

Sie zog eine Grimasse. »Weil du klug bist? Weil ich eine Katastrophe bin und Meredith Rowland, Witwe eines der meistgehassten Männer des Landes? Und weil ich dir letzte Woche meine ganze hässliche Lebensgeschichte aufgetischt habe.«

Und du mich geküsst und daran erinnert hast, dass die Welt immer noch seltene kostbare Momente ungetrübter Schönheit enthalten kann.

»Aber nein. So war es gar nicht. Ich musste wirklich nur wegen der Arbeit weg. Ich dachte, es beschränkt sich auf ein paar Tage, aber dann dauerte es doch viel länger als erwartet.« Er hielt inne, wechselte dann das Thema.

»Wie geht es Aspen? Ich habe sehr gehofft, dass ihr Ex ihr fernbleibt.«

»Ihr geht's gut. Er hat ihr ein paar Tage später eine Nachricht geschickt, beteuert, er habe einen Fehler gemacht, und wollte zurückkommen, um mit ihr zu reden.«

Er schaute misstrauisch. »Und?«

Meredith lächelte zufrieden. »Sie hat ihm gesagt, wo er hingehen soll und dass sie eine einstweilige Verfügung gegen ihn erwirkt hat. Und dass sie, wenn er sich noch einmal bei ihr meldet, die Polizei ruft und ihn verhaften lässt, weil er all ihre Sachen und den Wohnwagen gestohlen hat, für den sie den Hauptanteil bezahlt hat.«

»Gut gemacht! Und sie wohnt immer noch bei dir?«

»Ja. Ich habe ihr gesagt, dass sie sich die Zeit nehmen kann, die sie braucht.«

Aspen hatte sich als gute Mitbewohnerin entpuppt. Sie räumte hinter sich auf, sorgte immer für frischen Kaffee und hatte sogar aus den Zutaten, die sie in Merediths Küche auftreiben konnte, ein paar clevere Nudelgerichte gezaubert, die lecker und sättigend waren.

Anstelle von Mietzahlungen hatte sie Meredith ihre Hilfe bei der Renovierung des Hauses angeboten. Sie hatte kreative, künstlerische Ideen, und Meredith genoss ihre Gesellschaft.

Sie mochte Aspen, auch wenn das Zusammenleben mit einer Neunzehnjährigen dazu führte, dass sie sich ziemlich alt vorkam.

»Und wie geht es dir?«, fragte Liam und warf ihr einen prüfenden Blick zu.

Jetzt schon besser, da ich weiß, dass du nicht meinetwegen weggefahren bist.

Das konnte sie ihm natürlich nicht sagen.

»Gut. Es läuft nicht direkt perfekt, aber … besser.«

»Das freut mich. Du verdienst es, glücklich zu sein.«

Es klang aufrichtig. Trotzdem verzog sie das Gesicht. Sie stimmte ihm nicht unbedingt zu, aber sie wollte an diesem schönen Tag nicht mit ihm diskutieren.

»Es tut mir leid, dass du die Zeit, die du für dein Buch eingeplant hattest, nicht dafür nutzen konntest.«

Er trat von einem auf den anderen Fuß und schien sich unbehaglich zu fühlen, wie immer, wenn sie sein Manuskript ansprach.

»Ich hoffe, du kannst die restliche Zeit, die du von der Arbeit weg bist, gut ausnutzen. Wie lange bleibst du jetzt noch?«

»Während meiner Abwesenheit ist einiges auf der Arbeit dringlicher geworden, deshalb muss ich früher als geplant nach L. A. zurück. Ich fahre schon am Samstag.«

Ihr war, als würde ein Vorhang vor den Sonnenschein gezogen, als wäre ein Teil der Farbe von den Blumen um sie herum verblasst.

»Ich will nicht narzisstisch klingen, aber ich hoffe wirklich, dass ich nicht der Grund bin, warum du früher fährst.«

Er warf ihr einen raschen Blick zu. »Wie kommst du nur darauf?«

»Ich habe das Gefühl, dass jetzt alles irgendwie ... unangenehm oder fast peinlich zwischen uns ist.«

Seine Gesichtszüge wurden ernst. »Das ist nicht deine Schuld, Meredith, sondern allein meine. Ich bin auf unserer Wanderung zu weit gegangen. Ich hätte dich nicht küssen sollen. Ich fühle mich, als hätte ich jemanden ausgenutzt, der eine schwere Zeit durchmacht. Du hast mir von etwas Schrecklichem erzählt, das dir widerfahren ist, und daraufhin habe ich meiner ... Schwäche für dich nachgegeben und dich geküsst. Das war nicht richtig, und ich mache mir schon die ganze Woche deswegen Vorwürfe.«

Sie lachte kurz auf. »Hilft es dir, dich besser zu fühlen, wenn ich dir sage, dass dieser Kuss eines der besten Dinge war, die mir seit Langem passiert sind?«

»Ich hätte es trotzdem nicht tun dürfen.«

»Ich fühle mich, als wäre ich jahrelang unter dem Eis des Michigansees eingeschlossen gewesen. Ich habe gelernt, alle meine Gefühle zu unterdrücken und meinem Mann und der Welt eine perfekte Show zu bieten. Mit dir zusammen hatte ich zum ersten Mal den Eindruck, dass das Eis endlich bricht. Es war schön, mich daran zu erinnern, dass ich mehr bin als nur die Witwe von Carter Rowland und dass die Entscheidungen, die ich als naive Zweiundzwanzigjährige getroffen habe, nicht den Rest meines Lebens beeinflussen müssen.«

Er lächelte. Und diesmal erreichte das Lächeln seine Augen, wodurch sich die feinen Linien an den Seiten seines Gesichts kräuselten. »Stimmt genau.«

Er musterte sie und schien dann zu einer Entscheidung zu kommen. »Hör zu, bevor ich fahre, möchte ich am Freitag im ›The Fishwife‹ essen gehen.«

»Schick.«

»Es steht immer wieder auf der Liste der besten Restaurants in Nordkalifornien. Ich habe schon viel Gutes darüber gehört und würde nur ungern die Stadt hinter mir lassen, ohne es ausprobiert zu haben, aber ich möchte nicht allein essen gehen. Würdest du mitkommen?«

Er musste ihr instinktives Zögern bemerkt haben, denn er beeilte sich, hinzuzufügen: »Nicht als mein Date. Nur als Freunde, aber ich würde dich zum Essen einladen, denn du tust mir einen Gefallen, wenn du mitkommst.«

Sie war schon ewig nicht mehr in einem richtig guten Restaurant gewesen. Einem mit gebügelten Tischtüchern, professionellem Tischpersonal und Gourmetgerichten.

Das Essen im Beach End konnte mit jedem Restaurant in der Stadt mithalten, aber es hatte schon etwas für sich, wenn man für ein Gericht kein Ketchup brauchte.

»Um wie viel Uhr?«

»Wie wäre es um acht?«

Sie ging in Gedanken ihren Kalender durch. »Ginge auch halb neun? In Cape Sanctuary findet einmal im Monat ein Gallery Walk statt, bei dem alle Kunstgalerien der Stadt länger geöffnet haben und Erfrischungen und Livemusik bieten. Ich bin immer noch auf der Suche nach regionalen Künstlern, deren Werke abwechselnd im Café ausgestellt werden können. Ich dachte, es wäre gut, die Veranstaltung diesen Freitag zu nutzen, um ein paar Kontakte zu knüpfen. Ich würde das vorab machen, und dann können wir uns um halb neun im Restaurant treffen.«

»Ich mache auch gern den Gallery Walk mit, falls du nichts gegen Gesellschaft einzuwenden hast. Dann fangen wir damit an und gehen anschließend zusammen ins Restaurant. Es liegt ja alles nah beieinander.«

»Das klingt nach einem schönen Abend. Ich freu mich darauf.«

Da es erst Dienstag war, wusste sie schon, dass es schwer werden würde, die restlichen Wochentage zu überstehen, bei der Vorfreude, die in ihr brodelte.

28. KAPITEL

Liam

Während er Meredith nachsah, als sie zum Rest ihrer Schicht ins Restaurant zurücklief, hätte Liam sich am liebsten selbst in den Hintern getreten.

Er verstrickte sich immer mehr in die Sache mit ihr.

Warum gestand er ihr nicht, wer er war und warum er überhaupt nach Cape Sanctuary gekommen war?

Während der Fahrt von Los Angeles die Küste hinauf hatte er sich vorgenommen, das als Erstes zu tun, wenn er in die Stadt zurückkam. Er würde zu Meredith Rowland gehen, ihr alles beichten und sich den Konsequenzen stellen.

Stattdessen hatte er die Lüge aufrechterhalten und alles ein paar weitere Tage aufgeschoben.

Er seufzte, verärgert über sich selbst. Die bittere Wahrheit war, dass er Angst hatte, es ihr zu sagen, weil er einer Frau, die schon zu viel hatte ertragen müssen, nicht noch mehr Schmerz zufügen wollte.

Er schnappte sich Jaspers Leine und folgte dem Pfad weiter. Es fühlte sich gut an, sich zu bewegen. Wenn nicht gar notwendig. Nach einer Woche vor Gericht und einer stundenlangen Autofahrt, nachdem die Verhandlung am vergangenen Nachmittag vertagt worden war, brauchten seine Muskeln etwas zu tun.

Seine Aussage hatte viel länger gedauert, als alle erwartet hatten. Das Verteidigungsteam des Angeklagten hatte drei zusätzliche Tage für ein Kreuzverhör gebraucht, in dem es seine forensische Prüfung akribisch durchgegangen war.

Er hatte sich in L. A. auch die Zeit genommen, seiner Chefin mitzuteilen, was er gemacht hatte. Dass er auf eigene Kosten in seiner Freizeit hierhergekommen war, in der Hoffnung, sich in Merediths Leben einzuschleichen und ihr Vertrauen zu gewinnen.

Wie erwartet war Danielle nicht glücklich darüber gewesen … anfangs. Doch dann war sie auf die Idee angesprungen.

»Stell dir nur vor, was für ein großer Coup es für uns wäre, wenn wir das schaffen, was dem Finanzministerium und der Bundeshandelskommission in fast zwei Jahren nicht gelungen ist. Wenn wir das ganze verschollene Geld für die von Rowland betrogenen unschuldigen Menschen wiederfinden würden.«

Sie hatte einen scharfen Blick bekommen. »Wie lange, glaubst du, kannst du das am Laufen halten? Ich würde mich freuen, wenn du noch ein paar Wochen dort für uns arbeiten würdest.«

»Was soll das bringen? Meredith weiß nichts, da bin ich mir hundertprozentig sicher«, hatte er gesagt.

»Vielleicht nicht bewusst. Aber ihr Unterbewusstsein hat vielleicht mehr gespeichert, als sie denkt. Du bist der beste Agent, den ich bei der Lebensstilanalyse habe. Wenn jemand diese Details aus ihr rausbekommen kann, dann du.«

Bei der Analyse des Lebensstils im Zusammenhang mit Betrug und Wirtschaftskriminalität ging es darum, alle bekannten Einnahmen und Ausgaben zu beziffern. Dazu mussten die Gewohnheiten und Aufwendungen eines Verdächtigen untersucht werden. Es war eine mühsame und aufwendige Arbeit, die jedoch erstaunlich präzise Ergebnisse liefern konnte.

»Sicherlich haben die Mitglieder der Taskforce das alles bereits getan.«

»Ja, doch es scheint, als wärest du ihr nähergekommen als jeder andere. Du verfügst vielleicht über einzigartige Einblicke in ihre Persönlichkeit und kannst etwas herausfinden, was ihr vielleicht gar nicht bewusst ist. Haben die beiden eine zweite Hochzeitsreise zu den Kaimaninseln gemacht? Gibt es noch andere Details ihrer Beziehung, die wichtig sein könnten, um herauszufinden, wo er Informationen über Offshore-Konten versteckt haben könnte?«

»Diese Frau ist unschuldig, Dani, und sie wurde von den Medien, dem Ermittlungsteam und der Öffentlichkeit plattgemacht. Als wir mit ihr fertig waren, hatte sie nichts mehr. Glaubst du nicht, dass sie schon genug durchgemacht hat?«

Danielle hatte eine Augenbraue hochgezogen. »Vor ein paar Wochen warst du noch nicht dieser Ansicht, als du dich in ihr Leben einmischen wolltest. Was hat sich geändert?«

Ich habe sie geküsst. Sie kennengelernt. Ich habe gesehen, wie freundlich sie zu Josef war, zu Aspen, zu den Stammgästen im Café, die nicht nur wegen des guten Kaffees dorthin kommen.

»Mein Bauchgefühl ist jetzt der gleichen Meinung wie die Taskforce.«

Danielle war enttäuscht gewesen, aber sie hatte ihn nicht weiter bedrängt.

Er hatte ihr nicht gesagt, dass er noch ein paar Tage nach Cape Sanctuary zurückzukehren gedachte, um Meredith reinen Wein über seine Identität einzuschenken. Danielle hätte wahrscheinlich versucht, ihm auch das auszureden, ihn gedrängt, die Tür einen Spalt offen zu lassen, um hindurchschlüpfen zu können, falls sich in Zukunft noch eine Gelegenheit böte.

Nein, er musste es ihr sagen, auch wenn sie ihn danach hassen würde.

Vor einer Woche hätte es ihn vielleicht noch nicht gestört. Jetzt aber schon. Er wollte nicht eine weitere Person sein, die sie verriet. Ihre Mutter, ihre Freunde in Chicago – sie alle hatten sie im Stich gelassen, als sie am meisten jemanden an ihrer Seite brauchte.

Er hatte in seiner egoistischen Vorstellung darauf gehofft, erfolgreich zu sein, wo andere Ermittler versagt hatten. Seinetwegen würde Meredith noch mehr leiden. Das Einfachste wäre es, wegzugehen, ohne ihr die Wahrheit zu sagen. Aber »einfach« war nicht gleichbedeutend mit »richtig«. Höchstwahrscheinlich würde sie es irgendwann herausfinden und sich doppelt verraten fühlen, weil er es ihr nicht gesagt hatte.

Also würde er sie beim Gallery Walk durch die Kunstgalerien begleiten, sie zu einem Abendessen in einem schönen Restaurant ausführen … und ihr dann die Wahrheit sagen, egal wie schwer es ihm fallen würde.

29. KAPITEL

Tori

»Ich kann gar nicht glauben, dass die Mädchen es geschafft haben. Sie haben so hart gekämpft! Aber ich wusste natürlich, dass sie es schaffen können. Du bist sicher ganz aus dem Häuschen, was?«

»Ich bin richtig euphorisch. Es ist wie ein kleines Wunder.«

Tori streckte die Beine aus. Sie saß in einer Sitznische im Beach End und telefonierte mit ihrer Schwiegermutter.

Teresa lachte. »Die Mädels sind schon in Ordnung. Sie waren nur ein bisschen aus der Spur geraten.«

»Ich hoffe es.«

»Es war clever von dir und Sam, euch zusammenzutun, damit keiner allein den Hausaufgabenkampf bestreiten muss. Ihr zwei seid wirklich ein gutes Team.«

Tori erschauerte. Das waren sie eigentlich nicht. Was würde Teresa sagen, wenn sie wüsste, dass sie und Sam sich neulich geküsst hatten … und dass sie die Erinnerung an diesen Kuss nicht mehr aus dem Kopf bekam?

Sie hatte Sam in der letzten Woche kaum zu Gesicht bekommen, nachdem die Mädchen ihre Schulsachen beendet und abgegeben hatten. Heute war der letzte richtige Unterrichtstag, denn für den Rest der Woche standen nur noch Ehrungen, Exkursionen und der Jahrbuchtag an.

»Also haben sie jetzt alle ihre Kurse bestanden?«

»Jap. Irgendwie haben es beide geschafft, jede Note auf eine Drei plus oder eine Zwei minus zu verbessern.«

»Hoffentlich haben sie etwas daraus gelernt«, sagte Teresa. »Dass man nichts aufschieben sollte, weil man nie weiß, was morgen kommt. Wenn man etwas will, muss man sich dafür einsetzen und darf sich von nichts aufhalten lassen.«

»Vollkommen richtig.«

»Ich finde, das muss gefeiert werden. Kommt doch heute Abend vorbei. Papi kann in seinem Ofen Pizza machen.«

Ihr Schwiegervater, der keinen Tropfen italienisches Blut in den Adern hatte, war besessen davon, selbst gemachte Pizza in dem Pizzaofen im Garten zu backen, den die Familie ihm ein Jahr zuvor geschenkt hatte. Er war jetzt als Ingenieur im Ruhestand und tüftelte mit Vorliebe an Rezepten. Pizza war seine neueste Leidenschaft, aber Tori liebte alle Gerichte aus seiner Heimat Oaxaca, die er zubereitete, besonders die Tamales mit Mole und die Enfrijoladas mit Chorizo.

»Auf jeden Fall. Pizza wäre toll. Wir haben heute Abend noch nichts vor.«

»Ja, schön, Sam und Cristina wollten sowieso zum Abendessen kommen. Ich rufe noch Elena und Jason an und frage, ob sie ihre Kinder mitbringen. Es soll ein warmer Abend werden. Sie können schwimmen, wenn sie wollen. Dann feiern wir eine Party, denn schließlich haben wir diese Woche das Sonntagsessen ausgelassen.«

Tori wappnete sich. Wäre sie imstande, eine Familienfeier mit Sam zu überstehen?

»Prima. Was kann ich mitbringen?«

»Nur dich und Emilia«, entgegnete Teresa mit deutlicher Zuneigung in der Stimme. »Wir kümmern uns um alles andere. Das ist unsere Art, das Ende des Schuljahres für die Kinder zu einem Fest zu machen und Emilia und Cristina ein wenig dafür zu ehren, dass sie sich daran erinnert haben, dass sie auch schwierige Herausforderungen meistern können.«

Das war einer von Teresas Lieblingssprüchen. Sie hatte ihn von ihrer Mutter übernommen, deren dänische Vorfahren in den 1850er-Jahren mit einem Planwagen durchs Land gezogen waren, in der Hoffnung, in Kalifornien einen Neuanfang zu schaffen.

»Um wie viel Uhr sollen wir da sein?«

»Lass uns sieben Uhr sagen. Dann hat Papi genug Zeit, den Teig zu machen und gehen zu lassen.«

»Alles klar.«

Sie wollte gerade auflegen, da hielt Teresa sie davon ab. »Warte mal, Tori, es ist ja ein Familienfest, also kannst du gern auch deine Cousine einladen.«

Tori schaute durch das Café zu Meredith, die gerade eine Sitznische aufräumte, in dem eine besonders chaotische Gruppe von Müttern mit Kleinkindern wahrscheinlich die letzte Chance zu einer Auszeit im Schuljahr genutzt hatte, bevor für die größeren Geschwisterkinder die Sommerferien begannen.

Es lief besser mit Meredith, aber Tori fragte sich, ob sie ihre Cousine wirklich zu einem Familientreffen der Ayalas einladen sollte, obwohl sie mit Javiers Familie überhaupt nichts zu tun hatte.

»Ich glaube eher nicht.«

»Sie gehört zu deiner Familie und ist alles, was du noch an Familie hast, oder?«

»Nein. Ich habe euch. Ich bin doch wohl ein Glückspilz, oder?«

Teresa gluckste. »*Wir* sind die Glücklichen. Dich zu heiraten, war das Klügste, was unser Javi je getan hat.«

Und das Dümmste, was sie je getan hatte, war es, Teresas anderen Sohn zu küssen und damit die wichtigsten Beziehungen in ihrem Leben aufs Spiel zu setzen.

Was sollte sie nur wegen Sam tun?

»Danke. Nett, dass du das sagst.«

»Wenn du deine Meinung änderst ... Sie ist herzlich willkommen. Wir haben immer genug zu essen. Ich habe sie letzte Woche im Supermarkt gesehen, und sie wirkte so traurig und allein. Ich habe mich ihr vorgestellt, und sie strahlte, als wäre ich eine Berühmtheit oder so was. Denk darüber nach, okay?«

Sie unterhielten sich noch über die weiteren Pläne von Em und Cristina für den Sommer, die hauptsächlich darin bestanden, mit Freunden abzuhängen.

»Sie können jederzeit hierherkommen, wenn sie schwimmen möchten.«

»Das haben sie mit Sicherheit auch geplant«, sagte Tori.

Als sie kurz darauf auflegte, schaute Tori wieder zu Meredith, die eine Gruppe von Stammgästen in der Ecke anlächelte – alte Männer, die auf einen Kaffee und ein Mittagessen vorbeikamen und mit dem gesamten weiblichen Restaurantpersonal flirteten.

Was würde es schaden, sie zu der Familienfeier einzuladen? Wahrscheinlich sagte sie sowieso Nein.

Die Gelegenheit bot sich kurze Zeit später, als sie in die Küche ging, wo Meredith an der Spüle arbeitete und mit Denise plauderte.

»Habe ich dich vorhin mit unserem tollen Schriftsteller draußen sitzen sehen?«, fragte Denise sie gerade. »Ich hoffe, du hast ihm gesagt, dass wir sein hübsches Gesicht vermisst haben. Wo hat er sich denn rumgetrieben?«

Meredith schaute auf das Geschirr hinab, das sie abspülte. Tori registrierte mit Interesse, dass ihre Wangen rosig wurden. »Anscheinend musste er wegen eines beruflichen Notfalls zurück nach L. A.«, antwortete sie.

»Ich habe mich schon gewundert, warum ich ihn nicht mehr gesehen habe«, sagte Tori. »Ich hoffe, er will nicht, dass ich seine Miete reduziere.«

»Das bezweifle ich.«

»Ich frage mich, was für einen Notfall ein Buchhalter beheben könnte.«

Meredith runzelte die Stirn, als hätte sie das gar nicht bedacht. »Das hat er nicht gesagt. Er meinte nur, dass er in der Stadt gebraucht wurde und viel im dichten Verkehr von L. A. unterwegs war.«

»Danach hat man auch einen Urlaub nötig«, meinte Denise. »Meine Schwester wohnt da, und jedes Mal, wenn ich wieder von dort zurückfahre, habe ich Angst, dass ich Fingermulden im Lenkrad hinterlasse, weil ich es so fest umklammere.«

Tori lächelte. Sie hasste es schon, in Redding oder Eureka Auto zu fahren. Sie mochte sich nicht vorstellen, wie schlimm der Verkehr in Los Angeles sein musste.

Aspen kam mit einer Bestellung für Denise herein, die sich wieder dem Grill zuwandte. Meredith spülte den letzten Teller ab und wollte wieder in den Essbereich gehen, aber Tori hielt sie mit einer Hand zurück.

»Hör mal, Em und ihre Cousine haben ihre Bruchlandung abgewendet und alle Kurse bestanden, darum geben die Ayalas heute Abend spontan eine Party, um es zu feiern. Teresa hat gefragt, ob du vielleicht auch kommen möchtest. Ich habe ihr versprochen, dich zu fragen.«

Meredith sah sie fassungslos an. »Wie lieb von ihr. Ich habe neulich im Laden mit ihr gesprochen, und sie war supernett zu mir.«

»So ist Teresa. Sie ist ziemlich grandios.«

»Du hast in Sachen Schwiegerfamilie wirklich das große Los gezogen, was?«

Ja. Außer Sam. Sie hätte auch ohne einen Schwager auskommen können, der sie über alle Maßen reizte.

»Jedenfalls backt mein Schwiegervater Pizza. Wir haben ihm zu Weihnachten einen echten Pizzaofen für den Garten geschenkt, und es ist zu seiner Leidenschaft geworden. Wahrscheinlich werden die Kinder schwimmen und die Erwachsenen vor allem herumsitzen, Pizza essen und Bier trinken. Es ist nichts Großes, und du bist zu nichts verpflichtet. Sie hat mich gebeten, dich einzuladen, was ich hiermit getan habe.«

Tori kam sich dumm vor und wünschte sich schon, sie hätte nie damit angefangen, noch dazu, da Meredith sie nun genau taxierte. Plötzlich erinnerte sie sich daran, dass ihre Cousine sie einmal besser gekannt hatte als irgendjemand sonst auf der Welt.

»Wäre es dir lieber, wenn ich nicht komme?«

»Wenn du kommen möchtest, ist das vollkommen in Ordnung für mich«, antwortete Tori. Zu ihrer Überraschung stellte sie fest, dass es stimmte. Ihre Beziehung zu Meredith war von Verletzungen und Kummer überwuchert, aber vielleicht lösten sich die Ranken nach und nach, und die Liebe, die sie einst füreinander empfunden hatten, schälte sich langsam wieder heraus.

»Emilia würde sich bestimmt freuen, mehr Zeit mit dir verbringen zu können. Sie hat neulich gesagt, dass sie kaum Gelegenheit hatte, mit dir zu sprechen.«

Meredith schien zu überlegen. »Es hört sich toll an«, sagte sie schließlich. »Vielen Dank für die Einladung. Wow! Innerhalb einer Stunde habe ich gleich zwei gesellschaftliche Ereignisse in den Kalender einzutragen.«

»Du bist ja eine richtige Partylöwin. Was ist das andere?«

Merediths Gesicht wurde schon wieder rosig. »Liam hat mich gefragt, ob ich Freitag, an seinem letzten Abend, mit ihm im ›The Fishwife‹ essen gehe. Er will das Lokal unbedingt ausprobieren, bevor er fährt, aber er möchte nicht allein hingehen. Darum hat mich gefragt, ob ich ihn begleite. Nicht als Date«, fügte sie schnell hinzu. »Wir sind nur Freunde.«

»Und das nimmst du ihm ab?« Tori tat es nicht. Sie hatte die beiden an dem Wochenende, als sie das Café gestrichen hatten, zusammen gesehen und war überzeugt, dass es zwischen ihnen gefunkt hatte. Abgesehen davon, dass Meredith jedes Mal nervös wurde, wenn sie über ihn sprach, hatte Liam kaum die Augen von ihr lassen können.

Wie zum Beweis wurde ihre Cousine rot. »Ja, ich glaube ihm.« Sie schaute weg. »Selbst wenn er mehr wollte, was nicht der Fall ist, weißt du, dass es unmöglich ist. Nicht mit meinem Ballast.«

Tori entging der Hauch von Traurigkeit in Merediths Stimme nicht. Sie wollte ihre Cousine schon vor Mitgefühl umarmen, schob den Impuls aber schnell wieder beiseite. So weit würde sie dann doch nicht gehen.

»Wenn du zum Dinner kommen willst – wir essen gegen sieben. Ich schicke dir dic Adresse aufs Handy.«

»Danke. Das ist sehr nett von deiner Schwiegermutter. Meinst du wirklich, es ist in Ordnung? Ich möchte niemanden in Verlegenheit bringen oder eine Familienfeier stören.«

»Wie Teresa mir vorsorglich erklärt hat, bist du alles an Familie, was ich noch habe, wenn man Tante Cilla nicht mitrechnet. Und das tue ich sicher nicht.«

Meredith schien wegen der Spitze gegen ihre eigene Mutter nicht beleidigt zu sein.

»Damit stehst du nicht allein«, sagte Meredith mit einem betretenen Lachen. »Danke. Ich werde darüber nachdenken und dir am Ende meiner Schicht Bescheid geben.«

»Ja, gut.«

Als Tori zu ihrem Platz mit dem Papierkram zurückgekehrt war, kam ihr der Gedanke, dass es eigentlich gut wäre, wenn ihre Cousine als zusätzlicher Puffer zwischen ihr und Sam fungierte. Alles, was sie von dem Einzigen ablenkte, was sie wollte, aber nicht haben konnte, war gut.

30. KAPITEL

Tori

Ihre Hoffnung, dass Meredith ihr als zusätzlicher Puffer helfen würde, Sam aus dem Weg zu gehen, wurde zerschlagen, als sie mit Meredith und Em im Auto vor dem Haus der Ayalas anhielt und merkte, dass Sam und Cristina auch gerade ankamen.

Die Mädchen quietschten, als hätten sie sich monatelang nicht gesehen, und verfielen in einen wilden Redeschwall.

Sam sah groß und umwerfend aus in seinen Jeans und dem T-Shirt in der Farbe von frischem Laub. Er lächelte ihnen beiden zu, und schon war alles, woran Tori denken konnte, dieser Mund, der sich auf ihren legte, seine Arme, mit denen er sie fest an seine Brust zog, und seine Hände, die ihre Haut erforschten.

Plötzlich wurde ihr heiß, obwohl der Abend mild war.

Teresa kam zu ihnen geeilt, während Tori noch versuchte, ihre rasende Fantasie zu zügeln.

»Da seid ihr ja, alle auf einmal. Ich freue mich so.«

Sie gab allen einen Kuss auf die Wange, sogar Meredith.

»Danke, dass ihr mich heute Abend eingeladen habt«, sagte Meredith, die verwirrt und ein bisschen schüchtern aussah.

»Aber sicher, sicher. Du bist herzlich willkommen. Wir sind glücklich, dass du da bist.«

Elena trat zu ihnen, ganz das Ebenbild ihrer Mutter, nur etwa fünfundzwanzig Jahre jünger.

»Hallo, ich bin Elena. Du kannst mich El nennen. Das tun die meisten, außer meiner Mutter.«

»Hi, El. Ich bin Meredith.«

Elena, die zusammen mit ihrem Mann einen Computerladen betrieb, schenkte ihr ein strahlendes Lächeln. »Ich weiß, wer du bist. Erzähl mir, wie es dir in Cape Sanctuary gefällt.«

Sie hakte sich bei Meredith unter und führte sie zu der überdachten Terrasse. Meredith warf Tori noch einen verwirrten Blick zu, folgte ihr aber.

»Wir gehen vor dem Abendessen noch schwimmen, okay?«, verkündete Em, dann rannten sie und Cristina schon los, ohne eine Antwort abzuwarten, und ließen Tori mit Sam allein – genau das, was sie hatte vermeiden wollen.

Tori verschränkte ihre Hände, um nicht nach Sam zu greifen.

»Ich weiß ja nicht recht, ob Glückwünsche wirklich angebracht sind, was meinst du?«, fragte Sam und deutete auf ein goldenes Banner, das an der Decke der überdachten Veranda hing.

»Na ja, immerhin haben sie die achte Klasse bestanden und werden in die neunte versetzt. Vor ein paar Wochen sah es noch nicht so aus, als würden sie es schaffen, in allen Fächern mit ganz ordentlichen Noten durchzukommen.«

»Kannst du glauben, dass wir das geschafft haben?« Sam schüttelte den Kopf.

»Ich fühle mich, als hätte ich die achte Klasse innerhalb weniger Wochen selbst noch einmal durchgezogen.«

Er schaute zu den Mädchen, die sich mit ihren jüngeren

Cousins und Cousinen gegenseitig nass spritzten. »Wie sollen wir sie im nächsten Schuljahr auf Trab halten?«

Tori verzog das Gesicht. »Wir haben zwei Monate, in denen wir uns darüber keine Gedanken machen müssen. Wie wäre es, wenn wir heute Abend einfach nur die Leistung feiern?«

»Gute Idee.«

Er lächelte, seine Zähne glänzten im Sonnenuntergang, und Tori fühlte sich, als hätte ihr gerade jemand in die Brust getreten.

Oh. O nein.

Sie fühlte sich nicht nur zu Sam hingezogen. Sie war dabei, sich in ihn zu verlieben.

Vielleicht war sie sogar schon längst in ihn verliebt.

»Es war nett von dir, deine Cousine einzuladen.«

»Dafür ist nur deine Mutter verantwortlich. Sie mag es nicht, wenn jemand allein ist.«

Er warf ihr einen langen Blick zu. »Wie kommst du dann darauf, dass sie glücklicher wäre, wenn du den Rest deines Lebens als Witwe verbringst, nur um die Erinnerung an Javier zu bewahren?«

»Das habe ich nie gesagt«, erwiderte sie leise. »Ich bezweifle nicht, dass es deinen Eltern recht wäre, wenn ich einen neuen Partner finden würde. Ich glaube aber nicht, dass es ihnen recht wäre, wenn du derjenige wärst.«

Ein Muskel in seinem Kiefer zuckte, und es sah aus, als wollte er ihr widersprechen, aber dann überlegte er es sich offenbar anders.

»Was hat es mit dieser Abschlussparty auf sich, zu der die Mädchen am Freitagabend gehen wollen? Was wissen wir über diese Sierra?«

Tori entspannte sich ein wenig. Über Teenagerpartys zu reden, war viel einfacher als über ihr eigenes Leben.

»Was möchtest du wissen? Em geht seit dem Kindergarten mit Sierra in eine Klasse, und sie haben jahrelang in derselben Fußballmannschaft gespielt. Ihre Mutter und ich waren zusammen Klassenraummütter, als die Mädchen in der vierten Klasse waren. Sie ist eine gute Freundin, also die Mutter. Celeste unterrichtet an der Highschool, und sie und Jeff, Sierras Vater, sind ziemlich engagierte Eltern.«

»Dann meinst du, es ist in Ordnung, dass sie hingehen? Kommen da auch Jungs hin?«

»Em sagt, sie weiß es nicht sicher, also vermute ich, ja, sonst wäre ihre Antwort bestimmt klarer ausgefallen.«

»Ja. Cristina war auch ziemlich ausweichend, als ich sie das gefragt habe.«

»Ich bin mir hundertprozentig sicher, dass Celeste und Jeff ein Auge auf sie haben werden. Es wird keine Massenschlägerei unter Betrunkenen oder so was. Sie sind dreizehn oder vierzehn Jahre alt.«

»Na, ich weiß nicht. Ich war ziemlich wild in dem Alter.«

Tori hatte Bilder von ihm in Familienalben gesehen, ein Skaterjunge mit langen Haaren und einem rebellischen Lächeln.

»Und schau, was aus dir geworden ist«, sagte sie. Er hatte immer noch dieses rebellische Lächeln, aber jetzt war er ein tougher Polizist.

»Du lässt Em also hingehen?«

Tori zuckte mit den Schultern. »Die Mädchen haben sich sehr bemüht, zumindest in den letzten zwei Wochen. Ich dachte, es wäre eine passende Belohnung für ihre Entscheidung, sich durchzubeißen.«

»Gutes Argument. Ich tue alles, um zu vermeiden, dass ich so eine Last-Minute-Aktion noch einmal erleben muss.«

Im nächsten Moment hörten sie das Lachen von El und Meredith, zu denen sich jetzt auch Els Mann Jason gesellt hatte. Sam schaute interessiert hinüber.

»Was hältst du eigentlich davon, dass deine Cousine hier ist? Ich weiß, dass du nicht begeistert warst, als sie hierher zurückgekehrt ist.«

Tori entspannte sich noch etwas mehr. Das hier lief ganz gut, solange sie es vermieden, über das zu sprechen, was heiß zwischen ihnen brodelte. »Sie hat vor, mehrere Monate in der Stadt zu bleiben. Wir arbeiten am selben Ort und wohnen zwei Häuser voneinander entfernt. Also sollte ich wohl zumindest versuchen, mit ihr auszukommen. Ich glaube nicht, dass ich einen ständigen Kriegszustand lange aufrechterhalten kann.«

»Das hört sich sehr weise an.«

»Ich will nicht behaupten, dass ich ihr jemals all das verzeihen kann, was sie im Lauf der Jahre getan hat, aber ich kann zumindest versuchen, mit ihr auszukommen. Vielleicht können wir mit der Zeit wenn schon nicht Freunde, so doch wenigstens gut umgängliche Bekannte werden.«

»Das klingt für mich nach einem Fortschritt.«

Sie lächelte, begegnete seinem Blick und hielt den Atem an. Plötzlich zitterte sie angesichts der glühenden Hitze in seinem Blick.

»Tu das nicht«, zischte sie.

»Was?«

»Mich so anschauen.«

Er blinzelte. »Wie habe ich dich denn angeschaut?«

Als wolltest du mich über deine Schulter werfen und mit nach Hause nehmen.

»Du setzt dein ganzes Heißer-Cop-Charisma ein. Hör auf damit.«

Er stieß ein ersticktes Lachen aus. »Ich wusste gar nicht, dass ich ein Heißer-Cop-Charisma besitze.«

Sie schnaubte. Das glaubte sie ihm keine Sekunde lang. Nie und nimmer war sie die erste Frau, die ihn darauf aufmerksam machte.

»Ich wusste, dass es nicht funktioniert«, murmelte sie. »Wir sind nicht in der Lage, normal miteinander umzugehen, nachdem wir uns geküsst haben.«

»Jedenfalls kriege ich diesen Kuss nicht mehr aus dem Kopf.«

Seine tiefe Stimme ließ sie erschauern. Sie konnte nicht glauben, dass niemand in seiner Familie die Hitze bemerkte, die sie erzeugten. Wahrscheinlich stieg sie von ihnen hoch wie der Dampf aus dem Pizzaofen.

»Die ersten zwei Pizzen sind in fünf Minuten fertig«, verkündete Pablo. »Da die Kinder im Pool spielen, sind sie für die Erwachsenen gedacht.«

»Ich schätze, dass wir damit gemeint sind«, bemerkte Sam.

»Ich gehe mal nachsehen, ob deine Mutter Hilfe braucht, um Sachen rauszutragen.«

Sie eilte in die Küche und beschloss, Sam für den Rest des Abends aus dem Weg zu gehen.

Das Essen war wie immer köstlich. Sie aß zwei Stücke Pizza und musste sich zurückhalten, um nicht noch ein drittes zu nehmen.

Meredith schien ihre anfängliche Unbeholfenheit verloren zu haben und half nun abwechselnd Pablo beim Formen des Pizzateigs und Teresa beim Füllen der Salatschüsseln und plauderte locker mit Sam, Jason und Elena.

Tori hatte erst nach dem Abendessen Gelegenheit, mit ihrer Cousine zu sprechen, als sie beide halfen, abzuräumen und alles in die Küche zurückzutragen.

»Du scheinst dich zu amüsieren«, sagte sie.

»Sie sind alle so nett«, meinte Meredith, »so gastfreundlich und lieb.«

»Sie sind eine tolle Familie.«

Meredith nickte und warf Tori einen vorsichtigen Blick zu. »Sag mal, läuft da was zwischen dir und Javiers Bruder?«, fragte sie.

Tori hätte fast den leeren Teller fallen lassen, auf dem zuvor die Knoblauchbrotstangen gelegen hatten. »Warum sagst du so was?«

»Ach, nur so. Als du vor dem Essen mit ihm geredet hast, sahst du ein bisschen so aus, als wolltest du ihn entweder in den Pool werfen oder irgendwo in eine dunkle Ecke zerren.«

Oder beides. Kann man auch beide Optionen wählen?

»Da läuft gar nichts«, log sie. Kaum waren die Worte ausgesprochen, überlegte Tori es sich auch schon anders. Warum sollte sie Meredith nicht die Wahrheit sagen? Sie konnte etwas Durchblick gebrauchen, und Meredith war die einzige Person, die emotional nicht an Sam und diese Familie gebunden war.

Sie schaute sich um, um sicherzugehen, dass niemand von der Familie in Hörweite war. »Okay, um die Wahrheit zu sagen, wir haben in den letzten Wochen viel Zeit zusammen verbracht, um die Mädchen bei den Hausaufgaben zu überwachen, und letzte Woche hat Sam mich geküsst. Und nein, ein Bruderkuss war das nicht.«

»Hast du deshalb die ganze Woche im Café so abwesend gewirkt?«

Sie stieß die Luft aus. »Vielleicht. Wahrscheinlich. Es ist so ein Schlamassel. Er hat mich in eine furchtbare Lage gebracht.«

»Was? Warum?« Meredith sah wirklich verwirrt aus.

»Aber das ist doch offensichtlich, oder?«

»Nicht für mich. Tut mir leid. Ist er ein schlechter Küsser? Ich meine, er sieht toll aus, aber von meinen Freundinnen und Galerieassistentinnen habe ich gehört, dass die heißen Typen manchmal ganz schlecht küssen. Sie haben es nicht drauf, weil sie nie daran arbeiten mussten.«

»Das ist nicht das Problem«, versicherte Tori ihr. »Sam ist kein schlechter Küsser. Ganz im Gegenteil.«

Es fühlte sich so ähnlich an wie damals, als sie jünger gewesen waren und sich endlos über Jungs, Freundinnen und die Schule unterhielten, auch wenn sie getrennt gewesen waren, über SMS, E-Mails und Messenger-Nachrichten.

»Was ist es dann?«, fragte Meredith mit einem verwirrten Stirnrunzeln. »Javier ist schon lange tot. Er würde nicht wollen, dass du dich den Rest deines Lebens nach ihm sehnst.«

»Ich sehne mich nicht nach ihm! Warum denken das alle? Ich habe meinen Mann sehr geliebt, und ich trauere auch jetzt noch, dass er nicht hier ist, vor allem dass er nie die Chance hatte, Emilia aufwachsen zu sehen. Das heißt aber nicht, dass ich mich in meinem Zimmer einschließe und mir vor Verzweiflung die Haare raufe.«

»Dann hilf mir bitte auf die Sprünge.«

Warum waren alle so begriffsstutzig, was diese Sache betraf? »Ich war mit seinem Bruder verheiratet! Wir sind praktisch verwandt. Das geht einfach nicht.«

»Aber ihr seid doch nicht verwandt. Nicht wirklich.«

»Die Ayalas sind meine Familie. Ems Familie. Ich liebe sie von ganzem Herzen. Aber was, wenn ich was mit Sam hätte und es zwischen uns schiefläuft? Es steht hier mehr auf dem Spiel als nur ein gebrochenes Herz. Das kann ich nicht riskieren.«

»Langsam verstehe ich, worauf du hinauswillst«, sagte Meredith zu ihrer Überraschung. »Aber mir scheint, dass du nur den schlimmsten Fall in Betracht ziehst. Du gehst davon aus, dass es schiefgeht. Aber was ist, wenn es nicht so ist?«

An diese Möglichkeit konnte sie nicht einmal denken.

»Dir liegt etwas an Sam, stimmt's?«

Tori überlegte, ob sie lügen sollte, wusste aber, dass es keinen Sinn hatte. Meredith würde sie sofort durchschauen. »Ja«, murmelte sie.

Sie brachte es nicht über sich, Meredith gegenüber auszusprechen, was sie eigentlich fürchtete: dass ihre Gefühle tiefer gingen, als sie es sich selbst eingestehen wollte.

Meredith schien das Wesentliche trotzdem herausgehört zu haben. »Wir wissen beide, dass ich die Letzte bin, die Ratschläge in Sachen Liebe oder Ehe geben sollte. Ich kann sicher nicht mit meiner Erfolgsbilanz prahlen.«

»Stimmt schon. Aber irgendetwas sagt mir, dass du mir trotzdem einen Rat geben wirst.«

»Ja, das habe ich vor«, sagte Meredith, ohne auf ihren Seitenhieb einzugehen. »Sam macht auf mich den Eindruck, ein guter Kerl zu sein. Er liebt seine Tochter, hat eine enge Bindung zu seiner Familie, wird in der Gemeinde geachtet. Er ist die Art Mann, wie ihn jede Frau gern in ihrem Leben hätte. Ich weiß ein bisschen was über Ängste, und ich kann dir sagen, dass es eine Schande wäre, wenn deine Ängste vor etwas, was womöglich nie eintritt, deine Entscheidungen bestimmen und dich davon abhalten, euer gemeinsames Glück zu finden. Das wollte ich nur sagen.«

Meredith ging weg, bevor sie etwas erwidern konnte, was sie prompt daran erinnerte, warum sie nie gern mit ihrer Cousine diskutiert hatte.

Was sie sagte, war, verdammt noch mal, viel zu vernünftig.

31. KAPITEL

Liam

»Du brauchst mich nicht so traurig anzuschauen. Ich bleibe nur ein paar Stunden weg, versprochen. Und morgen fahren wir zurück nach L. A., wo du wieder mit all deinen Freunden in der Hundebetreuung spielen kannst.«

Jasper ließ sich von dem Versprechen nicht beeindrucken. Er wandte das Gesicht ab und war sichtlich verstimmt darüber, dass Liam seine Jeans gegen eine Kakihose und ein gutes Hemd eingetauscht hatte.

Vielleicht war Jasper sauer, weil er bald ins hektische L. A. zurückkehren musste. Liam freute sich ebenso wenig darauf. Ihm gefiel es hier in Cape Sanctuary. Er mochte die Menschen, die Landschaft und den Lebensrhythmus.

Er mochte alles.

Cape Sanctuary fühlte sich wie ein Zuhause an.

Das war es aber nicht. Nicht annähernd. Er hielt sich unter einem Vorwand hier auf. Die liebenswerten Menschen von Cape Sanctuary würden es nicht gut finden, wenn sie erfuhren, dass er ihnen etwas vorgemacht hatte.

Heute Abend würde er Meredith die Wahrheit sagen.

Jede Vorfreude, die er auf den Abend mit ihr verspürte, wurde durch die bittere Wahrheit gedämpft, dass er sie verletzen würde, bevor der Abend zu Ende ging.

Den ganzen Tag hatte er überlegt, ob er es ihr nicht bereits vor dem Abendessen erzählen sollte.

Diesen Gedanken hatte er verworfen.

Sie freute sich so sehr auf den Galerierundgang, darauf, mit Künstlern ins Gespräch zu kommen, deren Werke sie an den Wänden des Cafés ausstellen wollte. Er konnte ihr das nicht verderben.

Er war kein Feigling, nur weil er ihr die Wahrheit noch ein bisschen länger vorenthielt, sagte er sich. Er würde es ihr sagen, nur jetzt noch nicht.

Mit dem Gefühl, die schwere Last der Wahrheit auf den Schultern zu tragen, ging er zu ihrem Cottage hinüber und klopfte.

Das Spindrift Cottage sah schon viel schöner aus als bei seiner Ankunft in der Stadt vor ein paar Wochen. Topfpflanzen in bunten Übertöpfen verschönerten die Veranda, und die alten Möbel hatten einen neuen weißen Anstrich erhalten, der im Sonnenlicht funkelte.

Als zunächst niemand reagierte, wollte er noch einmal klopfen, aber gerade als er die Hand hob, ging die Tür auf, und Aspen stand vor ihm.

Sie schien eine andere Person zu sein als die verängstigte, streitlustige junge Frau, der sie auf dem Campingplatz begegnet waren. Sie hatte zwar immer noch Tattoos und lila Haare, aber ihre blauen Flecken waren verblasst, und sie hatte eine gewisse Leichtigkeit an sich, als hätte sie eine Last abgelegt.

Sie schien überrascht, ihn zu sehen. »Oh. Hi. Sie sind es.«

»Tut mir leid, dass ich Sie enttäuscht habe.«

»Das haben Sie nicht. Alles gut. Ich dachte nur, es wäre ein Freund von mir, der mich abholt. Meredith ist gleich fertig.«

»Okay.«

»Sie können reinkommen.«

Im Cottage war es sauber, aber offensichtlich wurde es gerade renoviert, denn die Wände waren kahl bis auf eine, von der die Tapete zur Hälfte entfernt war.

Er fühlte sich von Licht und Farbe umgeben, durch die hellen Kissen auf den Stühlen und eine über das Sofa geworfene Decke.

»Wie geht es Ihnen?«, fragte er vorsichtig. »Keine Probleme mit dem Ex?«

»Nein. Er ist weg und wird nicht zurückkommen. Ich habe ihm gesagt, dass ich ihn anzeige, wenn er es tut, und er weiß, dass ich es ernst meine.«

»Sehr gut.«

Sie fummelte an der Quaste eines der Kissen herum. »Ich komme mir blöd vor, dass ich überhaupt in diese Situation gekommen bin. Ich habe mir immer gesagt, wenn mich ein Typ einmal schlägt, bin ich weg. Aber es ist nicht so einfach, wie ich dachte, auch weil wir wie Nomaden lebten, von Stadt zu Stadt zogen und weiterfuhren, bevor ich überhaupt Freunde finden konnte, die mir hätten helfen können.«

Er war froh, dass Meredith Aspen ihre Hilfe angeboten hatte. Er wünschte nur, sie hätte selbst so jemanden gehabt, als sie Hilfe brauchte.

Meredith hatte nicht am Rand der Gesellschaft gelebt so wie Aspen, die in einem heruntergekommenen Wohnwagen gewohnt hatte und ständig unterwegs gewesen war. Aber vermutlich hatte sie sich in ihrer Situation genauso gefangen gefühlt.

»Ich bin froh, dass es Ihnen so gut geht«, sagte er voller Mitgefühl für beide Frauen. »Haben Sie heute Abend etwas Schönes vor?«

Als Aspen lächelte, schien ihr ganzes Gesicht zu strahlen. »Mein Freund Josef und ich gehen auf den Gallery Walk.«

»Das machen wir auch. Vielleicht sehen wir uns ja dort.«

»Vielleicht. Wenn Josef überhaupt jemals kommt.«

Wie aufs Stichwort klopfte es an der Tür, und Aspen sprang auf, um ihrem ruhigen Kollegen aus dem Café zu öffnen. Er trug ein weißes Hemd und eine schwarze Hose und schenkte Aspen ein Lächeln, das Liam eindeutig verriet, wie sehr er sie mochte.

In diesem Moment trat Meredith ins Wohnzimmer. Sie sah so großartig aus, dass es ihm den Atem raubte.

Ihre offenen Haare waren gelockt, und zum ersten Mal, seit er in Cape Sanctuary war, sah er sie mit einer anderen Frisur als einem Pferdeschwanz. Sie trug ein hübsches geblümtes Kleid und einen Pulli im selben Apricotton wie die Blüten auf dem Kleid.

Sie sah zart und schön aus, und er wollte den Blick gar nicht mehr abwenden.

»Tut mir leid, dass ich so spät dran bin. Ich konnte mich nicht entscheiden, was ich anziehen soll.« Sie lachte ein wenig. »Und es ist wahrscheinlich das erste Mal seit achtzehn Monaten, dass mir das passiert.«

Irgendwie wusste er, dass es sicher nicht aus dem Grund so lange nicht geschehen war, dass sie sich ihre Kleidung nicht hätte aussuchen können, sondern eher, weil es ihr egal gewesen war, was sie trug.

Er hätte sich geschmeichelt fühlen sollen, stattdessen grollte ein leises Unbehagen in ihm.

Er hasste es, zu wissen, dass er sie verletzen würde, bevor der Abend zu Ende war. Wieder war er versucht, zu warten, bis Aspen und Josef gegangen waren, um ihr dann alles zu beichten. Es schien so falsch, ihr vorzuenthalten, was sie wissen musste.

Noch nicht. Noch ein paar Stunden.

Er zwang sich zu einem Lächeln. »Ich weiß nicht, welche anderen Möglichkeiten es gab, aber du hast eine ausgezeichnete Wahl getroffen. Du siehst toll aus.«

Sie lachte ein wenig. »Ich sage das nicht, weil ich auf Komplimente aus bin. Ich habe einfach nicht viele schöne Sachen, die infrage kamen. Ich habe fast alles verkauft oder gespendet, als ich Chicago verließ, und nur ein paar Lieblingsstücke behalten.«

»Was du anhast, sieht einfach perfekt aus«, sagte er.

»Ihr seid ... sehr schön«, sagte Josef in seinem akzentuierten Englisch. »Die zwei schönsten Frauen in der ganzen Stadt. Wir sind glückliche Männer, ja?«

Liam lächelte. »Ja. Sehr glücklich.«

Aspen verdrehte nur die Augen. »Wir sollten wohl gehen. Ich habe Denise gesagt, dass wir sie und ihren Mann bei Horizon Art treffen und dort anfangen.« Sie legte einen Arm um Josef, der aussah, als wären all seine Träume gerade wahr geworden.

»Genießt euren Abend«, sagte Meredith. »Wir werden euch sicher irgendwann über den Weg laufen.«

»Ich weiß nicht. Es gibt so einige Galerien in der Stadt, und sie alle nehmen am heutigen Gallery Walk teil«, erwiderte Aspen. »Die Wahrscheinlichkeit, dass sich unsere Wege kreuzen, ist nicht sehr groß.«

»Wir werden aber nach euch Ausschau halten. Viel Spaß.«

Aspen warf sich einen Fransenschal über ihr Sommerkleid, und die beiden gingen aus dem Haus, während Liam mit Meredith allein blieb.

Er wollte sie wieder küssen.

Am liebsten hätte er sie in die Arme genommen und dafür gesorgt, dass ihr sorgfältig aufgetragenes Make-up verschmierte.

Die Erinnerung an den Kuss auf dem Wanderweg hielt ihn nachts wach.

Es wäre leichter, sich einzureden, dass er aufgrund seiner Schuldgefühle wegen der Unaufrichtigkeit so durch den Wind war. Doch er wusste, dass mehr dahintersteckte. Er fühlte sich zu dieser Frau hingezogen, wie er es schon lange nicht mehr erlebt hatte.

So sehr er sich auch danach sehnte, sie wieder zu berühren, zu schmecken – er konnte es nicht tun. Nicht mit den Lügen zwischen ihnen.

Seinen Lügen.

Er konnte sie nicht wieder küssen, bevor sie nicht die Wahrheit über ihn wusste. Ja, er erkannte das Logikproblem dabei. Sobald er ihr die Wahrheit sagte, würde sie nichts mehr mit ihm zu tun haben wollen.

Weitere Küsse – oder etwas anderes – wären völlig vom Tisch.

»Ich hatte keine Ahnung, dass Cape Sanctuary eine so blühende Kunstszene beherbergt«, sagte er schließlich.

Sie lächelte und nahm eine elegante Clutch vom Beistelltisch, die gerade groß genug für ein Handy war. »Keine Angst, wir müssen sie nicht alle anschauen. Ich dachte an vielleicht fünf oder sechs. Ich kann mir nicht vorstellen, dass wir vor deiner Dinner-Reservierung noch Zeit haben, mehr zu sehen.«

»Das hört sich schon anders an. Fünf oder sechs ist doch überschaubar.«

»Meinst du, wir können zu Fuß gehen? Es ist ja alles recht nah, und ich vermute, das ist einfacher, als wenn wir bei jeder Galerie einen neuen Parkplatz suchen.«

»Ich schätze, deshalb heißt es Gallery *Walk*.«

Sie lächelte und ging voran, aus dem Cottage hinaus in den angenehmen Abend, der nach Blumen, salziger Luft und Bedauern über all das roch, was er nicht haben konnte.

32. KAPITEL

Meredith

Später einmal, wenn sie alt und grau wäre, da war sich Meredith ganz sicher, würde sie sich an jede Einzelheit dieses schönen Juniabends erinnern, den sie mit Liam Byrne verbrachte.

Schließlich hatten sie sechs Galerien besucht, die alle in der Nähe des Restaurants lagen. Ihr gefiel jede einzelne Ausstellung, die sie betrachteten, von Naturfotografien über anmutige Skulpturen bis hin zu modernen abstrakten Werken.

Sie waren alle unterschiedlich, aber durchweg aufregend und frisch. Sie fühlte sich durch die Kunst, das Dahinschlendern und die Gesellschaft belebt.

Jetzt saß sie mit Liam auf der Steinterrasse des eleganten Restaurants mit Blick auf den Ozean. An diesem Abend, nur wenige Wochen vor dem längsten Tag des Jahres, war die Sonne noch immer dabei unterzugehen und tauchte das Meer in ein farbenprächtiges Licht. Sie hatten wunderbare Plätze in der ersten Reihe dieser künstlerischen Abendvorstellung der Natur.

Das Essen war köstlich, überaus frisch und schmackhaft. Sie hatten sich für das Chefkoch-Probiermenü entschieden, eine einzigartige Auswahl auf kleinen Tellern, von denen eine Portion köstlicher war als die andere.

Sie hatten einen Salat mit Garnelen, Avocado und Mangos probiert, Tintenfischrisotto und Heilbutt in Blätterteig mit Zitronen-Schalotten-Soße.

Meredith genoss jeden Bissen dieses Essens, vor allem da sie es mit einem Mann teilte, der, wie sie plötzlich merkte, ihr Herz leicht hätte erobern können, wenn sie ihn gelassen hätte.

Sie war eine Heuchlerin der schlimmsten Sorte. Sie hatte ihrer Cousine gesagt, dass sie die Chance mit Sam Ayala ergreifen solle, auch wenn ihnen Hindernisse im Weg stehen mochten.

Das war ein guter Rat für Tori, aber Meredith wusste, dass sie ihn nicht auf sich selbst anwenden konnte. Sie hatte Liam bereits allzu weit in ihre Gedanken und ihr Herz gelassen. Der Mann wusste Dinge über sie, die niemand sonst wusste. Wenn sie ihre Abwehr völlig fallen ließe und sich ihm wirklich zuwandte – was ihr leichtfallen würde, wie ihr bewusst war –, würde er sie am Boden zerstört zurücklassen.

Bei Sam und Tori war die Situation ohnehin anders. Sie hatten wenigstens dieselbe Postleitzahl, während Liam diese Stadt in weniger als zwölf Stunden verlassen würde.

Nach diesem Abend würde sie ihn wahrscheinlich nie wiedersehen. Dieses Wissen verlieh dem Abend eine besondere Note.

Liam lächelte sie jetzt über den Tisch hinweg an, und der Sonnenuntergang färbte seine Gesichtszüge bernsteinfarben.

»Wow. Das war delikat. Das Restaurant wird mit vollem Recht so gehypt. Schade, dass ich es erst an meinem letzten Tag hier gemerkt habe.«

»Ich schätze, dann musst du wohl wiederkommen«, sagte sie, um einen lässigen Tonfall bemüht.

Er lächelte wieder. »Das mache ich ganz sicher. Cape Sanctuary hat etwas Besonderes an sich. Ich kann es nicht genau erklären. Die Stadt scheint einen willkommen zu heißen und einem das Gefühl zu geben, dass man genau da ist, wo man sein sollte.«

»Wenn dein Buch veröffentlicht ist, kannst du vielleicht zu einer Signierstunde herkommen. Ganz sicher würde sich die örtliche Buchhandlung über deinen Besuch freuen, vor allem wenn du ihnen sagst, dass du einen großen Teil davon hier geschrieben hast. Und vergiss nicht, das Beach End in deiner Danksagung zu erwähnen. Das wäre eine großartige Werbung für das Café.«

Er legte seine Serviette ab, und sein Kiefer war plötzlich angespannt. »Darüber …«, setzte er an, wurde jedoch von einer Frau unterbrochen, die sich plötzlich am Nachbartisch von ihrem Platz erhob und zu ihnen trat.

Sie war stilvoll gekleidet, schlank, fast hager.

»Ich habe Sie jetzt eine halbe Stunde lang beobachtet und versucht herauszubekommen, woher ich Sie kenne«, sagte sie mit einem Akzent, der eindeutig auf den mittleren Westen hinwies und Meredith sofort aufhorchen ließ. »Jetzt bin ich endlich darauf gekommen. Sie sind doch diese Meredith Rowland, richtig?«, stieß sie heftig hervor.

Meredith atmete scharf ein, als sie den giftigen Ton in der Stimme der Frau hörte, den sie hier auf der ruhigen, friedlichen Steinterrasse eines nordkalifornischen Restaurants mit Blick auf den Ozean nicht erwartet hatte.

»Ja«, sagte sie leise.

Das Gesicht der Frau lief rot an, und sie ballte die Hände zu Fäusten. »Ich kann es nicht fassen, dass Sie die Stirn haben, sich hier in diesem anständigen Restaurant blicken zu lassen. Wahrscheinlich haben Sie von dem Geld, das Sie und Ihr Mann von den Rentenkonten der Leute geplündert haben, hier fein gegessen, wie? Wie können Sie es wagen?«

Meredith fühlte sich, als würde sie in ihrem Stuhl zusammenschrumpfen und mit jedem harschen Wort mehr schwinden.

»Meine Schwester und ihr Mann haben alles durch Sie und diesen Abschaum verloren. Ich bin froh, dass ihn jemand im Gefängnis umgebracht hat. Ich wünschte nur, Sie wären direkt dabei gewesen. Sie sind eine erbärmliche, armselige Attrappe von Mensch. Sie sollten sich schämen, und das sollte auch jeder, der sich mit Ihnen in der Öffentlichkeit sehen lässt.«

»Es tut mir sehr leid, dass Sie so denken«, sagte Meredith schließlich, als die Frau ihr Pulver verschossen hatte. Was hätte sie sonst sagen sollen?

Die Frau warf ihr noch einen hasserfüllten Blick zu und marschierte dann davon, ihren verlegen dreinblickenden Begleiter mit sich zerrend.

Meredith nahm vorsichtig die Serviette von ihrem Schoß und legte sie auf den Tisch, als wäre sie radioaktiver Abfall. Als sie nach ihrem Wasserglas griff, merkte sie, dass ihre Hand zitterte.

»Es tut mir so leid«, flüsterte sie Liam zu. »Was für ein schreckliches Ende für diesen wunderschönen Abend.«

Er sah sie an. »Du kannst doch nicht denken, dass das deine Schuld war.«

Sie wollte eine Hand auf ihre Brust drücken, auf den Schmerz dort, aber sie wusste, dass nichts dagegen helfen konnte.

»Er hat so vielen Menschen übel mitgespielt. Die Nachwirkungen werden noch jahrelang zu spüren sein. Wenn Menschen wütend und verletzt sind, wollen sie, dass jemand für den Schaden aufkommt, den sie erlitten haben. Leider ist der Mann, der dafür verantwortlich ist, tot. Ich bin die nächstbeste Option.«

»Das solltest du aber nicht sein. Du warst nicht an den Verbrechen deines Mannes beteiligt. Es ist nicht fair, dass du beschuldigt wirst, obwohl du auch ein Opfer bist.«

Er machte den Eindruck, als wollte er der Frau nachlaufen, um sie zurechtzuweisen. Meredith war zwar gerührt von seiner Sorge, aber das war das Letzte, was sie wollte.

»Bitte. Können wir jetzt gehen?«

Nach kurzem Zögern nickte er widerstrebend.

Sie war immer noch zittrig und aufgeregt, aber sie tat ihr Bestes, sich das nicht anmerken zu lassen, während er die Rechnung bezahlte.

»Wollen wir zu Fuß nach Hause gehen, oder soll ich lieber einen Fahrdienst anrufen?«, fragte er, als sie das Restaurant verließen.

Ihre Cottages waren etwa drei Blocks vom Restaurant entfernt. Vielleicht half ihr ein Spaziergang durch den kühlen Abend, sich zu beruhigen.

»Ich möchte gern zu Fuß gehen.«

Als sie an den charmanten, kauzigen Steinhäusern in diesem Teil der Stadt vorbeikamen, spürte Meredith, wie die Anspannung aus ihren Schultern wich.

Und so spazierten sie die meiste Zeit schweigend nebeneinanderher, wiesen nur manchmal auf etwas hin, das sie passierten, zum Beispiel auf einen Briefkasten, der bis ins kleinste Detail zu dem dazugehörigen Haus passte. Oder auf das Haus gegenüber mit seinem wilden Landgarten, der selbst jetzt, am späten Abend, vor Farben nur so strotzte, mit Löwenmäulchen, Glyzinien und Kletterrosen.

Als sie fast bei ihren Häuschen am Starfish Beach angekommen waren, stoppte Liam an einem kleinen Aussichtspunkt an der Straße, einer grasbewachsenen Fläche mit einer Bank, von der aus man das Meer überblicken konnte. Meredith war überrascht, als Liam sie dorthin führte, ihr bedeutete, sich zu setzen, und sich neben ihr niederließ.

»Ich muss dir etwas sagen, Meredith. Etwas, das ich dir schon früher hätte erzählen sollen, aber die Umstände haben sich nie richtig angefühlt.«

Plötzlich fürchtete sie sich noch mehr als vorhin, als die Frau sie im Restaurant konfrontiert hatte. »Okay«, murmelte sie vorsichtig.

Etwas sagte ihr, dass sie nicht hören wollte, was er zu erzählen hatte. Dass es alles zwischen ihnen verändern würde.

»Ich habe es dir bisher nicht gesagt, weil ich weiß, dass es dich verletzen wird, und das ist das Letzte, was ich tun will.«

Die Sonne war inzwischen vollständig untergegangen, aber ein schmaler Lichtstreifen stand noch am Horizont. Sie konnte Liams Silhouette sehen, aber seine Gesichtszüge lagen im Dunkeln.

»Jetzt machst du mir Angst. Sag es einfach.«

Er stieß einen langen, tiefen Seufzer aus. »Ich habe dich angelogen, Meredith.«

Alles in ihr drängte sie, von der Bank aufzuspringen, den Rest des Weges zum Haus zu rennen, hineinzustürmen und die Tür vor dem zu verriegeln, was er ihr mitteilen wollte.

Sie blieb jedoch wie erstarrt sitzen und zwang sich, trotz der wachsenden Angst zu atmen.

»Worüber?«

»Ich habe dir gesagt, dass ich mit Zahlen arbeite. Das stimmt auch.« Er hielt inne. »Ich habe dir aber nicht gesagt, dass ich als Analyst für das FBI mit Zahlen arbeite und auf Finanzforensik spezialisiert bin.«

Sie starrte ihn an und kämpfte erneut gegen den Drang, die Hand auf ihren Bauch und den dort plötzlich entstehenden Schmerz zu legen.

»Das … FBI.« Für sie war das gleichbedeutend mit stundenlangen Verhören, Zeugenaussagen und Durchsuchungen, durch die jeder Winkel ihres Lebens ausgeleuchtet wurde.

Er nickte. »Ich arbeite im Büro in Los Angeles. Als ich letzte Woche weg musste, bin ich zu einer Aussage in einem Fall gerufen worden, an dem ich seit über einem Jahr gearbeitet habe. Eigentlich sollte ich erst nächste Woche aussagen, aber der Termin wurde vorgezogen.«

All das ergab für sie keinen Sinn; als hätte jemand ein ganzes Regal voller Puzzles auf den Boden gekippt und erwartete jetzt, dass sie die Teile wieder in die richtigen Kisten legte.

»Aber … du schreibst doch trotzdem ein Buch, oder?«

Er seufzte erneut – ein Laut des Bedauerns und der Entschuldigung.

»Es gibt kein Buch«, sagte er zögerlich. »Da habe ich dich auch angelogen. Das habe ich als Ausrede benutzt, um zu erklären, warum ich hier bin.«

»Und warum warst du hier?«

Eigentlich wusste sie es. Noch bevor er die Worte aussprach, wusste sie es.

»Ich bin nach Cape Sanctuary gekommen, weil du hier warst. Ich hatte gehofft, Informationen zu bekommen, die mich zu dem Geld führen, das Carter gestohlen hat.«

Eine heiße Welle aus Verrat, Schmerz und Schock überspülte sie, glitschig und schmierig. Sie schlug sich die Hand vor den Mund, um sich nicht übergeben zu müssen.

»Du … Du hast mich die ganze Zeit angelogen. Alles. Alles war eine Lüge.«

Seine Schultern waren angespannt. »Ja. Es tut mir leid.«

»Mir wurde gesagt, dass nicht mehr gegen mich ermittelt wird.« Ihre Stimme klang dünn und kraftlos.

»Offiziell nicht. Der Fall gegen dich ist abgeschlossen. Die Taskforce, die die offizielle Untersuchung leitet, ist zu dem Schluss gekommen, dass du nicht an Rowlands System beteiligt warst.«

Sie versuchte, ein paar weitere Puzzleteile aufzusammeln. »Und warum bist du hier?«

»Ich bin nicht wegen einer offiziellen Ermittlung hier. Mein Besuch war nicht genehmigt.«

»Warum?«, fragte sie erneut. Der ätzende Verrat schien an allem zu fressen, was in dieser Woche hell und gut in ihrer Welt gewesen war, und warf dunkle, unheilvolle Schatten darüber.

Er war allein hierhergekommen, ohne FBI-Ressourcen, um gegen sie zu ermitteln.

»Das ist eine lange Geschichte. Ich habe dir erzählt, dass meine Mutter Lehrerin ist. Was ich dir nicht erzählt habe, ist, dass sie für eine kleine Privatschule außerhalb von Chicago arbeitet, die so unklug war, die gesamten betrieblichen steuerbegünstigten Rentenpläne und Pensionen ihrer Mitarbeiter bei Carter Rowland anzulegen. Meine Mutter hat alles verloren.«

Meredith schloss die Augen. Er hatte so begeistert von seiner Mutter gesprochen, einer Witwe des Anschlags vom 11. September, die ihr Leben neu aufgebaut hatte, um ihre

Kinder gut zu versorgen und sich liebevoll um ihren Sohn zu kümmern, der besondere Bedürfnisse hatte. Sie hatte ihren ersehnten Ruhestand hinausgezögert und arbeitete nun trotz ihrer gesundheitlichen Probleme weiter.

Wegen Carter, fiel es Meredith wie Schuppen von den Augen. Weil ihr lügender, betrügender, gieriger Bastard von Ehemann sich angemaßt hatte, Liams Mutter und so viele andere zu bestehlen.

Es würde nie enden. Egal wie weit sie von Chicago floh und wie sehr sie sich um ein neues Leben bemühte – die Auswirkungen von Carters Machenschaften würden sie für den Rest ihres Lebens begleiten.

»Es … tut mir so leid«, sagte sie.

Er schnaubte. »Du musst aufhören, dich dafür zu entschuldigen, was er getan hat. Es ist nicht deine Schuld. Ich gebe zu, eine Zeit lang war ich mir nicht sicher. Ich dachte, du müsstest etwas damit zu tun haben und hättest die Taskforce komplett hinters Licht geführt. Deshalb bin ich hergekommen, in dem verzweifelten Versuch, mich irgendwie in dein Leben einzuschleusen und dich zu überreden, mir alles zu sagen, was du über die fehlenden Gelder weißt.«

»Du hast die ganze Zeit undercover gearbeitet.«

»Inoffiziell. Wie gesagt, es war keine von der Behörde genehmigte Aktion. Man hat mich wegen meiner familiären Verknüpfung nicht an den Ermittlungen beteiligt. Das ist der Grund, warum ich das erste Mal nach Cape Sanctuary gekommen bin. Ich war verzweifelt, wegen meiner Mutter. Aber nicht nur ihretwegen. Auch wegen Patrick. Sie hat den Erlös aus der Lebensversicherung meines Vaters in einen Treuhandfonds für ihn eingezahlt, der ebenfalls von Rowland verwaltet wurde.«

Patrick, sein bezaubernder Bruder, der obskure Statistiken der Chicago Cubs auswendig kannte, eine Freundin hatte und esoterische Bücher in der Bibliothek las.

Sie hatte das Gefühl, ihr würde wieder schlecht werden.

»Du hättest es mir von Anfang an sagen sollen. Ich hätte dir eine Menge Zeit und Ärger ersparen können. Ich kann dir nicht helfen. Wie ich schon den anderen Ermittlern sagte: Wenn ich eine Ahnung hätte, wo Carter das Geld versteckt hat, würde ich es sagen.«

»Das verstehe ich jetzt. Als ich zum ersten Mal in die Stadt gekommen bin, habe ich es jedoch nicht gewusst. Das war, bevor ich dich getroffen und Zeit mit dir verbracht habe.«

Plötzlich flammten Erinnerungsblitze in ihr auf, wie er jeden Tag ins Restaurant gekommen war, Kaffee bestellt und so getan hatte, als würde er an seinem Laptop arbeiten. Wie er ihr beim Streichen des Cafés geholfen hatte und so nett zu ihr gewesen war, sie nach Hause begleitet, sie geneckt und langsam wieder zum Leben erweckt hatte.

Wie er sie mit einer fast schmerzhaften Zärtlichkeit geküsst hatte. Sie hätte nur noch weinen mögen.

Sie hatte ihm alles erzählt. Dieser Mann wusste mehr über ihr Leben als jeder andere auf der Welt, kannte die hässliche Wahrheit, die sich hinter den geschlossenen Türen ihrer Ehe verbarg.

Über ihre Fehlgeburten, ihre Totgeburt. Alles.

Sie hatte ihm ihre tiefsten Geheimnisse anvertraut, und er hatte die ganze Zeit so getan, als interessierte es ihn.

Sie hatte sich in ihn verliebt.

Mein Gott, sie hatte einen grauenhaften Männergeschmack. Der erste Mann, den sie geliebt hatte, war ein Missbrauchstäter und Betrüger.

Der zweite – dieser Mann, der ihr in den letzten Wochen ans Herz gewachsen war – hatte das Interesse an ihr nur vorgetäuscht, weil er hoffte, durch sie an die von ihrem Ex gestohlenen Gelder zu gelangen.

Es war regelrecht lächerlich, wenn es nicht so schmerzhaft tragisch wäre.

»Du willst mir erzählen, dass du dich vom Federal Bureau of Investigation abgesetzt und beschlossen hast, deine eigene Undercoveroperation zu starten? Erwartest du wirklich, dass ich glaube, niemand dort hätte gewusst, was du da treibst?«

»Sie wissen es jetzt. Als ich letzte Woche nach L. A. zurückgekehrt bin, habe ich der für meine Abteilung zuständigen Agentin alles gebeichtet.« Er hielt inne. »Sie wollte, dass ich damit weitermache, noch tiefer grabe und dich mehr unter Druck setze. Das habe ich abgelehnt. Ich habe ihr gesagt, dass ich fest davon überzeugt bin, dass du nichts von den Aktivitäten deines Mannes weißt.«

»Soll ich dir dafür eine Medaille verleihen?« Sie erhob sich von der Bank, unfähig, ihm noch eine Sekunde nah zu sein.

Er folgte ihr, als sie Richtung Spindrift Cottage ging, ihrer neuen Zuflucht entgegen, die sie jetzt dringend brauchte.

»Es tut mir leid, Meredith«, sagte Liam hinter ihr. »Ich wünschte, ich wäre von Anfang an ehrlich zu dir gewesen, darüber, wer ich bin und warum ich hier bin. Vor allem hätte ich dir die Wahrheit sagen sollen, nachdem wir wandern waren und du mir von deinem Leben mit Carter erzählt hast.«

Es wäre nie vorbei, dachte sie wieder. Egal wie sehr sie sich bemühte, sich neu zu erfinden, jemand Neues und Besseres zu werden. Sie wäre für immer in der Entscheidung gefangen, die sie mit zweiundzwanzig Jahren getroffen hatte – sich in den falschen Mann zu verlieben.

Sie unterdrückte die Tränen, die in ihr aufstiegen. Nicht jetzt. Sobald sie das Spindrift Cottage erreicht hatte, konnte sie sich dem Schmerz über die Demütigung und den Verrat hingeben, der sie durchströmte.

Sie grub die Nägel in ihre Handflächen. »Ich sollte dir wohl dafür danken, dass du mir endlich die Wahrheit gesagt hast, kurz bevor du wegfährst«, sagte sie, als sie nach gefühlten zwanzig Jahren endlich die unterste Stufe ihrer Veranda erreichte. »Sicher hast du dein Gewissen jetzt erleichtert. Aber nicht um meinetwillen, oder? Allein um deinetwillen. Ich wäre viel besser dran gewesen, wenn du morgen gut gelaunt weggefahren wärst, zurück in dein Leben in L. A., ohne mir mitzuteilen, dass noch ein Mensch, den ich … der mir wichtig ist, mich angelogen hat.«

Sie wartete seine Antwort nicht ab, lief nur schnell die Treppe hinauf, trat in ihr Cottage und schloss die Tür hinter sich ab.

Nachdem sie sich vergewissert hatte, dass die Vorhänge geschlossen waren, ließ sie sich auf die Couch sinken, vergrub ihr Gesicht in den Händen und weinte.

33. KAPITEL

Tori

Warum hatte sie plötzlich das Gefühl, dass die ganze Welt feierte, nur sie nicht?

Tori seufzte. Sie beendete ihren wiederkehrenden Kampf gegen den Sand im Cottage damit, dass sie ihre Veranda fegte.

Wenn Cape Sanctuary seinen monatlichen Gallery Walk veranstaltete, versuchte sie normalerweise, mit Em oder einer Freundin eine Runde zu drehen, schon allein wegen der kostenlosen Getränke und Häppchen und der Möglichkeit, sich schick zu machen und andere Leute zu treffen als die, mit denen sie regelmäßig im Café sprach.

Nur hatte sie völlig vergessen, dass es an diesem Abend einen Walk gab. Als Meredith und Aspen sie im Café an die Veranstaltung erinnert hatten und sie ein paar von ihren Freundinnen darauf angesprochen hatte, war es schon zu spät gewesen. Sie hatten allesamt schon andere Pläne gehabt.

Em und Cristina waren auf der großen Party bei ihrer Freundin Sierra, und Sam musste arbeiten. Nicht dass sie ihn danach gefragt hätte, aber Cristina hatte es ihr gesagt, als sie die Mädchen zur Party gefahren hatte.

Sie hätte auch allein zum Gallery Walk gehen können. Wahrscheinlich hätte sie sowieso eine oder zwei Freundinnen getroffen, denen sie sich hätte anschließen können. Oder wäre eben allein geblieben. Sie war eine starke, unabhängige Frau und hatte kein Problem damit, allein zu gesellschaftlichen Veranstaltungen zu gehen.

Stattdessen hatte sie beschlossen, zu Hause zu bleiben, Wäsche und Hausarbeit zu machen und dabei ein paar ihrer Lieblingspodcasts zu hören. Das aufregende Leben einer alleinerziehenden Mutter.

Freitagabends wünschte sie sich manchmal, sie hätte einen Partner, schon allein um Veranstaltungen wie den Cape Sanctuary Gallery Walk gemeinsam besuchen zu können.

Okay, es gab noch andere Gelegenheiten, bei denen sie sich danach sehnte, jemanden in ihrem Leben zu haben. Sie vermisste die kleinen Dinge des Verheiratetseins. Dass jemand da war, mit dem man alle Höhen und Tiefen des Lebens teilen konnte. Ein Schulterklopfen bei der Arbeit am Laptop, gemeinsames Kuscheln auf dem Sofa, einen Film zusammen zu schauen.

»Wenn ich jemanden zum Kuscheln brauche, habe ich ja immer dich«, sagte sie zu Shark. Ems komisch aussehender Chipoo erhob sich von seinem Platz auf dem Läufer neben der Eingangstür, führte einen kleinen Rundtanz auf und ließ sich wieder nieder.

Sie war gerade mit dem Fegen der Veranda fertig und schüttelte den Sand vom Besen ins Gras – von wo er wieder zurück- und hineingeweht werden würde –, als Shark den Kopf hob und aufmerksam die Straße in Richtung Stadt hinunterblickte.

Wäre sie nicht mit dem Besen in der Hand auf der Veranda gewesen, hätte sie nicht gesehen, wie Meredith mit dem sexy Schriftsteller zum Spindrift Cottage zurückkam.

Tori hob Shark auf und setzte sich auf ihren Lieblingssessel in die dunkle Ecke. Sie spionierte nicht, sagte sie sich. Sie wollte nur verhindern, dass Meredith und Liam mitbekamen, was für eine einsame Loserin sie war, an diesem Freitagabend, wo alle anderen Spaß zu haben schienen.

Sie stritten sich offenbar, stellte Tori fest, als sie vorbeigingen. Sie sprachen zwar nicht laut, aber sie konnte es am Tonfall und an der Spannung erkennen, die zwischen ihnen zu herrschen schien.

Meredith lief ein paar Schritte voraus, und die Meeresbrise trug Tori Fetzen ihres Gesprächs zu.

… mir leid.

… es dir sagen sollen.

… mich angelogen.

Einen Moment später hörte sie, wie Meredith die Tür schloss. Sie schlug sie nicht zu, aber die Endgültigkeit dahinter hallte doch durch die Nacht.

Sie wartete darauf, dass Liam in sein Domizil nebenan ging. Im Schein der Verandaleuchte sah sie, wie er die Treppe hinaufstieg und seine Tür aufschloss. Er trat jedoch nicht ins Haus, sondern ließ sich auf dem Schaukelstuhl nieder, der früher Frances' Lieblingssessel gewesen war, und fuhr sich mit der Hand durch die Haare.

Das war seltsam. Worüber konnten die beiden sich streiten? Tori war wahnsinnig neugierig. Sie wäre gern zu ihm rübergegangen und hätte ihn gefragt, aber sie wollte auch nicht die neugierige Vermieterin sein.

Kurze Zeit später stand Liam auf, um ins Haus zu gehen, und plötzlich sah er sehr müde aus.

Tori hatte es immer gehasst, wenn sich im Café Leute stritten, vor allem weil sie nicht ihre ganze Geschichte erfuhr oder nicht wusste, zu wem sie halten sollte, weil sie nur Gesprächsfetzen mitbekam.

Was spielte es für eine Rolle, warum Liam und Meredith gestritten hatten? Liam würde am nächsten Tag abreisen. Sie hätte seinen Aufenthalt nicht verlängern können, selbst wenn sie es gewollt hätte, denn das Haus war schnell ausgebucht gewesen, als er ihr gesagt hatte, dass er abreisen werde. Bis zum Labor Day war es jeden Tag belegt.

Sie war immer noch nicht begeistert davon, Frances' Häuschen zu vermieten. Es kam ihr irgendwie seltsam vor, dass jemand anderes im Haus ihrer Großmutter wohnte und in ihrem Schaukelstuhl saß. Jedes Mal, wenn sie das dachte, fiel ihr aber wieder ein, dass sie jeden Penny aus den Ferienvermietungen für Ems Ausbildung zurücklegte.

Shark wurde unruhig in ihren Armen. Sie setzte ihn ab, und er tänzelte zum Rand der Veranda, um sie von dort erwartungsvoll anzusehen.

Sie seufzte. »Ich bin erst vor einer Stunde mit dir Gassi gegangen. Musst du wirklich schon wieder raus?«

Der Hund starrte sie weiterhin an. Erstaunlich, wie er mit einem Blick so klar kommunizieren konnte: *Du weißt, was zu tun ist, Mensch. Nimm meine Leine und die Beutel, und auf geht's.*

»Gut. Einen Spaziergang könnte ich sowieso gebrauchen«, murmelte sie. Einen Moment später legte sie dem Hund das Geschirr mit der Leine um, schnappte sich die Kotbeutel und machte sich auf den Weg zu der Wiese, auf der Shark am liebsten sein Geschäft verrichtete.

Zum Glück war er schnell fertig, und wenig später waren sie auf dem Weg zurück zum Cottage. Aus einem Impuls heraus beschloss sie, ein paar Schritte mehr zu machen und am Spindrift Cottage vorbeizugehen.

Sie war nicht neugierig, sagte sie sich, nur besorgt.

Und – ja, okay – auch ein bisschen neugierig.

Die Fenster und Jalousien waren geschlossen, aber sie meinte, drinnen jemanden weinen zu hören.

Es geht dich nichts an, ermahnte sie sich.

Doch plötzlich erinnerte sie sich an ihren ersten Liebeskummer. Sie war fünfzehn gewesen, und ihr erster Freund Luke Donahue hatte sie wegen einer dummen Cheerleaderin mit großen Zähnen und noch größeren Brüsten verlassen.

Meredith hatte in jener Nacht sechs Stunden lang mit ihr telefoniert, sie getröstet, mit ihr gefühlt und sie zum Lachen gebracht, während sie gedacht hatte, ihr Leben wäre vorbei.

Sie sollte nachsehen und sicherstellen, dass es Meredith gut ging. Es wäre anständig, das zu tun, und Frances hätte genau das getan.

Sie zögerte noch einen Moment, nahm aber dann ihren Mut zusammen und marschierte die Treppe hinauf. Das hier war eine Barmherzigkeitsmission. Das war alles.

Sie klopfte leise. »Meredith? Alles in Ordnung? Ich bin's, Tori.«

Einen Moment lang herrschte Stille. Sie überlegte, ob sie noch einmal klopfen oder Meredith ihrem Elend überlassen sollte, da ging die Tür auf, und das blasse Gesicht ihrer Cousine tauchte im Rahmen auf. Das schwache Licht der Veranda verbarg nichts, weder ihre fleckige Haut noch ihre rot geweinten Augen.

»Oh, so schlimm?«

Meredith stieß eine Art Miauen aus wie ein Kätzchen, dem man auf den Schwanz getreten ist, und schien sich dann selbst für das Geräusch zu schämen.

Tori seufzte. Sie musste etwas tun. Mit der Gewohnheit

aus den Jahren, in denen sie sich nahegestanden hatten wie Schwestern, machte sie die Tür hinter sich und Shark zu, ließ die Leine fallen und trat vor, die Arme geöffnet.

Meredith schaute sie einen Moment lang erschrocken an, als wüsste sie nicht, wie sie reagieren sollte. Dann fiel sie ihr schluchzend in die Arme.

Es war nicht gerade das, was Tori sich für ihren Freitagabend vorgestellt hatte. Während sie ihre weinende Cousine im Arm hielt, nahm sie sich vor, demnächst rechtzeitig Pläne zu machen.

Trotzdem hoffte sie, ein wenig Trost spenden zu können.

»Was hat er denn angestellt?«, fragte sie schließlich.

»Es ist nicht nur L… Liam«, würgte Meredith hervor. »Da war eine … eine Dame im Restaurant. Sie war so wütend auf mich. Wenn Liam nicht da gewesen wäre, hätte sie mir bestimmt ins Essen gespuckt.«

»Warum? Was hast du getan?«

Meredith kam ein wenig zur Ruhe. Sie versuchte, ihre Tränen unter Kontrolle zu bringen, und wischte sich mit einem Papiertaschentuch die Nase ab.

»Ich habe Carter Rowland geheiratet«, sagte sie mit zittriger Stimme. »Verwandte der Frau im Restaurant haben bei ihm investiert und ihre Ersparnisse verloren.«

Tori hatte keine Antwort darauf parat. Was sollte sie dazu sagen?

»Ich dachte, hier wäre ich sicher. Das war hier meine Zuflucht, Cape Sanctuary, buchstäblich. Aber es ist egal, wohin ich gehe und was ich tue. Meine Vergangenheit wird mir immer im Nacken sitzen. Ich könnte nach Sansibar ziehen, meinen Namen ändern und selbst gemachten Schmuck am Strand verkaufen, und die Leute würden mich immer noch finden und mir die Schuld für das geben, was mein verdammter Bastard von Ex-Mann getan hat.«

Tori blinzelte. Sie hatte Meredith selten fluchen hören. Alles in allem war das ein ziemlich mildes Schimpfwort für Carter Rowland. Sie hätte ihr ein paar viel bessere vorschlagen können.

»War der Verkauf von Schmuck am Strand von Sansibar jemals eine Option für dich?«

»Eher nicht«, gab Meredith mit einem kleinen, tränenerstickten Lachen zu. »Ich hätte mir das Flugticket nicht leisten können.«

»Eines verstehe ich nicht. Du hattest doch Geld, bevor du Carter geheiratet hast. Dein Vater war reich, und du musst was geerbt haben, als er starb. Warum bist du so pleite?«

Meredith blieb ruhig. Zu Toris Erleichterung schien sie sich langsam wieder zu fangen. »Nachdem Carter verhaftet wurde, habe ich alles verkauft. Ich habe das ganze Geld in den Opferentschädigungsfonds gesteckt.«

Tori starrte auf den gesenkten Kopf ihrer Cousine. In diesem Moment wurde es ihr klar. Frances hatte Meredith zu Recht verteidigt. Sie hätte ihrer Großmutter mit ihrer Menschenkenntnis vertrauen sollen.

»Du wusstest nichts von dem, was Carter gemacht hat, oder?«

Meredith begegnete kurz ihrem Blick, dann sah sie weg. »Es spielt keine Rolle, ob ich es wusste oder nicht. Aber nein, ich hatte keine Ahnung. Er hat mir nie was gesagt. Wenn ich es gewusst hätte, hätte ich versucht, es irgendwie zu verhindern. Zu der Zeit war es mir schon völlig egal, was er mit mir machte.«

Was hatte er denn mit ihr gemacht?

Plötzlich fügte sich alles zusammen, und Tori runzelte die Stirn, weil ihr etwas einfiel, was Frances einmal zu ihr gesagt hatte.

Meredith hat mit Dingen zu kämpfen, die du unmöglich verstehen kannst. Sie braucht unsere Unterstützung und Liebe, kein Urteil.

Sie konnte sich daran erinnern, wie wütend sie auf ihre Großmutter gewesen war, weil sie Meredith gegenüber immer ein weiches Herz gehabt hatte. Bei dem Versuch, alles neu zu bewerten, was sie zu wissen glaubte, wurde ihr nun etwas mulmig.

Es gab so viel zwischen ihnen zu klären, aber dies war nicht der richtige Zeitpunkt, um in der Vergangenheit zu graben, denn Meredith war mit etwas anderem beschäftigt, was erst kürzlich geschehen war.

»Was hat Liam getan, das dich so aufgewühlt hat?«

Meredith griff nach dem Taschentuch. »Er ist kein Schriftsteller. Er hat mich belogen. Eigentlich alle.«

Tori dachte an Liam, der Tag für Tag ins Café gekommen war, um an seinem Laptop zu arbeiten. »Warum ist er dann hier?«

Meredith schniefte ein wenig. »Er arbeitet für das FBI. Er ist Analytiker für Finanzforensik. Anscheinend hat er eine private Aktion gestartet, um mir alle meine Geheimnisse zu entlocken und herauszubekommen, wo Carter das ganze Geld versteckt hat.«

Wow. Oh, wow. So viel zum Thema Verrat. Kein Wunder, dass Meredith so fertig war.

»Das tut mir leid. Das ist richtig fies.«

»Ich habe ihm … so viel über mein Leben erzählt. Alles. Dinge, die ich sonst niemandem erzählt habe. Ich kann nicht glauben, dass ich so dumm sein konnte. Ich habe ihm vertraut. Und derzeit traue ich kaum jemandem mehr. Ich dachte, ich würde ihn langsam richtig lieb gewinnen.«

Meredith fing wieder an zu weinen, dieses Mal leise. Sie ließ sich auf einen Stuhl sinken, und zu Toris Überraschung trottete der kleine Shark zu ihr und sprang auf ihren Schoß.

Nach einem kleinen Schreckmoment drückte Meredith den Hund an ihre Brust, schniefte ein paarmal und schien sich dann zu beruhigen.

»Und jetzt? Was meinst du: Soll ich direkt rübermarschieren und ihm verklickern, dass er sich zum Teufel scheren und aus Frances' Cottage verziehen soll?«

Meredith stieß ein wässriges Lachen aus. »Er fährt sowieso morgen früh. Ich glaube nicht, dass eine von uns beiden etwas tun kann. Es ist vorbei. Jetzt muss ich mir überlegen, wie es weitergehen soll.«

»Du kannst immer noch auf ein Flugticket für deinen Plan B sparen. Sansibar soll ja eine Wucht sein.«

Wie sie gehofft hatte, lächelte Meredith. »Danke, aber ich glaube, ich bleibe lieber hier. Cape Sanctuary ist genau das, was ich im Moment brauche.«

Toris Handy klingelte, bevor sie etwas darauf erwidern konnte. Wer rief sie überhaupt noch an? Eigentlich niemand. Em konnte den ganzen Tag und die ganze Nacht eine Nachricht nach der anderen schicken, aber sie hasste es, zu telefonieren.

Sie schaute aufs Display und war erschrocken, als sie Sams Nummer aufleuchten sah.

Sie starrte einen langen Moment darauf und hob dann mit einem seltsamen Gefühl der Vorahnung ab. Im Hintergrund meinte sie, Sirenen und schreiende Menschen zu hören.

»Hey, Tori, Sam hier«, sagte Sam unnötigerweise. »Ist gerade jemand bei dir?«

Tori runzelte die Stirn. »Ja. Meredith. Warum?«

Er zögerte circa zwei Sekunden, lange genug, um Angst in ihr aufsteigen zu lassen. »Gut«, sagte er. »Ich will dir keine Angst machen, aber ich bin froh, dass jemand bei dir ist. Ich wollte, dass du es so schnell wie möglich erfährst. Die Mädchen hatten einen Unfall.«

Tori stand auf, und alles Blut wich aus ihrem Gesicht. »Wo? Was für einen Unfall?«

»Einen Autounfall. Oben auf der Cliff Road.«

»Das kann nicht sein. Sie sind nicht unterwegs. Ich habe sie auf der Party bei Sierra abgesetzt und hole sie in einer Stunde wieder da ab.«

»Sie sind von der Party weg und haben sich mit ein paar älteren Jungs getroffen, wie es scheint. Einer von ihnen hat einen Führerschein, obwohl er erst sechzehn ist und eigentlich keine Beifahrer mitnehmen darf. Er ist zu schnell in eine Kurve gefahren und hat die Kontrolle verloren. Dabei hat sich das Auto überschlagen.«

Sie konnte nichts mehr denken, konnte sich nicht bewegen. Das konnte nicht real sein. Menschen starben auf der Cliff Road. Jedes Jahr fuhr jemand zu schnell in eine Kurve und rollte hinunter ins Wasser.

Nicht Em. Nicht Em. Nicht Em.

Der Ozean hatte ihr bereits Javi genommen. Er konnte ihr nicht noch ihre Tochter wegnehmen.

»Keine Panik, Tori. Ich weiß, es hört sich schlimm an, aber im Moment geht es ihnen gut. Ich habe mit allen im Auto gesprochen, und sie sind okay. Ein bisschen in Panik, aber okay. Sie haben ein paar kleinere Verletzungen. Knochenbrüche und so weiter. Wir konzentrieren uns jetzt darauf, sie sicher herauszuholen. Es ist ein bisschen schwierig, aber wir arbeiten daran.«

»Das kann doch nicht wahr sein. Das muss ein Irrtum sein. Bist du sicher, dass sie es sind?«

»Das ist kein Irrtum, Tori. Ich muss wieder los. Es ist wichtig, dass du jetzt ruhig bleibst. Wir treffen uns im Krankenhaus. Meredith soll dich fahren. Wir werden sie sicher da rausholen, ich schwöre es dir.«

Er beendete das Gespräch und ließ sie ratlos und verängstigt zurück. Sie atmete scharf ein, und Panik ergriff sie.

»Was ist los?«, fragte Meredith besorgt.

»Ich muss ins Krankenhaus. Es gab einen Unfall. Ich muss …«

Ihre Panik wuchs, und sie fühlte sich wie erstarrt, bis sie spürte, wie Meredith die Arme um sie legte. Wie in einem abrupten Rollentausch war nun sie es, die ihr Trost spendete.

»Ich fahre dich. Lass uns Shark zu dir nach Hause bringen und dort alles holen, was du mitnehmen musst. Du wirst wahrscheinlich ein Ladegerät für dein Handy brauchen und deine Handtasche. Hast du deine Versicherungsdaten?«

Sie wusste nicht, was sie antworten sollte.

Nicht Em. Nicht Em. Nicht Em.

Zu ihrer großen Erleichterung übernahm Meredith das Kommando, und weil sie nicht wusste, was sie sonst tun sollte, folgte sie ihr einfach zur Tür hinaus.

34. KAPITEL

Meredith

Nichts war besser geeignet, ihre eigenen Probleme ins rechte Licht zu rücken, als ein potenziell lebensbedrohlicher Notfall.

Während Meredith Tori half, alles zusammenzusuchen, was sie im Krankenhaus brauchen könnte, schien ihre eigene Konfrontation mit Liam meilenweit entfernt. Sie war immer noch da, schwelte weiterhin in ihr, aber nun musste sie sich um wichtigere Dinge kümmern.

Sie hätte später noch Zeit, dem Gefühl nachzugeben, verraten worden zu sein. Im Moment ging es darum, Tori und Emilia beizustehen.

Das regionale Krankenhaus von Cape Sanctuary war eine moderne Einrichtung aus glänzenden Fenstern und hellem Backstein.

Sie fuhren auf den Parkplatz der Notaufnahme. Noch bevor Merediths klappriger Wagen zum Stehen kam, sprang Tori hinaus und rannte zum Eingang.

Meredith parkte ein und folgte ihr, so schnell sie konnte. Sie trat zu Tori, als diese ungeduldig mit einer Frau an der Rezeption sprach.

»Ich weiß, dass sie hier keine Patientin ist. Aber sie kommt bald. Sie ist auf dem Weg hierher. Mein Schwager ist Polizeibeamter und ist vor Ort. Er hat angerufen und mir gesagt, dass ich hier auf den Krankenwagen warten soll.«

»Oh, ist sie in dem Auto, das sich auf der Cliff Road überschlagen hat?«, fragte die junge Frau.

Tori nickte verunsichert. »Ja, genau.«

»Seit zehn Minuten sieht man es überall in den Nachrichten. Anscheinend sendet jemand live vom Unfallort. Die Rettungsaktion geht gerade im Netz viral.« Sie zeigte auf einen Fernseher im Wartebereich.

Meredith schaute auf und sah eine grauenhafte Szene vor sich. Blinkende Lichter, Einsatzfahrzeuge und ein zerdrücktes Auto, das schwankend an der Kante der Leitplanke hing und jeden Moment abzustürzen drohte.

Am unteren Rand des Bildschirms wurde »Live aus Cape Sanctuary« eingeblendet, und sie hörte etwas über eine dramatische Rettungsaktion.

»Schalten Sie das aus«, befahl Meredith scharf. Sie war nicht gut darin, sich durchzusetzen, aber in diesem Fall musste es jemand tun. »Jetzt sofort! Ausschalten!«

»Nein«, sagte Tori und folgte ihrem Blick mit großen Augen. »Das ist mein Baby da drin!«

»Das kannst du dir unmöglich ansehen, Tori. Lass uns woanders warten.«

»Ich muss. Es ist mein Baby.«

Mit großen Augen ging ihre Cousine näher an den Bildschirm heran. Dort schienen alle Rettungskräfte in einem Halbkreis zu stehen und eine Person zu beobachten, die auf dem Rücken lag und sich mit dem Ende eines Abschleppseils unter die schwankende Karosserie des Fahrzeugs arbeitete. Das andere Ende war bereits an einem großen Feuerwehrauto mit einer Seilwinde befestigt.

»Er hat gelogen. Sam hat gelogen!«, rief Tori aus und schlug die Hände vor dem Mund zusammen. »Er hat gesagt, sie wären in Sicherheit. Sie sind aber nicht in Sicherheit. Sie können jeden Moment über die Klippe stürzen.«

Meredith konnte den Blick nicht abwenden. »Nein. Sie sind in Sicherheit. Schau mal genauer hin. Sie werden nicht über die Klippe stürzen. Der Typ macht ein Abschleppseil an das Auto. Sie werden es über die Leitplanke zurückziehen.«

»Was ist, wenn die Mädchen rausfallen? Was ist, wenn das Abschleppseil verrutscht?«

»Das wird nicht passieren.«

Tori streckte, ohne hinzusehen, die Hand aus, und Meredith hielt ihre zitternden Finger fest. Beide beobachteten sie mit angehaltenem Atem, wie der Retter das Ende des Abschleppseils an etwas an der Unterseite des Fahrzeugs befestigte.

Diese Szene live im Fernsehen mitzuerleben, war unerträglich.

Schon bald hatte sich eine kleine Menschenmenge um den Fernseher im Wartebereich der Notaufnahme versammelt und beobachtete, wie der Retter auf dem Kies zurückrutschte und unter dem Fahrzeug herausrobbte.

Langsam – unendlich langsam – begann das Feuerwehrfahrzeug, das Autowrack von der Kante wegzuziehen. Alle keuchten unisono auf, als die Winde zu stocken schien und das Auto wieder in Richtung der Katastrophe schlenkerte, aber nach ein paar Sekunden bewegte sich der Wagen wieder in Richtung Sicherheit.

Die Kamera zoomte kurz heran, in die blutigen Gesichter der Jugendlichen, die verängstigt aus dem Fahrzeug schauten, dann verschwanden sie wieder aus dem Blickfeld.

Als das Auto endlich einige Meter vom Abhang entfernt war und die Rettungskräfte heraneilten, um die Jugendlichen aus dem Auto zu holen, brach die gesamte Notaufnahme in Jubelrufe aus.

Tori starrte nur geradeaus, und ihr Gesicht spiegelte ihren inneren Schockzustand.

»Setz dich, Tori«, drängte Meredith ihre Cousine, die zu schwanken schien. »Du musst dich hinsetzen, sonst fällst du noch um. Du hilfst Emilia nicht damit, wenn du selbst mit einer Gehirnerschütterung in der Notaufnahme landest, weil du ohnmächtig geworden bist und dir den Kopf gestoßen hast.«

Tori sah sie mit emotionsloser Miene an und ließ sich schließlich in einen der Stühle im Wartezimmer fallen, den Blick immer noch auf den Bildschirm gerichtet.

»Hey, Leute«, rief eine muntere blonde Moderatorin, als die dramatische Szene abgeschnitten wurde. »Hier auf Channel 6 habt ihr es zuerst live gesehen. Es scheint ein Happy End für vier Teenager in Cape Sanctuary zu geben, die das Schuljahr buchstäblich mit einem Cliffhanger beendet haben, den sie so schnell nicht vergessen werden.«

Meredith verdrehte die Augen über die dumme Gier mancher Nachrichtensender. Sie wusste nur zu gut, dass einige vom Sender wahrscheinlich enttäuscht waren, dass das Auto nicht über den Steilhang ins Wasser gestürzt war.

Sicher, ein paar Teenager konnten dabei sterben, aber was zählte, waren die Einschaltquoten.

Sie hatten nur vier oder fünf Minuten die Liveübertragung angeschaut, aber es kam Meredith wie eine Ewigkeit vor. Wie viel schlimmer musste es für Tori gewesen sein, deren Tochter in Lebensgefahr geschwebt hatte.

Tori hielt ihre Hand immer noch so fest umklammert, dass Meredith sich Sorgen um ihre Durchblutung gemacht hätte, wäre sie nicht so entschlossen gewesen, auf keinen Fall loszulassen.

Lieber hätte sie selbst an dieser Leitplanke gehangen, als ihre Cousine im Stich zu lassen, wenn sie sie brauchte.

»Ich wünschte, du hättest dir das nicht angeschaut«, sagte Meredith nach einem Moment.

»Ich musste es tun. Das ist mein Baby. Wenn du selbst ein Kind hättest, würdest du es verstehen.«

Meredith spürte den vertrauten Schmerz in ihrer Brust, an den sie sich im Lauf der Jahre fast gewöhnt hatte. Sie hatte drei Kinder verloren. Eines, als sie es schon in sich spüren konnte und umso mehr geliebt hatte.

Hätte ihre erste Schwangerschaft bis zur Geburt angedauert, wäre ihr Sohn nun ungefähr so alt wie der Junge, der im Wartezimmer auf dem Tablet spielte.

Sie verdrängte ihre Trauer, als plötzlich sehr viel mehr Menschen ins Wartezimmer strömten.

Die Frau, die sie von der Rezeption kannten, eilte mit einem Klemmbrett in der Hand auf sie zu. »Mrs. Ayala? Der Krankenwagen mit Ihrer Tochter ist unterwegs. Sie war die Erste, die aus dem Fahrzeug befreit wurde. Sie sollte in etwa fünf Minuten hier sein. Die anderen kommen auch bald.«

»Danke.«

»Sobald der Krankenwagen eintrifft, komme ich und bringe Sie zu ihr.«

»Danke.«

Nachdem die Frau wieder gegangen war, schaute Tori zu Meredith hinüber. »Du musst nicht bleiben. Ich kann bei jemandem mitfahren oder ein Taxi rufen.«

»Ich bleibe«, sagte Meredith. »Ich fahre nirgendwohin.«

Tori nickte, und Dankbarkeit mischte sich in die Angst auf ihrem Gesicht. Sie drückte Merediths Hand.

»Ich bin froh, dass du hier bist«, sagte sie.

Es klang aufrichtig, und Meredith glaubte ihr.

»Das bin ich auch«, antwortete sie. »Hier ist genau der Ort, an dem ich jetzt sein muss.«

Sie saßen noch eine Zeit lang schweigend in der seltsamen Zeitschleife, die Krankenhäusern eigen ist, bis die Dame vom Empfang auftauchte. »Der Krankenwagen ist gleich da. Folgen Sie mir. Ich bringe Sie in den Schockraum.«

Meredith und Tori standen gemeinsam auf. Die Frau warf Meredith einen neugierigen Blick zu. »Es tut mir leid. Nur direkte Familienangehörige sind erlaubt.«

»Meredith ist Familie«, sagte Tori nachdrücklich und hielt ihre Hand weiter fest.

Meredith folgte ihr. Es war, als würden sie nicht nur den Wartebereich der Notaufnahme durchqueren, sondern auch die tiefe Kluft überschreiten, die sie seit Jahren getrennt hatte.

35. KAPITEL

Tori

Es gibt keine schlimmere Hölle für eine Mutter, als zu sehen, dass ihr Kind Schmerzen hat und sie nichts dagegen tun kann.

Zwanzig Minuten nach dem Eintreffen des Krankenwagens kauerte Tori neben einer blassen, verängstigten Em im Behandlungszimmer, umklammerte ihre Hand und murmelte ihr leise tröstliche Floskeln zu, die zum größten Teil bedeutungslos waren.

Meredith saß in einer Ecke, in die sie sich zurückgezogen hatte, sobald Em hereingeschoben worden war, während Ärzte und Krankenschwestern um sie herumwuselten. Tori dachte zwar, dass sie noch einmal versuchen könnte, sie nach Hause zu schicken, aber Merediths Anwesenheit wirkte auf eine Weise beruhigend, die sie sich nicht erklären konnte.

Em wimmerte und drehte sich auf der Untersuchungsliege, um eine bessere Position zu finden. Sie sah erbarmungswürdig aus, blutüberströmt, mit Prellungen im geschwollenen Gesicht. Sie hatte zwei blaue Augen, ihre Nase war gebrochen, das Handgelenk zertrümmert, und sie hatte wahrscheinlich eine Gehirnerschütterung.

Dennoch, sie war wach und bei Bewusstsein. Das Erste, was Em bei ihrem Anblick getan hatte, war, in Tränen auszubrechen, wobei Tori gleich erkannte, dass sie nichts mit ihren Schmerzen zu tun hatten. Es waren Tränen der Schuld und des Bedauerns. Sie kannte diese Tränen, denn sie hatte im Lauf der Jahre selbst schon viele davon vergossen.

»Es tut mir so leid, Mom. Es tut mir so leid, dass ich gelogen habe und wir mit Hunter und Nick gefahren sind, obwohl wir dir gesagt haben, dass wir nur bei Sierra feiern würden. Es tut mir so leid. Als ich dachte, wir würden sterben, habe ich nur daran gedacht, wie wütend du sein musst, weil ich dich angelogen und die Party verlassen habe, und dass ich auch Sierras Eltern angelogen und ihnen gesagt habe, du würdest uns abholen.«

Tori wollte schon sagen, dass sie hoffte, Em hätte ihre Lektion gelernt. Dass eine Operation an der Nase und ein Gipsverband am Handgelenk sie den ganzen Sommer über daran erinnern würden. Es lag ihr auf der Zunge, aber sie hielt sich zurück, denn jetzt war nicht der Moment, den Finger in die Wunde zu legen.

»Du bist nicht gestorben. Du bist hier, und es geht dir gut.«

Sie war so dankbar und wusste nur zu gut, wie knapp die Teenager dem Tod entronnen waren.

Sie dachte an den Moment, als sie erkannt hatte, wer da durch Kies und Dreck gekrochen war und sein eigenes Leben riskiert hatte, um das Abschleppseil an dem Auto zu befestigen.

Sam.

In dem Moment hatte sie gewusst, dass alles gut gehen würde. Dass er dafür sorgen würde.

Er war da, irgendwo in der Nähe. Sie hatte ihn nicht gesehen, aber seine Stimme aus einem nahe gelegenen Raum gehört. Die Behandlungsräume in der Notaufnahme waren klein und lagen dicht beieinander. Sie konnte nichts verstehen, aber sie nahm definitiv das Timbre seiner Stimme wahr.

Sie wollte zu ihm gehen, ihn in die Arme schließen und ihm dafür danken, dass er alles getan hatte, um ihre Mädchen zu retten. Im Moment musste sie jedoch für ihr Kind da sein.

Em schaute zur Ecke hinüber. »Als wir hier ankamen, dachte ich, ich hätte Halluzinationen von den Medikamenten, die sie mir im Krankenwagen verabreicht haben. Aber das ist wirklich Meredith, oder? Warum ist sie hier?«

Meredith lächelte auf diese beruhigende Art, die Tori immer mehr zu schätzen lernte.

»Sie hat mich ins Krankenhaus gefahren, nachdem Sam anrief und mir sagte, was passiert ist.«

Sam hatte ihr nicht die ganze Wahrheit gesagt. Darüber würde sie noch mit ihm reden müssen. Er hatte ihr nicht gesagt, dass die Mädchen noch in großer Gefahr schwebten, dass sie noch längst nicht in Sicherheit waren.

»Hi, Emilia«, sagte Meredith. »Ich bin so froh, dass du okay bist.«

»Hi.« Em sah aus ihren geschwollenen Augen zwischen den beiden hin und her. »Redet ihr etwa wieder miteinander?«

Tori dachte an Merediths abendliche Enthüllungen, was ihr jetzt vorkam, als wäre es vor Jahren gewesen. Ihre Cousine brauchte sie. Sie waren eine Familie. Mehr als das, sie waren Freundinnen. Die Fäden des Bandes, das sie einst so eng verbunden hatte, waren noch da, sie mussten nur wieder fest verflochten werden.

»Ja. Ich denke, das tun wir. Wir haben noch einen weiten Weg vor uns, aber … die ersten Schritte haben wir gemacht.«

Em lächelte. »Das ist schön.«

Sie schloss die Augen und schien wieder wegzudämmern. Eine Krankenschwester kam herein, um ihren Zustand zu kontrollieren.

»Geht es ihr gut?«, fragte Tori leise. Dass Em einnickte, war so untypisch für sie. Schon als Kleinkind hatte sie sich damit schwergetan. Tori oder Javi mussten sie jeden Nachmittag herumfahren, damit sie einschlafen konnte.

»Sie schläft. Das ist normal, wegen der Medikamente, die sie über die Infusion bekommt. Wir warten darauf, dass sich der Orthopäde und der plastische Chirurg beraten, wer zuerst dran ist. So oder so wird sie zumindest über Nacht bei uns bleiben. Morgen wird operiert.«

Em hatte kaum einmal eine Erkältung gehabt, und jetzt standen ihr mehrere Operationen und eine rekonstruktive Operation an der Nase bevor. Cristina ging es ähnlich.

»Danke.«

»Kann ich dir etwas bringen?«, fragte Meredith, als die Krankenschwester wieder gegangen war. »Kaffee? Eine Limonade? Einen Snack aus der Cafeteria? Dir steht vielleicht eine lange Nacht bevor.«

Tori schüttelte den Kopf. »Im Moment nicht. Ich könnte jetzt nichts essen. Aber danke.«

»Okay. Sag mir Bescheid, wenn du deine Meinung änderst.«

»Du musst wirklich nicht die ganze Nacht bleiben, noch dazu nach dem schlimmen Abend, den du hattest. Du siehst auch aus, als würdest du gleich einschlafen.«

»Ich habe kein gutes Gefühl, wenn ich dich ohne Mitfahrgelegenheit zurücklasse.«

»Ich komme schon klar. Die Ayalas werden sicher bald hier sein. Sie können mich am Cottage absetzen, wenn ich noch etwas brauche.«

»Okay. Dann will ich dem Personal nicht länger im Weg sein. Aber ruf mich an, wenn du mich brauchst, okay?«

»Das mache ich«, sagte sie und meinte es auch so.

»Soll ich mich um Shark kümmern? Wäre es für ihn okay, bei mir im Cottage zu bleiben?«

An Ems Hund hatte Tori gar nicht mehr gedacht. »Ja, das wäre gut. Danke, dass du daran gedacht hast. Der Schlüssel liegt unter dem rosa Blumentopf auf der Terrasse.«

»Alles klar.«

Meredith kam zu ihr und umarmte sie. Es fühlte sich ungewohnt an, nach dem jahrelangen Zerwürfnis zwischen ihnen. Aber das machte es nur umso schöner.

Nachdem Meredith gegangen war, wurde Tori unruhig und nervös. Em schlief tief und fest, also ging sie zur Toilette auf dem Flur.

Als sie zurückkam, öffnete sich die Tür neben Ems Zimmer, und eine Krankenschwester kam heraus. Tori sah Sam neben Cristinas Bett sitzen. Er sah völlig erschöpft aus, sein Haar war zerzaust, und auf dem Ärmel seines blauen Hemdes war ein Blutfleck.

Aus einem Impuls heraus ging sie hinein. Em schlief noch. Wenn sie aufwachte und etwas brauchte, konnte sie den Schwesternknopf drücken. Das hier würde nur eine Minute dauern.

Cristina schlief auch, wie sie sah. Sie wirkte so klein und zerbrechlich auf den weißen Kissen.

Als Sam sie bemerkte, leuchteten seine Augen auf. Er erhob sich, breitete die Arme aus, und sie sank hinein, versuchte angesichts der großen Erleichterung, die in ihr aufstieg, nicht zu weinen. Es fühlte sich so gut an, ihn zu halten, sich gegenseitig zu stützen.

»Wie geht es ihr?«, murmelte Tori an seiner Brust. »Ich wollte nur kurz nach ihr schauen.«

»Hat Schmerzen. Schläft. Ein Fuß und ein Schlüsselbein

sind gebrochen, dann noch ein paar Schnitt- und Schürfwunden. Der Fuß wird heute Abend gerichtet, und wegen des Schlüsselbeins muss sie eine Schiene tragen. Aber sie wird schon wieder. Wie geht es Em?«

»Gebrochene Nase und Handgelenk. Sie wird ein paar OPs brauchen. Was ist mit den Jungs, die im Auto waren? Weißt du, wie es ihnen geht?«

Er spannte die Muskeln an. »Besser, als sie es verdient haben. Der eine hat eine Gehirnerschütterung, der andere ein paar Rippenbrüche. Der Fahrer wird richtig Ärger mit dem Gesetz kriegen und noch größeren mit mir. Was haben zwei sechzehnjährige Footballspieler mit zwei dreizehnjährigen Mädchen vor? Sie könnten jetzt alle tot sein.«

»Das sind sie aber nicht. Du hast sie gerettet. Ich habe die Liveübertragung gesehen. Du hast das Drahtseil eingehängt, oder? Du hättest dabei zerquetscht werden können, wenn das Auto sich bewegt hätte.«

Er verzog das Gesicht. »Verdammte Kameras. Heutzutage kann man ihnen nicht mehr entkommen.«

»Du hast dein Leben riskiert. Ich werde dir nie genug danken können.«

»Es war eine Teamleistung, und zufällig war ich der Freiwillige, der unter das Auto kriechen wollte.«

»Ich hatte noch nie so viel Angst. Ich dachte, sie stürzen über die Kante und reißen dich mit.«

Die Tränen, die sie bis dahin zurückgehalten hatte, brachen sich nun gegen ihren Willen Bahn. Er murmelte ihren Namen und zog sie wieder in seine Arme. So standen sie eine Zeit lang da. Lange genug für Tori, um zu erkennen, dass sie die Wahrheit schon lange wusste, sie sich aber nicht hatte eingestehen wollen.

Sie liebte Sam.

Sie hätte sicher einen besseren Zeitpunkt finden können, um sich darüber klar zu werden, als jetzt, da sie beide mitten in einer kritischen Situation steckten.

Sie wusste immer noch nicht, wie sie damit umgehen sollte, aber zumindest konnte sie damit anfangen, ehrlich zu sich selbst zu sein.

»Ich sollte wieder nach nebenan gehen. Ich hatte deine Stimme gehört und wollte nach Cristina sehen. Und nach dir.«

Er drückte sie noch einmal an sich, und sie hätte schwören können, dass sie seine Lippen auf ihrem Kopf spürte, aber er ließ sie los, bevor sie sich sicher sein konnte.

»Halt mich auf dem Laufenden mit Ems OPs. Cristina wird alles wissen wollen.«

»Mache ich. Und du auch, okay? Es würde mich nicht wundern, wenn sie bald zusammen auf einem Zimmer liegen möchten.«

Sein Lächeln wärmte all die kalten, angsterfüllten Winkel, die noch in ihr lauerten.

36. KAPITEL

Liam

Das würde er vermissen.

Selbst um Mitternacht in der Dunkelheit war das Verandadeck des Seafoam Cottage zu einem seiner liebsten Plätze auf der Welt geworden.

Liam lauschte den Wellen, die an den Sand schlugen, einer Eule, die irgendwo im Osten rief, und der Brise, die in den Baumkronen rauschte.

Er liebte Cape Sanctuary und könnte jetzt völlig seinen Frieden finden, wenn er nicht voller Schuldgefühle wegen seiner Unaufrichtigkeit und voller Sorge um Meredith wäre.

Sie war nicht zu Hause. Ihr Auto stand nicht vor der Tür. Sie und ihre Cousine waren Stunden zuvor weggefahren, und er hatte sie noch nicht zurückkommen sehen.

Josef hatte Aspen vor etwa einer Stunde nach Hause begleitet. Nachdem er gegangen war, hatte das Licht im Cottage nebenan vielleicht zwanzig Minuten lang gebrannt, bevor alles wieder dunkel wurde. Aber Meredith war noch immer nicht zurückgekommen.

Seine Fantasie ging mit ihm durch, und er fragte sich, wohin sie nur mit Tori gefahren sein könnte.

»Wo ist sie bloß?«, fragte er Jasper, der kurz gleichgültig die Nase hob und sich auf die andere Seite rollte.

»Na, du bist mir ja eine große Hilfe«, murmelte Liam.

War ihr etwas zugestoßen? Oder ihrer Cousine? Welchen anderen Grund konnte es geben, so überstürzt wegzufahren?

Warum diese plötzliche Eile?

Vielleicht hatten sie auch nur beschlossen, am Lake Tahoe zu zocken. Oder eine Freundin von ihnen hatte eine Panne gehabt und brauchte nun eine Mitfahrgelegenheit.

Keines dieser Szenarien, die er sich ausdachte, ergab einen Sinn. Meredith und Tori sprachen kaum miteinander. Warum sollten sie an einem späten Freitagabend so unversehens zusammen wegfahren?

Es ging ihn nichts an, mahnte er sich. *Sie* ging ihn nichts an. In ein paar Stunden würde er der Stadt den Rücken kehren und wahrscheinlich nie wieder hierherkommen.

Er hatte gepackt und war bereit, bei Tagesanbruch aufzubrechen, aber er wusste, dass er nicht schlafen könnte, so unruhig, wie er war, und bei den vielen Schuldgefühlen.

Er hatte die ganze Sache falsch angepackt, von Anfang bis Ende. Wie arrogant er gewesen war, wie unverschämt.

Eine Taskforce aus hochqualifizierten Agenten verschiedener Behörden hatte zwei Jahre lang gegen Meredith ermittelt und ihren Umgang mit ihrem Mann analysiert.

Trotzdem war er überheblich genug gewesen, zu glauben, dass er das Geheimnis des fehlenden Geldes lösen könnte. Er hatte geglaubt, er könnte einfach herkommen und die Sache regeln – seiner Mutter und allen, die ihr Geld durch Rowlands sogenannte Investitionen verloren hatten, alles zurückgeben.

Es war von Anfang an eine lächerliche Idee gewesen. Was hatte er sich nur dabei gedacht?

Ganz einfach: gar nichts. Er war so geblendet von seiner eigenen Wut und Frustration darüber gewesen, dass seine Mutter und so viele andere betrogen worden waren und unbescholtene Menschen leiden mussten.

Wie die aufgebrachte Frau im Restaurant vorhin beim Abendessen hatte er einen Sündenbock gesucht. Und wie sie war auch er auf Meredith gestoßen.

Er war so davon überzeugt gewesen, dass sie mehr wusste, als sie zugeben wollte. Wie lächerlich, im Nachhinein betrachtet. Er hatte sie überhaupt nicht gekannt. Wäre er einfach zu ihr gegangen und hätte ihr erzählt, wer er war, was er tat und dass seine Angehörigen von den Finanzverbrechen ihres Mannes betroffen waren, hätte sie ihm wahrscheinlich geholfen.

Sie hätten sich zusammensetzen können, und er hätte ihr Gehirn durchforsten und mit ihr gemeinsam eine Lebensstilanalyse erstellen können, die vielleicht zu einem versteckten Hinweis auf die fehlenden Gelder geführt hätte.

Stattdessen hatte er an dem Irrglauben festgehalten, dass er von sich aus die Macht hätte, die Dinge richtigzustellen.

Er hatte Zeit und Geld wegen dieses hoffnungslosen Unterfangens verschwendet. Schlimmer noch, er hatte eine Frau verletzt und betrogen, die schon mehr als genug durchgemacht hatte.

Er war noch dabei, sich selbst zu verurteilen, als er ein Auto die Straße herunterfahren hörte, und einen Moment später sah er Meredith ihren alten Wagen vor dem Haus parken.

Anstatt hineinzugehen, kam sie jedoch an seinem Haus vorbei und ging bis zur Rückseite von Toris Haus, wo sie die Hintertür aufschloss. Einen Moment später ging drinnen ein Licht an, und er hörte, wie Toris kleiner Hund sie ankläffte.

Jasper wachte von dem Tumult auf. Als Meredith dann über den Strandweg zu ihrem eigenen Haus ging, lief Liam hinunter, um sie einzuholen.

Der kleine Hund kläffte ihn wütend an, und Meredith erstarrte und wirbelte herum.

»Ich bin's, Liam«, sagte er, bevor er sie erreichte. Sie trug Pfefferspray an ihrem Schlüsselanhänger, das hatte er einmal im Café gesehen, und er war nicht darauf aus, sich eine Stunde lang die Augen auszuwaschen, bevor er zurück nach L. A. fuhr.

Jasper stürmte vor und beschnupperte den anderen Hund, der aufhörte zu kläffen und stattdessen den größeren Hund umkreiste.

»Du hast mich zu Tode erschreckt. Was machst du denn hier draußen? Es ist schon nach Mitternacht.«

»Ich habe mir Sorgen um dich gemacht«, gestand er. »Ich habe gesehen, wie du vor ein paar Stunden eilig mit deiner Cousine weggefahren bist. Ist alles in Ordnung?«

Sie ging weiter in Richtung Cottage, und er folgte ihr. Sie sah nicht sehr erfreut aus, und plötzlich kam ihm der Gedanke, dass sie ihn vielleicht doch mit Pfefferspray besprühen würde, obwohl sie wusste, wer er war.

Eigentlich hätte er es verdient, wegen dem, was er sich ihr gegenüber geleistet hatte.

»Nein, ist es nicht«, antwortete sie mit angespannter Stimme. »An einem einzigen Abend bin ich von einer fremden Frau angeschrien worden, habe herausgefunden, dass jemand, den ich für einen Freund hielt, mich von Anfang an belogen hat, und musste um das Leben von Toris

Tochter bangen, die einen beinahe tödlichen Autounfall hatte.«

Beim letzten Teil ihrer Aufzählung horchte er auf. Er dachte an das dunkelhaarige, so lebendige hübsche Mädchen.

»O nein. Das tut mir so leid. Kommt sie wieder in Ordnung?«

Meredith atmete schwer. »Sie hat einige Knochenbrüche und viele blaue Flecken. Aber sie ist am Leben.«

»Weiß man, was genau passiert ist?«

»Sie und ihre Cousine haben sich von einer Party im Haus einer Freundin abgesetzt und sind mit zwei älteren Jungs losgefahren. Das Auto hat sich überschlagen und wäre beinahe von der Klippe gestürzt, bis die Rettungskräfte es endlich geschafft haben, es zu sichern und wieder auf die Straße zu ziehen.«

Er hatte blinkende Lichter an den Klippen gegenüber der Stadt gesehen und sich schon gefragt, was passiert war.

»Es tut mir so leid. Wie schrecklich für alle Beteiligten.«

»Das Rettungsvideo hat sich viral verbreitet. Du findest es wahrscheinlich, wenn du nach *Cliff Rescue* suchst.«

Warum sollte er sich einen Unfall anderer Menschen ansehen, wenn sich sein eigenes Leben im Moment wie ein einziges Zugunglück anfühlte?

»Ich habe Tori ins Krankenhaus gefahren. In dem Zustand, in dem sie war, wäre sie vermutlich sonst nicht heil angekommen.«

Sie sah so müde aus, so niedergeschlagen. Er hasste es, zu wissen, dass er mit schuld daran war.

»Es tut mir so leid«, sagte er noch einmal. »Kann ich irgendetwas tun?«

Sie warf ihm einen langen Blick zu. »Ich glaube, du hast genug getan, Liam. Findest du nicht auch?«

Er seufzte. »Das tut mir auch leid. Ich habe hier draußen gesessen und darüber nachgedacht, wie ich die ganze Sache von Anfang bis Ende verpatzt habe.«

Sie fasste die Leine des kleinen Hundes nach. »Was willst du von mir hören? Dass alles in Ordnung ist, dass alles vergeben ist und du jetzt zufrieden zurück nach Los Angeles fahren kannst, ohne einen weiteren Gedanken an mich zu verschwenden?«

Das war nicht zu erwarten. Seit dem Tag, an dem er sie kennengelernt hatte, konnte er nicht aufhören, an Meredith zu denken.

»Du hast jedes Recht, wütend zu sein. Ich weiß, du musst mich hassen, und ich kann es dir nicht verübeln.«

»Ich hasse dich nicht.« Die Meeresbrise spielte mit ihren Haaren, verwirbelte sie, und sie steckte sich eine Strähne hinters Ohr. »Du wolltest deiner Mutter und all den anderen Menschen helfen, die ihre Ersparnisse verloren haben. Ich verstehe das.«

»Ich war ein arroganter, egoistischer Arsch. In den letzten Jahren hatte ich einen guten Lauf und konnte einige wirklich große Fälle für das FBI und die Staatsanwaltschaft von Los Angeles County lösen, als ich zeitweise mit ihnen zusammengearbeitet habe. Als die Taskforce die Ermittlungen gegen Carter nach dessen Tod einstellte, ohne die fehlenden Gelder gefunden zu haben, konnte ich die Sache nicht ruhen lassen. Ich dachte, ich würde das schaffen, woran alle anderen gescheitert sind.«

»Du musst wirklich ziemlich hartnäckig sein, wenn du so gut in deinem Job bist.«

Das war seine Superkraft. Wenn er etwas auf der Spur war, was ihm verdächtig vorkam, konnte er nicht aufhören, bis er es aufspürte. Er konnte tagelang in einer Sache herumstochern und sie aus einem Dutzend verschiedener Richtungen betrachten, bis er die eine Schwachstelle fand, an der er ansetzen konnte, um die Wahrheit zu enthüllen.

»Du nennst es hartnäckig, meine Familie nennt es dickköpfig. Irgendwie habe ich mir eingeredet, dass ich, auch wenn ich nicht in brennende Gebäude hineinlaufe wie mein Vater, ein Held sein kann. Ich wollte einen großen Wurf landen und all die verzweifelten Menschen wieder aufrichten.«

Sie sah plötzlich so traurig und erschöpft aus, dass es wie ein Wunder schien, dass sie noch stehen konnte.

»Es tut mir leid, dass ich nichts dazu beitragen konnte.«

»Ich sage es noch einmal. Du musst dich für nichts entschuldigen, Meredith. Für nichts. Ich bin derjenige, der im Unrecht ist. Ich wollte meiner Mutter helfen, etwas von dem zurückzubekommen, was sie für ihre und Patricks Zukunft zurückgelegt hatte. Es war mir egal, wen ich dabei verletzen würde. Es tut mir sehr leid.«

»Vielen Dank dafür.«

Er konnte nicht sagen, ob sie seine Entschuldigung wirklich annahm. Er hoffte es, aber so oder so hatte er ausgedrückt, was ihm auf dem Herzen lag.

Er nutzte die Gelegenheit und trat näher an sie heran. »Ich wollte nicht wegfahren, ohne dir noch etwas zu sagen.«

Im Mondlicht sah er, wie Misstrauen sich in ihre Züge schlich.

»Was denn?«

»Ich bin mit dem festen Vorsatz nach Cape Sanctuary gekommen, dich fast so sehr zu verachten wie deinen Mann.

Nach nur wenigen Tagen in deiner Gesellschaft ist mir klar geworden, wie falsch ich lag. Du bist überhaupt nicht wie er. Du bist ein guter, anständiger und freundlicher Mensch. Du arbeitest schwer, damit den Menschen um dich herum Licht und Freude zuteilwerden. Du bist bescheiden genug, um im Café die Tische abzuräumen, obwohl du Mitinhaberin bist und sicher eine Rolle im Management spielen könntest, wenn du wolltest.«

»Nur weiß ich immer noch nichts darüber, wie man ein Café betreibt. Ich würde den Laden wahrscheinlich innerhalb weniger Tage in den Ruin treiben.«

»Der Punkt ist, dass du ein großes Herz hast. Es ist erstaunlich, dass du nach allem, was du verloren hast, nach allem, was du durchgemacht hast, immer noch so viel Liebe empfinden kannst.«

Sie gab ein Geräusch zwischen einem Lachen und einem Schluchzen von sich. Er ergriff die Gelegenheit und zog sie in eine Umarmung, erwartete schon, dass sie ihn wegstoßen würde, aber stattdessen schlang sie die Arme um seine Taille und hielt ihn fest, während die Hunde zu ihren Füßen herumwuselten.

In diesem Moment wurde Liam klar, wie viel sie ihm bedeutete. Alles, was er gesagt hatte, entsprach der Wahrheit, aber es gab noch so viel mehr, was er ihr hätte sagen können.

Sie war schön, und das nicht nur äußerlich. Sie war so warmherzig, dass sie Aspen ihre Tür geöffnet hatte. Sie wollte den Gästen des Cafés durch Kunst und Stil Schönheit vermitteln. Sie hatte Dinge ertragen, an denen die meisten Frauen zerbrochen oder wegen denen sie verbittert und hart geworden wären. Meredith hingegen bewies unendlich viel Mut und Anmut.

Er fand sie schlichtweg außergewöhnlich.

Er wollte nicht wegfahren. Wenn er Cape Sanctuary verließ, würde ein großer Teil seines Herzens hierblieben.

»Leb wohl, Meredith«, sagte er leise. Er küsste sie zum Abschied sanft auf die Stirn, schnappte sich Jasper und machte sich auf den Weg zurück in seine Hütte und hinaus aus ihrem Leben.

37. KAPITEL

Meredith

Wie konnte er diese Dinge sagen, sie so zärtlich umarmen und dann einfach weggehen?

Meredith stand im Sand, und die Nacht schien sich um sie zusammenzuziehen. Shark schaute traurig drein, weil er seinen neuen Freund verloren hatte. Sie wusste genau, wie er sich fühlte.

»Na komm, Kumpel«, sagte sie und ging mit dem Hund im Schlepptau zu ihrem Haus.

Sie trat ein und fühlte sich sofort wohl in den vertrauten Wänden. Dann schaltete sie das Licht über dem Herd ein und sah sich in ihrem Zuhause um, das sie aus ausrangierten und secondhand gekauften Gegenständen geschaffen hatte.

Sie liebte diesen Ort, dieses Cottage, diesen Strand, diese Stadt. Sie wollte hier nicht weg.

Ihr Plan war gewesen, das Spindrift Cottage zu verkaufen und mit dem Geld, das sie damit einnahm, ihr Leben an einem anderen Ort neu zu beginnen.

Warum konnte sie ihr Leben nicht hier neu beginnen?

Sie wollte die Person wiederfinden, die sie in ihrer Kindheit gewesen war, hier, mit Frances und Tori. Eine Person, die ein Haus mit Klopapier umwickelte, nur weil ihre Cousine von dem Mädchen, das darin wohnte, schlecht behandelt worden war.

Wenn sie damals hier bei ihrer Großmutter gewesen war, hatte sie nie versuchen müssen, sich in eine andere Person zu verwandeln. In die Tochter, die ihre Eltern sich gewünscht hatten, kultiviert und gebildet, die ihnen nie Unannehmlichkeiten bereitete. Die perfekte Gattin für einen Geschäftsmann, die Carter sich gewünscht hatte, die in der Lage war, innerhalb von zwanzig Minuten eine Dinnerparty zu organisieren.

Hier hatte sie am Strand Sandburgen bauen, an verregneten Nachmittagen stundenlang Monopoly spielen und so sehr lachen können, dass ihr die Milch aus der Nase kam.

Sie hatte vergessen, wie sehr sie diese Person einst gemocht hatte, die sie in Cape Sanctuary gewesen war. Wenn sie bliebe, konnte sie sich vielleicht endlich wieder selbst mögen. Sie konnte all das sein, was Liam in ihr sah.

Sie drückte eine Hand auf ihr Herz, auf die leere Stelle, die er dort hinterlassen würde.

Wie schade, dass sie einander nur ein einziges umwerfendes Mal geküsst hatten, aber sie wusste, dass ihr Leben ohne ihn nie wieder dasselbe wäre.

Was er zu ihr gesagt hatte, würde sie immer in Ehren halten, vor allem weil er mehr über sie wusste als jeder andere auf der Welt und sie trotzdem zu mögen schien.

Du hast ein großes Herz. Es ist erstaunlich, dass du nach allem, was du verloren hast, nach allem, was du durchgemacht hast, immer noch so viel Liebe empfinden kannst.

Sie wollte ihm glauben. Sie liebte ihre Cousine innig und wollte mehr daran arbeiten, ihre Beziehung zu kitten. Sicher würde sie auch Emilia lieben, wenn sie die Chance dazu hätte.

Sie hatte den Tiefpunkt erreicht. Das hieß aber nicht, dass sie sich darin suhlen musste. Sie hatte ein Haus am Meer, das sie immer lieber mochte, sie arbeitete gern im Beach End, und ihre Beziehung zu Tori erholte sich bereits.

Das war viel mehr, als sie für möglich gehalten hatte, als sie nach Cape Sanctuary zurückgekehrt war.

38. KAPITEL

Tori

Zehn Tage nach dem Unfall, bei dem ihre Tochter beinahe ums Leben gekommen wäre, saß Tori im Garten ihrer Schwiegereltern und unterhielt sich mit Elena und Teresa, während sie zu verbergen versuchte, wie ihre Hände zitterten, wenn Sam in ihre Nähe kam.

Sie konnte nicht fassen, dass sie sich in einer solchen Lage befand. Egal wie oft sie sich sagte, dass es zwischen ihnen nicht funktionieren würde, konnte sie doch nicht aufhören, an ihn zu denken.

Am Tag nach dem Unfall war sie in dem engen, unbequemen Stuhl am Bett ihrer Tochter aufgewacht und dankbar gewesen, dass sie dort war und Em beim Schlafen zuhören konnte, mit schmerzendem Rücken und vom Schlafmangel trüben Augen.

Aber sie war auch mit der verblüffenden Gewissheit erwacht, dass sie sich Hals über Kopf in den älteren Bruder ihres verstorbenen Mannes verliebt hatte.

Obwohl sie seit jenem Tag mehrmals mit ihm gesprochen hatte, war dies das erste Mal, dass sie im Beisein der Familie längere Zeit miteinander verbrachten.

Sie wusste nicht, wie sie sich in seiner Gegenwart verhalten sollte, und genau das hatte sie befürchtet.

Er sah so umwerfend aus, so groß, muskulös und *lieb*. Sie wollte auf seinen Schoß kriechen, die Arme um seinen Hals legen und ihn festhalten.

»Meinst du, sie haben etwas daraus gelernt?«, fragte Sam sie, und Tori musste sich zwingen, sich auf das Gespräch zu konzentrieren und nicht auf die kleine Narbe neben seinem Mund, die sie so gern schmecken wollte.

»Ich hoffe, sie haben gelernt, dass sie ihre Eltern nicht anlügen und mit älteren Jungs irgendwohin fahren sollten.«

»Genau. Daran sollten sie denken, wenn sie den ganzen Sommer über nicht schwimmen oder surfen gehen können oder sonst was, worauf sie sich gefreut haben.«

»Ja, aber dafür müssen wir uns jetzt anhören, wie sie deswegen jammern.«

»Das stimmt auch wieder«, sagte er und lachte.

Sie starrte einen Moment zu lange auf seinen Mund. Als sie wieder hochschaute, hatte er wieder diesen heißhungrigen Blick bekommen.

Tori erhob sich abrupt. »Wie's aussieht, ist der Wasserkrug fast leer«, sagte sie, froh über die Ausrede, um etwas Abstand zwischen sie beide zu bringen. »Ich fülle ihn schnell nach.«

In dem Krug schwammen noch ein paar Zitronenscheiben und Blaubeeren.

Sie öffnete den Gefrierschrank, um mehr Eis zu holen, und war dankbar für die kalte Luft, die herausströmte und ihre Haut kühlte. Wenn Sam ihr weiterhin dieses sexy Lächeln schenkte, würde sie den ganzen Abend über hierherkommen müssen, um sich unter Kontrolle zu halten.

Sie schöpfte einige Eiswürfel ab, gab sie in den Krug und hoffte, dass sie annähernd so weit abgekühlt war, dass sie den

Rest der Party überstehen konnte, ohne sich lächerlich zu machen.

Sie klappte den Gefrierschrank zu und drehte sich um, bereit, mit dem Krug zur Party zurückzukehren, als sie fast gegen etwas gestoßen wäre.

Jemanden.

Sam.

Der intensive Ausdruck auf seinem Gesicht ließ ihr Herz einen kleinen Hüpfer machen, und sie spürte, wie sie in Panik geriet.

Sie hielt den Krug wie einen Schutzschild hoch. »Ich muss das eben … rüberbringen. Sicher haben alle Durst.«

»Es tut mir leid, dass du dich jetzt in meiner Nähe unwohl fühlst«, sagte er leise.

»Ich habe dir gesagt, dass das passieren würde, oder?«

»Du hast gesagt, es würde passieren, wenn wir etwas miteinander anfangen. Wir haben uns aber nur geküsst, und jetzt bist du in meiner Nähe so hibbelig wie ein Grashüpfer. Das wollte ich nicht, Tori.«

»Und was wolltest du?« Ihre Stimme klang scharf.

»Dich. Nur dich.«

Sie stellte den Krug so heftig auf der Kücheninsel ab, dass etwas Wasser über den Rand schwappte.

»Das ist nicht fair«, murmelte sie.

»Es tut mir leid, aber es ist wahr. Ich habe Gefühle für dich, Tori. Ich habe sie schon seit langer Zeit, und ich würde gern schauen, wie es zwischen uns werden kann. Gibt es nicht eine Möglichkeit, wie wir das herausfinden können?«

Seine Worte lösten eine Welle des Glücks in ihr aus. Er hatte also auch Gefühle für sie? Sie wollte sich an diesem Wissen wärmen und es ganz fest in ihr Herz schließen.

Aber das konnte sie nicht. Nicht, wenn seine Familie, wenn seine Tochter und ihre Tochter draußen saßen.

»Was herausfinden?«, fragte sie leise. »Wir sind beide Teil dieser Familie. Keiner von uns kann das ändern, selbst wenn wir es wollten.«

»Also verbringen wir den Rest unseres Lebens damit, uns bei Familienfeiern zu sehen und uns zu fragen, was gewesen wäre, hätten wir die Chance ergriffen? Nein, das will ich nicht. Du bist mir wichtig, Tori. Ich glaube, du magst mich auch. Ich kann mir nicht vorstellen, dass die Menschen, die wir beide lieben, sich dem in den Weg stellen wollen, was wir zusammen haben könnten.«

Sie starrte ihn an, unglücklich und voller Sehnsucht nach ihm, und wünschte sich, sie hätte den Mut, alles zu riskieren.

So wie er es getan hatte, als er sein Leben riskiert hatte, indem er unter das schwankende Autowrack gekrochen war, um das Rettungsseil daran zu befestigen, das ihre Töchter wieder auf festen Boden befördert hatte.

»Sam.«

Er blickte auf sie herab, und sein Blick war zärtlich und intensiv zugleich. Sie liebte ihn. Sie wollte nicht den Rest ihres Lebens mit Bedauern verbringen. In diesem Moment wusste sie, dass es jetzt an ihr war, ein Risiko einzugehen, auch wenn es ihr Angst einjagte.

Sie hob eine Hand zu seinem Mund, berührte die kleine Narbe dort. Sie fragte sich, woher er sie wohl hatte. Wahrscheinlich vom Skateboarden, damals, als er noch der draufgängerische Junge gewesen war.

Bei ihrer Berührung hielt er ganz still. Sie zeichnete die Narbe mit der Fingerspitze nach, stellte sich dann langsam auf die Zehenspitzen und strich mit ihrem Mund über die Stelle, an der ihr Finger gewesen war.

Er schloss die Augen und ließ sie die Führung übernehmen, ihn berühren und schmecken.

Es war himmlisch und alles, was sie je gewollt hatte.

Warum war sie noch gleich so überzeugt davon gewesen, dass sie das nicht tun sollte? In diesem Moment hatte sie das Gefühl, dass es das einzig Richtige auf der Welt war, Sam zu küssen.

Mit angespannten Muskeln verharrte er noch einen qualvollen Moment. Als sie an seinem Mundwinkel leckte, stöhnte er auf, nahm sie fest in seine Arme und küsste sie mit einem wilden Hunger, der ihr den Atem nahm.

O ja.

Genau das.

Sie unterdrückte ein Lachen aus purer Freude über die Erkenntnis, dass dies genau der Ort war, an dem sie sein wollte.

Sie versanken in diesem langen Kuss, und sie war für alles außer ihn verloren. Sam, der sie dazu brachte, zu lachen, zu sehnen, zu fühlen, zu leben – von Neuem.

Irgendwie durchdrang ein Geräusch den Strom ihrer Emotionen. Jemand hatte sich geräuspert.

Tori erstarrte. *O nein!*

»Tut mir leid, wenn ich störe«, sagte ihre Schwiegermutter, »aber die Kinder sind mit Schwimmen fertig und kommen gleich rein, um sich abzutrocknen. Ich dachte, ihr möchtet vielleicht vorgewarnt werden.«

Tori zwang ihren Mund von Sams weg und starrte Teresa an.

Was musste sie von ihr denken?

Erst war sie mit ihrem einen Sohn verheiratet gewesen und lag nun in den Armen des anderen. Sie wich einen Schritt von Sam zurück und spürte, wie ihr Gesicht heiß wurde.

»Es tut mir so leid.«

Teresa sah richtig amüsiert aus. »Warum denn? Es ist doch nicht das erste Mal, dass sich zwei Menschen in meiner Küche küssen. Wahrscheinlich wird es auch nicht das letzte Mal gewesen sein.«

Teresa nahm den Wasserkrug, den Tori gefüllt hatte, und hielt ihn ihrem Sohn hin, der verwirrt aussah und sich sichtlich unwohl fühlte.

»Hier. Bringst du das bitte mal rüber?«

Er machte ein Gesicht, als wollte er etwas sagen, wobei Tori unklar war, ob er sich an sie oder seine Mutter wenden wollte.

Im nächsten Moment nickte er, nahm den Wasserkrug und stakste auf die Tür zu.

Tori hingegen wartete auf die unvermeidlichen Fragen und Vorwürfe. Stattdessen holte ihre Schwiegermutter völlig unbeteiligt eine neue Schüssel Nudelsalat aus dem Kühlschrank, stellte ihn auf die Insel und nahm den Deckel ab.

Tori hielt es nicht länger aus und räusperte sich.

»Willst du denn gar nichts dazu sagen?«, fragte sie schließlich.

»Wozu? Denkst du, ich habe noch nie Menschen gesehen, die sich küssen?«

»Bei uns hast du es noch nie gesehen«, murmelte Tori.

Teresa musterte sie kurz und lächelte dann. »Stimmt. Aber ich war schon oft mit euch beiden zusammen im Raum, seit er und Cristina wieder hergezogen sind, und ich hatte schon den Eindruck, dass es nur eine Frage der Zeit ist.«

Sie klang so gelassen, so sachlich, dass Tori sie nur anstarren konnte.

»Du bist nicht verärgert darüber, dass Sam und ich … ähm, uns küssen?«

Teresa machte große Augen. »Verärgert? Warum sollte ich das sein? Pablo und ich haben erst neulich, als du zum Essen hier warst, darüber gesprochen, wie schön es wäre, wenn ihr beide zusammen wärt.«

Es dauerte einen Moment, bis die Worte zu ihr durchdrangen. »Aber … ich war doch mit Javier verheiratet.«

»Und du warst eine wundervolle Frau für ihn. Ich hätte mir keine liebevollere Schwiegertochter wünschen können.«

»Findest du es nicht befremdlich, dass ich jetzt Gefühle für Sam habe?«

»Ich finde es wunderbar. Mein Sohn ist ein guter Mann, und ich kann mir keine Frau vorstellen, mit der ich ihn lieber sehen würde als mit dir.«

»Aber was würden die Leute sagen, wenn … wenn Sam und ich auf einmal zusammen wären?«

»Welche Leute? Wer sind diese Leute, die dir so viel bedeuten?«

Es gab niemanden, dessen Meinung ihr so sehr am Herzen lag wie die von Teresa und Pablo. Trotzdem konnte sie nicht ganz verstehen, wie Teresa so lässig damit umgehen konnte.

»Was ist mit Joni?«

Teresa zuckte mit den Schultern. »Joni hat drei Monate nach der Scheidung mit jemandem neu angefangen. Meiner Meinung nach hat sie kein Recht, über jemanden mitzuentscheiden, der Sam wichtig ist.«

Teresa nahm ihre Hand. »Wenn dir Sam am Herzen liegt, zählt nur das und nicht, was andere Leute darüber denken.«

Sie hatte natürlich recht. Wie schön, so eine weise Schwiegermutter zu haben.

»Danke«, murmelte Tori.

»Wofür?« Teresa lächelte.

Tori bekam keine Gelegenheit, zu antworten, weil die Küche plötzlich von Lärm erfüllt war, als Elenas Kinder in Badeanzügen durch die Küche stürmten, um sich zum Abendessen umzuziehen.

Toris Gedanken flatterten noch die ganze restliche Zeit des Familiendinners wild herum. Sie saß nicht in Sams Nähe, aber sie spürte seine Blicke. Und jedes Mal explodierte wie zur Antwort eine kleine Glücksfontäne in ihr.

Was sollte sie tun?

Es darauf ankommen lassen.

»Ich habe eine Idee«, sagte Teresa, als alle ihre Desserts aßen. »Was haltet ihr von einer Oma-Übernachtung? Es ist schon eine Weile her, seit wir das letzte Mal eine hatten.«

Elenas Kinder kreischten vor Aufregung, und auch Cristina und Emilia strahlten bei der Aussicht, über Nacht zu bleiben.

»Das ist eine schöne Idee, meine Liebe«, sagte Pablo.

»Letztes Wochenende ist doch dieser neue Animationsfilm rausgekommen, von dem alle schwärmen. Wir könnten morgen alle nach Redding fahren und ihn uns anschauen. Ich lade euch ein.«

Machte Teresa das nur, damit sie und Sam ein bisschen Abstand von den Mädchen und Zeit füreinander hatten, um das zwischen ihnen zu klären?

»Von uns aus gern. Den Kindern würde es gefallen«, sagte Elena. »Ihr könnt sie die ganze Woche behalten, wenn ihr wollt.«

Teresa lächelte. »Eine Nacht wird reichen. Was ist mit euch Mädchen?«

»Ja klar«, sagte Em. »Wir brennen darauf, den Film zu sehen.«

»Ich habe gehört, dass er urkomisch und traurig zugleich ist. Und ich liebe die Musik jetzt schon. Man findet sie überall auf YouTube.«

»Dann wäre das ja geklärt, wenn eure Eltern nichts dagegen haben.«

Alle schauten Tori und Sam an.

»Was ist mit deinen Schmerzmitteln?«, fragte Tori schließlich Em.

»Ich nehme jetzt fast nur noch Tylenol und Ibuprofen«, sagte Em. »Das hat Oma hier.«

»Ich auch«, sagte Cristina.

Sie würden wahrscheinlich nicht viel schlafen, sondern die Nacht tuschelnd verbringen und mit müden Augen in den Film gehen. Aber das war Teresas Job. Wenn es ihr nichts ausmachte, war es Tori auch recht.

»Für mich ist das okay«, sagte sie.

»Ich bin auch einverstanden«, antwortete Sam. »Warum nicht. Ihr werdet sicher Spaß haben.«

Kurz darauf war die Party zu Ende. Sam erwähnte nichts davon, dass sie sich später treffen würden. Irgendwie brauchte er das auch nicht. Sie wusste, dass er zum Cottage kommen würde und sie endlich Gelegenheit hätten, ohne Angst vor Unterbrechungen zu reden.

Als Tori nach Starfish Beach zurückfuhr, sah sie, dass Meredith die letzten Sonnenstrahlen nutzte, um in ihrem kleinen Blumengarten zu arbeiten.

Sie hatte einen Auftrag, erinnerte sie sich, also leinte sie den begeisterten Shark an und ging mit einer kleinen Einkaufstasche in ihre Richtung.

Ihre Cousine lächelte, als sie näher kam, obwohl Tori fand, dass da immer noch – seit Liam Byrnes Abreise – ein wenig Traurigkeit in ihren Augen lag.

»Wie war das Dinner?«, fragte Meredith.

»Köstlich wie immer. Meine Schwiegermutter hat darauf bestanden, dass ich dir etwas von den Resten mitbringe.«

»Oh, wie lieb von ihr. Sie ist so nett. Da habe ich morgen ein leckeres Mittagessen. Danke schön.«

»Sehr gern.«

Sie unterhielten sich ein wenig über das Café und einige Personalangelegenheiten in der kommenden Woche. Als Shark ungeduldig an der Leine zerrte, musste Tori lachen.

»Ich sollte besser mit ihm spazieren gehen. Sonst nervt er mich die ganze Nacht.«

»Dann mach das. Danke noch mal für das Essen.«

Tori wollte gerade mit dem kleinen Hund zum Strand hinuntergehen, als plötzlich ein vertrauter Geländewagen vorfuhr. Einen Moment später stieg Sam mit Risa heraus und richtete sich mit seiner vollen sportlichen Anmut auf.

Sie sprachen nicht einmal richtig darüber, sondern gingen nur gemeinsam den Strand entlang. Ehe sie es richtig wahrnahm, hielten sie sich an den Händen. Es fühlte sich so natürlich an, so perfekt, als hätten sie es schon hundertmal gemacht.

Sie liefen bis zum Ende des Strandes, wo eine Halbinsel mit Felsen, die ins Meer ragten, das Weitergehen verhinderte.

Dort schien es ihr dann auch ganz natürlich und richtig, ihn an sich zu ziehen, damit sie ihn küssen konnte, während die untergehende Sonne leuchtende Strahlen auf die Wellen warf.

Sie hatte keine Angst, das wurde ihr klar. Es fühlte sich viel zu gut an, als dass sie sich jetzt noch Gedanken machen würde, was andere Leute darüber denken könnten.

»Ich bin wirklich froh, dass du und Cristina wieder nach Cape Sanctuary gezogen seid, Sam.«

Er drückte seine Stirn an ihre. »Ich auch. Weißt du, als ich mich entschieden habe, in die alte Heimat zu ziehen, habe ich gedacht, ich käme zurück, um meiner Familie näher zu sein. Jetzt frage ich mich, ob ich nicht eigentlich dir näher sein wollte.«

Er küsste sie erneut, und als die Wellen ihre Füße berührten und die Hunde im Sand spielten, verliebte sie sich noch mehr.

Es mochte Leute geben, die darüber reden würden, die es seltsam fanden, dass sie jetzt mit Sam zusammen war, obwohl sie einmal mit seinem Bruder verheiratet gewesen war.

Es war ihr egal. Wenn die Menschen, die ihr am wichtigsten waren, es gut fanden, was spielte es dann für eine Rolle? Tori wollte jetzt auf ihr Herz hören, und das war fest davon überzeugt, dass sie hier in Sams Armen genau an der richtigen Stelle war.

39. KAPITEL

Meredith

Zwei Monate später

Ihre Cousine war verliebt.

An einem Donnerstag Anfang August nahm Meredith die Frühstücksbestellung einer Touristenfamilie auf, als sie sah, wie Sam Ayala mit seiner Thermosflasche in der Hand das Café betrat, um seine tägliche Kaffeeration zu holen.

Er ging direkt auf Tori zu, die ihn noch nicht entdeckt hatte, weil sie eine neue Mitarbeiterin anlernte, die Merediths alten Job übernehmen würde.

Als Meredith mit der Bestellung in die Küche kam, sah sie, wie Toris Gesicht vor Freude aufleuchtete, als sie Sam entdeckte.

Es wärmte Meredith das Herz. Und es machte sie froh, Tori so glücklich zu sehen, besonders nachdem ihre Cousine einen so großen Verlust erlitten hatte.

Tori folgte Sam hinaus, nachdem seine Thermosflasche aufgefüllt war. Als Meredith die Tischbestellung aufnahm, beobachtete sie, wie Sam Tori an die Wand drückte, um sie kurz, aber intensiv zu küssen. Ihre Cousine errötete und lächelte, und dann sprang Sam in sein ziviles Polizeiauto und fuhr los.

Tori stand einen Moment lang da und sah ihm nach, die Hand an den Mund gepresst, dann kam sie zurück ins Restaurant. Die Stammgäste am Tisch neckten sie ein wenig, wie sie es fast jeden Tag taten, wenn Sam auf seinen Kaffee und einen Kuss hereinkam.

Meredith zog ihre Cousine nicht auf. Sie fand es wunderbar, Tori und Sam so verliebt zu erleben. Die beiden waren so ein süßes Paar.

Manchmal – das musste sie zugeben – tat es ihr weh, das Glück der beiden zu sehen, aber sie war zu sehr damit beschäftigt, im Café zu arbeiten und ehrenamtlich bei der örtlichen Veranstaltung »Arts & Hearts on the Cape« mitzuwirken, um sich lange damit aufzuhalten.

Heute war es genauso. Das Restaurant war voller hungriger Menschen, von denen einige, wie sie gern annahm, wegen der Werbung in den sozialen Medien oder wegen des hellen, fröhlichen Schildes vor der Tür hereingekommen waren, das Meredith selbst täglich mit wechselnden klugen Sprüchen oder lustigen Strichzeichnungen versah.

Nach zwei Monaten Arbeit im Beach End hatte sie den Rhythmus und Flow des Cafés zu schätzen gelernt. Sie wollte das Gefühl haben, auch selbst einen Beitrag dazu zu leisten.

Ihre Idee, Kunst an die Wand zu hängen, hatte sich als ungemein erfolgreich erwiesen. Mindestens zehn Kunstwerke waren direkt verkauft worden, und sie nahm an, dass sie viele Menschen mit lokalen Künstlern bekannt gemacht hatte, die sie sonst vielleicht nie entdeckt hätten.

Sie holte gerade Getränke für ihre Touristenfamilie, als Tori mit einem komischen Gesichtsausdruck in die Küche kam, den Meredith nicht recht deuten konnte.

»Sag mal, kannst du kurz nach Tisch sechs schauen?«

»Das ist Aspens Bereich«, erinnerte Meredith sie.

»Ich weiß, aber sie kommt gerade kaum mit den Bestellungen nach. Wenn du ihr diesen einen Tisch abnehmen würdest?«

»Okay.« Es war ja auch keine ungewöhnliche Bitte. Als Kellnerinnen tauschten sie hin und wieder die Tische, aber es war Tisch sechs. Sie schnappte sich Stift und Kugelschreiber und ging zur hinteren Nische, die sie nach wie vor zu meiden versuchte.

Für sie war es immer noch Liams Tisch, und es fiel ihr schwer, dort jemand anderen zu sehen.

Als sie sich darauf zubewegte, erkannte sie einen einzelnen Gast, der von ihr abgewandt war. Seine Hautfarbe, die Gestalt, der Winkel seines Kiefers … Alles an ihm schien ihr immer vertrauter zu werden, je näher sie kam.

Ihre Schritte wurden langsamer, dafür schlug ihr Herz nun immer schneller.

Das konnte nicht sein. Sicherlich hätte Tori sie vorgewarnt.

Endlich blickte er auf, und beinahe wäre sie gestrauchelt wegen der heftigen Freude, die sie durchzog.

»Hi, Meredith.«

Diese tiefe Stimme hatte sie zwei Monate lang in ihren Träumen heimgesucht, aber das hier war kein Traum. Es war wirklich.

»Liam«, keuchte sie. »Was machst du … Warum bist du hier?«

Er schenkte ihr ein verhaltenes Lächeln. »Das Essen im Beach End ist so gut, dass ich nicht länger darauf verzichten konnte.«

In diesem Lächeln lag etwas, wovon ihr schwindelig wurde.

»Das ist ein ziemlich weiter Weg für Denises Reuben-Sandwich.«

»Es ist köstlich. Hast du vielleicht eine Minute, um dich zu setzen? Ich bin hier, um dir etwas zu sagen.«

Nein, hatte sie nicht. An diesem Morgen war schon ziemlich viel los, und draußen warteten noch mehr Leute auf einen Sitzplatz.

Sie öffnete den Mund, um sich zu entschuldigen und zu fragen, ob er nach dem Frühstücksansturm zurückkommen könne, aber da war Aspen schon bei ihr.

»Ich hab alles im Griff. Ich übernehme deine Tische«, sagte sie zu Meredith. »Kann ich dir was bringen, FBI?«

Er sah kurz erschrocken aus, als hätte er nicht erwartet, dass alle wüssten, wer er war.

Natürlich hatte sie es Aspen erzählt. Die junge Frau war ihr in den letzten zwei Monaten, während sie zusammengewohnt hatten, eine gute Freundin geworden.

Aspens Bilder gehörten zu den beliebtesten in der wechselnden Kunstausstellung des Cafés. Meredith wusste, dass sie drei Bilder verkauft hatte, die im Café ausgestellt gewesen waren, aber auch einige andere.

»Danke«, sagte sie zu Aspen und wandte sich wieder Liam zu. »Sieht so aus, als hätte ich Pause.«

Sie rutschte ihm gegenüber auf einen Platz und fragte sich, was jetzt wohl käme. Unter dem Tisch berührten sich ihre Knie, und das zu spüren, gab ihr die Gewissheit, dass das hier wirklich geschah und kein flüchtiger Traum war.

Sie konnte es nicht ganz glauben.

»Wie geht es Jasper?«

»Dem geht es gut. Er war nicht glücklich darüber, dass ich ihn diesmal nicht mitgenommen habe. Ich habe ihn bei einem

Freund gelassen, der ein paar Kinder und einen schönen Pool hat. Das Einzige, was Jasper noch lieber mag als das Meer, ist ein Swimmingpool. Und Kinder, mit denen er spielen kann, sind noch ein Bonus obendrauf.« Er streckte die Hand vor und ergriff ihre. Nach all den Wochen hatte sie bei der Berührung das Gefühl, ihr würde schwindelig.

»Wie ist es dir ergangen?«, fragte er und verschränkte seine langen Finger mit ihren. »Hast du das Haus schon zum Verkauf angeboten?«

»Nein. Ich verkaufe es nicht. Jedenfalls nicht im Moment. Ich bin glücklich, hier zu sein.«

»Gut. Das ist gut.«

So gern sie auch den ganzen Morgen Händchen haltend hier gesessen hätte, spürte sie doch, dass er nicht nur deswegen gekommen war. Sie beschloss, ihn direkt zu fragen.

»Warum bist du gekommen, Liam?«

Sein Lächeln wurde leicht verlegen. »Ich habe Neuigkeiten. Ich wollte sie dir persönlich mitteilen, nicht am Telefon oder per E-Mail. Ich … habe etwas, das dich interessieren dürfte.«

Aus derselben abgenutzten Umhängetasche, die er immer mit ins Café gebracht hatte, als er sich noch als Schriftsteller ausgegeben hatte, zog er einen Aktenordner, schob ihn über den Tisch zu ihr und schlug ihn so auf, dass eine Seite mit einer Reihe von Zahlen zu sehen war.

Meredith starrte darauf, ohne zu wissen, was los war, aber sie spürte, dass es etwas Wichtiges sein musste.

»Was ist das? Du bist hier der Zahlentyp, für mich sieht das wie Kauderwelsch aus.«

»Ha. Du machst mir Spaß. Zwei Monate Arbeit für mich, und du nennst es Kauderwelsch.«

»Na ja, der große amerikanische Bestseller ist es jedenfalls nicht.«

Er lachte. »Nein. Ich muss zugeben, dass ich den noch nicht geschrieben habe. Es tut mir leid, dich in der Hinsicht zu enttäuschen, aber ich glaube, das hier wird dir noch besser gefallen.«

Sie sah sich die Zahlen noch einmal an und konnte sich immer noch keinen Reim darauf machen. »Du musst es mir schon erklären. Ich arbeite in einem Café und habe einen ziemlich nutzlosen Abschluss in Kunstgeschichte. Ich weiß gerade mal, wie ich mein Trinkgeld ausrechnen kann, aber das war's auch schon.«

Er lehnte sich näher zu ihr, und sie atmete seinen vertrauten Duft ein.

Oh, wie sie ihn vermisst hatte. Sie wollte den Hefter auf den Boden werfen, Liam am Hemd packen und ihn mit der gleichen Intensität küssen, mit der sie Sam hatte Tori küssen sehen.

Stattdessen faltete sie die Hände auf ihrem Schoß. »Was ist das?«, fragte sie erneut.

»Die linke Spalte zeigt Dutzende von Bankkonten auf den Kaimaninseln. Das auf der rechten Seite sind Schweizer Konten. Wenn du nachrechnest, was ich natürlich getan habe, kommt man auf eine Gesamtsumme von vierhundertdrei Millionen Dollar.«

Sie starrte ihn an, als bei ihr der Groschen fiel. »Du … hast es gefunden? Du hast das verschollene Geld gefunden? Aber wie?«

»Durch zwei Monate hartnäckige Ausdauer und deine Hilfe.«

Sie hatte zwei Monate nicht mehr mit ihm gesprochen,

nicht seit der Nacht, bevor er weggefahren war. Sie hatte nichts getan, um ihm zu helfen.

»Du hast mir einen Hinweis gegeben, indem du mir von seiner heftigen Reaktion an eurem Hochzeitstag erzählt hast, weil seine Eltern nicht dabei waren. Ich habe gespürt, dass das der Schlüssel ist. Das musste es sein. Also habe ich alles zusammengesucht, was ich über sie finden konnte, und nach wochenlangen Recherchen habe ich ein Konto mit dem Mädchennamen seiner Mutter gefunden. Das führte zu drei weiteren Konten, die mit diesem Konto verknüpft waren. Und dann tauchten noch mehr auf, die wiederum mit diesen verknüpft waren. Insgesamt waren es dreihundert Stück.«

»Du … hast das wirklich geschafft?«

»Es ist nicht das ganze Geld. Wir schätzen, dass er etwa hundert Millionen ausgegeben hat, die wir wahrscheinlich nie zurückbekommen werden. Aber es ist immerhin ein großer Teil.«

»Du … hast es geschafft?«, wiederholte sie.

Sie konnte das alles gar nicht richtig begreifen.

Er nickte. »Hauptsächlich in meiner Freizeit. Ja. Aber als ich der Sache näher kam, waren alle anderen Behörden, die an der Taskforce beteiligt sind, nur zu gern bereit, mich zu unterstützen. Das FBI hält in zwei Tagen eine Pressekonferenz ab, auf der die Wiederbeschaffung eines großen Teils der gestohlenen Gelder bekannt gegeben wird. Ich habe darauf bestanden, dass sie eine sorgfältig formulierte Erklärung einfügen, dass die Nachforschungen schließlich größtenteils dank der vollen Unterstützung und Hilfe von Carter Rowlands Ex-Frau Meredith Collins zum Erfolg geführt haben.«

Oh. Sie schlug sich die Hände vor den Mund, als ihr die Bedeutung dessen klar wurde. Würde das reichen, um die öffentliche Meinung zu ändern? Wahrscheinlich nicht. Aber es würde dennoch etwas ausmachen, sogar sehr viel.

»Aber … ich hatte ja keinen Anteil daran.«

»Das stimmt nicht. Du hattest alles damit zu tun. Ich hätte nie in der Richtung gesucht, wenn du mir nicht diese kleine Information gegeben hättest. Es ging mir nicht aus dem Kopf, was er dir am Tag eurer Hochzeit angetan hat. Es hat mich fertiggemacht.« Er tippte mit einem Finger auf die Liste mit den Zahlen. »Und schließlich führte es zu dem hier.«

Sie konnte die Auswirkungen all dessen, was er getan hatte und warum er es getan hatte, kaum in ihrem ganzen Ausmaß erfassen.

Ja, sie wusste, dass er das fehlende Geld für die Opfer hatte finden wollen, vor allem für seine Mutter.

Aber als er sie über den Tisch hinweg mit dieser Wärme im Blick ansah, wurde ihr klar, dass er es auch für sie getan hatte, damit sie endlich unter der Last von Carters Verbrechen hervorkriechen konnte.

»Ich … weiß nicht, was ich sagen soll.« Dann kamen ihr die Tränen, Tränen der Dankbarkeit, der Erleichterung, der zarten Anklänge an eine unbändige Freude, die sie nie wieder empfinden zu können geglaubt hatte. »Danke.«

»Sehr gern geschehen, Meredith.«

Und dann beugte er sich zu ihrer Überraschung vor und küsste sie mit leidenschaftlicher, flammender Zärtlichkeit.

Die Freude explodierte in ihr, und sie schlang ihre Arme um ihn und erwiderte seinen Kuss, während die ganze schmerzhafte Einsamkeit, mit der sie zwei Monate lang gekämpft hatte, von einem Augenblick zum anderen zu verschwinden schien.

»Ich habe dich vermisst«, murmelte er gegen ihren Mund. »Ich konnte an nichts anderes denken, als ich Cape Sanctuary verließ. Schließlich beschloss ich, das ganze Gefühlswirrwarr in etwas Positives zu verwandeln.«

War es da ein Wunder, dass sie ihn liebte? Wie könnte es anders sein? Er war herzlich und ehrenhaft. Das genaue Gegenteil des Mannes, der das ganze Geld für sich selbst gehortet hatte.

»Wie lange kannst du bleiben?«, fragte sie. Sie wollte ihm von ihren Gefühlen erzählen, aber nicht hier, in einem überfüllten Café, wo ihre Cousine und all ihre Kollegen neugierig zusahen.

»Ich muss in zwei Tagen zur Pressekonferenz zurück sein.« Er hielt inne. »Ich soll dich fragen, ob du mich dorthin begleiten möchtest. Du musst nicht, aber es kann dazu beitragen, dass die Menschen die Wahrheit erkennen.«

Das konnte sie unmöglich tun. Nach dem Horror der ersten Monate nach Carters Anklage hatte sie sich aus der Öffentlichkeit zurückgezogen. Sie hatte sich hier in Cape Sanctuary ein gutes Leben aufgebaut. Sie hatte jetzt Freunde, einen Job, den sie liebte, und ein Haus, in dem sie Frieden gefunden hatte.

Aber als sie diesen Mann, den sie liebte, ansah, dachte sie, dass sie vielleicht bereit war, die Vergangenheit ganz hinter sich zu lassen, damit sie sich auf den Horizont und eine freudige Zukunft fokussieren konnte. Denn plötzlich wusste sie, dass diese Zukunft dort auf sie wartete.

»Ich denke darüber nach«, sagte sie.

Er lächelte und küsste sie erneut: »Wie stehen die Chancen, dass du dir heute ein paar Stunden freinehmen kannst, während ich in der Stadt bin?«

Sie schaute zu Tori hinüber, die sie anstrahlte.

»Ich glaube, das lässt sich einrichten. Ich bin ziemlich gut mit den Inhaberinnen befreundet.«

Er lachte und griff nach ihrer Hand. Gemeinsam standen sie auf und gingen hinaus in die Sommersonne.

– ENDE –